Colin Cotterill

TUÉ SUR UN COUP DE TÊTE

PRISMA | NOIR

Titre original :
KILLED AT THE WHIM OF A HAT
Publié avec l'autorisation de Quercus Editions Ltd (UK)

Coordination éditoriale : Valérie Langrognet et Ambre Rouvière
Édition et correction : Nord Compo Multimédia
Mise en page : Nord Compo Multimédia

ISBN : 978-2-8104-0392-9
Dépôt légal : juin 2013 – N° d'impression : 1304.0127
Achevé d'imprimer par : CPI Aubin Imprimeur

PEFC
PEFC / 10-31-1601

Depuis 2009, Prisma Media met en place une politique d'achat éco-responsable. Ainsi, près de 100% du papier de nos magazines est certifié PEFC ou FSC® (gestion durable des forêts). La fabrication des livres des Éditions Prisma s'inscrit également dans cette démarche.

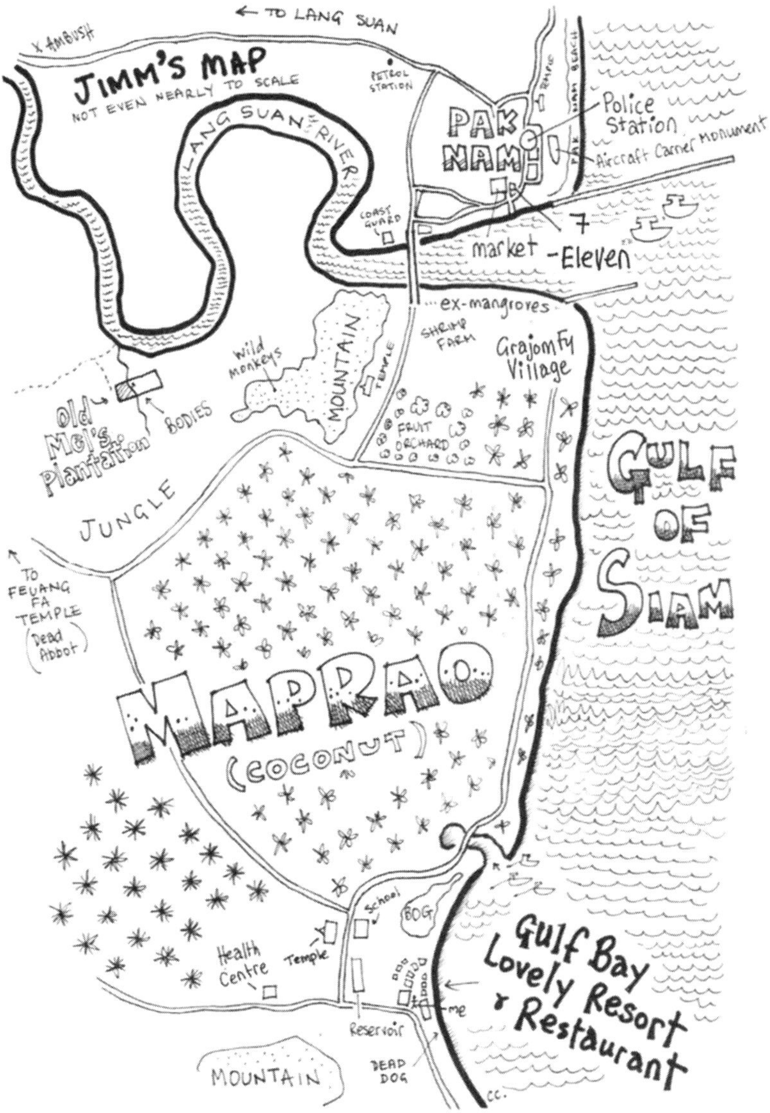
← TO LANG SUAN
X AMBUSH
JIMM'S MAP
NOT EVEN NEARLY TO SCALE
PETROL STATION
LANG SUAN RIVER
PAK NAM
PAK NAM BEACH
Police Station
Aircraft Carrier Monument
COAST GUARD
market
7-Eleven
ex-mangroves
SHRIMP FARM
Grajomfy Village
Wild monkeys
MOUNTAIN
TEMPLE
FRUIT ORCHARD
Old Mel's plantation
BODIES
JUNGLE
TO FEUANG FA TEMPLE (Dead Abbot)
GULF OF SIAM
MAPRAO (COCONUT)
School
BOG
Temple
Health Centre
Reservoir
me
DEAD DOG
MOUNTAIN
Gulf Bay Lovely Resort & Restaurant
CC.

« C'est dans la famille que la nation trouve l'espoir, là où les ailes prennent leur rêve. »

George W. Bush,
LaCrosse, Wisconsin, 18 octobre 2000

Un puits au bout du terrain, voilà tout ce dont le vieux Mel avait besoin. Et pour s'y coller, il jeta son dévolu sur le fêlé, l'un des neveux de Da, celui avec un trou dans la tête. Les fossés d'irrigation creusés autrefois entre les rangées de palmiers à huile par la famille s'arrêtaient bien avant la clôture du fond, du coup les nouvelles frondaisons cramaient avant même de s'épanouir. Des mois qu'il n'était pas tombé une goutte de pluie et, après deux semaines à trimballer des bidons d'eau, Mel en avait plein le dos. Ses vieux os commençaient à cliqueter de partout, un peu à la façon des pions du mah-jong. Alors, un puits, une pompe de fabrication chinoise au rabais, une demi-douzaine d'arroseurs automatiques et un bouton pour faire fonctionner le tout, il n'en demandait pas plus. Les palmiers à huile ont ça de bien qu'ils se débrouillent tout seuls, à condition de les arroser souvent et de leur donner tous les trois mois leur ration de fumier. Le calcul était vite fait, vingt palmiers de gagné, les doigts dans le nez. À ce tarif-là, c'était cadeau.

Voilà comment, samedi dernier, le vieux Mel se retrouva les fesses vissées à la clôture, à observer le brave garçon à la tâche. Perdu dans ses réflexions quant à l'origine de l'alvéole dans le crâne du neveu en question, Mel en vint à soupçonner une boule de pétanque malintentionnée. Un cachet sur la fontanelle, en quelque sorte. Il s'abstint cependant de poser la question, sachant que toute réponse serait longue et laborieuse. Le neveu cesserait forcément de piocher pour s'expliquer, vu qu'il était incapable de faire deux choses à la fois. Aussi Mel se contenta-t-il de rester assis et de le regarder suer. Il aurait pu lui prêter main-forte, le travail en aurait été facilité, mais le vieux Mel était adepte du fameux dicton : « Pourquoi faire trimer une chèvre, si c'est pour bêler soi-même ? »

La méthode pour creuser un puits, dans le sud de la Thaïlande, est sans conteste une insulte à l'Occident où priment des notions telles que certification de la qualité et normes de sécurité. Prenons quatre différentes structures tubulaires en béton d'un mètre, sagement alignées sur le sol. Le neveu commencerait par creuser un trou suffisamment large et profond pour y insérer la première, puis il sauterait dans le trou et continuerait de creuser, dégageant la terre en dessous du gros tube qui, du coup, s'affaisserait, un peu comme le ferait un ascenseur au ralenti. Une fois la partie supérieure du tube au même niveau que la surface cultivable, le deuxième serait installé au-dessus, et ainsi de suite. La terre dans le champ de Mel consistait en un cocktail de poussière et de sable et, une fois passé les racines de pissenlits, creuser allait presque tout seul. Les problèmes survenaient, si on avait de la chance, au moment de positionner le troisième tube, lorsque l'eau commençait à monter, faisant rapidement ressembler le trou à un spa rempli de boue. Avant même que le quatrième tube ne soit au même niveau que le sol, l'infortuné jeune homme barboterait, à moitié immergé dans une eau immonde.

Or, ce samedi matin, il faisait un temps sec, et le puits manifesta une certaine mauvaise volonté à se laisser faire. La pioche du neveu, enfoncé dans le trou jusqu'à la taille, buta soudain contre un obstacle. L'écho, comme un coup de gong, fit s'envoler les drongos effarouchés perchés sur les branches voisines. Les lézards décampèrent, paniqués, de sous les rochers. Le neveu, lui, parut trouver le vacarme à son goût, car il cogna comme un sourd encore trois fois, avant que Mel ne mette le holà. Le vieil homme descendit de son observatoire et traîna ses sandales jusqu'au trou, puis il se pencha et découvrit entre les pieds du fêlé la cause du gong, un morceau de tôle rouillée.

– Ce ne doit pas être bien terrible, bougonna Mel. Sans doute le couvercle d'un bidon. Fais passer la pointe de ta pioche sous les bords pour trouver une prise et tu n'auras plus qu'à faire levier.

Facile à dire. Le neveu s'y attela donc, et que-je-creuse-et-que-je-cogne, mais à chaque coup, même son métallique en guise de réponse. Maudit couvercle, impossible d'en faire le tour ! À croire que le bidule s'étendait du golfe de Thaïlande jusqu'à la mer d'Andaman. Peut-être une plaque tectonique reliée à ses copines. Toujours est-il que cette plaque de métal contrecarrait les plans de Mel, comme un pied-de-nez à sa fichue arthrose. Mais il ne capitulerait pas sans combattre, dût-il pour cela faire basculer la planète sur son axe. Il alla récupérer une barre de métal près de la clôture, puis rebroussa chemin et tendit l'outil au neveu.

– Tiens, prends ça, dit-il. Fracasse-moi ce machin.

Le neveu de Da contempla l'outil avec perplexité. Tout juste si Mel ne vit pas les rouages de son cerveau se mettre en branle.

– Je suis payé pour creuser, lâcha enfin le garçon. Personne ne m'a parlé de fracasser quoi que ce soit. C'est un travail de spécialiste, ça, fracasser. Mon boulot à moi, c'est de creuser.

– Allons, mon petit. Regarde ce truc, protesta Mel, la barre métallique se faisant de plus en plus lourde dans sa main. C'est tout rouillé. Tu vas trouer ça comme un rien.

– Je ne sais pas, Mel. Je risque d'abîmer le matériel. Et ça va prendre plus de temps que prévu...

Mel fut forcé d'en convenir. Un trou dans la tête n'affecte pas nécessairement les capacités d'un jeune homme à négocier une petite rallonge.

– Entendu. Écoute, maintenant que tu as commencé ici, tu ne vas pas creuser ailleurs, alors voyons… 50 bahts de bonus ? Qu'en dis-tu ?

La discussion en resta là. Le neveu entreprit de défoncer la plaque de métal à coups de barre, avec une vigueur renouvelée. À la perspective de la prime de 50 bahts, le jeune homme déploya de fabuleux talents d'ouvre-boîte. Debout au centre du trou, il martela l'indésirable couvercle métallique tout autour de lui. Comme Mel, le fêlé s'attendait probablement à exhumer ce satané cercle de métal rouillé, à trouver une bonne vieille terre bien tassée dessous et, ensuite, il pourrait continuer de creuser son puits sans perdre plus de temps. En tout cas, même dans ses rêves les plus fous, le garçon ne se serait certainement pas attendu à entendre ce craquement, plutôt un grincement de dents, encore moins à voir le métal sur lequel il se tenait céder sous son poids, puis s'ouvrir comme la trappe traîtresse d'un magicien. L'espace d'un quart de seconde, le garçon resta comme suspendu dans les airs, avant d'être aspiré dans les ténèbres.

Dans le petit matin déjà caniculaire, le silence s'étira, aussi élastique que la pâte de farine de riz dont on faisait les nouilles. Criquets et oiseaux en tout genre retinrent leur souffle. Un nuage effilé vint se coller au-dessus de leur tête. Mel se pencha légèrement pour regarder, mais ne vit rien qu'un trou noir. Comme il avait oublié le nom du fêlé, il ne put l'appeler.

– Comment ça va, là-dessous ? demanda-t-il puis, réalisant que la brèche pouvait être profonde, il s'égosilla. OH, COMMENT ÇA VA ?

Pas de réponse.

Un certain nombre de pays dans le monde sont caractérisés par ce que les comportementalistes appellent des habitants au « tempérament méridional ». La Thaïlande fait partie du lot. Le vieux Mel aurait certainement dû courir chercher de l'aide. Il aurait dû aller tambouriner sur la vieille bassine qui pendait à son balcon, afin de rameuter le voisinage, ou encore rejoindre la cabine téléphonique la plus proche, à deux kilomètres de là. Mais Mel était un gars du Sud. Il arracha donc une tige d'herbe et commença à la mâchouiller, assis sur l'un des tuyaux, les yeux rivés sur les abysses. Une idée germa dans son esprit. Et si c'était un cadeau du ciel ? Les fondations d'un vieux puits oublié de tous. Quelle aubaine. Sauf... Sauf qu'il n'y avait eu aucun bruit de flotte quand le fêlé avait disparu. Le truc était donc à sec. Tant pis.

– Eh, mon garçon ! appela-t-il une nouvelle fois, sans conviction.

Toujours pas de réponse.

Mel réfléchit alors au laps de temps à laisser décemment s'écouler avant de céder à l'inquiétude. Il hésitait entre deux options. Filer à la cabane, choper une corde et revenir au galop la nouer à la clôture puis la faire descendre au fond du trou et... Et ses douleurs dans le dos ? Non, ça ne marcherait pas. Il ferait mieux d'appeler son voisin à la rescousse, Gai...

– Mel !

La voix résonna avec un drôle d'écho, comme qui dirait la voix d'une sardine esseulée dans sa boîte.

– Mel ? Vous êtes là ?

– Mais à quoi joues-tu, là en bas ? bougonna Mel. Tu es coincé ?

– Non, non. J'étais un peu K.-O., c'est tout, mais j'ai eu une sacrée chance. Je suis tombé sur... un lit.

– Oh... D'accord. Écoute, c'est rien, un traumatisme crânien, sans doute. Il te faut...

– Non. Je suis sur un lit. Vraiment.

– Et qu'est-ce qui te fait penser ça ?

– Je sens... les ressorts.

– Bah, des racines. Certainement pas des ressorts de matelas, voyons.

Mel haussa les épaules. Dans le cas du neveu, un traumatisme crânien de plus ou de moins ne ferait guère de différence.

– Bien, dit-il. Je vais aller chercher de l'aide.

– Je devrais pouvoir m'en sortir tout seul, Mel. Je ne suis pas loin du trou. Je le vois.

– Tu es blessé ?

– Non, mais ma chemise s'est prise dans l'un des ressorts. Vous devriez descendre jeter un œil. C'est bizarre, Mel. J'ai la sensation qu'il se passe quelque chose de pas normal, ici...

– Mais que vois-tu, mon garçon ?

– Des fenêtres.

Le vieux Mel ricana en douce.

– Récapitulons... Tu es sur un lit et il y a des fenêtres autour de toi. On dirait bien que tu t'es trouvé une chambre meublée. Après tout, cela n'a rien de bizarre...

Il tenta de se rappeler l'adresse de l'hôpital psychiatrique le plus proche. Et se demanda si la couverture santé universelle instaurée par le gouvernement couvrait ce genre de pépin, ou s'il en serait de sa poche puisque l'accident était survenu sur son terrain.

– Y'a aussi... reprit le neveu, avant de s'arrêter net.

– Une lampe de chevet, peut-être ? marmonna le vieux, pince-sans-rire.

– Oh, non. Mel ! Mel !

Mel fronça un sourcil. Cette voix révélait une effroyable terreur.

– Quoi ? Que se passe-t-il encore ?

– Y'a deux squelettes, là, en bas.

Mel n'espérait qu'une chose, ne pas devoir assumer la réinsertion du jeune homme. Ne pas être obligé de l'employer à vie, comme homme à tout faire, vu que son handicap serait... un sacré handicap. À la rigueur, comme épouvantail, pourquoi pas ? Peut-être pourrait-il dénicher une bonne âme qui jurerait que le garçon était déjà mal en point, niveau cerveau, avant sa dégringolade dans le vieux puits. Mieux vaut être prudent, de nos jours, avec tous ces ténors du barreau au chômage. De sacrés casse-pieds, ces avocats.

– Peut-être des squelettes d'animaux ? suggéra Mel, déployant des trésors de patience.

– Non, Mel. Des squelettes de gens...

– Allons, de gens, vraiment ?
– Ben oui. Y'en a même un qui porte un chapeau.

J'arrête là ma prose. Je n'irai pas plus loin. Écrire avec ses tripes, c'est éprouvant. Sans compter que l'exercice ne satisfait que mon ego. Une manière de me rassurer, en somme, comme quoi entre la muse en moi et mon clavier, c'est toujours une histoire d'amour. Une muse que je suis contrainte dans mes articles de tenir en laisse, muselée, si j'ose dire, car dans les salles de rédaction, on ne la porte pas dans son cœur. La presse s'en fiche, de l'amour. Tout ce qu'elle veut, la presse, c'est une passe vite fait dans une chambre de motel, point barre. Elle veut des dates et des heures, des chiffres, des faits, des statistiques. Elle veut les noms et les âges des victimes, mais aussi ceux des coupables, le grade de chaque policier impliqué dans l'affaire, les rapports précis des experts et les déclarations approximatives des témoins oculaires. Ce que je pense, le rédac en chef s'en moque. Je suis juste la nana de la rubrique crimes et délits. Du moins, je l'étais. Chaque fois que je tentais un pas de côté métaphorique, le *Mail* lâchait sa Méduse, chargée de faire respecter la ligne éditoriale. Mon papier finissait par ressembler à un lexique de terminologie criminelle et à un précis de toponymie. Bref, voilà donc ce qui s'afficha dans les kiosques, le dimanche matin.

« DEUX CORPS SANS VIE RETROUVÉS DANS UN VÉHICULE ENSEVELI »

Province de Chumphon. Ont été découverts hier deux cadavres à l'identité inconnue à bord d'un Combi Volkswagen type 2, immatriculation Or Por 243, dans la province de Surat Thani, enseveli au fond d'une plantation de palmiers à huile, sous-district de Bang Ka, district de Lang Suan, province de Chumphon. Le général-major Suvit Pamaluang, de la police de la commune de Lang Suan, a déclaré que les corps avaient été découverts à 8 heures du matin, le samedi 23 août, par M. Mel Phumihan,

propriétaire du terrain susnommé. Jusqu'ici, l'identité des victimes demeure un mystère et il est impossible de se prononcer sur les circonstances qui ont amené ce véhicule à se retrouver enseveli en ce lieu.
À 10 heures, les agents Ma Yai et Ma Lek, du commissariat sous-régional de la municipalité du sous-district de Lang Suan, ont été dépêchés à Bang Ka, suite à un appel reçu à 9 h 23. Ils ont été accueillis à leur arrivée à la plantation du sieur Mel par le sieur Mel en personne, âgé de 68 ans, et son ouvrier Anuphong Wiset, 22 ans. C'est en creusant un puits que les deux hommes ont rencontré un obstacle inhabituel sous la forme d'un van Camper Volkswagen année 1972, bien connu en Occident sous le nom de Combi, anciennement rouge à bordures crème. La description du véhicule a été faxée au commissariat de Surat et les policiers s'efforcent à cette heure encore de trouver trace de tout véhicule signalé disparu répondant à cette description. Le sergent Monluk Pradibat, du Central des Immatriculations de Bangkok, a informé notre rédaction que « l'origine du van devrait être particulièrement difficile à identifier, l'enregistrement informatique des véhicules disparus ne datant que de 1994, toutes données antérieures à cette date étant enregistrées sur formulaire papier à notre dépôt central ».
En ce qui concerne l'identification des corps, le commandant Mana Sachawacharapong, chef du commissariat de Pak Nam, juridiction dans laquelle cette découverte a eu lieu, a bien voulu confier à notre reporter : « L'identité des cadavres et les causes de la mort sont en cours d'investigation. Je peux néanmoins vous certifier que nous nous trouvons face à trois options, l'accident, le meurtre ou encore la catastrophe naturelle. » En aparté, le capitaine cependant « n'exclut pas le suicide ».

Elle a toujours fait ça, la police thaïe. Assurer ses arrières. Quatre balles en pleine tête dans un laps de temps de vingt minutes ? N'excluons pas un suicide. Ils ont récemment découvert une tête dans un sac plastique, se balançant au bout d'une corde attachée à la poutre d'un pont de Bangkok. Je vous le donne en mille. Eh bien oui, ils n'ont pas écarté l'hypothèse d'un suicide. Les gradés de la police adorent la presse. Tout est bon pour se faire mousser. Plutôt que d'admettre : « Nous n'en avons pas la moindre idée », l'officier supérieur de service va vous énumérer toute une liste de scenarios les plus gore, et peu importe s'il n'a jamais mis les pieds sur la scène du crime. Dès lors que vous orthographiez son nom correctement, il va vous tenir le crachoir la journée entière. Vous l'avez peut-être remarqué, j'ai comme une dent à l'encontre de nos gentlemen en kaki.

La bonne nouvelle, c'est que je suis de retour. D'accord, on ne m'a pas autorisée à signer, les quotidiens thaïs se défient du narcissisme des journalistes, mais au moins étais-je revenue d'entre les morts. J'ai beau vivre dans le trou-du-cul du monde, je sais encore flairer une bonne affaire. Après neuf mois de chroniques sur le trafic autoroutier et de statistiques sur la récolte de la noix de coco, cette histoire de cadavres en Combi m'a donné le frisson. Je vous en prie, mon Dieu, faites que ce soit un meurtre, ai-je prié. Ne vous méprenez pas. Je ne suis pas particulièrement avide de sang. C'est juste que, pour un peu, j'avais fini par oublier que l'homme reste un loup pour l'homme.

J'étais assise, tranquille, sous l'auvent en chaume de l'un de nos bungalows, face à la baie, en train de vider mes maquereaux, lorsque j'avais entendu à la radio l'histoire du Combi, dans le champ du vieux Mel. Il faut savoir que dans notre village du bout du monde, les bars et les anchois sont rares, voilà pourquoi vider des maquereaux constitue en règle générale le moment fort de la semaine. Kow, capitaine de pêche, apparut sur sa Honda Dream, le panier de son sidecar lui tenant lieu de rayon poissonnerie. Il est un peu notre Paul Revere à nous. Pas besoin de téléphone cellulaire ni de connexion Internet avec le capitaine Kow. J'ignore comment il s'y prend pour être toujours au courant de tout une bonne heure avant la BBC.

– Vous avez entendu ? aboya-t-il, m'agaçant au plus haut point – car après tout, qui c'est la journaliste, ici ? Ils ont trouvé une voiture avec des corps dedans, dans le terrain du vieux Mel.

Il me sourit. Avec ses dents de devant en moins, Kow a la tête d'une boîte à lettres quand il sourit. Une carence qui curieusement suscite la méfiance, et pourtant Kow dit toujours la vérité. À cause de son accent du Sud à couper au couteau, je mis quelques secondes à décoder ses paroles.

– Qui est le vieux Mel ? demandai-je.

– Il possède une vingtaine d'hectares, sur la route de Bang Ka, juste avant Bang Ga.

J'étais aux anges. Pensez donc, ma première décharge d'adrénaline depuis un an. Vite, je devais m'y rendre. Arnon, mon petit frère, plus connu sous le charmant surnom de Arny, était quelque part avec la camionnette ; grand-père Jah, quant à lui, avait pris la moto. Je n'avais pas d'autre choix que d'emprunter le vieux vélo de la tante de Mair, celui avec le panier métallique à l'avant. Je le dis à maman qui me répondit, d'un ton las : « N'oublie pas de faire le plein », du fond de sa boutique. Bien sûr, maman, bien sûr.

Excepté le pont qui enjambe la rivière Lang Suan, les routes par ici sont plutôt plates, avec plantations de palmiers et de cocotiers à perte de vue. Joli, à condition d'aimer la verdure. Ce n'est pas mon cas. Çà et là se dressent des pitons calcaires, ce qui fait un peu désordre quand on a un faible pour la symétrie, mais pas l'ombre d'une colline. Le terrain de Mel se trouvait à une bonne dizaine de kilomètres, or l'exercice n'est pas mon fort. Mais vous savez ce que c'est, quand l'odeur du sang vous titille les narines. Mes petites jambes appuyant frénétiquement sur les pédales et le stress aidant, j'allais bon train quand me revinrent les souvenirs de ma gloire passée. Ces crimes merveilleux que j'avais couverts, ces cadavres qui avaient croisé mon chemin, les cocus castrés, les guichets automatiques éventrés, les drogués, les défenestrations de lesbiennes, les bagarres entre bandes rivales de motards, les camions affrétés pour la contrebande, les mystérieuses mutilations de routards, les accidents de bus scolaires en excès de vitesse, les pseudo-voyants arnaqueurs, les gangsters que j'avais démasqués (en prenant soin de préserver mon anonymat), les agressions à l'arme blanche, les étranglements, les égorgements… Oh, la liste est longue.

Quelle carrière, alors, j'avais devant moi ! Mon nom, Jimm Juree, était synonyme partout en Thaïlande de reportages d'excellence sur tout ce que le pays comptait de crimes et de délits. La Méduse de la rédaction elle-même, avec sa censure, n'avait pas réussi à me dégoûter de mon job. J'étais respectée. Assise à la droite du maître du journalisme des bas-fonds, Saeng Thip, le titulaire du poste. Saeng Thip avait un talon d'Achille : sa passion pour le rhum. Tout le monde savait que sa santé laissait à désirer, que ses jours étaient comptés. On lui donnait six mois. Ensuite, ce serait mon tour. Je serais adoubée. La première femme reporter en chef de la rubrique crimes dans l'histoire du *Chiang Mai Mail.* La seconde dans tout le pays. Rien que ça. J'étais sur un nuage.

Et puis, par une chaude soirée d'été, en août de l'année dernière, patatras, la belle lanterne céleste en papier de riz a pris feu et s'est crashée. Je n'ai pas dû graisser la patte des bonnes personnes, dans une vie antérieure. Notre mère, Mair, malgré le flagrant délit dont elle s'est à l'évidence rendue coupable dans l'affaire, persiste à vouloir faire porter le chapeau au destin. Le karma, comme elle dit. À vrai dire, je ne crois pas que ce soit une coïncidence si elle a redécouvert le bouddhisme *grosso modo* aux premiers symptômes de la démence sénile.

Ce soir-là, il y a un an presque jour pour jour, restera gravé à jamais dans mon disque dur. Je revois encore la scène. J'entends la bande-son. Je connais par cœur l'arrêt sur image et cette expression horrifiée sur mon visage.

Un vrai cauchemar, d'autant plus que j'avais eu une super journée. Et quand je dis super journée, je pèse mes mots. On avait découvert un petit vieux, dans le district de Mae Rim, tué d'une balle dans la tempe. L'arme du crime, un stylo-pistolet. La police avait arrêté le voisin, un ado, délinquant à ses heures, porteur d'un tatouage à l'épaule représentant un chaton empalé sur une lance. J'avais déjà eu affaire à lui, avant ça. Ce gamin, c'était un vrai diable, je le savais, mais de là à tuer, je doutais qu'il ait pu avoir ce cran-là. Ce n'était pas le genre.

Il avait été élevé par ses grands-parents, plutôt mal, durant les treize dernières années ; sa mère, hôtesse dans un bar, l'ayant abandonné avant de s'évanouir dans la nature. Côté éducation, le papi et la mamie n'avaient pas plus brillé avec lui qu'avec leur fille. Je décidai d'aller les interviewer. Le dossier était officiellement clos pour la police, et le garçon n'en était qu'au début d'une longue traversée du désert assez glauque, avec au bout du tunnel une cellule dans une prison pour adultes. Il avait menacé le vieux devant témoins et la police avait découvert l'arme du crime sous sa natte. Elle ne chercha pas plus loin. Famille pauvre comme Job. Pas les moyens de s'offrir un avocat. Bref, un cadeau pour les amateurs de statistiques. La grand-mère était bouleversée, pas en état de collaborer. En revanche, je trouvai le grand-père particulièrement nerveux. Il avait été le compagnon de beuverie du trépassé. Amis depuis l'école primaire. Pas vraiment loquace, le papi. Mais des quintes de toux et des regards fuyants que j'aurais pu me contenter d'attribuer à une angine de poitrine sournoise, ou au chagrin lié à la perte de son camarade. Pourtant, je devinais autre chose. Ce type avait besoin de se confier.

Je me rendis au débit de boisson du coin et me présentai chez les grands-parents avec un demi-litre de whisky Mékong. Je proposai de porter un toast au défunt, en lui souhaitant bon vent dans son périple vers le nirvana, jusqu'à sa prochaine réincarnation. Sans doute s'y débrouillerait-il mieux qu'il ne l'avait fait ici-bas. Papi remplit les verres sans piper mot. Sa main tremblait légèrement quand il me tendit le mien.

Puis il porta le sien à ses lèvres, et marqua une pause. Il renifla les effluves de son whisky et contempla le breuvage couleur mélasse, comme si sa conscience y flottait.

– On était soûls, cette nuit-là, dit-il, plus à son verre qu'à moi ; je posai le mien pour l'écouter. On l'était souvent, mais ce soir-là plus que les autres… Il rentrait juste de Fang avec une demi-douzaine de bouteilles de gnôle et cette foutue amulette, achetée à un type de la tribu Akha, il m'a dit. Le machin était magique, d'après lui. Un peu avant, il avait vu le Akha regarder un fusil dans les yeux et même pas broncher quand sa régulière lui avait tiré dessus. La balle avait rebondi sur lui… c'est ce qu'il a dit.

Ainsi commença sa confession et, pendant tout ce temps, aucun de nous deux ne toucha au whisky Mékong. N'empêche, je ne regrettai pas mes 82 bahts. À son retour donc, convaincu que l'amulette le protégeait des balles, le vieux retrouva son ami et, la soirée filant, tous deux burent plus que de raison. Le voisin finit par titiller son ami. « Vas-y ! Tire-moi dessus. Tire-moi dessus puisque tu ne me crois pas. »

– Au début, j'ai fait comme si je n'entendais pas, expliqua le papi. Mais il n'a pas voulu en démordre. Je savais que le gamin planquait un stylo-pistolet. Je l'avais vu. Je suis allé le chercher, plus pour lui faire peur qu'autre chose. Juste pour le faire taire, vous voyez ? Mais de voir le pistolet, ça l'a encore plus excité. « Allez », il a dit. « Je sais que tu ne me crois pas. Vas-y, espèce de lâche, fais-le. »

– Et vous l'avez fait, dis-je.

– Ouais.

Le garçon fut relâché, le papi accusé d'homicide involontaire. Le *Mail* me donna le feu vert pour le papier, façon témoignage. Ce qui déplut fortement à la Méduse. Elle gomma tous mes adjectifs et vida mon article de sa substance. Mais ça restait mon histoire. J'avais résolu une affaire classée par la police. Difficile de décrire l'effet que ça fait. Ça aurait dû être le jour le plus heureux de la semaine. Pour fêter ça, j'achetai un fût de cinq litres de Mont-Clair rouge et deux paquets de biscuits Tim Tam. Je nous imaginais déjà tous, réunis autour de la table de la cuisine, un peu éméchés, riant des égarements de Mair, atteinte de dédoublement de la personnalité chaque fois qu'elle trempe ses lèvres dans de l'alcool.

On avait une petite échoppe, juste à côté de l'Université de Chiang Mai. La nuit, on entendait les cris haut perchés des pom-pom girls à l'entraînement, presque des femmes, les motos des joyeux fêtards pétaradaient, empruntant sans vergogne les plates-bandes du campus. Les intellectuels, quant à eux, allaient chercher au Starbucks un peu de calme devant un chocolat-croissant. Les études ne bénéficient plus du prestige qu'elles avaient de mon temps. Notre boutique vendait de tout et de rien. Paquets de nouilles, galettes de riz, tortillons anti-moustiques, shampoings, bières, ce genre d'articles. Une sorte de 7-Eleven à l'ancienne. Mair avait fait installer une batterie de lave-linge pour les étudiants qui invariablement achetaient un petit truc à grignoter ou à boire, pendant que leur linge tournait. Pas loin de la boutique, il y avait une résidence pleine de *farangs*, ces Occidentaux incapables d'envisager une nuit devant leur télé câblée sans un stock de bières Singha. Notre fonds de commerce, en fait. Pas de quoi faire la Une de *Forbes*, mais ça roulait plutôt bien. Le modeste logis dans lequel nous avions grandi, la seule maison que nous ayons jamais connue, se trouvait juste derrière.

Pour rentrer, je devais couper par le campus, un raccourci aléatoire, les gardiens s'esquivant en règle générale avant l'heure officielle, par peur des embouteillages en ville. Il n'était même pas 16 h 50 que déjà les portails étaient fermés. Barrés par une lourde chaîne. Un étudiant thaï malingre pouvait facilement se faufiler par la fente entre les deux grilles. Mais pas les violeurs balèzes. Les filles pouvaient dormir en paix, dans leur dortoir. Je garai ma moto à côté du poste de garde et me glissai par le portail. Encore quelques semaines de régime pizza et je serais forcée de faire le grand tour.

Je compris tout de suite que quelque chose clochait en voyant grand-père Jah assis sur le bord du trottoir, devant notre échoppe, en short et maillot de corps, les pieds nus dans le caniveau. Rien d'inhabituel jusque-là. Il aimait s'asseoir là. Ces dernières années, regarder les voitures défiler devant chez nous était devenu sa raison de vivre. Ce qui l'intéressait ? La plaque minéralogique, l'état de la carrosserie et surtout, fusiller les automobilistes du regard. On était en pleine heure de pointe, son moment préféré, pourtant il se tenait tête baissée et semblait indifférent au trafic de cette fin de journée.

Je lui demandai s'il allait bien, ce à quoi il répondit par un haussement d'épaules, en pointant un pouce derrière lui. Grand-père Jah n'avait jamais été bien bavard et je ne compris pas la signification de son geste. Deux clients faisaient les cent pas, dans la boutique, attendant que quelqu'un veuille bien les servir. Grand-père aurait pu lever ses fesses et y aller, histoire de travailler un peu pour changer. Mais non. Il y avait trop de bagnoles à observer pour ça. J'appelai Mair, mais personne ne vint. Alors, je servis les clients moi-même et traversai ensuite la cour, direction la cuisine. Ce qui s'offrit à mes yeux me fit aussitôt penser à une cour martiale.

Dans la cuisine, ma sœur Sissi (qui était jadis Somkiet, mon frère aîné) trônait au bout de la table. Face à elle, massif, mon frère Arny, un frère resté frère, lui. Arny était bodybuilder et son tee-shirt collait ce soir-là tellement à son torse musclé qu'on l'aurait dit tatoué sur son corps d'athlète. Il tenait un mouchoir en papier tout chiffonné dans sa main droite ; manifestement, il avait pleuré.

Entre les deux se trouvait notre mère, Mair, vêtue de son ensemble noir très austère, celui qu'elle réservait aux heures graves. Légèrement maquillée, coiffée d'un chignon lao, elle avait l'élégance de ces femmes d'âge mûr qui dirigent d'une main de maître nombre de nos entreprises de pompes funèbres. Mair, plus belle que je ne l'avais vue depuis bien des mois. Malgré un détail :

son chemisier blanc boutonné de travers, sous sa veste. Cela aurait pu être un effet de mode, mais je savais que non. Je rompis le silence.

– Quelqu'un est mort ? demandai-je.

– Nous, répondit Sissi en levant les yeux au ciel, plus précisément aux poutres qui soutenaient notre toit.

La température avait frôlé les 34 °C, ce jour-là, mais, comme à son habitude, elle portait des lunettes de soleil et une large écharpe en soie, la faute à son cou flasque qui, prétendait-elle, la faisait ressembler à un dindon. Grief un peu excessif, d'après moi, car son cou n'était pas si mal. La vérité, c'est qu'il n'y a rien de plus triste qu'une ex-reine de beauté transsexuelle vieillissante.

– L'un d'entre vous daignerait-il m'expliquer ce qui se passe ? dis-je, quelque peu impatiente.

Évidemment non. Personne ne dit rien. Les geckos au plafond étaient en train de prendre position autour du néon, encore éteint à cette heure, et se léchaient bruyamment les babines, se réjouissant à l'avance de la nuit qui s'annonçait copieuse. Ma famille, elle, demeurait silencieuse.

– Elle a vendu.

Comme surgi d'outre-tombe, grand-père se matérialisa dans mon dos. Je n'avais pas remarqué qu'il m'avait suivie. Il se tenait sur le seuil de la cuisine, bras croisés. Il y avait si longtemps que je n'avais entendu le son de sa voix que j'en avais oublié à quoi elle ressemblait. Bien, la famille étant maintenant au complet, je posai sur Mair un regard interrogateur. Chère mère. Son trait de caractère le plus merveilleux, quoique angoissant parfois, est sans conteste son stoïcisme. Rien ne semble jamais la décontenancer. Elle accueille toujours indifféremment et avec le même sourire les nouvelles les plus horribles, tragédies et autres catastrophes. Ses jolis yeux pétillent parfois, et elle amorce alors un imperceptible hochement de tête. Je l'imagine souvent naufragée du *Titanic*, Leonardo DiCaprio barbotant et crachotant autour d'elle, sombrant doucement dans l'eau glacée avec, pour ultime vision, le sourire énigmatique de

Mair. C'était ce même sourire qu'elle arborait, là, ce soir, à la table de notre cuisine, et soudain je compris que derrière le rictus se cachait l'indicible.

– Mair ?... Qu'as-tu fait ? demandai-je.

– Je...

– Elle a tout vendu, lâcha Sissi. La maison, la boutique, tout.

Ce n'était pas vrai. Cela ne pouvait pas être vrai, bien sûr que non.

– Mair ? répétai-je en la regardant.

Elle haussa à moitié un sourcil. Pas vraiment un démenti. Alors ce fut comme si le plancher se dérobait sous mes pieds. Je me laissai choir sur la première chaise à portée de main.

– Notre vie sera bien plus agréable, dit Mair. J'ai décidé qu'il était temps de partir.

– Vous aurez noté son souci de nous consulter au préalable, persifla Sissi.

– Comment as-tu pu prendre une décision pareille sans nous en parler ? m'exclamai-je. C'est notre maison. Nous y avons grandi.

– Nous avons le droit d'y mourir, renchérit grand-père avec à-propos.

– Le changement est bénéfique, c'est comme prendre des vacances, répondit Mair. C'est à vous que je pense. Et vous me remercierez, un jour.

– On ne peut pas annuler la vente ? m'enquis-je auprès de Sissi.

Elle était un peu notre administratrice, notre notaire et notre comptable surtout, tout ça à l'œil. Je savais qu'elle avait dû éplucher les papiers. Elle sortit une liasse de documents de son sac Vuitton de contrefaçon locale, les jeta sur la table.

– L'acte est signé, certifié et authentifié, dit-elle.

À l'autre bout de la table, Arny laissa échapper un soupir, presque un râle de moribond. Sur le pas de la porte, grand-père, lui, fulminait. Nous savions tous que l'acte de propriété aurait encore dû être à son nom, sauf qu'il avait obéi à grand-mère, sur son lit de mort. Vraiment obéi, pour la première fois de son existence.

– Cède nos biens à notre fille, avait-elle exigé. Tu peux claquer à chaque seconde, et ces bâtards de la mairie suceraient notre patrimoine à coups de taxes et de pénalités. Il n'en restera rien. Donne tout à notre fille.

Et grand-père s'était exécuté. Avait respecté l'ultime promesse faite à cette femme qu'il n'avait jamais vraiment respectée, ni écoutée. Une seule fois, il avait fait ce qu'elle lui demandait, et voilà où ça nous conduisait. Au titre d'unique propriétaire, sa fille n'était tenue par aucune obligation légale à quoi que ce soit envers nous pour prendre sa décision. Aucune obligation *légale*.

Je pris le temps de la réflexion.

– Très bien, dis-je. Écoutez, peut-être n'est-ce pas une si mauvaise chose.

– Pas une mauvaise chose ? s'écria en écho Sissi qui frémissait sur sa chaise comme un sauté de porc sur le feu.

– Non.

Je mentais, bien sûr. J'étais aussi bouleversée que les autres, mais je me devais d'instaurer au plus vite une trêve entre les membres de ma famille.

– Non... Nous savons tous que cette maison a besoin de travaux, dis-je avec détermination pour tenter de démentir l'expression de mon regard, que je savais hagard. Le toit fuit de partout, même quand il ne pleut pas, et nous hébergeons une colonie entière de termites. On pourrait utiliser l'argent de la vente pour trouver quelque chose de mieux, ailleurs... Du coin de l'œil, je vis Arny secouer la tête. Je décidai de l'ignorer, comme si cela allait le stopper net. Peut-être à la périphérie de la ville, pas très loin. On pourrait même avoir un petit jardin...

Sissi éclata de ce rire hautain qu'elle avait appris en regardant les séries télé.

– Oh oh ! Mais tu n'as pas encore entendu le meilleur de l'histoire, dit-elle. Car il y a autre chose. Le déménagement est déjà programmé, petite sœur.

– C'est-à-dire ?

– L'argent que j'ai retiré de la vente de cette vieille bicoque, je l'ai investi dans un adorable hôtel, dans le

Sud, répondit Mair, non sans fierté. Comme nous serons heureux, là-bas. C'est vraiment un rêve qui se réalise.

Le genre de rêve que l'on peut avoir après consommation d'un *hor mook* ultra épicé et de riz gluant, juste avant d'aller se coucher. Je sentis comme un nœud dans ma gorge. Le Sud ? Ils se faisaient sauter les uns les autres, dans le Sud. Tout le monde migrait vers le Nord, et nous… On irait dans le Sud ?

– Le Sud où ? demandai-je.

– Le Sud, tout au sud, dit-elle.

« Je crois que les êtres humains et les poissons peuvent coexister pacifiquement. »

George W. Bush
Saginaw, Michigan, 29 septembre 2009

Le terrain sur lequel se trouvait la maison devait servir à poser les fondations d'une tour d'habitations. Les nouveaux propriétaires nous donnaient en tout et pour tout deux mois pour dégager de ce qui était notre héritage. Trente-quatre ans de ma vie, de bons et de moins bons souvenirs à emballer dans des cartons. Après, ce serait le saut dans l'inconnu. Et tout ce que Mair savait de l'inconnu, c'était l'image de synthèse laissée à la libre interprétation de l'artiste représentant le Gulf Bay Lovely Resort et son restaurant, Maprao, province de Chumphon. Je mis un certain temps à localiser l'endroit. C'est l'une de ces provinces thaïes où personne ne met jamais les pieds. Vous voyez à peu près où ça se situe, mais sur une carte, pour mettre le doigt dessus, c'est la croix et la bannière. Un peu comme le Liberia.

Le premier mois du compte à rebours fut marqué par une série de pow-wows, conciliabules où chacun de nous plaidait sa cause, comme quoi il lui était absolument impossible de quitter Chiang Mai. Sissi avait son commerce d'informatique à faire tourner et, franchement, elle doutait qu'ils aient même l'électricité, dans le Sud. Arny, quant à lui, s'entraînait pour l'Adonis du Nord 2008, *the* compétition du bodybuilding dans notre cher pays. Par deux fois, il avait raté d'un infime tressaillement des pectoraux la qualification pour la finale nationale, et nous étions tous convaincus que cette année serait la bonne. Il avait besoin d'une salle de muscu digne de ce nom, ainsi que de stéroïdes. De son côté, grand-père Jah insista sur le taux d'homicides dont était frappée Nakhon Si Thammarat, plus important là-bas que dans toutes les autres provinces. (Argument pas vraiment pertinent, vu que Chumphon se trouvait à deux provinces de là.) Et moi là-dedans ? Bon sang. Je n'étais plus qu'à une crise cardiaque du siège suprême. J'aimais mon job. Bref, je m'en irais de Chiang Mai à peu près avec le même entrain que j'irais tremper toute une nuit dans un bain de mucus de belette. Je ne pouvais pas partir. Je ne voulais pas partir.

Quant à Mair, eh bien, elle semblait parfaitement sereine. Adieu la grande ville polluée, adieu le Nord, son esprit suçait déjà des glaçons sur une terrasse du Gulf Bay, face à la plage, bercée par le doux clapotis des vagues.

– Ne vous inquiétez pas, nous dit-elle un jour, tout sourire. Votre maman est assez grande pour veiller sur elle. Faites ce que vous avez à faire et soyez heureux. Ne vous tracassez pas pour moi. Et puis, je peux toujours embaucher du personnel…

Je ne pense pas qu'il y avait malice dans ses propos. Je pense qu'elle se croyait réellement capable de se débrouiller seule.

– Ce n'est qu'un petit hôtel, poursuivit-elle. Cinq chambres seulement. Sans doute moins difficile à gérer que l'éducation de quatre enfants indisciplinés.

À moins qu'elle ne nous ait caché quelque chose, des enfants, elle n'en avait que trois, mais Mair avait de plus en plus de mal avec les chiffres. En fait, un certain nombre de choses du quotidien commençait à lui poser problème. Voilà pourquoi, deux mois plus tard, en pleine mousson, victimes de nos obligations familiales, nous nous retrouvâmes largués au bout du monde, avec notre désespoir sous le bras. En tout cas, Mair, moi, Arny et grand-père Jah. Sissi, elle, emménagea dans un studio à Chiang Mai, avec ses ordinateurs et son barda. Ma sœur a certains problèmes, voyez-vous. Et l'un de ces problèmes consiste à ne pas être vue en public. Un peu comme la star déchue machin chose, dans *Sunset Boulevard*. Et ledit « public » s'applique tout particulièrement aux communautés rurales de pêcheurs. Sissi se retrouva confrontée à un dilemme : devoir familial et vie privée. Ce n'était pas la première fois qu'elle avait le cul entre deux chaises. Elle s'en remettrait.

Arny et moi prîmes l'engagement solennel de veiller sur maman, ce qui ne nous empêcha pas de rouspéter sur les injustices de l'existence. Maprao, tel est donc le nom de notre village d'exil, cerné par les plantations de cocotiers. D'ailleurs, Maprao signifie « cocotier », en thaï. Au beau milieu d'une baie appelée Glang Ow. D'ailleurs, Glang Ow signifie « au milieu de la baie », en thaï. La petite ville la plus proche se trouve à l'embouchure d'une rivière. Son nom, Pak Nam. Je suppose qu'il serait superflu que je vous traduise Pak Nam ?... Lang Suan, la rivière en question, traverse le district de Lang Suan, à partir de la ville de Lang Suan. Lang Suan veut dire « derrière le jardin », on suppose donc que la rivière devait traverser autrefois le jardin de quelqu'un.

On dénombre très exactement vingt-huit villages du nom de Maprao dans la région, une bonne trentaine de Thaï Bays, trente-quatre Middle Bays et trente-neuf River Mouths. Dans le Sud, 1 276 villages portent le nom d'un fruit ou d'un légume. Et ils sont 2 567 à avoir été baptisés du nom d'un de leurs habitants. Pour moi, c'est bien cette absence flagrante d'imagination qui caractérise le Sud. J'ai même du mal à croire que quelqu'un par ici ait suffisamment de curiosité pour s'asseoir devant l'écran d'un ordinateur. Vous m'avez comprise. Si les Thaïs du Sud avaient colonisé l'Australie, ça se saurait, la cérémonie d'ouverture des Jeux olympiques de Sydney se serait tenue à Pattaya.

La description chiffrée du Gulf Bay Resort s'avéra au bout du compte flatteuse à l'excès. Car en chair et en os, l'endroit ressemblait plutôt à une décharge publique, plantée au milieu de marécages infestés de moustiques, bombardée par la mousson trois mois par an, à des kilomètres de la plus proche route touristique et... À pleurer. Chaque année, à la saison des tornades tropicales, la mer s'approprie un nouveau bout de plage, si bien qu'à notre arrivée, notre hôtel ne se tenait plus que sur une malheureuse bande de sable, susceptible d'être submergée à la prochaine marée haute. Déterminée à ignorer les failles de son acquisition, Mair s'affaira à faire tourner la boutique de l'hôtel, chichement garnie, en chantant à tue-tête. Arny de son côté prit la responsabilité des chambres, quant à moi, je tirai à la courte paille et fus chargée de faire bouillir la marmite. Voilà comment, depuis bientôt dix mois, je peinais et souffrais, pas toujours en silence, jusqu'à cette merveilleuse journée où le capitaine Kow fit son apparition, monté sur sa Honda, beuglant que l'on avait retrouvé deux corps ensevelis dans un Combi Volkswagen.

Après dix minutes passées à demander mon chemin sans vraiment comprendre les réponses, je parvins tant bien que mal à rejoindre la plantation du vieux Mel. Aucune clôture ne délimite les champs de palmiers, par ici. N'importe qui peut se pointer avec un semi-remorque et emporter quarante arbres, si ça lui chante. Mais jamais personne ne le fait. En sueur et toute flageolante de ma chevauchée, j'engageai le vélo de Mair sur le chemin sablonneux. Des chiens vinrent à ma rencontre. Je ne suis pas trop fan des chiens et ces deux-là n'allaient certainement pas me convertir. J'eus droit à leur escorte, grognements et bave aux babines à l'appui, et c'est soulagée que j'atteignis le fameux terrain. Il y avait là un fourgon de police et, juste derrière, un attroupement. Aux États-Unis, vous seriez tombé sur un cordon de sécurité avec flics en faction, mais pas ici. Des policiers posaient pour la postérité face à des journalistes, devant un trou qui s'élargissait à vue d'œil. Tout le voisinage était là, les uns avec une pelle, les autres avec une pioche, dégageant avec précaution le Combi, comme si on avait affaire à un dinosaure inhumé là depuis des lustres.

L'avant du véhicule avait été exhumé. Le conducteur et sa compagne regardaient droit devant eux, à travers un pare-brise d'une surprenante propreté. Tous deux à l'état de squelette, ils n'en donnaient pas moins l'image d'un couple en goguette pour le week-end. Le conducteur tenait le volant et, même si sa ceinture de sécurité et sa barbe lui tombaient depuis longtemps sur les genoux, sa casquette synthétique John Lennon restait, elle, fermement fichée sur ses cheveux longs. Sa nana avait eu moins de chance. Elle était aussi chauve qu'une boule de billard et seule sa stature, ainsi qu'un large collier de fausses perles en verre et plastique à son cou trahissaient son sexe.

Au début, les terrassiers et les deux poulets m'ignorèrent, aussi je pensai un moment grimper sur le Combi pour prendre des photos. Manifestement, aucune investigation sur la scène du crime ne semblait à l'ordre du jour. Bref, c'était le foutoir et je décidai d'aller mettre de l'ordre. Je m'avançai vers les policiers, me plantai entre eux sous le mitraillage incessant des appareils photo et déclarai : « Messieurs, je m'appelle Jimm Juree, rédactrice adjointe au service criminel du *Chiang Mai Mail* (j'omis délibérément de préciser ex-) et je suis ici pour faire un reportage sur cette affaire. »

Un certain émoi parcourut la masse des photographes et les terrassiers lâchèrent leur outil. Je doutais que les deux jeunes agents aient entendu parler du *Mail* et, d'ailleurs, qu'ils aient même jamais lu un journal, mais je ne me laissai pas intimider et, tel un cow-boy sur son colt, je posai la main sur mon appareil photo, suspendu à mon épaule. Après une poignée de secondes, je commençai à me demander s'ils étaient muets, quand le plus jeune des deux prit la parole.

– J'ai un cousin, à Chiang Mai, dit-il. Kovit.

Un instant, je craignis qu'il ne me demande si je le connaissais, mais au lieu de cela, à ma grande surprise, il m'expliqua que son cousin occupait le poste de directeur adjoint des jardins zoologiques et qu'il avait décliné les ponts d'or que lui faisaient les Européens, préférant rester à Chiang Mai pour participer au grand projet d'accouplement avec nos pandas. D'accouplement des pandas entre eux, je suppose. Le partenaire de l'agent de police y alla de sa science en précisant, ce que l'on savait peu, que la durée de vie d'un panda était de dix ans et que la bonne période de fertilité des femelles pour mettre bas n'excédait pas trois ans. Il ajouta que ces animaux n'étaient pas des bêtes de sexe, c'étaient ces dames qui décidaient quand et où « la chose devait se faire ».

Tout cela était fascinant et visiblement le sujet les occupait souvent, mais la question demeurait en suspens. Cela me donnerait-il l'exclusivité pour le Combi ? La réponse arriva sous la forme d'un second fourgon brun et crème duquel descendit le commandant Mana, chef du commissariat de Pak Nam, homme d'âge moyen, dont le visage miel foncé luisait du même éclat que les insignes, à son épaulette. Court sur pattes, il vint vers nous, un peu comme marcherait un panda affublé d'un uniforme trop petit pour lui. Je me demandai si les deux agents s'étaient fait la même réflexion.

Dans le sillage du chef descendit du fourgon un jeune officier plutôt svelte, avec un appareil photo antédiluvien qui semblait peser une tonne. Le commandant Mana passa plusieurs minutes à ajuster sa casquette sur son crâne et à se regarder dans le rétroviseur, puis il passa devant moi et les agents sans s'arrêter, avec la dignité due à son rang. Une fois au bord du trou, il observa l'avancée des fouilles d'un air entendu. Le flic à l'appareil photo s'avança, régla son objectif et prit ce qui serait probablement un fantastique cliché de son supérieur supervisant une scène de crime, à condition que la photo rende bien, ne soit pas sur- ou sous-exposée, ou encore que la pellicule n'ait pas fondu dans l'appareil. Les modèles numériques ont beau ne pas séduire les connaisseurs, au moins on n'est pas obligé d'attendre une journée pour constater que l'on a raté sa photo.

Son devoir manifestement accompli, le commandant Mana retira sa casquette, s'épongea le front avec un mouchoir et rebroussa chemin, direction le fourgon. L'un des deux agents experts en pandas avança d'un pas et le salua à son passage.

– Commandant. Monsieur, dit-il. Voici *Nong* Jimm, journaliste à Chiang Mai.

Je déteste quand on m'appelle « petite sœur ». Comme si, simplement parce que vous êtes petite et pas ridée, vous n'étiez qu'une gamine et, en ce sens, ne méritiez pas le respect. Conséquence de l'écrasante chaleur ou profond respect dû au quatrième pouvoir, toujours est-il que le commandant Mana déborda soudain de délicatesse à mon égard. Il joignit ainsi les mains pour répondre avec humilité à mon *wai*, mais avec un tel empressement qu'il en perdit sa casquette.

– *Nong* Jimm, dit-il en s'écartant pour permettre aux deux agents de ramasser son couvre-chef et de l'épousseter. Bienvenue dans notre province. S'il y a quoi que ce soit que je puisse faire pour rendre votre séjour agréable, vous n'avez qu'un mot à dire…

Je connaissais par cœur ce genre d'individu. Aussi fuyant qu'un serpent plongé dans un bidon d'huile moteur. Je décidai de tirer avantage de sa méprise, avant qu'il n'apprenne que je vivais à trente minutes à vélo de là.

– Une fois que j'en aurai terminé ici, je serai honorée de pouvoir échanger quelques mots avec vous, dis-je, éblouie par les reflets du soleil sur ses dents.

– Dans ce cas, permettez-moi de vous convier à un déjeuner de travail, suggéra-t-il. Lorsque vous en aurez fini ici, bien sûr.

Parfait. Il était dans mon intérêt de connaître les acteurs locaux du maintien de l'ordre. Et puis, peut-être pourrais-je avaler pour une fois quelque chose qui ne nageait pas. Un bon rôti de porc suffirait à illuminer ma journée. Ou une tranche de jambon. Ou de gibier. J'étais prête à sortir le grand jeu de la fille trop heureuse de partager la table d'un homme si illustre pendant une heure, pour une assiette de n'importe quoi qui, quelques jours plus tôt, batifolait encore dans les champs. La carnivore qui sommeillait en moi s'étiolait.

Je m'étonnai moi-même de l'ampleur de mon bonheur à me trouver là, sur le site d'exhumation de ce Combi. Bientôt un an que je vivais dans la province de Chumphon et, pour une raison que j'ignore, pas une fois je n'avais joui de la compagnie d'autant de mâles du cru. Qui apparemment n'avaient rien de mieux à faire. Certains étaient à peu près de l'âge de grand-père, ce qui ne les empêchait pas de faire valser leur pioche avec la vigueur d'hommes rompus à transporter les vaches blessées sur leurs épaules. Et tout était prétexte à la joie, pour eux. Ils s'esclaffaient tout en creusant. Les réflexions et les éclats de rire fusaient. Privée de traduction simultanée thaï du Nord/thaï du Sud, je ne pus, à mon grand regret, apprécier leurs plaisanteries à leur juste valeur. Mais la chose la plus drôle de cette matinée restait le désastre infligé à la scène du crime sur le plan médico-légal.

Je pris un certain nombre de photos digitales instantanées du couple squelettique, des clichés dont le *Mail* ne voudrait sans doute pas. En revanche, je n'aurais aucun mal à les vendre au *191*, le magazine trash de Bangkok. Rien n'est jamais trop gore, pour eux. J'étais d'ailleurs en train de me demander comment pimenter un peu mes photos quand oncle Ly, la star du stand-up de notre troupe de terrassiers, descendit dans le van par l'ouverture du toit et prit la pose entre les squelettes. Son neveu le photographia avec son téléphone portable et je m'apprêtais à en faire autant, quand l'inéluctable se produisit.

On était en droit de s'interroger. Comment deux squelettes pouvaient-ils rester aussi intègres en l'absence de tout cet attirail de rouages physiologiques qui nous maintient d'un seul tenant ? Quelle que soit la réponse, la colle devait être de mauvaise qualité, car à peine oncle Ly fit-il le « V » de la victoire sur l'épaule du conducteur que ce dernier s'effondra telle une pile de piécettes. Comme par contagion, ou en signe de solidarité, la passagère (et d'autres que moi virent la scène de leurs propres yeux) inclina légèrement la tête sur la droite, la hocha, avant de rejoindre sa moitié sur le sol du Combi, en épouse fidèle et dévouée. Dans la maladie, la bonne santé est en pièces détachées…

La vision d'oncle Ly, profondément embarrassé et tentant de recoller les morceaux, déclencha l'hilarité générale. Les agents Ma Yai et Ma Lek rappliquèrent au bord du trou et, l'espace d'un instant, je craignis qu'ils ne nous réprimandent pour notre attitude irresponsable et la destruction de preuves, voire même nous passent les menottes. Mais le premier puis le second officier y allèrent chacun d'un commentaire, attisant le fou rire des badauds et perturbant plus encore ce pauvre Ly. Lorsqu'il apparut que les squelettes ne retrouveraient plus jamais leur aspect initial, les deux agents émirent une hypothèse. Les vibrations causées par le martèlement des pioches avaient entraîné l'effondrement du couple, décrétèrent-ils. Et chacun d'acquiescer fébrilement d'un hochement de tête, et moi itou. Il aurait été incorrect de ne pas le faire. Une fois en route pour la maison, cependant, la facilité avec laquelle je m'étais rendue complice de la supercherie me laissa perplexe. Ça devait être dans l'air, un virus en quelque sorte.

De retour à l'hôtel, à 11 h 50, il me restait en tout et pour tout une demi-heure avant mon rendez-vous. Dans la précipitation, ce matin, j'avais abandonné mes maquereaux à moitié vidés, aussi annonçai-je le changement de menu à la famille : nouilles instantanées Mama ! Après avoir pédalé sous un soleil implacable pendant une demi-heure, je pensais m'octroyer une petite douche, mais c'est précisément ce moment que choisit le dieu de la fée électricité pour planter son trident dans la boîte à fusibles. Toute la région fut plongée dans le noir comme aux heures les plus sombres du royaume d'Ayutthaya. L'incident se produisait si souvent dans notre petit coin de paradis que je ne me fatiguais plus depuis longtemps à blasphémer. J'avais le choix entre deux options : un petit plongeon dans l'océan, mais je risquais de me gratter pendant tout le déjeuner, à cause du sel incrusté dans des endroits incongrus de mon anatomie. Ou la louche en plastique et la grande bassine au fond de la cour, avec son bouillon de culture mille fois plus vivace qu'au musée d'Histoire naturelle. Je choisis donc l'océan.

Le commandant Mana se révéla aussi conciliant qu'une dionée attrape-mouches. Assise en face de lui, je me tortillais sur ma chaise, la faute au sel dont ma peau était couverte. Dans mon sac, j'avais emporté les notes prises sur place ce matin. Après le déjeuner, je passerais quelques coups de fil, taperais mon papier sur mon ordinateur portable et l'enverrais de l'un des ordinateurs du cybercafé local. On était samedi et j'aurais sans doute affaire aux ados du coin, nombreux à squatter le réseau, ce jour-là. Mais je tenais ma première vraie affaire depuis un an et ce n'était pas quelques gamins boutonneux qui allaient me gâcher la fête. Tout ce que je demandais au commandant, c'était le nom et le grade des policiers impliqués ainsi qu'une déclaration censée rassurer la communauté, genre « la situation est sous le contrôle de la police blablabla ». À Chiang Mai, à la rédaction, on tenait tout un stock de déclarations de ce type à disposition des officiers de haut rang, souvent en mal de phrases grammaticalement correctes. Je n'avais pas ma liste avec moi, aussi je dus laisser Mana prendre les lecteurs pour des nouilles avec sa théorie du meurtre/catastrophe naturelle/accident/suicide. L'aspect strictement professionnel de notre déjeuner fut emballé en dix minutes. Je ne pensais plus qu'à me tirer de là en vitesse afin d'envoyer mon papier. Mais, pour me faire honneur, à moi, la citadine de Chiang Mai, Mana commanda de savoureux maquereaux et des bars locaux, attendant ma réaction tout en me regardant manger. Je réussis à ébaucher un sourire.

À notre arrivée, une bouteille de cognac « Hinnisy » nous attendait sur la table, comme si elle était comprise dans le service. Suite à un reportage pour le *Mail*, je savais que certaines de ces eaux-de-vie locales généraient des difformités chez les nourrissons et pouvaient vous pourrir les dents dès le troisième verre. Mais les dents *ultra-brite* du commandant Mana me rassurèrent, du coup j'avalai rasade sur rasade, tout au long du repas. Je supporte bien la boisson. J'ignore d'où je tiens ça. Il suffit à ma mère de renifler un tortillon anti-moustiques et la voilà qui se met à chanter tout le répertoire de Bird Thongchai McIntyre. C'est pourquoi je dois sans doute cette particularité aux gènes de mon mystérieux père, le grand absent. Peut-être était-il alcoolique ? Mair est toujours restée muette à ce sujet. Je n'ai aucun souvenir de lui. Sissi, l'aînée, se rappelle d'un homme beau et drôle qui n'en finissait jamais de partir revenir, partir revenir… et partir. Ces souvenirs, c'est tout ce qu'il nous reste de « papa ». Pas de photos. Pas d'évocations émues de la part de Mair. Rien que des gènes évoquant des mœurs répréhensibles.

Bref, nous en étions à la corbeille de fruits, déjà bien imbibés de Hinnisy, et le commandant Mana mangeait de plus en plus ses mots et parlait de plus en plus fort. Après un clin d'œil au patron du restaurant, il rapprocha sa chaise de la mienne de façon à pouvoir me chuchoter des secrets à l'oreille. Il n'avait cessé de parler de lui depuis le début du repas, aussi je n'avais pas eu à mentir sur l'endroit où je vivais. Il insista pour remplir nos verres une nouvelle fois. Et il versa dans le mien deux fois plus de cognac que dans le sien. J'attendis la première occasion pour intervertir subrepticement nos verres. À deux reprises, il me dit avoir réservé une chambre dans le motel du coin, au cas où j'éprouverais le besoin de me reposer, après le déjeuner. Un raffinement rare, au moins équivalent à celui d'un varan en train de déféquer. Mais peut-être était-ce la première fois qu'il déjeunait en compagnie d'une femme, je veux dire sans fourrure ni écailles ?…

Puis, à un moment donné, il échoua à revenir des toilettes. Étant donné le temps que ça lui avait pris de localiser le cabinet à l'extérieur, je n'en fus pas surprise. Un pénis est autrement plus petit qu'une cabane en bois. Je patientai cinq minutes, versai le fond de mon verre dans le seau à glace et descendis la rue où j'avais garé ma moto.

– As-tu passé un agréable dimanche ? demanda Mair.

– Oui, merci.

Sauf qu'on était samedi.

Je ne lui avais toujours pas pardonné ce qu'elle nous avait fait et j'avais prévu une année entière de rancœur mais, comme toujours, je dus me rendre à l'évidence. Ma mauvaise humeur échoua à percer sa carapace de maman. Le plus souvent, elle était Mair, douce, heureuse d'écouter nos problèmes, drôle malgré elle, bref une Mair normale. Mais il lui arrivait aussi parfois de nous faire peur. La dégringolade pour elle avait commencé par des petits riens. Une légion de fourmis par exemple montait à l'assaut d'un placard où tremblait un pudding au caramel sans défense.

– Mair, pourquoi le pudding n'est-il pas au réfrigérateur ?

– Il n'y est donc pas ? Elle secouait la tête. Comme c'est drôle. Car c'est là que je l'avais rangé, ma fille. Je me demande qui l'en a sorti.

Il y avait aussi des fois où, devant la télé, elle essayait de changer de chaîne avec son téléphone portable, ou tentait de trouver la station de radio locale sur le four à micro-ondes. Dernièrement encore, et heureusement que nous avions déménagé dans le sud de la Thaïlande au lieu que ce fût Chicago. Un soir, Mair alla se coucher en laissant cinquante sacs de riz devant la boutique. Toute la nuit. Je m'étonne encore que personne ne se soit servi.

Depuis notre arrivée ici, Mair a également commencé à entretenir de curieuses relations. Pour bien comprendre la Thaïlande, la nôtre, vous devez savoir que certaines choses sont endémiques. Un politicien, par exemple, ne peut pas, et c'est la définition même du politicien, être totalement honnête. Les politiciens honnêtes n'ont pas de réseau d'amis influents prêts à leur donner un coup de pouce au premier obstacle (l'achat de voix). Et puis, il y a la communauté des affaires. Les hommes et les femmes d'affaires n'ont aucune obligation sociale. Le seul impératif, quand on est dans les affaires, consiste à arnaquer (si possible poliment, pas agressivement) son prochain. Ce qui nous amène aux chiens. Des millions de chiens naissent chaque jour. Si l'on ose le parallèle avec nous, humains, disons que la plus grande majorité d'entre eux n'ira pas plus loin que la maternelle. Seuls les mieux armés survivent, ce qui signifie que les chiens ados se caractérisent déjà par leur malveillance, leur hargne et leur caractère antipathique. Aider un jeune toutou, de ce fait, revient à contrecarrer les lois de la jungle.

Mais en arrivant dans le Sud, quelque chose se produisit dans le cœur de Mair. Comme si Mère Teresa avait pris possession de son âme. À Chiang Mai, elle se satisfaisait pleinement de chasser les meutes de chiens errants à coups de balai. Mais ici, elle s'est subitement retrouvée incapable de croiser un animal estropié sans fondre en larmes. Quoi qu'elle fasse, elle s'interrompt pour aller lui parler. Je dis bien « lui parler », avec des mots. Enfin, avec le type de vocabulaire areu-areu dont on se sert avec les bébés. Normalement, un chien tout puceux est pris de panique à l'approche d'une personne, mais pour ces damnés de la terre, c'est comme si ma mère sentait l'os à moelle.

Le premier pouilleux que Mair ramena à la maison était tout cagneux. Le pauvre clébard, en fait une clébarde, n'avait que la peau sur les os, elle aurait pu sans problème passer pour le chien-chien du couple du Combi VW. Mair lui donna à manger, la requinqua et la baptisa John. En moins d'un mois, John retrouva des couleurs, fanfaronnant comme Bambi, pas aussi délicate peut-être, mais avec cette démarche si caractéristique que donne l'espoir retrouvé. Pendant les six mois qui suivirent, John n'eut à se soucier de rien d'autre que de grossir et de faire fondre son entourage, avec son sourire de chien battu. Je fus la seule à ne pas me laisser embobiner. John n'était ni attachée ni enfermée, pourtant jamais elle ne fugua. Je tentai d'expliquer à ma mère le syndrome de Stockholm, mais elle n'en démordit pas, sa protégée restait avec nous parce qu'elle nous aimait. Point.

Exaltée par cette victoire sur la Faucheuse, Mair s'attacha par la suite à une créature nue et glapissante genre larve, trouvée un jour sur le bord de la route. Pas tout à fait au seuil de la mort, mais presque. Eh bien Mair, elle, décela en cet animal un potentiel et du coup emmena la chose chez le docteur Somboon, spécialisé dans les bêtes à cornes. Si le docteur Somboon accueillait le soir les animaux de compagnie (qu'il trouvait en réalité déplaisants), c'est que très peu de gens amenaient leur vache souffrante à la clinique vétérinaire. Or, il fallait bien rentabiliser les locaux et il y avait évidemment de l'argent à se faire avec nos compagnons à quatre pattes. Somboon prit soin d'enfiler des gants avant de daigner toucher la dernière trouvaille de Mair. Il vit évidemment dans le chiot planer l'ange de la mort, et tout ce qu'il prescrivit, ce fut l'euthanasie. Ce que Mair refusa tout net. Elle commanda tout un cocktail de médicaments pour toute une litanie de pathologies et passa deux semaines au chevet du malheureux, à l'entourer de soins. Elle le garda sous étroite surveillance, recroquevillé dans un panier glissé sous le comptoir de la boutique, repoussant les rares clients qui faisaient mine de vouloir l'approcher. Dès les premières pousses de touffes de poils couleur chocolat, Mair baptisa l'*alien* Gogo, prononciation thaïe de cacao. Gogo souffrait d'un estomac paresseux, un handicap pour la digestion. Il mangeait plus que moi et déféquait comme une bufflonne. Son état de santé le condamnait à la ménopause pour perpète. Pour des raisons que je comprends parfaitement, il ne m'aimait pas. Et je le lui rendais bien.

Ainsi, au huitième mois de notre incarcération dans le Sud, Mair avait-elle conçu une nouvelle génération de rejetons qu'elle couvait du même amour dont elle entourait ses enfants. Arny et moi commencions même à espérer qu'elle saurait bientôt se passer de nos services. La relève semblait assurée. À mon retour du cybercafé, nos frère et sœur canins étaient assis aux côtés de Mair, devant la boutique. Gogo me tourna aussitôt ostensiblement le dos, ce qui ne me fit ni chaud ni froid. J'étais de bonne humeur. J'avais envoyé mon papier à trois journaux et le *191* avait acheté mes clichés. Le *Thaï Rat* et le *Mail* attendaient des articles complémentaires, dès que possible. Je voyais, me semblait-il, le bout du tunnel de la vente de bouteilles consignées et de journaux à recycler. C'est humiliant d'avoir à faire la queue ainsi, à la décharge, avec ses poubelles. Une doléance de plus dans la liste grandissante des griefs que m'inspire notre mode de vie. Je ne voudrais pas paraître ingrate devant l'opportunité qui m'a été donnée d'accéder aux forêts marécageuses de Maprao mais, pour mon propre plaisir, voici une liste des choses que j'exècre quant à mon nouveau chez-moi :

1. Les coupures d'électricité.
2. L'odeur permanente des calamars qui sèchent.
3. Les voisins dénués de conversation.
4. Le bruit sourd des noix de coco tombant des arbres, en quête d'une tête.
5. Un océan peu profond et si chaud qu'il engendre des formes de vie de type jurassique.
6. Le ronronnement des bateaux de pêche à 3 heures du matin.
7. La promiscuité avec les reptiles.
8. L'absence de ligne téléphonique, donc celle d'Internet.
9. L'absence de vie nocturne (et pas vraiment de vie diurne non plus).
10. Les détritus de tous les hôtels cinq étoiles qui viennent s'échouer sur notre plage.

La liste originale compte soixante doléances, mais je ne veux pas passer pour une emmerdeuse, aussi je vous en fais une brève synthèse.

Mes tâches ménagères sont inscrites sur un tableau. La corvée de poissons, pêchés par nos voisins tout le long de la baie, m'échoit invariablement. Pour les légumes, en attendant de pouvoir convaincre les poulets de dégager de mon potager, je dois me rendre à Pak Nam. Pak Nam, la « ville » la plus proche (excusez-moi si je ricane), se trouve à une dizaine de kilomètres, après le pont enjambant la rivière Lang Suan. Un endroit charmant : c'est un peu comme conduire un Humvee dans Legoland. Des trottoirs de tous les côtés, des gens sur leur moto ou leur vélo qui surgissent de tout un réseau de ruelles telles des bestioles sur la plateforme d'un jeu informatique, vous forçant au dernier moment à faire une embardée. Des vendeurs de tout et de rien qui semblent prendre un malin plaisir à pousser leur carriole juste en travers de votre chemin. Et des Birmans, des Birmans comme s'il en pleuvait, qui marchent sur la route, à croire que les trottoirs n'existent pas en Birmanie. Des filles, aussi, avec des visages fantomatiques poudrés au sucre glace, et des garçons avec de longs tabliers à carreaux noués à la taille. Au dernier recensement, on comptait deux millions de ces gamins en errance dans notre pays, tous sans doute ultra poudrés et tablier à la taille, arpentant les rues.

Le cœur de ce hameau à mourir est le 7-Eleven. Haut lieu de l'achat de granités en tout genre, de feuilletage de magazines exotiques et de regardage d'écran de la CCTV, au-dessus du comptoir. Les ados du coin traînent devant la devanture, le cul sur leur moto jusqu'à 19 heures, parfois 20 heures, essentiellement parce que c'est l'un des rares endroits où il y a de la lumière, une fois la nuit tombée. Si le 7-Eleven est trop agité pour vous, vous pouvez toujours vous rabattre sur la poste. Le concept de file d'attente, débarqué dans le reste de la Thaïlande au milieu des années 1980, a encore un sacré chemin à faire, à la poste de Pak Nam. Des dames d'un âge respectable coiffées de capelines à larges bords doivent penser que si vous vous tenez derrière un autre client, c'est parce que vous êtes fasciné par la courbe de ses omoplates. Ces bonnes mémés vous sourient et se rendent directement au comptoir, passant devant vous allègrement. Et le pire, c'est que le préposé les sert. Pourtant, même au moment d'affluence record, vous ne verrez pas plus de six clients essayant de resquiller. Notre boîte postale est la numéro 2, ce qui vous prouve l'intensité du flux et du reflux des correspondances, à Pak Nam. À mon avis, ils ont dû égarer la clé de la boîte numéro 1…

Dans la rue principale se trouve un magasin de photocopies qui s'est fait une spécialité des versions grises et duveteuses de vos originaux. La responsable se dépêche d'enfiler ses chaussures chaque fois qu'un client se présente. Pas loin, on a une pharmacie chinoise qui vous permet de tester ses médicaments juste là, au comptoir. Pour faire passer une pilule, ils vous offrent une tasse de thé glacé et si vous devez vous enduire une partie du corps particulière d'un peu de crème, vous aurez droit à un peu d'intimité. Il y a aussi un coiffeur, avec une photo en vitrine qui pourrait laisser croire que Julia Roberts est la patronne, et pas moins de quatre barbiers. Et puis, comme on est en Thaïlande, on trouve également d'innombrables vendeurs ambulants de nourriture et sept restaurants qui tous gardent la conviction qu'un bois gris brut, des banderoles « Bonne année » et des calendriers sexy constituent le style de décoration de référence dans l'industrie de la restauration. En dépit de deux modestes établissements voulant se faire passer pour des *coffee shops*, impossible d'avoir une tasse de café digne de ce nom ou une part de gâteau décente à Pak Nam. De toute façon, vous ne pourriez vous garer nulle part suffisamment longtemps pour déguster quoi que ce soit. L'espace non occupé par les motos, les vélos et les charrettes à bras est pris d'assaut par les camions de livraison chargés de produits de rêve dont vous ne voyez jamais la couleur dans les magasins. Certains jours, à Pak Nam, une odeur bizarre crachée par les usines à poisson s'abat sur les rues comme une serpillière sale. Voici donc notre ville la plus proche. J'espère que vous avez saisi…

Je me plains souvent d'être la plus mal lotie au paradis. Excepté mes fréquentes visites dans notre fantastique métropole, il faut dire que je suis la seule à travailler. Mair a bien la charge de la boutique, mais son rôle consiste essentiellement à se tenir devant le tiroir-caisse en regardant la rue et en papotant avec les deux ou trois clients qui entrent pour acheter quelque chose dont ils n'ont probablement pas besoin. En fait, je les soupçonne d'avoir de la peine pour Mair. Tout notre stock consiste en boîtes de conserve, paquets ou bouteilles, et certaines des étiquettes sont rédigées dans une langue morte depuis le roi Taksin, souverain de notre beau pays il y a environ deux cents ans. Nous ne vendons rien de frais, d'exotique ou de fait maison et, plus important encore, rien que vous ne puissiez acheter chez Yai Yem, une boutique bien plus grande, à un demi-kilomètre de chez nous.

Au titre de responsable de l'hôtel, Arny a la charge des cinq bungalows à petit prix déployés face à une étendue d'eau où il ne se passe jamais rien et, il gère les cinq tables coiffées d'un parasol en paille que nous avons l'outrecuidance d'appeler restaurant. En comptant Songkran, la fête du Nouvel An bouddhique, au mois d'avril, le business se résume à deux séjours et huit couverts par semaine. Actuellement, notre poule aux œufs d'or (avec tout le respect que je lui dois) est une ornithologue de l'Université de Khon Kaen qui a réservé la chambre du fond pour une semaine. Dotée d'une subvention pour étudier la migration des faucons, elle est tout naturellement venue à nous, non pas pour notre service cinq étoiles ou nos chambres luxueuses, mais parce que notre établissement se trouve juste à côté d'un marécage dont, évidemment, les faucons sont friands. Je suis désolée, mais j'ai un *a priori* contre les ornithologues. Il n'y a pourtant rien de répréhensible chez notre experte en volatiles, ni blanche, ni myope, ni échassière, ni corpulente. Elle a plutôt le look Indiana Jones à la mode thaïe, avec short safari ultra moulant, jambes musclées, longue chevelure incendiaire et une allure qui en impose. Je n'ai pas la moindre idée de l'endroit où elle prend ses repas ni de la façon dont elle occupe ses journées, car elle sort de sa chambre avant l'aube et n'y revient qu'à la nuit tombée. En tout cas, elle avait payé à l'avance et, depuis notre arrivée, cette somme représente une manne pour nous, les premiers bénéfices générés par notre petite entreprise.

Avec une telle fréquentation, Arny dispose forcément de pas mal de temps libre. Il s'est créé une salle de sport à ciel ouvert, sur la plage, avec ce que la mer a bien voulu lui donner. Il entretient comme il peut son corps d'athlète, improvise avec de vieux bidons d'huile, des pneus de voiture, des piquets en bambou ou des rochers. Et puis il nage, nage comme un forçat, au milieu des crabes et des méduses. C'est poignant de le voir rouler ses souches de cocotier d'un bout à l'autre de la plage, nous savons bien tous les deux qu'il ne participera à aucun gala de bodybuilding pendant un bon bout de temps, pour ne pas dire jamais. Après l'école, les ados du coin, filles et garçons, s'assoient par grappes sur le sable pour le regarder s'entraîner. Des gamins souriants, amicaux, ils échangent même quelques mots avec lui, mais c'est difficile de trouver quelque chose à dire à quelqu'un comme Arny. J'ai l'impression que mon frère est plus une curiosité qu'une célébrité.

Grand-père Jah, enfin. Il a la lourde responsabilité de surveiller tout va-et-vient suspect autour de notre établissement. Un job facile, les va-et-vient y sont plutôt rares. Parfois, grand-père se laisse distraire par le trafic sur la route juste derrière, le ballet incessant des camions, des motos ou de vieux comme lui qui, au passage, le saluent d'un signe de tête, mais qu'il ignore. Il reste assis ainsi des heures sur notre terrasse en bambou, sous la canopée de feuilles de bananiers, vêtu de l'un de ses super maillots de corps blanc corail… Et c'est nous qu'il surveille. Je veux bien croire qu'il nourrisse de grands projets pour la famille, mais il ne nous en a jamais rien dit.

« C’est un moment de chagrin et de tristesse, de perdre la perte d’une vie. »

George W. Bush
Washington DC, 21 décembre 2004

Le lendemain de la découverte du Combi, à présent entièrement exhumé, ils expédièrent les ossements à l’hôpital militaire de la province de Prajuab. Un moment, il fut question de confier le dossier au commissariat principal de Lang Suan, vous savez, la « ville » la plus proche (pardon si je ricane encore), à une vingtaine de kilomètres à peine. Mais pas question pour moi d’accepter ce transfert. C’était mon affaire et je voulais qu’elle reste locale, à portée de pédales. Depuis ce fameux samedi après-midi, j’avais déjà appelé le commissariat de Pak Nam à quatre reprises, à chaque fois pour m’entendre dire qu’en l’absence d’élément nouveau, je devais me montrer patiente. Ma patience finit par s’essouffler. À grand renfort de bonnes manières, je les avisai donc de ma visite le dimanche suivant.

J’arrivai au commissariat de Pak Nam à 10 heures. Le bâtiment, un cube de béton blanc de deux étages, se dressait devant une sorte de parvis dont l’accès était protégé par deux distributeurs de bonbons plantés dans des jardinières. Humble stratagème psychologique destiné à apaiser les criminels violents ou démagogie sans bornes, difficile à dire. Quand je me présentai, le vieux monsieur à la réception, « sergent Phoom » me *waia*-t-il, m'accueillit avec une joie sincère. M. Phoom était le genre papa gâteau, gentil, cheveux blancs en brosse et dents pareilles à des patches de latex coagulé.

– Les agents Ma Yai et Ma Lek m'ont beaucoup parlé de vous, dit-il. Vous avez fait leur connaissance sur le site des fouilles, vous vous souvenez ? Ils sont quelque part dans la maison. Journaliste au *Thaï Rath*, c'est ça ? Oh, c'est une vie sacrément excitante pour quelqu'un d'aussi jeune que vous, de fréquenter comme ça toutes ces célébrités et ces gens riches...

Je ne pus retenir un éclat de rire.

– J'étais... Je travaille à la rubrique crimes et délits, rectifiai-je. Criminels, meurtriers, je fréquente exactement les mêmes crapules que vous, ici...

– Nous ici ? répéta-t-il, surpris. Nous n'avons traité aucun crime sérieux dans ces locaux depuis qu'ils ont imposé le couvre-feu aux pêcheurs birmans en 2005. Un seul meurtrier en trois ans, et encore, le type était tellement soûl qu'il n'a même pas été capable de fuir. Il dormait comme un bienheureux sur le lieu du crime quand on est arrivé. On a évidemment les traditionnelles querelles domestiques, les gamins qui fument de la ganja et mastiquent des feuilles de kratom. Mais c'est à peu près tout...

À cet état des lieux, mon cœur se serra.

– Nous travaillons essentiellement comme police de proximité, poursuivit-il. Beaucoup de réunions, régulation du trafic, rondes autour de la discothèque, encadrement des matches de foot. Mais cette histoire de Combi, croyez-moi, ça faisait des années qu'on espérait que ça nous arrive. Et en plus, vous êtes là. (Je me sentis rougir, confuse.) J'ai bien peur que le commandant ne vienne pas, aujourd'hui. C'est son jour de repos, mais il a dû se rendre à Lang Suan pour une urgence ou je ne sais quoi. Je suis certain que votre visite l'aurait enchanté.

Je n'en étais pas si sûre, mais je fus tout de même soulagée d'apprendre qu'il avait réussi à sortir des toilettes.

– Bien, vous êtes venue aux nouvelles, j'imagine… Le sergent Phoom était manifestement enclin à la conversation. On est allé faire le plein de Pepsi quand on a appris votre visite. J'espère que vous avez soif. Ne connaissant pas vos goûts, nous avons aussi acheté du Coca. On n'est jamais trop prudent, pas vrai ?… Du Coca Light, je crois, juste au cas où vous seriez au régime. Mais à ce que je vois, vous n'en avez pas du tout besoin.

Durant toutes mes années à écumer les commissariats de Chiang Mai, jamais, en tant que membre de la presse, je n'avais fait l'objet d'un accueil aussi chaleureux. Le sergent se proposa de m'accompagner jusque dans la salle de réunion mais, visiblement, l'idée d'abandonner son poste le tracassait, je le rassurai donc, je trouverais bien toute seule. Dans la plupart des commissariats, il y a un standard, un plan des locaux, une salle d'attente avec strapontins face au comptoir d'accueil, des pièces en enfilade servant aux interrogatoires, un guichet pour régler ses amendes en cash, des bureaux aux étages, une salle de briefing d'un côté du couloir et deux cellules de l'autre. C'est une constante, chez les forces de police thaïes, un manque flagrant de personnalité. Où sont les touches de couleurs, l'exception gay ? La réponse à cette question, je la trouvai au bout du couloir.

L'écriteau « Salle de réunoin », sur la porte, était minuscule, à peine si on remarquait la faute. Ladite porte étant ouverte, j'entrai. Dans la pièce attendaient l'agent Ma Yai et un autre officier avec le galon de lieutenant de police et le maniérisme d'une tapette. Ce dernier se leva et joignit les mains avec délicatesse.

– Voilà notre ange, dit-il.

J'ai déjà rencontré pas mal de flics gays. Lorsque Sissi était à son zénith, en tant que star de cabaret, elle m'avait présentée à certains de ses petits copains. Elle avait un faible pour l'uniforme. Après les postiers, elle avait revu ses ambitions à la hausse et jeté son dévolu sur les gradés de la police avant d'atteindre le summum de l'excellence en la personne d'un pilote de l'armée de l'air, le dénommé Bin. Mais à l'exclusion des employés de la poste, je n'ai jamais rencontré d'homo en uniforme qui, sur son lieu de travail, n'en rajoute pas niveau déballage de testostérone. Or, l'officier devant moi ne se donna pas la peine de feindre quoi que ce soit. Il se présenta, lieutenant de police Chompu, me salua d'un *wai* raffiné, à la limite de la révérence. Je l'aimai instantanément. Je n'avais pas la moindre idée de la façon dont le lieutenant Chompu s'y était pris pour passer avec succès la visite médicale et réussir son oral d'entrée, ni par quel miracle il pouvait rester en activité au sein de forces de police qui avaient pour habitude de recaler ses postulants pour les motifs les plus dérisoires, toujours est-il qu'à ce moment, je ne pus que sourire, admirative, face à un homme manifestement à l'aise avec sa féminité. Puis, à son accent distingué, caractéristique du centre du pays, je compris que Chompu avait dû atterrir ici suite à moult mutations, sans doute écarté systématiquement d'un poste à responsabilités dans un commissariat plus important. Pak Nam était pour lui la fin du voyage, une voie de garage.

Après avoir échangé plaisanteries et bons mots, nous prîmes place autour d'une immense table en Formica où attendaient des verres, le cul en l'air, de l'eau, en bouteille, des douceurs, sous cellophane, Pepsi et Coca par litres et oh, j'allais oublier, un bouquet de poinsettias, en plastique.

– L'agent Yai est notre chargé de briefing, dit Chompu. Un excellent orateur. Notre dactylo fond littéralement quand elle entend sa voix. Rocailleuse à souhait…

L'agent piqua un fard, mais parut apprécier le compliment. Il avait un dossier maigrelet devant lui. Il l'ouvrit, révélant deux feuilles à l'intérieur.

– Nous devons être conscients, attaqua-t-il, qu'une fois l'affaire aux mains de n'importe quelle division de la police centrale, comme le Bureau des Archives de la CSD

(Division de lutte contre le crime), à Bangkok, rien ne les oblige à nous tenir au courant des progrès de leurs investigations. Ce que nous avons ici est le résultat de nos propres recherches, quelques informations récoltées par le bouche-à-oreille, si je puis dire.

Je connais le Bureau des Archives. Un cimetière des éléphants. C'est là que vont mourir tous les vieux dossiers. J'avais fait un papier sur ce service, pour le *Mail*. J'étais descendue à Bangkok en train et j'avais rencontré le directeur. Lorsqu'une vieille affaire aboutit, ils lisent le dossier et cherchent un peu dans leur banque de données numériques. Autant vous dire qu'il y a peu de chance pour qu'ils fassent des recoupements avec une enquête en cours, du coup ils enterrent le dossier dans un cercueil référencé et… au suivant ! De toute façon, la police, chez nous, c'est tout juste si elle arrive à gérer correctement les affaires en cours. Qui va se soucier de squelettes de trente ans d'âge ? La Méduse en tout cas n'avait pas voulu de mon papier sur la CSD, et hop à la poubelle, il projetait paraît-il un bien piètre éclairage sur les forces de l'ordre. Comme s'il n'y avait que des lumières, dans la police !

Je compris que les deux feuilles que l'agent Ma Yai avait sous les yeux étaient tout ce dont nous disposions pour avancer.

– D'abord, dit-il, le véhicule. Rien.

– Rien ? fis-je en écho.

– La plaque d'immatriculation date de 1972. Le département des cartes grises de la province de Surat n'a commencé le référencement numérique des données qu'en 1994. Avant, tout était enregistré sur fiches cartonnées.

– Vous voyez comme il parle bien ? me fit remarquer Chompu. Quel gâchis, je vous jure. Il devrait travailler à la radio, avec une voix pareille.

Je souris. J'avais grandi avec ce genre d'apartés. Et, à vrai dire, ça me manquait.

– Où sont ces fiches ? demandai-je.

– Et bien, vous devez prendre certaines choses en considération. Nous sommes dans le Sud. Ces fiches ont traversé quoi, allez, trente saisons des pluies. À pourrir dans l'humidité d'un classeur tout rouillé.

– Elles ont été détruites ?

– Pas par l'homme, en tout cas, je vous le garantis. C'est la nature qui est en cause. Les fiches encore exploitables doivent être stockées quelque part dans des cartons, mais je ne sais même pas où vous pourriez aller les chercher.

– Le département des cartes grises de Surat ne peut pas nous renseigner ?

– Ils disent que toutes leurs fiches encore en état ont été envoyées à Bangkok il y a dix ans.

– Il se peut qu'une obscure petite secrétaire ait procédé à l'enregistrement de ces fiches dans son ordinateur, qui sait ? suggéra Chompu. Une petite scrupuleuse, qu'ils payaient une misère et traitaient comme une esclave. Qui sait, peut-être même qu'ils la fouettaient…

Je suppose que je n'aurais pas dû être surprise. Il existe une nouvelle de Stephen King sur la lisière du temps, une histoire de passé qui se désagrège dans votre dos. En Thaïlande, tout ce qui précède l'informatisation est entré en décomposition. Peu de gens ont la motivation nécessaire pour aller fourrer leur nez dans ces papiers fleurant bon la moisissure. Renouveau. Renaissance. Oublions les erreurs du passé et imaginons de nouvelles erreurs flambant neuves pour l'avenir. Bref, quel rapport au juste avec notre Combi ?

– Vous auriez les numéros de moteur et de châssis ? demandai-je.

Mes deux interlocuteurs échangèrent un regard condescendant, teinté d'une certaine admiration. On apprend à faire avec. Yai gribouilla l'info sur un bout de papier qu'il me tendit.

– Vous avez pris contact avec Volkswagen Thaïlande ?

– Le siège est à Bangkok, répondit l'agent.

Comme si cela suffisait à expliquer tout renoncement. Les coups de fil longue distance. Les drôles d'accents. Les rapports à remplir. Les tracas de toute sorte. Autant contacter Rio de Janeiro. Je proposai de m'en occuper.

– Et cela nous amène aux corps, reprit l'agent en se penchant sur sa seconde feuille. En l'absence d'organes à analyser, aucun lambeau de chair, pas de tissu cérébral ni de matière gastrique, le médecin légiste militaire de Prajuab croit néanmoins pouvoir affirmer que nous nous trouvons en présence des dépouilles d'un homme et d'une femme. Sur leur âge, en revanche, aucune certitude. Il n'y avait aucune trace de traumatisme et, de ce fait, il n'y a aucune cause apparente de décès. Toutefois, d'ici à quelques jours, la responsable de l'Institut national de médecine légale devrait examiner en personne les squelettes...

Sur ce, Yai referma son dossier.

– C'est tout ? dis-je.

– Vous ne trouvez pas fascinant qu'ils parviennent à faire la différence entre un homme et une femme, juste à l'examen des os ? s'étonna le lieutenant Chompu. Et même à établir qu'ils n'appartiennent pas à la même famille...

– Vous ne regardez pas beaucoup la télévision, n'est-ce pas ? répondis-je.

– Pas mal, si. Pourquoi ? En quoi cela pourrait-il nous aider ?

Bien sûr. C'est ça, la campagne. Rien que des soap-opéras et des jeux télévisés. *Les Experts*, dans le sud du Sud, on connaît pas. Les gens d'ici ne savent même pas que l'on peut donner l'âge d'un homme, sa nationalité, sa religion, son tour de taille ou même la nature de son orientation sexuelle rien qu'à la savonnette dont il s'est servi le matin du meurtre. Nous avions deux squelettes complets et on ne pouvait rien dire ? Mais où est donc Kathy Reichs quand on a besoin d'elle ?

– On a découvert une étiquette parmi les restes vestimentaires, remarqua alors Yai, plein d'espoir. Avec « Made in India » dessus.

Cela me rappela une affaire de suicide, deux ans plus tôt, à Chiang Rai. On avait pu identifier un étranger grâce au nom écrit sur le col de sa chemise. Signore Armani.

– Les étiquettes sont parfois trompeuses, fis-je remarquer.

– Bien sûr, vous avez raison, dit le lieutenant. J'espère néanmoins que ces éléments vous seront utiles ?...

– Non.

– Aimeriez-vous aller inspecter le van, maintenant qu'il a été entièrement déterré ? proposa-t-il. Je peux vous y conduire.

J'avais des papiers à rédiger pour trois journaux et rien à raconter. Je ne fondais que peu d'espoir sur le Combi VW totalement exhumé, pas de quoi remplir une colonne. Un journal sait reconnaître du remplissage quand il y en a et, en tant que reporter de campagne, ma production serait étudiée de près par des rédacteurs en chef pointilleux. J'avais juste de quoi pour un entrefilet en troisième de couverture. J'étais morte, une fois de plus.

Après notre réunion, le lieutenant Chompu fit un arrêt au petit coin réservé aux officiers pour se rafraîchir et j'allais sortir pour l'attendre sur le parking quand j'entendis la voix tonitruante du commandant Mana. Je me planquai vite derrière un pilier.

– Je ne pensais pas vous revoir aujourd'hui, monsieur, dit le sergent Phoom de sa voix avenante coutumière.

– Je m'en serais bien passé, croyez-moi, mais étant donné les événements... dit le commandant.

– Quelque chose de grave, monsieur ?

De derrière mon pilier, cachée par une pancarte « Conduisez avec prudence », je pus vois le commandant se diriger vers le comptoir d'accueil, se pencher sur le sergent et chuchoter quelque chose à l'oreille de son subordonné. Impossible d'entendre ce qu'il dit, en revanche je notai le net mouvement de recul du sergent Phoom, comme s'il venait de recevoir une claque. Je flairai aussitôt le secret et, dans ces cas-là, tous les moyens sont bons pour Jimm Reporter. J'attendis que Mana s'esquive, fonçant à l'étage comme un jeune homme en gravissant les marches trois à trois, puis je m'approchai du comptoir.

– Vous êtes au courant ? demandai-je.

– Au courant de quoi ? répondit le sergent Phoom, encore tout pâle de l'info qu'il venait d'apprendre.

– Oh, pardon. Je pensais que le commandant vous avait mis au courant.

– Eh bien… ça dépend.

– Écoutez, laissez tomber, ça n'a aucune importance. Je ne crois pas être habilitée à vous apprendre la nouvelle si le commandant Mana n'a pas jugé bon de le faire.

Sur ce, je tournai les talons et me dirigeai vers le parking, mais c'est tout juste si je n'entendis pas le cerveau de ce bon Phoom cliqueter derrière moi.

– Est-ce que ça ne concernerait pas… commença-t-il, avant de baisser la voix. L'abbé ?

– Vous voyez que vous êtes au courant, dis-je en revenant sur mes pas, avec un large sourire. Vous me faites marcher, voilà, fis-je mine de bouder.

– Quelle chose terrible, n'est-ce pas ? dit-il.

– Je suis choquée. Profondément choquée, je peux vous l'affirmer.

– Trois ans avec à peine une bagarre à se mettre sous la dent et d'un seul coup, bang, deux affaires en un jour.

Mon cœur s'emballa, mais point de hâte, je devais agir avec circonspection. Loin de moi l'idée de vouloir manipuler l'un de mes nouveaux amis dans ce commissariat qui était désormais le mien, mais j'avais besoin d'aller à la pêche.

– Que s'est-il passé, selon vous ? demandai-je, accoudée au comptoir.

– Attendez une minute… dit-il. Comment êtes-vous au courant ?

– Sergent Phoom, dis-je, avec mon air le plus grave. Je suis reporter pour les plus grands journaux du pays.

– Mais… l'information est censée être tenue secrète.

– Ne sous-estimez jamais le pouvoir de la presse. Alors, quelle est votre théorie ?

J'entendis à ce moment Chompu en train de discuter à l'étage. Je devais faire vite.

– C'est-à-dire que je n'ai pas tous les tenants, avoua le sergent.

– Mais ?…

Il me sembla qu'une éternité s'écoula…

– Mais si vous voulez mon avis, le meurtre d'un abbé par arme blanche évoque pour moi un conflit d'ordre personnel.

Un abbé avait été poignardé ? Mince alors ! Voilà que soudain je me trouvai projetée dans la capitale du crime du front de mer oriental. Un Chicago thaï ! Je m'en fis presque pipi dessus, tellement j'étais excitée. Prix Pulitzer, me voici ! Je fis un *wai* mental à l'abbé pour m'excuser de mon manque de respect. Allez, mon brave Phoom, encore un petit effort… Et je jetai une dernière fois mon filet.

– Mais attendez une minute… C'est hors de votre juridiction, il me semble, non ? fis-je remarquer, astucieuse.

– Pas du tout. Le temple Feuang Fa est sur notre secteur, du bon côté de la route 4-3-6. C'est la frontière. De l'autre côté, c'est la responsabilité de Lang Suan.

Chompu apparut, descendant gaiement l'escalier, et je remontai vite mon filet. La pêche avait été bonne. Je disposais de tout ce qu'il me fallait. Le lieutenant avança dans ma direction, mains levées. Encore un type qui manifestement n'avait qu'une confiance limitée dans les essuie-mains de nos toilettes.

– Prête ? me lança-t-il.

En quelques minutes, la visite du Combi avait un peu perdu de son piquant pour moi. Mais me décommander aurait pu paraître suspect.

– Et impatiente, répondis-je donc.

Assis sur la clôture au fond de son terrain, le vieux Mel pensait sans doute avec nostalgie à la paix et à la sérénité envolées, tout en regardant l'eau gicler de la tête d'une dizaine de sprinklers. Le tuyau en PVC bleu qui les transportait louvoyait comme un serpent entre les palmiers, jusqu'à une solide pompe de fabrication chinoise. Celle-ci tirait de l'eau d'un bassin fraîchement creusé au centre duquel se trouvait, tout rouillé mais étonnamment bien conservé, notre van Combi VW.

– Bonjour, Mel, dit le lieutenant Chompu.

– 'jour, bougonna Mel.

Le vieux se rappelait m'avoir vue lors des fouilles, quelques jours avant. Il joignit brièvement les mains en réponse à mon *wai*. J'imagine qu'il avait lu mon papier, ce matin, papier qui passait amplement sous silence les trente-cinq minutes d'interview qu'il m'avait accordées samedi dernier.

– Votre puits doit attirer les curieux de toute la province, dit Chompu, tout sourire.

– Exact, ricana Mel. Sauf que la rouille finira par tuer mes palmiers.

– Impossible, insista le policier. Avec cette pompe ultra moderne, vos palmiers vont pousser. Vous verrez.

Le vieil homme s'était dépêché de mettre son système d'arrosage automatique au travail. Je regardai la plantation autour de moi. Tout un réseau de fossés courait entre les rangées de palmiers depuis la route, pour s'arrêter à environ vingt mètres de la clôture. Une eau peu profonde y stagnait. Étrange labyrinthe. Absurde même.

– *Koon* Mel, dis-je (optant pour le « Monsieur », plus courtois que « Vieux »), pouvez-vous m'expliquer pourquoi les fossés ne vont pas jusqu'à la clôture au bout de votre terrain ?

– Ah, soupira Mel. Nous avons creusé ces fossés d'irrigation il y a une quinzaine d'années. J'étais un peu plus alerte, alors. Vous pouvez me croire, avec mes frères, on en a bavé. À l'époque, tous ces machins mécaniques de tractopelles n'existaient pas. Tout le monde plantait encore des cocotiers, en ce temps-là. Personne n'aurait misé sur l'huile de palme. Aujourd'hui, vous les voyez tous abattre leurs cocotiers pour mettre des palmiers. Oui, nous étions des pionniers.

– Euh, mais pourquoi les fossés ?... insistai-je avec déférence.

– Oui oui, j'y viens. Eh bien, à ce moment-là, les fossés couvraient l'ensemble du terrain. Puis, il y a sept ans environ, le propriétaire du terrain d'à côté est venu me demander si j'aimerais lui acheter trois hectares supplémentaires pour étendre notre plantation. Il a dit qu'il avait des projets immobiliers et il souhaitait vendre une partie de ses terres vite fait pour investir dans une résidence de tourisme, à Phuket. Il avait besoin de cash rapidement. Il m'en a proposé un bon prix. Alors, j'ai dit oui.

Je m'approchai de la fosse et contemplai le Combi rouillé.

– Donc, en réalité, ce véhicule était enseveli dans le terrain de votre voisin, dis-je.

– Mouais.

Le lieutenant Chompu avait pris dans le fourgon un large parapluie aux couleurs de la Banque publique d'investissements qu'il tenait maintenant au-dessus de nos têtes, pour nous protéger du soleil. Il demeura silencieux pendant que je poursuivais mon interrogatoire.

– Et que savez-vous exactement sur votre voisin ? demandai-je.

– Chinois.

J'ai entendu le mot « chinois » en maintes occasions, dans la région, mais rarement pour désigner une ethnie, plus en guise d'accusation. Dans de nombreux pays de l'Asie du Sud-Est, vous avez nous, les natifs, et eux, la communauté des commerçants chinois. Le vieux Mel dut juger que « Chinois » suffisait à me fournir toutes les informations dont je pourrais avoir besoin au sujet de son voisin. Le terrain derrière sa clôture consistait *grosso modo* en une vingtaine d'hectares de buissons et de mauvaises herbes. Toute l'année, les gens venaient y faire brouter leur bétail.

– Et ce voisin, il ne vous a pas proposé d'acheter l'ensemble du lot ? demandai-je.

– Non, répondit Mel en secouant la tête. Je lui en ai touché un mot, mais ça ne l'intéressait pas.

– Juste ces trois hectares ?

– Ouais.

Précisément cette bande de terre qui, par un malheureux hasard, se trouvait contenir deux cadavres à bord d'une VW. Fichue coïncidence. Je me promis de tenter de retrouver le voisin en question afin d'avoir un petit entretien avec lui.

– Un bain de pieds ? suggéra alors Chompu à brûle-pourpoint, avec un coup de menton en direction du van.

L'idée ne m'enchantait pas vraiment, mais mon gentil lieutenant nous avait conduits ici pour ça. Même si je ne voyais pas trop l'intérêt de faire trempette, car les enquêteurs, d'après moi, avaient dû retourner chaque pierre de la scène du crime. Je retirai néanmoins mes sandales, roulai mon jean sur les mollets et me glissai dans ce spa improvisé. Au début, j'eus de l'eau jusqu'aux chevilles, puis le magma boueux m'aspira jusqu'aux cuisses. Salopant mon jean. Le lieutenant ne se défila pas et me suivit. Tous les deux, on entreprit alors de faire le tour du van. Des machins et différents trucs non identifiés me chatouillaient la plante des pieds. L'envie de rentrer chez moi m'envahit soudain. À tout moment, je m'attendais à assister à une métamorphose du Combi, genre Transformer, le van allait se dresser sur ses roues arrière et nous exterminer… Rien de tout ça évidemment ne se produisit.

J'atteignis la porte coulissante sur le côté du véhicule. Laquelle gisait à présent sous mes pieds, me fournissant un appui solide où me mettre un peu au sec, l'occasion de constater l'état désastreux de mon jean. Je me hissai dans le ventre de la bête et m'assis sur l'un des deux moignons, vestige du siège avant. La salinité de l'air ne tarderait pas à dévorer cette pièce de collection qui, aujourd'hui, semblait se moquer de l'usure du temps. Le volant se dressait vaillamment devant moi. Je m'en emparai, m'attendant à ce qu'il s'effrite entre mes mains, à la façon du malheureux conducteur, mais il était étonnamment robuste. Hommage posthume à la mécanique allemande. Le siège, lui aussi, tenait bon. Le dos était effiloché, et le carré de ressorts sous mes fesses couinait au moindre de mes mouvements. Mes pieds étaient immergés, mais l'eau n'avait dû s'infiltrer dans le véhicule qu'à la faveur des coups de pioche de nos fossoyeurs de pacotille, sinon tout ce métal n'aurait jamais survécu. Le pare-brise était intact, avec vue imprenable sur un mur de terre. Mais j'ai l'imagination fertile. Conversation entre un conducteur hippie et sa compagne.

– *Alors ? Heureuse, chérie ?*
– *Aux anges.*
– *Contente d'être ici ?*
– *Oui. Ça ne t'embête pas trop, de conduire ?*
– *Du tout. Pas trop d'embouteillages, ça roule bien.*
– *Un autre joint ?*
– *Pourquoi pas, ma chérie ? Pourquoi pas ?*

Mair m'avait parlé des hippies, ces étrangers fauchés qu'elle emmenait en randonnée. Des gens qui ne s'intéressaient ni à la nature ni à la culture de notre cher pays. Ils y venaient pour l'opium et les champignons hallucinogènes. Mair ne dit jamais si elle se joignit un jour à leurs délires. C'est là l'un des nombreux blancs qui jalonnent l'existence de ma mère et que je dois combler moi-même. Mair était un être à part. À une époque, elle fut plein de choses. Je la soupçonne même d'avoir été communiste, planquée dans la jungle pour fuir les représailles des dictatures militaires. Il paraît qu'elle officia également comme serveuse dans un bar karaoké. Je sais aussi qu'elle cultiva un temps des pamplemousses, là-bas, à Kanchanaburi, et éleva, je crois, des cochons. Mais ce dont je me souviens avec le plus d'émotion, c'est sa période guide touristique. C'est de cette époque que datent la plupart de ses histoires. Grand-mère Noi était encore de ce monde. Elle tenait la boutique à ce moment-là. Grand-père Jah, lui, était dans la police. Ils veillaient sur nous, lorsque maman partait pour ses excursions. Chaque fois qu'elle rentrait à la maison, c'était comme si on faisait claquer les pétards de Noël. Elle avait plein d'histoires à nous raconter sur des endroits aussi mystérieux que merveilleux, et des gens plus mystérieux encore. Elle arrivait les bras chargés de sacs remplis de bonbons et de souvenirs, de vêtements artisanaux qu'elle avait vu tisser de ses propres yeux, de coquillages des îles, d'animaux en paille et de pierres aux couleurs magiques. J'avais toute une collection de terres venues des différentes provinces de Thaïlande. Bref, lorsque Mair nous revenait, c'était la fête à la maison et dans nos cœurs. Puis, un jour, elle rentra pour ne plus jamais repartir, alors, peu à peu, tous les pétards se turent.

Il est une chose pourtant que je n'oublierai jamais, c'est Mair riant de la détermination avec laquelle les *bird shit* d'Occidentaux, comme on les appelle chez nous, veillaient sur leur herbe. La ganja avait beau pousser dans tous les coins, certains, dans leurs crises de paranoïa aiguë de junkies, protégeaient leur stock au péril de leur vie. Cela dit, de l'avis même de grand-père Jah, tout le monde fumait dans les années 1970. L'association Combi, cheveux longs et collier de perles m'incita, pour une fois, à céder aux préjugés. Je me demandai donc où notre couple VW pouvait planquer sa came.

– Qui a procédé à la fouille du van ? demandai-je à Chompu qui se bagarrait avec la porte coulissante coincée dans la boue.

– Le patron nous a envoyé le sergent-major Tort pour le faire.

– Un expert de la médecine légale ?

– Non. Il est chargé de la comptabilité.

– Donc, personne n'a vraiment...

– Personne.

– Et qui est en charge de l'affaire ?

– Moi.

– Mais alors, pourquoi n'avez-vous...

– Parce que le commandant Mana du bureau en face des toilettes à l'étage du commissariat m'a transmis le dossier il y a une demi-heure à peine. Il n'en veut plus. Un événement est survenu et il a autre chose à faire.

Évidemment. Le fait que personne n'ait procédé à la fouille du van me donna un nouvel espoir. La came, vite. La boîte à gants n'était plus qu'un trou béant. Ce qui restait du matelas et des indices qu'il contenait devait pourrir à cette heure dans une benne, derrière le commissariat. Je n'avais pas beaucoup d'endroits où regarder. Je tâtai sous le siège, pour le regretter aussitôt. Je compris en effet un peu tard que c'était là que tous les fluides corporels et parties molles de nos hippies s'étaient naturellement écoulés, au fil des années. Je n'allais certainement pas plonger pour savoir ce que cachait éventuellement cette eau stagnante. J'étais sur le point de renoncer quand je me souvins du site web. J'avais examiné la façon dont était construit le van avant d'envoyer mon papier. Le site présentait des photos d'une rénovation et, derrière le siège conducteur, se trouvait comme un renflement, genre boîte à outils ou un truc dans le genre, et j'avais retenu ce détail. En principe, le machin devait se trouver sous le matelas. La cachette idéale. Je me levai pour farfouiller derrière les sièges et plongeai les mains dans la boue.

– Vous semblez inspirée, remarqua Chompu.

Je sentis sous mes doigts comme des poignées rouillées et une sorte de loquet, correspondant à la fiche technique.

– Auriez-vous des outils dans votre fourgon, lieutenant ? demandai-je. Je crois que nous avons quelque chose là-dessous.

– Arny, Arny, pas maintenant.

Mon frère s'apprêtait à arpenter la plage sous le soleil implacable de midi pour pousser son tronc d'arbre, tel Sisyphe son rocher. Et je commençais à en avoir assez. Ça relevait de l'auto-flagellation, du portement de croix. Il s'arrêta, soupira et, lesté de toute la misère du monde, foula sombrement le sable couleur miel pour venir vers moi. Mon frère a été formaté. Comme réponse à un problème. Il avait été persécuté à l'école à cause de son hypersensibilité et aussi parce que son frère, de quatre ans son aîné, venait en classe avec du rouge à lèvres. Arny passait plus de temps à jouer avec les filles qu'avec les garçons, aussi avait-il été relativement simple pour ses bourreaux de le repérer au sein du troupeau. Si elle avait été plus présente, ma mère lui aurait appris à négocier un virage quand un obstacle se dressait devant lui, elle lui aurait enseigné la valeur d'une repartie bien placée. Or, Arny n'eut accès qu'à l'exclusive logique mâle de grand-père Jah pour se construire. Pour s'endurcir. Grand-père lui apprit à se battre. Mais mon frère ne sut jamais comment se battre. En revanche, il fit de la muscu. Plus il était frustré, plus il soulevait de poids. Incapable de mettre une raclée aux garçons qui se moquaient de lui, c'est lui-même qu'il châtiait. Chaque insulte, chaque moquerie voyait un autre disque se rajouter à l'haltère. Et bientôt, la salle de muscu devint son sanctuaire, et son corps sa barricade.

Et voilà comme il est aujourd'hui un mini Monsieur Univers. Les gens voyaient en lui une incroyable force de la nature. Ils l'imaginaient dévorant des cochons entiers, faisant voler des briques en éclats d'un coup de tête. Les hommes voulaient l'avoir comme ami, c'était tellement cool d'être vu en sa compagnie. Et les femmes ? Oh, oubliez ça. Une fois, l'amour le dévissa tout net, au point que mon Arny s'écroula. Les femmes, ce qu'elles voient, c'est un animal, alors qu'en réalité il n'y a pas être plus délicat qu'Arny. On pourrait le comparer au Grand-Palais, mais qui serait fait de chips. De loin, on a une impression d'invulnérabilité, mais faites mine de vous appuyer sur lui, et il s'effondre. Il faut être un peu spécial pour se lier d'amitié avec pareil paradoxe ambulant.

Arny et moi sommes proches. Nous avons été inséparables, mais aujourd'hui, nous sommes juste proches. Depuis que nous avons suivi Mair dans ce royaume de l'ennui, nous sommes devenus étrangement distants. Trop perturbés par nos humeurs respectives, il faut croire.

– Qu'y a-t-il, *pee* ?

C'était bon de l'entendre m'appeler « grande sœur ».

– Tu pourrais m'emmener quelque part ?

– O.-K.

Il en a toujours été ainsi, avec Arny. Il a toujours fait ce qu'on lui demandait, qu'il soit occupé ou pas.

Et sans poser de questions. Présumant sans doute que vous aviez une bonne raison, sinon vous ne lui auriez rien demandé. En l'occurrence, je n'en avais aucune, de raison, en tout cas pas de logique. Je pensais juste que ce trajet avec Arny pourrait être plaisant. Parfois, il faut suivre son instinct. Il sortait déjà la camionnette du parking en marche arrière, quand Mair surgit de la boutique et nous barra le passage. Arny tira sur le frein à main.

– Et où croyez-vous aller, tous les deux, comme ça ? lança-t-elle, mains sur les hanches, John dans ses pieds.

– Faire un tour, répondis-je. On revient vite.

– Je suppose que vous connaissez l'âge légal pour conduire un véhicule sur la nationale ? demanda-t-elle.

– Mair, j'ai 32 ans, marmonna Arny.

Il y eut un silence, puis comme une lueur fugitive, et :

– Bien, alors ça ira, je suppose.

Elle sourit et retourna dans sa boutique. On roulait depuis cinq minutes quand Arny se tourna vers moi.

– Elle ne plaisantait pas, n'est-ce pas ?

– Non.

On admira à ce moment-là sur le bord de la route une haie fournie de trompettes d'or d'un jaune flamboyant. Renversant de beauté et probablement la cause de nombreux accidents.

– Tu crois que son état empire ? s'enquit-il.

– Non, pas du tout, mentis-je. Pas avec tout cet air frais et cette nature et la nourriture macrobiotique bien saine et le calcium. C'est la pollution des grandes villes qui ronge la santé des gens. Il y a ici plein de quasi-centenaires qui sont capables de te dire ce qu'ils ont pris à leur petit déjeuner le jour de leur seizième anniversaire.

Arny accéléra un peu, les yeux rivés sur la ligne continue.

– Parce qu'ils mangent le même petit déjeuner depuis bientôt cent ans, dit-il.

– Tu as peut-être raison, répondis-je en riant.

– Nous avons fait ce qu'il fallait…

Je compris à quoi il faisait allusion, notre exil dans le Sud.

– Oui, je sais. Elle va aller de mieux en mieux. Elle a juste besoin de s'occuper l'esprit.

– Mouais.

On tourna à un carrefour, avec de majestueux pins casuarinas en faction de chaque côté de la route. Je baptisai cet endroit le carrefour de Noël. Que des conifères à feuillage persistant poussent comme des petits pains sous les tropiques m'a toujours étonnée. Ont-ils bien compris où ils étaient ? Peut-être rêvaient-ils en secret de paysages enneigés, qui sait ? En tout cas, ils semblaient aussi peu à leur place ici que nous, à la différence qu'eux s'épanouissaient. Peut-être devrions-nous y mettre plus de bonne volonté...

– Nous nous sommes éloignés l'un de l'autre, fit remarquer Arny.

– Nous étions en colère.

– Je crois que le moment est venu de ne plus y penser.

– Tu as raison.

– C'est pas mal ici.

– Je sais.

Je doute qu'il se soit jamais tenu, sur cette Terre, conversation empreinte d'une telle perplexité. Nous voulions lui et moi y croire de toutes nos forces, mais manquions du talent de comédien nécessaire pour que cela sonne juste. Jusqu'à hier, je ne me serais même pas ennuyée à faire le moindre effort. Mais entre-temps, j'avais fait la connaissance de deux hippies surgis d'outre-tombe et d'un abbé poignardé dont personne ne semblait vouloir parler. J'avais vérifié auprès des agences de presse, consulté les sites news et même appelé la ligne info du Thaï Reporters' Club. Nulle part on ne semblait avoir entendu parler d'un abbé poignardé. Soit le commandant Mana était mythomane, soit c'était vraiment le black-out dans la presse. Le seul moyen d'en être certaine était d'y aller et de vérifier par moi-même. Lorsque Arny était au volant de notre camionnette, rien dans notre district électoral ne se trouvait à plus de quinze minutes.

– Tu crois que nous nous ferons des amis, ici ? demanda-t-il.

– Je ne sais pas. J'ai fait la connaissance de policiers sympas, aujourd'hui... Arny me jeta un regard en coin et éclata de rire. D'accord. Je sais que ça fait drôle venant de moi, pourtant c'est vrai.

– Arrête, *pee*. Je peux pas conduire et rire en même temps.

– Mais je t'assure... Bon, ça fait rien.

C'était bon de l'entendre rire. Le temple Feuang Fa trônait au sommet de l'une de nos rares collines. De la route, il semblait n'avoir rien de vraiment remarquable. Le fait est qu'en remontant la piste de terre, l'ambiguïté fut bientôt levée. Feuang Fa n'avait effectivement rien de remarquable. Une salle de prière banale et sans intérêt sur la droite, une salle d'ordination, un gazébo et un stupa. Aucun de ces éléments ne méritant la peine de se fatiguer à trouver des adjectifs. Le point d'orgue du lieu était, à gauche, une haie exubérante de bougainvillées, sur la crête de la colline, le long de l'allée menant aux quartiers des moines, situés à l'arrière. Il n'avait pas beaucoup plu pendant plusieurs mois et la couleur de ces fleurs avait quelque chose d'incendiaire. Les bougainvillées sont comme le whisky écossais, l'eau leur enlève tout leur éclat.

Nous n'étions qu'à mi-chemin de l'entrée du temple quand un homme d'une cinquantaine d'années vêtu d'une saharienne gris ardoise et de tongs surgit de derrière une fontaine en levant les mains. Le genre vigile au rabais.

– Il n'y a rien à voir, ici ! hurla-t-il.

Arny freina et nous fixâmes le type maigrichon à travers le pare-brise.

– Arny, dis-je. Reste calme. Surtout ne panique pas. Si ça peut t'aider, bouche-toi les oreilles.

J'abaissai ma vitre et fit signe au type d'approcher. À ses godasses, je présumai qu'il n'était pas de la police. Je tentai ma chance.

– On vient chercher notre père, dis-je.

– Il n’y a personne, ici, répondit l’homme, dont la voix et la dentition constituaient à elles seules une pub anti-tabac. Il est sans doute déjà parti...

– Oh, ça m’étonnerait, dis-je.

Il se braqua aussitôt.

– Si je vous dis qu’il n’y a personne, c’est qu’il n’y a personne. Alors, faites demi-tour et dégagez !

Quand Arny agrippa le levier de vitesse pour enclencher la marche arrière, je posai ma main sur la sienne.

– Je ne partirai pas sans mon père, décrétai-je.

– Je vous ai dit... À quoi ressemble-t-il ?

– Environ trente centimètres de haut et gris.

– Pardon ?

– Ils l’ont incinéré hier. Si nous ne ramenons pas ses cendres à la maison, notre mère en fera toute une histoire.

Le vigile hésita et, heureusement, ne vit pas l’air catastrophé de Arny. Il regarda le temple, puis se tourna vers nous et s’écarta de la piste en nous faisant signe d’avancer.

– Faites vite, dit-il quand la camionnette s’ébranla.

– Merci, répondis-je, avec un *wai* en prime, avant de remonter ma vitre. Tu ne trouves pas ça bizarre, toi ? De fermer un temple ?

– Ce n’est pas bien, *pee*.

– Qu’est-ce qui n’est pas bien ?

– De dire que notre père est mort.

– Oh, et il ne l’est pas ? Bon sang. Vous auriez pu me le dire !

– C’est juste...

– Je sais, ce n’est pas très respectueux. Mais que veux-tu, j’ai du mal à respecter un salaud qui abandonne une femme avec trois enfants en bas âge.

– Il avait sûrement ses raisons.

– Tu ne pourrais pas détester quelqu’un, pour une fois, petit frère ? N’y a-t-il donc aucune animosité dans ton cœur que tu pourrais disséminer ici et là, de temps à autre ? Ce serait la première fois en trente-deux ans que notre père te serait utile à quelque chose. Je crois qu’il serait heureux d’entendre qu’il a pu contribuer à te rendre haineux, non ? Stop, arrête-toi là !

– Je… Où ?

– Ici. À côté de la charrette à bras.

Arny se rangea et j'ouvris la portière.

– Où vas-tu ? demanda-t-il.

– Je vais tenter une infiltration par l'arrière.

Je descendis de la camionnette.

– Et moi, que dois-je faire ?

– Va te garer devant la salle de prière en faisant beaucoup de bruit, entre… et prie.

– Prier pour quoi ?

S'il s'était agi d'une église catholique, il aurait pu prier pour un retour à une vie normale (carrière, relations sociales, considération, accès à un salaire décent), mais les temples bouddhistes ne tolèrent pas de listes de vœux.

– Fais semblant.

Je refermai la portière en douceur, courus me cacher derrière un buisson. Je vis Arny repartir, l'air perplexe, et aller se garer devant la salle de prière. En un éclair, quatre laïcs et deux moines surgirent d'un bureau et se précipitèrent sur lui, le cernant comme des matous l'auraient fait d'un malheureux rat. J'ignore ce qu'il leur dit, mais je vis la portière de la camionnette s'ouvrir, les types reculer, et mon Arny se diriger, tel un brave taurillon, vers la salle de prière. Une demi-seconde plus tard, il réapparut, envoya promener ses sandales, et retourna à l'intérieur. Ah, la religion ! Ça fait un bail…

La majorité des temples, par ici, a sa nonne à demeure. Les nonnes en Thaïlande sont loin de susciter le même respect que les moines. Elles sont chargées de la tambouille, doivent nourrir les chiens, faire le ménage, entretenir le jardin… Une minute. Ouais, bon, tout ça me rappelle quelque chose. Pas étonnant en tout cas qu'elles aient si mauvaise mine, pour la plupart. Et c'est précisément cette frustration silencieuse qui les rend plus susceptibles de lâcher quelques précieuses informations.

Je dénichai la mienne en train de suer à badigeonner un mur de peinture blanche, et la moitié de sa tête et un bras dans le même élan.

– Vous ne voulez pas que je vous renverse le pot de peinture dessus ? Ça irait plus vite, dis-je.

Ma nonne sourit. La soixantaine environ, et probablement briseuse de cœurs, en son temps. Un peu plus grande que moi, mais nettement plus généreuse de formes, à moins qu'elle ne cache pinceaux et autres rouleaux sous sa chemise. Juste à côté, dos tourné, un vieux moine drapé dans une robe était assis sur une marche. Et tout autour gisaient des spectres de chiens respirant à peine, comme les victimes oubliées sur le champ d'une monstrueuse bataille canine.

– Certains font de la peinture, dit-elle. D'autres réparent des voitures. En ce qui me concerne, c'est dans la peinture que j'excelle, aussi je vous conseille de ne pas me laisser approcher de votre voiture.

Elle me plut tout de suite. Je suppose que j'aurais pu discuter de tout et de rien pendant dix minutes et prendre mon temps avant d'en venir au sujet qui m'intéressait. Mais elle me parut franche et directe.

– J'ai entendu dire que votre abbé avait été tué, dis-je.

– Vraiment ?

Elle laissa son pinceau imbibé de chaux aller et venir doucement sur sa cuisse, maculant ainsi son sarong d'une nouvelle couche de blanc.

– Oui.

Elle parut attendre quelque chose.

– Alors ? C'est vrai ? insistai-je.

– Qu'il a été tué ?

– Oui.

– Vous devriez lui poser la question…

– Je ?…

La jolie nonne se tourna vers le vieux moine assis sur la marche. Apparemment, il était occupé. Ses longs doigts s'agitant dans l'air, on l'aurait dit en train de composer un psaume.

– *Jowa wat*, dit-elle, recourant à la formule usuelle. Cette jeune femme se demandait si vous n'auriez pas été assassiné ?...

Mon scoop n'avait apparemment pas été vérifié. L'abbé se retourna pour me regarder. Il était tanné comme l'épave d'un petit canot échoué. Sa cage thoracique ressemblait à un vieux boulier chinois dont on aurait perdu depuis longtemps les billes, et son visage tout grêlé portait les stigmates de l'expérience. La vie apparemment ne l'avait pas épargné, pourtant il semblait parfaitement à l'aise dans son corps martyrisé.

– Non, dit-il avec le sourire.

– Eh bien, on ne peut pas gagner à tous les coups, répondis-je.

– Vous espériez trouver un abbé mort, c'est cela ? s'enquit ma nonne, toujours souriante.

– D'une certaine manière, oui, avouai-je. Mais je suis enchantée de constater que notre bon père est bien vivant et en bonne santé.

– Et en quoi un mort est-il censé améliorer votre vie, jeune fille ? s'enquit la nonne. Je vous ai vue franchir le poste de sécurité, bondir d'un véhicule et vous approcher furtivement de nous. J'en conclus que la nouvelle d'un assassinat doit vous importer... d'une certaine manière.

Vous savez, il y a les gens comme vous et moi, au passé compliqué, pas plus libérés du mal que vous et moi, et puis il y a le je-ne-sais-quoi de ces personnes drapées de safran ou de blanc virginal, qui vous donne envie de vous confier, voire de vous confesser. Alors, on s'assit tous les trois comme ça, et je leur donnai la version blog de la saga de mon épopée ici-bas. Ils sourirent et hochèrent la tête tout le long du voyage, apparemment fascinés par mon déclin. Puis j'en arrivai à l'étape où j'étais en ce moment même. Ils eurent alors un bref conciliabule visuel. Un frelon au-dessus de ma tête et pfftt, cet échange m'aurait échappé. Je reconnais sans mal que je pouvais me tromper, après tout moines, nonnes, imams et abbés ne m'ont jamais paru bien catholiques. Ado, j'étais bien trop tendance, jeune fille bien trop cynique pour me laisser piéger par la religion. Instantanément, pourtant, je sentis qu'il y avait une histoire entre ces deux-là. Une histoire comme si, par le passé, tous les deux avaient trempé dans le même bain couleur pourpre. Et voilà, en mots vrais, la traduction que je fis de ce regard aussi furtif qu'intense :

– Dis-le-lui.

– Non, toi, dis-lui.

S'ensuivit un silence, durant lequel j'entendis notre camionnette redémarrer, faire marche arrière et s'éloigner. Mais j'étais trop près d'aboutir pour renoncer et courir après Arny. L'abbé toussota et prit la parole :

– Deux des hommes que vous avez vus sortir de mon bureau sont des inspecteurs de Bangkok. Un autre est un détective au service du CID de Lang Suan. Il y a également le responsable de notre bureau local. Les moines représentent le Conseil suprême du Sangha, membres d'une branche appelée Pra Vinyathikum, la police des polices du clergé en quelque sorte. Et si je n'ai pas été convié à leurs palabres, bien qu'il s'agisse de mon temple, mon *wat*, c'est que je fais l'objet d'une enquête. En fait, il semblerait même que je sois le premier suspect d'une enquête pour meurtre.

Bonne pioche.

Quelques secondes s'écoulèrent avant que je retrouve mon bagou légendaire.

– Le meurtre de qui ? m'enquis-je.

La nonne avait pris une pose en « U » tout à fait féline, sur la marche en dessous de la nôtre. Cela me mit mal à l'aise, mais je n'allais pas me mêler du jeu de scène des acteurs en présence. L'abbé poursuivit :

– Les moines du Pra Vinyathikum sont arrivés ici il y a deux jours avec un abbé. Il s'appelait Tan Winai. En fait, je le connaissais bien, pour l'avoir rencontré quelques années auparavant. Nous avions sympathisé, mais nous nous étions perdus de vue. Le conseil l'a envoyé ici pour enquêter sur une plainte... me concernant. Avant son départ de Bangkok, il m'a appelé, j'étais donc au courant de sa visite. Je l'ai assuré qu'il serait le bienvenu. Ces gens-là ont le pouvoir de défroquer des moines, mais ne peuvent rien contre un abbé, excepté le citer dans un rapport destiné au RAD, le Département des Affaires religieuses. Au RAD de décider ensuite de la nécessité de diligenter une enquête ou pas. Ce n'était que le tout début des investigations et, à vrai dire, aucun de nous ici ne s'en préoccupait plus que ça.

– Et cet abbé ? Il vous a fourni des détails sur la plainte déposée contre vous ? demandai-je.

– Il était très ouvert. Nous en avons longuement discuté.

– Mais vous n'avez pas pu le dissuader de laisser tomber.

– C'était un débat passionnant. Sujet à controverse. Une question sur laquelle les doctrines bouddhistes restent évasives. À certains égards, je pouvais abonder dans son sens. J'étais en tout cas curieux d'entendre tous ses arguments et impatient de lui exposer les miens.

– Et vous auriez accepté sa décision ?

– Bien sûr.

– En quoi consistait cette plainte ?

L'abbé et la nonne sourirent.

– Vous êtes d'une rare spontanéité, dit la nonne. Elle se leva, posa une main sur mon bras, le signal pour la suivre. Vous pourriez très bien être née dans le Sud.

Sur le coup, je ne pris pas cette remarque pour un compliment, et puis je n'appréciai que modérément d'être congédiée avant d'avoir une réponse à ma question. Mais j'ai toujours été mal à l'aise avec les rites et rituels en vigueur dans nos temples. J'ai l'impression d'être la seule à ne rien comprendre à tous ces prêchi-prêcha. Enfants, Mair ne nous laissait jamais nous éterniser lors des cérémonies religieuses, comme si nous risquions l'infection en restant trop longtemps. De ce fait, je me suis toujours sentie comme une étrangère dans les temples, ne disposant que d'une poignée d'idiomes pour communiquer.

– Alors ? insistai-je.

On était passé de l'autre côté du mur à demi peint. La voix de la nonne baissa en un chuchotement à peine plus audible que le bruissement de sa robe.

– L'abbé Kem est accusé de fornication par l'un de ses protégés.

Je la regardai, et tentai le coup :

– Avec vous ?

– Oui.

Ah, les nonnes, les moines et la fornication. Quelque chose m'aurait-il échappé ? J'étais à l'école primaire que déjà j'ânonnais les sacro-saintes règles d'or. Aucune ne me revint à l'esprit, à cette seconde... Mais un abbé couchant avec une nonne, non, je m'en serais souvenue.

– Et vous l'avez fait ? demandai-je. Il l'a fait ?

– Non.

– Pourtant, entre vous, il y a... quelque chose.

– Nous nous connaissons depuis de nombreuses années, répondit la nonne. Nous avons beaucoup d'affection l'un pour l'autre. Avant tout ça, avant que la religion ne nous submerge, nous entretenions la plus belle, la plus pure des amitiés. Nous étions, et restons, aussi proches que peuvent l'être deux misérables créatures sur cette Terre. Nous voyions à travers les yeux de l'autre, respirions du même souffle...

Peut-être étais-je un peu abrutie par la chaleur, et le moment n'était assurément pas approprié pour parler sexe, mais la chose était tellement sous-entendue...

– Et, en dépit de ces regards et de ces souffles partagés, c'est toujours resté platonique ?

– Oui.

– Rien n'est sorti d'un tel lien, vous avez poursuivi votre chemin et trouvé la religion, c'est ça ? demandai-je, tout en espérant ne pas paraître trop cynique.

– Oui.

– Et, alors que la Thaïlande compte quelque quarante mille *wats*, le hasard, si bon, a voulu que vous vous retrouviez ici ?...

– Bien sûr que non, répondit-elle, retrouvant son sourire. En réalité, nous sommes toujours restés en contact (lettres, coups de fil). Les liens comme celui qui nous unit résistent au temps et à la distance. Nous avons toujours su que nous nous retrouverions, je pense. L'abbé Kem me vantait depuis longtemps la beauté de cette région, alors j'ai quitté le Nord-Est pour le Sud.

O.-K., et maintenant la question à un million. Pas de coup de fil à un ami. Pas d'aide du public.

– Et vous êtes toujours amoureuse ?

La nonne laissa échapper un long soupir qui, peu à peu, gagna en profondeur. Elle joignit les mains au niveau de son bas-ventre et regarda ses pieds. Le grand jeu, quoi.

– Quand vous comprenez le dharma, dit-elle, l'amour comme la haine sont absorbés dans une plus grande appréhension de l'univers. Les inclinations et les aversions personnelles n'ont plus d'importance. Vous n'êtes plus un individu. Vous faites partie d'un tout.

Joli discours. Qui me laissa froide. Je regrettai de ne pas avoir le point de vue de l'abbé sur les événements. J'aurais aimé le regarder dans les yeux pour connaître sa version. Car après tout, tout cela n'était peut-être que pur fantasme chez ma nonne. Pourtant, j'en doutais.

– Donc, vous ne vous aimez plus, lui et vous ? en conclus-je.

C'était sans doute pécher que de vouloir forcer une nonne à répondre à des questions personnelles sur sa vie amoureuse, mais j'avais une enquête pour meurtre sur les bras. Enfin, devrais-je ajouter. Et puis, grâce à Dieu, je n'éprouvais rien de cette culpabilité que les institutions religieuses entretiennent chez leurs ouailles.

– Mon amour englobe tout, répondit-elle.

Très bien. En principe, je suis bouddhiste. En tout cas, c'est marqué sur ma carte d'identité. Mais il se trouve que j'ai été nourrie au pragmatisme. Ma mère m'a encouragée à embrasser la modernité, j'ai toujours été curieuse de technologie, des cultures du vaste monde. Et même si quelque chose en moi croit en des valeurs autrement plus spirituelles que le jogging,

Big Brother Thailand et Bon Jovi, je trouve difficile à croire que le vieil abbé Kem ait jamais cessé d'aimer la nonne la plus sexy de la planète. Mais de là à tuer pour elle l'abbé des Affaires internes ! J'aimerais voir Raymond Chandler à l'œuvre dans cette histoire, tiens…

Les détectives et les moines apparemment de retour dans le bureau, mon frère et sa camionnette Dieu sait où, je décidai de visiter la scène du crime. L'abbé vivant, Kem, était confiné dans l'enceinte du temple, mais pas dans ses appartements, aussi remonta-t-il avec moi l'allée bétonnée menant là où l'on avait trouvé l'abbé mort, Winai. Une procession léthargique de chiens de temple fermait la marche. J'essayai de faire parler l'abbé de sa relation avec la nonne, mais il resta muet comme une carpe sur ce point. Sans surprise, le corps ne gisait plus sur l'allée, en revanche une bonne partie du béton était maculée d'une belle tache d'un brun qui ressemblait à de la chique.

– Ça fait beaucoup de sang, dis-je.

– Il a reçu plusieurs coups de couteau dans le ventre, expliqua l'abbé Kem.

Je regardai autour de moi. Le site n'était pas du tout isolé. Je pouvais voir la route, en bas de la colline, et notre camionnette qui y stationnait. Côté nord, quiconque se rendant à la salle de prière, moines et nonne, tous pouvaient avoir une vue claire de l'endroit où nous nous tenions. Et derrière nous, la haie flamboyante de bougainvillées en fleur se dressait tel un panneau publicitaire hélant le passant, « Hé, c'est par ici qu'il faut regarder ».

– Qui a trouvé le corps ? m'enquis-je.

– Moi.

– À quelle heure ?

– Peu après 15 heures, hier après-midi.

– Qu'étiez-vous venu faire ici ?

– C'est à cause des chiens. Il y avait du chahut. Normalement, à cette heure-là, quand il fait trop chaud, ils dorment. J'ai cru qu'ils avaient débusqué un cobra. Et quand je suis arrivé ici, l'abbé gisait dans l'allée, mort.

– Vous avez fait tout ce chemin à cause d'un serpent ? Seriez-vous un charmeur de cobra contrarié, l'abbé ?

– Les reptiles sont inoffensifs pour la plupart dans le coin, mais nous perdons beaucoup de chiens à cause des morsures de cobra. Ces serpents ne mordent qu'en état de légitime défense et, comme souvent, c'est une simple question d'arbitrage. J'ai un panier en osier. Je me faufile entre les chiens, renverse mon panier sur le serpent et m'assois dessus. Calmés, les chiens finissent par s'en aller, puis je libère le serpent.

– En réalité, vous sauvez le serpent ?

– D'une certaine manière, oui.

J'ai entendu de nombreux témoignages farfelus au cours de mon existence, mais celui-là méritait la palme. À moins que je ne parvienne à tirer les vers du nez d'un serpent, l'abbé Kem ne risquait rien. Je le remerciai et le suivis des yeux quand il s'éloigna, clopin-clopant, s'arrêtant là pour ramasser une feuille, ici pour arracher une branche. Et, tout en descendant vers la camionnette, je considérai les éléments en ma possession. Une question cependant me tarabustait. Un homme qui vouait un tel respect à la vie, au point de se dresser entre une meute de chiens et un cobra, était-il capable de tuer l'un de ses semblables ? Bah, il est vrai que j'avais vu des choses autrement plus étranges.

– Qu'as-tu donc bien pu raconter à ces policiers ? demandai-je à Arny tout en grimpant dans la camionnette.

– Je n'ai pas eu à leur raconter quoi que ce soit.

– Je sais, tu leur as dit… Oh, tu as eu une crise de panique, c'est ça ? Il acquiesça d'un signe de tête. Et, dans ces cas-là, tu as les larmes aux yeux… Nouveau hochement de tête. Alors, ils ont attribué ces larmes à un besoin désespéré de prier.

– C'était terriblement stressant.

J'imaginai la scène. Arny descendant de sa camionnette. Cerné, il est pris d'angoisse. Pour les détectives, c'est clair comme de l'eau de roche. Une armoire à glace de plus de 100 kg qui éclate comme ça en sanglots, ça relève forcément du sacré. Vous voyez la scène ? Je savais que j'avais bien fait de demander à Arny de m'accompagner. J'étreignis mon frère tendrement et déposai un baiser sur sa joue. Ce qui parut lui faire plaisir.

« L’information circule. Vous savez, dans les journaux du soir, mais elle circule aussi dans la blogosphère et les Internets. »

George W. Bush,
Washington DC, 2 mai 2007

Deux ou trois fois par semaine, le soir, j’appelle Sissi à Chiang Mai, ou bien c’est elle qui me téléphone. Elle et moi sommes sans doute aussi proches que deux enfants de la même fratrie qui n’ont rien en commun peuvent l’être. Je l’aime, mais je ne peux m’empêcher d’attendre ce coup de fil où elle me balancera : « Jimm, tu te contentes de faire semblant de m’aimer, aussi j’ai décidé que je ne voulais plus te parler. » Ce qui ramènerait son panel d’amis proches à très précisément zéro. Pour expliquer son caractère, je me vois forcée d’interrompre un moment le fil de mon récit.

Enfant, je mis un certain temps à réaliser que garçons et filles étaient différents. Je ne parle pas ici d’un point de vue anatomique, non, je veux dire que mon frère Somkiet et moi étions une même créature, définitivement rose. Nous portions les mêmes vêtements, les miens, jamais les siens. On rigolait ensemble, on se bagarrait. On avait des poupées et on passait un temps fou à me regarder, sous la douche. Mair a commencé à s’énerver : « Retire tout de suite cette chemise de nuit, jeune homme, et va nettoyer tes chaussures de foot. » Grand-père Jah lui acheta des gants de boxe et l'inscrivit dans la salle de gym locale. Mais, au fil des ans, je perçus une sorte déclin progressif dans leur détermination à détourner Somkiet de la voie pavée de fleurs dans laquelle il s'était engagé. En fait, c'est même Mair qui lui donna le dernier élan.

À 16 ans, Somkiet se retrouva à cette fameuse croisée des chemins, dont on entend dire tellement de choses. En fait, il avait un besoin vital de conseils, de préférence émanant d'une figure paternelle. Mais à la maison, tout ce qu'il avait sous la main, c'était grand-mère se préparant pour le nirvana, grand-père Jah ressassant sa frustration à cause des ratés de sa carrière dans la police et moi, désespérément amoureuse de Liu De Hua, la star de la télé de Hong Kong. Rien ne comptait plus, pour moi, que Liu. Au point d'en oublier Somkiet. Après avoir tiré un trait sur la vie de bohème, Mair erra quelques années en terrain dépressif. Elle vivait comme Aung San Suu Kyi, en prison dans sa propre maison. Son univers commençait au trottoir de la boutique et s'achevait à la maison des esprits, au fond du jardin. Bref, nous ne formions pas un groupe de soutien très actif pour une fille enfermée dans la peau d'un garçon.

Les deux années de lycée de Somkiet furent probablement catastrophiques. Il aimait étudier. Il était intelligent, adroit de ses mains. Mais il en était. Des *grateuys*, comme disaient ses camarades. Entendez par là un garçon dont le hobby consiste à faire le tour de la cour de récré en marchant comme un top model, à pousser des cris aigus ou à se limer les ongles durant le cours de maths. Il n'y avait pas d'échappées possibles, pas de chemin de traverse en option. Tu devais être soit l'un, soit l'autre, à savoir un élève sérieux ou une tapette. Si la pression sociale n'avait pas été si forte, et les perspectives de l'enseignement supérieur si maigres, Somkiet aurait pu trouver sa voie au sein de n'importe quelle université du pays. Mais les temps étaient troubles, alors. Les garçons aspirant à devenir des filles n'avaient rien à offrir à la société, en dehors de la prostitution et des shows dans des cabarets spécialisés. C'est cette dernière option que mon frère choisit.

Peu avant le bac, Somkiet s'enfuit de la maison. Enfin, plus exactement Mair lui emballa de quoi manger et lui glissa dans la main un sac en papier plein de billets. Ayant renoncé à tenter de le raisonner, elle devint son alliée. Je pense que, dans un coin de sa tête, elle croyait que son fils « se reprendrait », qu'il redeviendrait l'un d'entre nous. Sous le nom de Sissi, Somkiet fit donc carrière, gravissant les différents échelons de l'industrie des cabarets de travestis. Serveur, barman, chanteur play-back anonyme dans un groupe masculin, danseur masculin, chanteur play-back anonyme dans un groupe féminin, danseur vedette, danseur tapette et, enfin, le rêve de tout jeune garçon, chanteur féminin vedette de play-back. C'est à cette période que le glamour commença à s'immiscer dans sa vie. Les clients réguliers qui font de l'œil, le portefeuille à l'air. Les secrétaires affairées vous glissant la carte de visite de leur patron, dispo pour un flirt, tarif non négociable.

Pourtant, l'étoile de Sissi continua de briller. Elle remporta plusieurs concours de beauté. Miss David's Cabaret, Miss Trans Bangkok, Mis Trans Pan Asia, et d'autres encore jusqu'à Miss San Francisco Pride, tous frais payés, première dauphine. À partir de là, tout s'enchaîna, couverture de magazines hétéros, *fashion-shows* et contrats publicitaires, ainsi qu'une brève apparition dans un téléfilm. Il y eut aussi les offres de ministres, de haut gradés de l'armée et de stars du ciné, tous transis, qui la voulaient comme petite épouse, avec à la clé un appartement luxueux rien qu'à elle. Elle était un *sex symbol* et tout le monde la convoitait.

Et puis, un jour, l'amour.

Un architecte. Un Allemand du nom de Walter. Il lui fit la cour, devint l'ombre de son ombre, pas vraiment du harcèlement, plutôt une romantique persévérance. Mais, plus important que tout, dans l'esprit de Sissi, le bonhomme n'était pas gay. Il ne la voulait pas comme un homme déguisé en femme. Il la voulait comme femme et disposait d'un budget illimité pour que le fantasme soit exaucé. Fini le tourisme du sexe et les pervers pour Sissi. Enfin une relation « normale ».

Je me souviens du jour où Sissi apparut à la boutique. On aurait dit Marilyn Monroe, avec son brushing platine et ses talons aiguilles. Elle avait un vrai diamant à son doigt. Une Benz avec chauffeur attendait dans notre petite rue, bloquant le trafic et s'en fichant royalement. Je courus embrasser ma nouvelle sœur, courtaude dans mon bermuda, les cheveux en bataille et les yeux encore pleins de sommeil. On se serra très fort, jusqu'à ce que les diamants fantaisie de sa veste me vrillent les seins.

– J'arrive de l'hôpital, me dit-elle.

– Tu es malade ? demandai-je.

– Non. Je suis comme toi, maintenant.

En guise de cadeau de mariage, Walter avait offert à Sissi le genre de ses rêves. Je pleurai de bonheur et toutes deux on se mit à danser une valse improvisée devant la boutique, Sissi envoyant des baisers à Mair, souriante derrière son comptoir. Puis notre étoile regagna sa limousine et disparut. Je m'étonnai bien du calme de Mair, mais j'appris plus tard que Sissi et elle avaient eu une longue conversation téléphonique, juste avant le coup de bistouri fatal. Je vous le dis, il faut une mère sacrément compréhensive et aimante pour accompagner son fils dans le processus qui fera de lui une femme.

Ce jour fut important, pour moi aussi. Une fois Sissi partie, je me rendis dans ma chambre, la sienne autrefois, et me regardai longuement dans le miroir. Puis je téléphonai à Yot. Je lui dis que j'avais changé d'avis et que, réflexion faite, je voulais bien l'épouser.

Yot était un ami qui n'aspirait qu'à une chose, se marier, peu importe avec qui, ce qui, vous en conviendrez, n'est pas franchement la meilleure façon d'envisager une vie à deux. Le mariage ressemblait pour lui à ces brochures publicitaires. Mari et femme en chinos, chemisette Lacoste assortie, affichant un sourire tranquille, deux enfants en léger surpoids, un peu mornes, tout ce petit monde assis sur un canapé en cuir blanc hyper confortable. Sans oublier Iggy, l'adorable golden retriever à la pure race et souriant lui aussi à l'objectif. Aux pieds de tout ce petit monde, un authentique tapis Navajo *made in Phuket* et, sur la table basse, un gros vase que de vrais enfants et un vrai chien auraient fait voler en morceaux depuis des lustres. Le soleil est printanier et les murs grèges, bien sûr. Le voisinage ? Rien que des couples normaux, des gens qui disent bonjour et vous adressent un signe de la main et qui ne pètent ni ne vomissent jamais leur gin-tonic dans la poubelle de la cuisine à trois heures de l'après-midi parce qu'ils sont trop soûls pour aller le faire dans la salle de bains.

Je ne gardais aucun souvenir de l'épilogue de mes 3,7 années de mariage avec Yot, guichetier à la Siam Commercial Bank. Nous n'avions pas fait d'enfants, par voie naturelle ou autre, puisque je n'en voulais pas. Qui irait prendre le risque d'avoir des gosses quand des inconnus au volant de camionnettes sans plaque d'immatriculation rôdent dans votre quartier ? Il pensait sans doute me faire changer d'avis, mais le sujet n'était pas négociable. Il pensait aussi arriver à me dissuader de laisser tomber mon job, pour m'avoir, tablier autour de la taille, au garde-à-vous devant son dîner amoureusement mijoté, quand il rentrerait à la maison après une dure journée de manipulation de billets de banque touchés par des gens atteints de maladies de peau ou aux manies dégoûtantes. Il pensait aussi m'amener à adopter des tenues féminines et de longs cheveux bouclés. D'accord, je suis peut-être lente, mais il me fallut néanmoins un certain temps pour réaliser qu'il n'avait pas épousé la bonne personne. Il avait de la fée du logis une idée bien arrêtée et croyait qu'il lui suffirait de se montrer convaincant pour me modeler à son image, pour m'habituer à souffrir le martyre sur des talons aiguilles.

Ayant pris conscience de sa bourde, je suppose qu'il n'avait pas d'autre choix que de se mettre en quête d'une nouvelle postulante. Il enchaîna les aventures. J'en dénombrai quatre. La première liaison me causa une certaine déception, la deuxième aussi, pendant trois mois environ. Puis je compris que mon chagrin était mince, qu'en réalité je m'en fichais. J'avais pour nid une jolie maison équipée de la télé par câble et un lave-linge, et même le sèche-linge. Quel besoin avais-je d'un mari ? Il me suffisait de faire comme si je vivais seule. J'adorais mon travail. Je rendais souvent visite à ma famille. Je n'avais plus qu'à attendre que Yot rentre, un soir, et me dise : « Jimm, je te quitte pour une fille aux cheveux longs qui porte des robes. » Un plan parfait. Sauf qu'il ne dit jamais rien de tout ça et qu'il continua à vivre sous le même toit que moi. Bientôt, j'en eu assez de partager ma vie avec lui. Lorsque je partis, je n'en fis pas toute une histoire, pas de hauts cris ni de poings brandis, non, je franchis juste le seuil de la maison. Il ne tenta pas vraiment de me retenir.

Mais… Comment en suis-je venue à vous parler de ça ?

Bref. On n'entendit plus parler de Sissi jusqu'à il y a huit ans, lorsqu'elle réapparut sur le pas de la porte de la boutique de Mair et demanda si elle pouvait réintégrer son ancienne chambre. Ce fut un choc pour moi quand je vis les outrages que le temps lui avait infligés. Elle ressemblait à 28 ans à peine à une ex-reine de beauté. Ses vêtements amples ne parvenaient pas à dissimuler les kilos engrangés, et l'épaisseur de son maquillage était impuissante à masquer l'affaissement de ses traits. Elle se laissait aller depuis un bon bout de temps apparemment et ne donnait pas l'impression de vouloir se rattraper. Elle n'avait visiblement pas non plus l'intention de raconter à qui que ce soit ce qui lui était arrivé.

À l'époque, je bataillais encore au sujet de mon mariage et vivais dans la maison de mon mari, aussi la vieille chambre de Sissi était-elle libre. Elle emménagea avec son baise-en-ville et son ordinateur et entama là son exil volontaire. La seule consolation est que l'on ne peut pas avoir deux recluses sous le même toit, une sorte d'équilibrage s'impose. Mair émergea de son cocon et recommença à respirer. Le fils prodigue était revenu, en fille mais bon, on va pas pinailler. Bref, ce fut donc un poids en moins dans l'esprit de Mair. Souvent, je me demande si ce poids, en se dissipant, n'aurait pas emporté par la même occasion quelques fragments de sa santé mentale.

Ce fut à cette période que Sissi entreprit de poser les premières pierres de son cyber empire. Elle pirata le réseau Internet de la résidence voisine et se lança dans une carrière sédentaire, en partant de zéro, tout au bas de l'échelle de la toile planétaire. Tout en se formant à la mécanique complexe du réseau, elle décrocha des petits boulots, dans le commercial, la traduction, la correction. Huit ans plus tard, elle était déjà le George Soros du business glauque de l'Internet. Ses cyber embrouilles lui rapportaient un maximum d'argent. Je m'efforçais de ne pas poser trop de questions, la perspective du parjure au tribunal m'angoissant. Ce que j'ignorais ne pouvait me porter tort, non ? Je saisis néanmoins quelques indices sur des arnaques dont elle se montrait particulièrement fière. Par exemple, elle avait le chic pour infiltrer les sites pornos des autres et les faire siens un mois ou deux. Ça rapportait gros. Je pense qu'elle aurait pu sans difficulté multiplier les fraudes dans une banque nigériane un certain temps en toute impunité, après tout l'usurpation d'identité pour les opérations bancaires en ligne y est monnaie courante. Je crois que c'est le piratage qui lui procurait le plus de plaisir. Elle pouvait entrer dans un site par effraction, le nettoyer en quelques secondes et exploiter ses informations pour commettre les crimes les plus audacieux avant même que le propriétaire du domaine ne sorte de son lit, le lendemain matin.

Certains jours, je redoutais de ne pouvoir consacrer ma vie à résoudre des crimes et à appréhender des malfrats sans avoir à traîner un jour ou l'autre ma Sissi devant la justice. La révélation me vint, un soir, alors que je jouais à Grand Theft Auto III avec ma sœurette. Pourquoi une telle joie en moi à éclater d'innocentes vieilles dames avec un fusil à canon scié ? Élémentaire, mon cher machin. Parce que tout ça n'est pas réel. Le monde dans lequel Sissi perpétrait ses crimes n'existait pas. Les banques en ligne qu'elle dévalisait n'étaient faites ni de briques ni de ciment ni de stylos avec chaînette. Les œuvres de charité qu'elle inventait de toutes pièces ne verraient jamais le jour. Même les identités qu'elle volait étaient factices. Personne n'était né avec ce nom, cette adresse ou ce numéro de sécurité sociale. Tout ça était virtuel. Et qui s'en souciait ? Ce serait comme kidnapper Winnie l'Ourson, l'enfermer dans une cave glaciale et humide, le découper en petits morceaux qu'on enverrait à la police sous enveloppe kraft. Vous savez quoi ? Cela ne leur ferait ni chaud ni froid. C'est de la fiction, il n'existe pas.

Voilà donc comment je justifiai la carrière de Sissi auprès de ma conscience inquiète. Sa réussite dans le cyberespace signifiait qu'elle n'avait pas le moindre besoin du vrai monde, devant son écran et entre ses murs. La nuit tombée, il lui arrivait de se faufiler par le portail de l'Université pour aller faire un peu de marche rythmique, mais elle était trop mal dans sa peau pour sortir à la lumière du jour. Une peau qui, je dois le dire, était loin d'être rebutante. Après avoir laissé tomber l'alcool, adepte du même régime alimentaire, aussi pauvre en graisse qu'en saveurs, que Mair, ma sœur retrouva peu à peu ses bonnes vieilles couleurs. Grand-père Jah lui confectionna une aire de gym dans la cour, avec vélo d'appartement et tapis de yoga. Très vite, elle eut meilleure mine, se sentit mieux au plan psychologique. Elle fit même une ou deux incursions, lourdement travestie d'accord, au supermarché du coin, tenta une balade en pleine journée sur le campus. Je pense que c'est pour cela que l'acte perfide de Mair la meurtrit si profondément.

Sissi est de retour dans sa coquille, une chambre meublée avec vasistas. Elle commande ses repas, s'est attaché les services d'une jeune assistante qui lui fait les courses, et ne vit plus que par ordinateur interposé. Je reste l'un de ses rares liens avec la réalité, c'est vous dire combien mes rapports réguliers depuis le trou-du-cul du monde ont été décevants jusqu'alors pour elle.

– Hé, Sissi !

– *Whassup ?*

Oh, j'ai omis de vous signaler un détail. Sissi et moi puisons amplement dans l'anglais pour nos conversations, sans pourtant complètement renoncer au thaï. Cette soupe constitue une sorte de code privé. L'anglais est la langue reine de l'informatique et j'ai le sentiment que ma sœur ne fait plus confiance au thaï, ni à quiconque le parlerait. Dans sa résidence, ils la prennent pour une Philippine. Quant à moi, si je parle volontiers anglais, c'est parce que j'ai passé une année de mise à niveau à l'étranger, juste avant l'université. Je voulais aller dans un pays anglophone, mais tout était complet, alors on m'a envoyée en Australie. Je commençais à peine à les comprendre, là-bas, quand mon séjour linguistique prit fin. La communication était ma matière principale en licence, l'anglais une option. J'étais à mi-cursus de mon master en anglais quand Mair nous servit sa petite surprise. Je parle l'anglais avec cette sorte d'accent thaï qui bouffe la fin des mots. Mais Sissi me comprend parfaitement bien.

– Rien de précis. Comment va le Net ? demandai-je.

– Ça va, ça vient.

– Et Leather ?

Leather était le pseudo de son actuel Don Lothario en ligne. Tous deux entretenaient une passion sexuelle frénétique et orageuse, *via* Internet. Sur les photos, il ressemblait à George Clooney, mais un George *addict* au sexe. Quant à Sissi sur la toile, c'était elle dix-huit ans plus tôt, belle à tomber par terre. Dans son esprit, c'était encore ainsi qu'elle se voyait.

– Il est en train de s'envoyer en l'air, répondit-elle.

– Tant mieux.

– Mouais. Comment va le poulailler ?

– Deux jeunes coqs ont fait leur entrée, le week-end dernier. Ils sont encore en probation. S'ils n'ont pas fait leurs preuves d'ici à vendredi, terminé.

– Comme je te plains.

– Merci.

– Et Mair ?

– Elle… Je pense que le Sud lui fait du bien. Elle est dingue de ses chiens et puis, il y a l'océan devant nous et… Enfin, tu vois.

– Ouais.

– Sissi ?

– Ouais ?

– Je suis tombée sur deux cadavres, ici.

– Morts d'ennui ?

– Non. Un meurtre. Tu pourrais me donner un coup de main ?

– *Bloody oath.*

Cette interjection, elle la tient de moi. C'est de l'australien, *grosso modo* ça veut dire « oui », un oui à l'australienne. C'est l'une des rares choses que j'ai apprises, aux antipodes. Je racontai à Sissi l'histoire du Combi, jusqu'à ma dernière visite.

– Et j'ai découvert quelque chose, Sissi. Ce van est équipé d'une boîte à outils fixée derrière le siège conducteur. Les outils s'y trouvent encore. Il y avait aussi une réserve d'herbe roulée dans du plastique. Et le tout était entouré de ruban adhésif pour rester au sec.

– Tu l'as fumée ?

– Quarante ans après ? Je ne crois pas que la ganja se bonifie avec le temps, Sissi.

– Ça valait le coup d'essayer.

– Bof, en tout cas, l'eau n'a pas pénétré. Il y avait des papiers aussi, deux feuilles découpées en quatre, pour fumer la ganja, je suppose. Ces papiers, c'était des prospectus publicitaires qui venaient selon moi de la société qui leur avait loué le van. Une agence de voyages thaïe appelée Blissy Travel, située à Surat Thani.

– Un numéro de téléphone ?

– Oui, mais les numéros de téléphone ne comptaient que six chiffres, en ce temps-là. Il n'y a pas de Blissy Travel dans l'annuaire actuel, et à la poste de Surat, on m'a dit que l'adresse correspondait à une concession Honda, aujourd'hui. Alors, je suis coincée.

– Je vais voir ce que je peux faire.

– Merci. Et, pendant que tu y es, pourrais-tu essayer de trouver quelque chose sur une famille du nom de Chainawat ? Ce sont eux qui ont vendu ce bout de terrain au vieux Mel. Franchement, le fait qu'ils aient voulu se débarrasser d'un lopin de terre avec deux macchabées dedans m'interpelle. Tu parles d'une coïncidence !

– On sait comment ils ont enterré le van ?

– La police suppose qu'il s'agissait d'un puits. Ils ont creusé un grand trou, foutu le van dedans et recouvert le tout de terre.

– Mais tu n'es pas franchement emballée par l'hypothèse…

– Non, mais uniquement parce que cela ne tient pas debout. J'ai vu les corps, juste après l'exhumation. Les squelettes étaient assis comme… C'est idiot mais, comme des squelettes se réjouissant de cette virée en Combi. Ils n'étaient ni attachés ni bâillonnés. Si on s'apprêtait à te jeter dans un puits, tu paniquerais, non ? Tu essaierais de toutes tes forces d'en sortir. Tu ne resterais pas là à regarder le pare-brise, à tenir le volant. La fille avait même une main posée sur la cuisse du conducteur, bon sang !

– Bien vu.

– Tu es de mon avis ?

– Tout à fait. C'est bizarre. Ils ont dû mourir en douceur, came, asphyxie ou un truc comme ça. Peut-être déjà morts quand on les a mis dans le van. On dirait que le tueur était un gars prévenant.

– Ou un psychopathe.

– Il s'agit d'étrangers ou de locaux ?

– La police scientifique refuse de se prononcer. D'après eux, les victimes étaient de petite taille, mais ils préfèrent attendre l'expertise de leur boss qui doit descendre de Bangkok au lieu de raconter n'importe quoi. Et puis, qu'est-ce que ça change ?

– Eh bien, imagine que ce soit des Californiens, c'était peut-être la dernière volonté de tes trépassés d'être inhumés dans leur véhicule préféré. Les gens ont souvent ce genre de lubies, là-bas. Je suppose que tu ne connais pas leur âge ?

– Non, tu sais, on est hors circuit, dans notre campagne. Personne au labo de médecine légale n'aura l'idée ni l'envie d'avertir Pak Nam, s'ils avaient l'info.

– Avec le Net, on sait toujours ce qu'on veut savoir.

– Tu ne vas rien faire de trop illégal, hein ?

– Si les gens sont assez fous pour aller traîner leurs fesses dans les coins mal famés de la Toile les poches pleines, faut pas qu'ils s'étonnent de se faire rançonner. Le Net, ma vieille, c'est le Far West.

– Et toi, tu es Calamity Jane.

– Trop aimable. Je peux faire autre chose pour toi ?

– Je ne sais pas. Tu as le temps pour une autre histoire ?

Et j'enchaînai avec l'abbé et son problème de nonne. À mesure que j'avançais dans mon récit, je réalisais que je manquais d'infos sur les personnages principaux. Je devais retourner là-bas. Je dis à Sissi tout ce que je savais et elle promit de m'aider. J'espérais qu'elle serait capable de m'expliquer le pourquoi du black-out de la presse dans cette affaire. Tant que j'y étais, je lui commandai une copie du *Vinaya Pitaka*, la « Corbeille de la Discipline », contenant les 227 règles de conduite monastique réglant le quotidien des moines. Ce sont ces pages qui gouvernent le dharma, en Thaïlande. L'idée de devoir me disputer avec les démons du jeu de notre cybercafé local pour l'accès à l'imprimante ne me tentait pas particulièrement, aussi je demandai à Sissi si son assistante ne pourrait pas me poster les sorties papier.

– Pas de problème, m'assura ma précieuse sœur.

– Tu as déjà rencontré ta secrétaire en chair et en os, ou tu diriges tes affaires derrière un rideau rouge ?

– Pas de sarcasme. Kin et moi discutons beaucoup…

– Oh. Et elle n'est pas horrifiée par ton apparence ?

– Elle est birmane.

Les Birmans, comme chacun sait, ont le cœur bien accroché. Il faut dire qu'ils sont toujours à court d'argent. Je me réjouis que mon ex-frère ait quelqu'un avec qui parler, tout en m'inquiétant de la voir ainsi vivre calfeutrée, au lieu d'aller prendre l'air, pollué ou pas.

– Tu nous manques, dis-je. Pourquoi ne nous rejoindrais-tu pas ? Tu vivrais ici, avec nous.

– Je ne résiste pas au plaisir de te lire un extrait du blog de Pol Pot, depuis le purgatoire. « C'est génial, ici. J'espère vous voir bientôt parmi nous. On ramassera la merde ensemble. »

Je pris ça pour un non.

Mair ne voulait rien entendre. Après avoir donné à manger aux chiens, je devais les emmener se balader sur la plage. Ces bêtes-là détestent les laisses et les clôtures, de vrais fauves. Je tentais à chaque fois d'argumenter : si les chiens avaient besoin d'une promenade digestive, ils iraient se dégourdir les pattes avec ou sans moi, mais Mair me faisait alors le coup du sourcil froncé. Bref, ce petit tour matinal et vespéral entra rapidement dans mes obligations quotidiennes. Moi crapahutant dans le sable tendre derrière John régulièrement freinée dans son élan à cause de ses éternels problèmes intestinaux, et Gogo, une vingtaine de mètres à la traîne, faisant semblant de me suivre mais prêt à tout moment à battre en retraite pour aller se planquer dans les jupons de Mair. Ces moments étaient propices à la réflexion. En ce lundi matin pourtant, John ne se joignit pas à nous.

Arny roulait son rondin, quant à moi je préparais le petit déjeuner, dans la cuisine de l'hôtel, lorsque l'on vit arriver Ba Nok, la dame des nouilles. Elle tenait dans ses bras le corps de John, tout mou et désarticulé. Autour de ses babines, celles de John je précise, une mousse figée, comme si elle ne s'était pas rincée après s'être brossé les dents sauf qu'évidemment, ce n'était pas du dentifrice. John était morte. Ba Nok me tendit sa dépouille. Je signale au passage qu'Arny s'abstint de se porter volontaire. Madame Nouilles avait trouvé la chienne au pied de son stand, ce matin. Elle avait vu notre maman assise avec les chiens si souvent qu'elle avait reconnu sa protégée. Elle pensait que nous aimerions…

Je l'interrogeai. Connaissait-elle celui qui avait empoisonné notre chienne ? Ce à quoi elle répondit « non » un peu trop vite à mon goût. Je sus tout de suite. Elle mentait. Je la remerciai, regardai en direction de la boutique. Mair se tenait sur le pas de la porte, bras croisés, son sourire version *Titanic* déjà plaqué sur les lèvres.

– Mair, je...

Elle rit doucement puis vint prendre le corps dans mes bras.

– Un chien peut trouver son maître de mille façons, ici-bas, dit-elle, en essuyant la mousse sur les babines de John. Une piqûre de scorpion, la chute d'une noix de coco, la noyade, sans parler des maladies et des tiques ou des puces... – je ne l'entendis pas évoquer le meurtre. Je me réjouis qu'elle ait vécu six mois d'un bonheur auquel elle n'était pas destinée *a priori*. À présent, si vous voulez bien nous excuser...

Elle emporta John avec déférence derrière la boutique. Je serrai la grosse main de Arny dans la mienne, puis le laissai là, les yeux brillants de larmes. Le petit déjeuner passa à l'as, j'avais le sentiment que personne ne trouverait la force d'avaler quoi que ce soit en cette matinée de deuil, aussi je partis pour ma promenade quotidienne, seule. J'étais presque arrivée au bosquet de cocotiers quand un chagrin prodigieux me submergea. Assise sur un tas de vieux bambous flottés, ce fut comme si un méga tsunami me renversait, me rouait de coups et que je me retrouvais broyée entre les mâchoires d'un crocodile. Je ne compris rien à ce qui m'arriva. Je sanglotais sans pouvoir m'arrêter. Et, pour une fois, je me félicitai d'être dans cet endroit perdu où personne ne viendrait me tapoter le dos en me disant « ça passera, tout va s'arranger ». J'avais pleuré un nombre incalculable de fois depuis que l'on m'avait arrachée au XXIe siècle, mais c'était sur mon propre sort. Par infinie compassion à l'égard de ma petite personne. Pauvre, pauvre de moi. Mais c'était la première fois que j'éclatais en sanglots pour quelqu'un d'autre, quelque chose d'autre, et je ressentis une immense honte pour toutes mes larmes égoïstes. Quand je revins à moi, les yeux rougis, Gogo était là, assis à quelques mètres devant moi. C'était l'heure de sa balade. La vie continuait.

En arrivant au temple Feuang Fa, sur ma bicyclette, je m'attendais à ce que le gardien bondisse de derrière la fontaine, mais point de vigile en vue. Pour gravir la pente, je dus mettre pied à terre et pousser mon vélo. Ça fait une paye que j'ai perdu la forme. Je me souviens, c'était en 1997, trois mois de pratique intensive du volley dont il ne me reste rien, ni souffle ni muscle. Je pris le sentier de gauche pour rejoindre l'allée bétonnée, notant aussitôt de vastes brassées de bougainvillées manifestement molestées, sans doute l'œuvre d'un jardinier vandale. Je passai ensuite devant le mur à moitié peint et arrivai au quartier des nonnes. Assise sur une marche, la mienne regardait s'ébrouer une vingtaine de chiens de temple. Ils se bousculaient gentiment devant les écuelles en laiton remplies de riz et de sardines qu'elle avait déposées là à leur intention. J'attendis, les observai à mon tour. Je ne vis aucun coup de dents mal intentionné, n'entendis aucun grognement. Et personne ne se battit pour engloutir la dernière arête. Alors, je pensai à John.

Je croyais que les nonnes étaient censées se précipiter vers une jeune fille en pleurs pour lui tendre un mouchoir, la serrer entre leurs bras. Mais celle-ci resta assise et ignora mes sanglots. Il s'écoula plusieurs minutes avant que je puisse m'exprimer et lui expliquer ce qui était arrivé. Elle tenta de me convaincre que c'était le karma de John, essaya de m'embobiner avec la probabilité que le malheureux avait désormais trouvé une meilleure vie qui effacerait la tragédie de celle-ci. Je ne m'étais pas projetée aussi loin dans le futur. Quelqu'un avait assassiné notre chien, point. Je demandai alors à la nonne ce qu'elle pensait de la vengeance. Comme je m'y attendais, elle me certifia que l'assassin aurait ce qu'il méritait lors d'une prochaine incarnation. Ce qui ne me fit ni chaud ni froid. Je voulais que le salaud paye ici et maintenant en assistant en *live* à sa déconfiture.

Je finis par me demander si je ne dégageais pas trop de mauvaises vibrations, pour un temple, puis me rappelai les raisons de ma venue en ce lieu sacré. Je sollicitai donc une entrevue avec *jowa wat* auquel j'aurais souhaité poser quelques questions. Quelle ne fut pas ma surprise lorsque la nonne me répondit : « Il est au commissariat de Lang Suan. »

– Pour quelle raison ?

Je n'imaginais pas en effet l'abbé quitter la région et partir en cavale.

– Il y a eu un incident, la nuit dernière.

– Quel genre d'incident ?

– Le hooligan qu'ils ont embauché pour garder le temple, celui que vous avez croisé, hier, il a été victime d'une agression.

– Il est mort ?

Je fis de mon mieux pour tempérer mon enthousiasme.

– Non, mais il a perdu connaissance. Ils l'ont transporté à l'hôpital.

– Ils connaissent l'agresseur ?

– Les inspecteurs soupçonnent l'abbé Kem. Ils pensent qu'il cherchait à fuir.

Je regardai autour de moi. Pas d'enceinte murée, pas de clôture. On entrait ici comme dans un moulin, alors pour quelqu'un qui aurait des velléités de prendre le maquis, rien de plus facile.

– C'est ridicule.

– Tout à fait, mais ils ne contrôlent pas la situation, ici. Ils ont donc décidé que ce serait mieux pour tout le monde (c'est-à-dire pour eux) de mettre l'abbé aux arrêts.

– Mais qui a bien pu agresser le garde ? On a volé quelque chose ?

– Rien, à ma connaissance. Mais, comme vous avez dû le constater en arrivant, les bougainvillées ont été saccagées.

– Et que disent les experts de Bangkok, à ce sujet ?

– Ce serait l'œuvre des chiens, selon eux, lancés à la poursuite d'un lézard. Il semble que ce soit un détail sans importance pour eux.

– Je vais aller regarder ça de plus près.

Je me penchai pour ramasser mes sandales, mais à mon grand désarroi n'en trouvai qu'une, sa partenaire s'étant pour ainsi dire volatilisée. La nonne rit de bon cœur.

– Ce doit être Riz gluant, dit-elle.

– Pardon ?

– L'un de nos chiens. Le plus jeune et le plus taquin. Également kleptomane.

Elle ramassa ses propres sandales et se rendit derrière son *kuti*, la cabane de bois minuscule qui lui servait de logement. Je lui emboîtai le pas, à cloche-pied. Là, visiblement tout content de lui, un chiot était tapi, plus exactement une saucisse bien dodue couleur fauve, avec un œil au beurre noir. Rien à voir avec l'aspect du riz gluant, donc. L'effronté tenait ma sandale entre les dents et il ne lâcha qu'à contrecœur, à grand renfort de jappements. La nonne lui tira doucement l'oreille en guise de sermon.

– Il semble bien nourri, remarquai-je.

– Il mange absolument de tout, écorces, insectes, poussière, polystyrène ainsi que diverses choses inavouables. Je ne sais pas comment il fait pour digérer tout ça. Une minute de plus et votre sandale était perdue.

Nous nous rendîmes toutes les deux, les chiens sur nos talons, à l'endroit où la haie avait été éventrée, précisément là où l'allée était tachée de sang. Je me penchai, examinai le sol. Pas de trous, pas de terre retournée, rien qui permette d'incriminer les chiens. Quelqu'un avait juste arraché des pans entiers de bougainvillées. La nonne se tenait près de moi, un énorme parapluie à la main pour nous protéger des dards du soleil. J'allais m'extraire des fleurs quand je remarquai un briquet bon marché, le genre en plastique transparent, dans le caniveau longeant l'allée. Un briquet vide. Sans doute rien. Sans intérêt. Un fidèle peut-être qui, lors de funérailles, s'était accordé une pause cigarette et avait fait quelques pas ici. Le type jette son briquet parce qu'il est vide. Néanmoins, si je ne m'abuse, n'y a-t-il pas un chanteur occidental, à moins que ce ne soit Sherlock Holmes, qui a dit, « *nothing means nothing* » ? Et dire que ces trois mots m'ont servi de mantra tout au long de ma carrière, ce serait la moindre des choses que je sache qui les a prononcés. J'attrapai un sachet de graines en plastique noir dans le parterre de fleurs, juste en face, et glissai le briquet dedans.

La nonne me raccompagna jusqu'à ma bicyclette, toutes deux pelotonnées sous notre parapluie, son bras autour de ma taille. Une intimité inopinée était née entre nous.

– L'abbé Kem affirme avoir emprunté l'allée, le samedi, les chiens paraît-il faisaient du raffut, dis-je. Il craignait la présence d'un cobra.

– Il y en a beaucoup par ici.

Je regardai la procession lugubre derrière nous. Seul Riz gluant, une noix de coco creuse dans la gueule, semblait indifférent à la croix qui était la sienne, en tant que chien errant de l'Apocalypse.

– Ceux-là ne me paraissent pas particulièrement agités, dis-je.

– Il fait trop chaud, répondit ma nonne. Tout le monde est accablé en cette période de l'année.

– Dans ce cas, qu'est-ce qui pourrait avoir déclenché une émeute ?

Elle me sourit et, l'espace d'un instant, je pensai à Mair. Puis elle abaissa son parapluie, le referma et me le tendit.

– Attendez quelques secondes, puis rejoignez-moi, dit-elle avant de s'avancer sur l'allée devant moi.

Je trouvai sa requête un peu étrange, mais je fis ce qu'elle me demandait. Un premier chien, puis un second me regardèrent avec le parapluie à la main, avant de suivre la nonne des yeux. Puis, de nouveau, les toutous reportèrent leur attention sur moi. Alors, subitement, je me sentis comme dans une fosse à alligators, les chiens tous crocs dehors, la bave aux babines, grognèrent soudain comme des fauves, dans une sorte de fureur collective. La trouille me glaça le sang. Je m'apprêtai à balancer le parapluie pour m'enfuir en courant, mais à ce moment-là, la nonne revint sur ses pas et m'arracha l'arme des mains. Les chiens rengainèrent leur agressivité comme un cowboy son flingue et retournèrent à leur langueur.

– Ils sont extrêmement protecteurs à notre égard.

« Je sais combien c'est difficile pour vous de mettre de la nourriture sur votre famille. »

George W. Bush, Greater Nashua, NH, Chamber of Commerce, 27 janvier 2000

– C'était un lundi, le 17 juin 1978, commença Mair. Je perdis ce jour-là ma virginité pour la deuxième fois.

Arny leva les yeux de son riz frit aux tentacules de calamars, moi aussi, la cuillère en l'air. Grand-père Jah continua de manger, soit parce qu'il connaissait déjà l'histoire, soit parce qu'il n'entendit pas. De mon côté, je ne sais pas si je tenais à ce que Mair poursuive, surtout pendant le dîner.

– Je suis retournée au temple, aujourd'hui, dis-je.

C'est la première chose qui me vint à l'esprit. Je n'avais pas prévu d'informer les miens de la poursuite discrète de mon enquête, mais le moment paraissait bien choisi.

– Son nom était Krit, poursuivit Mair.

– Pourquoi ne m'as-tu rien dit ? demanda Arny. Je t'aurais accompagnée.

– Je pensais qu'une arrivée à bicyclette passerait inaperçue. Et puis, regarde-moi, j'ai déjà perdu un kilo et ça ne fait qu'une semaine que je me suis mise au vélo. Encore un mois à ce rythme et je pourrai poser pour Miss Bikini.

– Il était très séduisant, continua Mair.

Plus jeunes, nous aurions lâché la bride à Mair en la laissant radoter avec ses vieilles histoires. Nous l'aurions écoutée relater son passé trouble. Et si, comme souvent, elle s'était interrompue au beau milieu de son récit, nous l'aurions même encouragée à poursuivre, dans l'espoir de l'entendre évoquer notre père. Ce qu'elle ne fit jamais.

– Mair, je suis en train de parler sérieusement, là, dis-je. Une minute, s'il te plaît.

J'espérais pouvoir la distraire assez longtemps pour qu'elle oublie le deuxième naufrage de sa virginité. Je racontai l'agression du gardien, l'arrestation de l'abbé, les chiens et le briquet. Arny m'écouta religieusement, comme toujours. Mair attendit patiemment une ouverture. Puis, à ma grande surprise, après avoir englouti un grand verre d'eau, grand-père Jah me fixa, le regard noir, comme s'il voulait me jeter un sort. Puis il dit :

– Il cherchait quelque chose.

Grand-père Jah a passé quarante ans au sein des forces de police royales thaïes, sans jamais dépasser le grade de brigadier, chargé du trafic routier. Selon moi, il y a les policiers-nés, qui gravissent les échelons, réussissent leurs examens, et saisissent la perche qui va les placer juste un peu au-dessus de leurs aptitudes. Puis il y a ceux qui ont de l'argent et peuvent acheter leurs promotions jusqu'en haut de l'échelle. Et enfin, il y a les gens comme grand-père Jah, qui ne comprennent rien à rien. Franchement, comme si j'avais besoin des conseils d'un agent de la circulation !

– Qui ça, il ? demandai-je, juste pour l'occasion infiniment rare d'engager une conversation avec mon grand-père.

– L'assassin de l'abbé Winai, répondit-il.

Bien sûr, j'avais envisagé cette possibilité. Si on était dans un roman policier, le moindre lecteur lambda, même le moins initié, se serait écrié : « IL CHERCHAIT QUELQUE CHOSE. » Merci, grand-père.

– Eh bien, s'il a trouvé ce qu'il cherchait, nous ne saurons jamais de quoi il s'agissait, dis-je. Fin de l'histoire.

– Ils ont peut-être des caméras de vidéosurveillance, suggéra Arny, pas vraiment le plus finaud de la portée.

Dans le monde d'Arny, une caméra était braquée sur chaque rue, chaque maison, chaque arbre. Pour résoudre un crime, il suffisait de visionner la cassette. Un peu comme en Angleterre.

– Arny, petit frère, je...

– Il a échoué.

Grand-père commençait à me taper sur les nerfs.

– Échoué à quoi, grand-père ?

– Il n'a pas trouvé ce qu'il cherchait.

– Qu'est-ce qui te fait penser ça ?

– Il y avait beaucoup de nuages la nuit dernière. Pas de lune. Il n'a pas voulu utiliser de torche, on l'aurait repéré à des kilomètres à la ronde. Tout ce qu'il avait, c'était un briquet, et il s'en est servi jusqu'à ce qu'il soit vide. Il n'a pas trouvé ce qu'il cherchait.

– Grand-père Jah, dis-je, en m'efforçant d'effacer tout mépris de ma voix. Ce briquet peut appartenir à n'importe qui. Il est peut-être tombé là il y a un mois.

– Ah, protesta grand-père. On voit que tu ne passes pas beaucoup de temps dans les temples. Les novices se lèvent à l'aube avec leur balai en paille et leur pince à déchets. Ensuite viennent les veuves avec les dons de nourriture et elles parcourent le temple à quatre pattes pour ramasser les ordures. Et puis, il y a deux jours, la scène du crime a été ratissée par des inspecteurs. Même les abrutis qui forment aujourd'hui les rangs de la CSD auraient remarqué ce briquet. Non, fillette, ce briquet a atterri là après. On l'a balancé la nuit dernière. Il appartenait au tueur et le tueur reviendra.

Sur ce, il se leva, jeta son assiette dans la bassine de l'évier et sortit. Je n'en revenais pas que grand-père possède autant de vocabulaire. Je ne l'avais pas entendu prononcer plus de trois mots depuis le décès de grand-mère. Et, je dois l'admettre, force était de constater qu'il n'avait pas tort.

– Puis-je terminer mon histoire, maintenant ? demanda Mair.

– Vas-y, Mair, dis-je. Mais je te préviens, tu auras du mal à faire mieux que grand-père.

– Il s'appelait Krit, dit-elle.

– C'était avant papa ? m'enquis-je.

– Il était très beau, mais c'était un salaud. Maître de conférences à l'Université, il avait mis l'une de ses étudiantes enceinte, mais prétendait n'y être pour rien. N'oubliez pas, c'était avant l'AND.

– L'ADN, Mair.

– Bref, avant ce que tu veux. Donc, pas de preuve. Pas de trace. Mais je connaissais bien cette fille, et je savais qu'elle disait la vérité. Krit fréquentait notre boutique, alors un jour, je lui ai tendu un piège. Je lui ai dit que j'étais vierge et que, pour ma première fois, je voulais que ce soit avec un homme, un vrai, pas un de ces gamins du campus. Je voulais un homme qui sache ce qu'une jeune fille attend.

Il y avait quelque chose de sordide à être assis là, autour de la table familiale, à écouter notre mère évoquer ses expériences sexuelles. Mais Mair avait le chic pour donner à l'anecdote la plus cochonne des accents de conte de fées. Arny et moi, on avait de nouveau 12 ans. On échangea un sourire en encourageant Mair à poursuivre.

– J'étais un peu plus âgée que les filles avec lesquelles il avait l'habitude de sortir, mais suffisamment menue pour donner le change, surtout avec l'uniforme de l'Université. Je lui donnai rendez-vous, un soir, tard, au Little Duck Hotel, juste en face du campus. J'avais même pris la précaution de réserver une chambre. Je m'y trouvais déjà quand il est arrivé. Je lui ai demandé de passer sous la douche. Quand il en est sorti, j'avais éteint la lumière. Il pouvait à peine me voir, sous le drap, à la lumière de la salle de bains. Je lui ai ordonné d'aller l'éteindre. Je pense qu'il aimait les femmes dominatrices. Je lui ai alors dit que j'étais nue et lui ai demandé d'enlever la serviette autour de sa taille, je l'ai entendue tomber sur le parquet. C'est à ce moment que j'ai crié. La porte s'est brusquement ouverte, quelqu'un a allumé la lumière et trois étudiants du club photo de l'Université ont fait irruption avec leur Polaroïd et nous ont mitraillés, moi en tenue d'Ève, lui en tenue d'Adam, courant dans tous les sens en poussant des cris de terreur. C'était drôle !

Durant un mois, des photos du professeur Krit ont fleuri sur chaque poteau et tronc d'arbre du campus. Seule la tête manquait au portrait. Je dois dire qu'après le coup de l'hôtel, le pauvre homme se fit tout petit. Les photos étaient terriblement embarrassantes. Dessous, on avait mis des légendes comme « Devinez à qui appartient ce zizi ? », ou encore « Après qui court ce petit pervers de maître de conférences, cette fois ? ». Bien sûr, il était impossible de me reconnaître, on ne voyait que des parties de mon corps sur les photos. J'étais très bien faite, à l'époque, mais je n'avais pas envie que tout le monde me voie nue, vous comprenez ? Bref, au fil des jours, les photos dévoilèrent de plus en plus le visage de Krit, la fièvre monta sur le campus, tout le monde était impatient de voir de qui il s'agissait. Comme nous nous y attendions, l'étudiante enceinte fut contactée par une tierce personne qui proposa de « tout assumer » et de lui verser une petite somme, en guise de compensation. Une fois tout assumé et l'argent viré, j'ai estimé que le petit jeu avait assez duré.

– Tu as arrêté d'afficher les photos ? demanda Arny.

– Mon Dieu, non. J'ai arrêté de masquer la tête. Le mystère planait depuis des semaines, on ne peut pas laisser les gens dans l'expectative comme ça, non ? Ça ne se fait pas.

On se fichait que ce soit vrai ou pas. Comme avec la plupart des histoires de Mair, on se contenta, Arny et moi, d'apprécier son récit pour ce qu'il était, une œuvre d'art. J'étais en train de laver nos assiettes dans l'évier quand Mair vint tout contre moi et glissa ses bras autour de ma taille. J'aimais ces câlins. Bon, mais j'étais fâchée contre elle, je ne devais pas l'oublier.

– Ce dîner était excellent, ma chérie, dit-elle. Je ne sais pas d'où tu tiens ces talents de cuisinière. Pas de moi, en tout cas, c'est certain.

– Avec des produits frais, tout le monde peut faire de la bonne cuisine.

On aurait dit que je récitais une pub, mais c'était vrai. L'un des rares avantages à vivre loin de toute civilisation, c'est que les aliments vous arrivent en priorité, avant la case labo industriel. Quelques heures auparavant, notre dîner nageait en rond dans une mer encore largement préservée, et les piments poussaient partout comme de la mauvaise herbe. Les œufs, eux, étaient encore chauds de… Bien, vous savez d'où viennent les œufs. Il suffisait de tendre la main par la fenêtre pour cueillir une papaye. Je m'étais aménagé une petite serre pour produire un jour des légumes. Quand vous êtes auto-suffisant, vous pouvez avec fierté vous vanter de connaître la provenance de ce qui se trouve dans votre assiette. Et… Au fait, on ne pouvait pas en dire autant de cette boîte en plastique que j'avais trouvée dans le congélateur…

– Mair, qu'est-ce que c'est que cette mixture bizarre, au congélo ?

– Je ne vois pas de quoi tu parles, répondit-elle, soudain sur ses gardes.

– Ce machin gris-vert, semblable à de la glace fondue…

– Ne touche pas à ça, dit-elle, me privant aussitôt de sa si douce étreinte maternelle. C'est un bouillon que m'a donné la dame de la station-service.

– Je pourrais le servir à dîner demain.

– Non. Pas question. C'est une exécrable cuisinière. Je ne l'ai accepté que par politesse.

Et, sur ce, elle me laissa à ma vaisselle. Une fois tout lavé et rangé, je descendis à la plage, Gogo sur mes pas, une vingtaine de mètres derrière moi. Si la lune était pleine, comme le prétendait le calendrier, aucune lueur n'en filtrait, la faute à une épaisse couverture nuageuse. Grand-père Jah avait raison. Les lampions des barques des pêcheurs de calamars dessinaient des pointillés lumineux sur la mer. C'était comme regarder la rive lointaine d'un vaste fleuve. Je marchai à la limite des vagues léchant le sable jusqu'à l'un des troncs de cocotier de Arny. Là, je m'assis, dos contre la souche, et admirai à l'horizon ce qui ressemblait au clignotement des yeux de chats, vert et blanc. Gogo passa devant moi, tourna sur lui-même deux ou trois fois, puis s'allongea sur le sable, en me tournant ostensiblement le dos. Il était à deux mètres environ. Comme d'habitude, il fit comme si je n'étais pas là. J'ignore lequel des deux fut le plus surpris quand je m'approchai de lui et lui tapotai l'arrière-train. Deux fois. Il n'y eut aucune réaction. Peu importe. J'eus ce geste uniquement au cas où il se réveillerait demain, de la bave à la gueule. Au moins aurait-il partagé un bref moment d'intimité grâce à moi.

Très vite, dans mon incarcération au milieu de ce nulle part, j'avais eu le sentiment de devenir une femme thaïe traditionnelle. Je régressais dans le temps, à un âge où le câble et le cappuccino n'existaient pas. Je n'aurais pas été surprise de me reconnaître dans l'une de ces brochures pour touristes, « La Thaïlande révélée ». À ce propos, pourquoi ce genre de revues est-il toujours rédigé par des Occidentaux, le plus souvent britanniques, apparemment convaincus de nous connaître mieux que nous-mêmes ?

Je n'ai jamais rencontré de personnes comme on en voit dans ces brochures. Je n'ai jamais ressemblé à ces femmes souriantes sur les photos. L'année dernière encore, je ne me serais absolument pas reconnue, dans aucune d'entre elles. Je suis née à une époque qui, en un rien de temps, a lyophilisé et emballé sous film plastique notre culture, l'a dénaturée à travers le prisme des influences occidentales et orientales. J'ai grandi fringuée comme Winona Ryder, en écoutant Bon Jovi. Ma mère était fan des Beatles. À 14 ans, la fille de mon petit cousin arbore des cheveux décolorés châtain clair coiffés à l'iroquoise et porte son jean bien en dessous du nombril. Tous ses héros sont coréens. Ma question est : à quoi ressemble la femme thaïe type aujourd'hui ?

Elle mesure entre 1,20 et 1,30 m (je suis un poil au-dessous de cette moyenne). Elle ne porte pas, c'est certain, de tongs pour faire son shopping, se défie des effets positifs des cosmétiques, ou considère que les peaux mates sont plus séduisantes que les teints cadavériques des actrices du petit écran. Elle a une collection de smileys tout mignons pour ses mails, bien plus importante que son vocabulaire, mais nourrit encore des rêves d'ailleurs, de vivre dans un pays étranger. Si l'on en croit les statistiques, elle aurait touché à l'alcool, aux drogues et/ou au sexe avant ses 15 ans. Elle porte les cheveux longs, parce que les hommes préfèrent les cheveux longs et, bien sûr, notre seule raison de vivre sur cette planète consiste à agiter nos plumes rectrices pour berner le mâle. Sissi protesterait en me faisant remarquer que ce profil correspond uniquement aux nanas modernes des grandes villes, mais je sais que les mentalités évoluent jusqu'en bas de la chaîne alimentaire du plus petit village.

Alors, où dois-je me situer, exactement ? J'ai 34 ans. Un visage adorable sur une petite fille de 12 ans, mais qui se plissera comme une vieille pêche quand j'atteindrai la cinquantaine. Je porte les cheveux courts. Mes seins sont petits mais plaisants et j'ai un petit ventre qui me donne l'air d'être enceinte de quatre mois quand je suis assise à mon ordinateur. Je suis irritable durant de longues périodes avant comme après ce moment particulièrement incommode du mois, deux semaines avant, deux semaines après. En fait, je n'ai jamais su ce qui pouvait dans ma personne susciter non pas un déluge, mais disons un honnête crachin d'intérêt mâle. Sans doute ai-je le profil type de la gentille fille, tel que les mères l'inculquent à leurs fils. « La place d'une bonne ménagère est à la cuisine, pour le sexe, va voir ailleurs, fiston. »

Mais désormais, entre les pages du chapitre consacré à la femme thaïe, je note comme des ressemblances avec moi-même. Peu à peu, je deviens moi aussi charmante, que Dieu me vienne en aide. Depuis notre arrivée dans le Sud, j'ai été contrainte à un minimum de politesse, à retourner un sourire à de parfaits inconnus et à faire la conversation. À Chiang Mai, je pouvais mener mon petit bonhomme de chemin dans l'ignorance de mes devoirs sociaux. Jamais le temps de cuisiner, de faire les courses, le jardin ou de nourrir les bêtes. Et voilà que, subitement, tout ça est devenu ma vie. De plus, ici, même si je répugne à l'admettre, je me sens inférieure aux hommes. Eux, ils abattent des arbres, ramènent des filets gonflés de poissons, creusent des puits, récoltent le latex et construisent à tour de bras. Et moi, tout ce que je peux faire, c'est vider des maquereaux, et encore ai-je appris comment le faire sur YouTube.

Ce fut une journée intéressante. Elle avait commencé avec un mort et se terminait sur une histoire de vengeance. Le fait que Mair ait choisi précisément cette soirée pour son récit m'inquiétait un peu. Si elle avait été capable d'humilier un professeur quand son esprit tournait encore rond, je me demandais ce qui pouvait accoucher de son cerveau libéré aujourd'hui de toute contingence, quelle sanction elle infligerait à un tueur de chiens. Le moment était venu pour moi de la surveiller de près.

Le lendemain matin, je fus réveillée aux aurores par la version métal de *Mamma Mia* sur mon téléphone portable. Nous étions à plus de cinq kilomètres de la ligne terrestre la plus proche, mais quelques magnats des télécoms avaient fait ériger dans la région des antennes relais pour mobiles. Je le sais, j'en ai une sous ma fenêtre. Un exemplaire orange rouillé dont l'imposante beauté est légèrement entachée par le panorama disgracieux du paysage autour d'elle. L'appel venait de Dtor, une ancienne collègue. Essoufflée, elle m'expliqua que le siège de notre gouvernement avait été pris d'assaut dans la nuit par de vieux jeunes cadres dynamiques en chemise jaune. La politique chez nous était sacrément plus compliquée avant l'introduction du système du Championnat anglais de chemises colorées qui permet enfin de savoir qui est qui. Les jaunes, emmenés par un magnat de la presse, et discrètement soutenus par l'armée, s'opposent aux chemises rouges, pour l'essentiel originaires du Nord, appuyés par un ex-dirigeant de club de foot, ex-Premier ministre, ex-empereur des télécommunications et ex-policier actuellement en exil.

Encore un peu et on verrait apparaître les noirs rayés de blanc et les gros pois roses. Souvent, je me dis : « Et si on leur donnait un ballon... »

D'après Dtor, dans la nuit, les chemises jaunes avaient forcé les barrages de police et pris le contrôle, sans effusion de sang, du siège de notre gouvernement et changé les rideaux. La classe moyenne de Bangkok qui fait sa Révolution... Imaginez un peu, c'est comme si Richard Branson organisait un sit-in au Parlement, à Westminster. Impossible, non ? C'est aussi ce que je pense. Sauf qu'on est en Thaïlande. Ah, la politique thaïe. J'ai eu l'opportunité de travailler un temps pour les pages politique. Le crime, c'était pas très convenable pour une jeune fille. Je me suis battue contre cette idée. Une chose est sûre, en Thaïlande, le meurtre, le vol et la violence sont tangibles. La politique, elle, n'est qu'illusion et, dans le fond, bêtise.

Ce qui m'inquiétait à propos de la situation à Bangkok, mis à part le fait que nous serions la risée de la presse internationale, c'était que les choses importantes, comme les enquêtes de police, les meurtres de moines ou les autopsies, n'allaient plus intéresser personne. Tous les policiers seraient postés autour du siège du gouvernement dans leur tenue macho noire antiémeute. Personne ne savait qui était aux commandes. Le Premier ministre titulaire du poste, accessoirement patron éminemment respecté de la télévision, avait été évincé pour ses prestations en *prime time* dans un show cuisine pendant que le pays cramait. Les chefs de la police étaient remplacés et envoyés au placard avec une telle régularité que l'on ne savait plus à quel général se vouer. J'en conclus donc qu'ici, à Pak Nam, nous risquions fort d'être livrés à nous-mêmes un bon bout de temps.

Oh, et il y a une chose encore, que Dtor m'apprit : la tête dans le sac plastique, se balançant au bout d'une corde ? C'était un suicide.

Mon second appel de la matinée me vint de Sissi. Après un moment de franche rigolade à propos de la situation politique, on aborda des sujets plus sérieux.

La famille chinoise, les Chainawat, celle qui avait vendu son terrain au vieux Mel, vivait à Ranong, sur la côte d'Andaman. Sissi me donna une adresse et plusieurs numéros de téléphone correspondant à Chainawat Inc., ainsi que le numéro privé de Vicha, son actuel PDG. La famille s'était impliquée à un moment donné dans une série de petites affaires et investissements divers, avant de concentrer tous ses efforts dans la pêche et l'immobilier. Les Chainawat possédaient environ 14 000 hectares de terre dans le Sud avec lesquels ils spéculaient à tour de bras. Parallèlement, ils dirigeaient une flotte de chaluts à perche qui draguaient d'énormes filets sur le fond marin et détruisaient les coraux. Imbattable pour les profits. Dévastateur pour l'environnement. Sissi n'avait pas trouvé d'autres vices concernant les avoirs de cette vénérable famille, mais elle continuait à chercher.

Blissy Travel, l'agence de voyages mentionnée dans les papiers taillés format joint pour fumer la ganja, avait coulé à la fin des années 1970, quand l'afflux des touristes tant espérés dans le Sud n'avait pas eu lieu. Blissy Travel avait été créée par un homme d'affaires de la province de Surat, un certain Somjit Boondet. Après ça, le bonhomme s'était pour ainsi dire évanoui dans la nature pendant une vingtaine d'années, jusqu'en 2002, quand un certain Somjit Boondej, cette fois, était apparu sur le registre du commerce, en tant que responsable du district de la concession des grands magasins de l'enseigne « Arts ménagers et Décoration de la maison » pour le Surat.

– Je vois ça, de temps en temps, m'expliqua Sissi. Ce genre de subtiles incohérences dans l'orthographe des noms. Peut-être une coquille, c'est fréquent, mais une vieille cynique comme moi aurait plutôt tendance à suspecter l'embrouille. Je sais par expérience combien il est facile d'égarer sa carte d'identité et d'en demander une nouvelle. Il suffit de glisser une centaine de bahts à la préposée et son doigt glissera malencontreusement sur la touche. Voilà, le tour est joué, tu es devenu quelqu'un d'autre. Plus aucune trace de ton passé n'apparaît sur les fichiers informatiques de sécurité. J'ai donc procédé à des recherches en tapant l'ancien patronyme, et à ton avis, sur quoi je suis tombée ?

– Prison ?

– Tu es drôlement futée. Centre correctionnel de Songkla, de 1979 à 2002.

– Oh oh, une lourde peine.

– Homicide involontaire. Et tu sais pourquoi il a accompli sa peine jusqu'au bout ? Pas de grâce, pas de libération anticipée pour bonne conduite ? Parce qu'il a assassiné un couple de touristes.

– Quoi ? C'est génial. Enfin, pas pour eux, mais bon, tu vois.

– Je savais que ça te ferait plaisir.

– Pas suffisamment grave manifestement pour lui valoir le châtiment suprême pour meurtre crapuleux.

– Le procureur avait ses convictions. Il a fait pression.

– Sissi, tu es...

– Je sais, je sais.

La journée ne pouvait mieux commencer. Deux pistes, et je n'avais même pas encore avalé mon petit déjeuner. Je pris ma douche, m'habillai et trébuchai sur Gogo, en sortant de mon cabanon. La brave bête tressaillit à peine, comme si se faire marcher dessus était son destin, avant de se rendormir. J'aimerais bien savoir pourquoi elle dort devant ma chambre mais, bon, c'est un chien et j'ignore comment m'y prendre pour nouer un lien, un vrai. Bref, excepté nos cinq « bungalows grand luxe sur la plage » (de petites boîtes en béton mitoyennes, sans réfrigérateur ni clim), notre famille occupe quatre cabanons moins standing, un peu en retrait de la plage. Un par personne. D'après Kow, le pêcheur de calamars, au vu de la violence avec laquelle la mousson s'abat sur le littoral chaque année, nos modestes demeures ne devraient pas tarder à se retrouver à la mer, avec nous dedans flottant jusqu'au Vietnam.

Je ne vis aucun mouvement du côté des autres cabanons. J'étais généralement la première debout, le matin, mais ce jour-là, je trouvai Mair à la boutique, occupée aux préparatifs de ce qu'elle appelait une exposition. L'expo en question consistant à empiler des boîtes de sardines selon un schéma pyramidal et à entourer le tout d'un ruban rose, petit nœud au sommet de l'édifice. Je lui fis remarquer que ses clients seraient peut-être moins enclins à lui acheter des sardines, car ils hésiteraient à défaire son beau ruban. Elle me répondit que cela n'avait pas de sens. Bien.

– Ed est repassé, dit-elle.

– Je connais Ed ?

– C'est le grand qui s'occupe de couper l'herbe.

Oui, je voyais à présent. Un échalas avec des yeux sournois et une moustache qui semblait fausse. Bien trop jeune.

– Et ?

– Il a demandé après toi.

– Demandé quoi ?

– Tu sais bien. Si tu étais célibataire.

– Mais… Tu lui as bien dit, n'est-ce pas ?

– Dit quoi ?

– Ce que je t'ai demandé de dire à tout homme qui s'aviserait de poser sur moi des questions trop personnelles.

– Eh bien, je…

– Mair, tu ne lui as pas dit, c'est ça ?

– Oh, je ne peux pas, ma chérie. Ce n'est pas bien. Et puis, tu ne l'es pas.

– Peu importe que je le sois ou pas. C'est ce qu'ils croient qui compte. Les hommes sont comme des asticots. Ils vont te grignoter jusqu'à la moelle, à moins que ton goût ne leur revienne pas.

Parfois, c'est au moment où j'en ai le plus besoin que se dérobe mon talent pour la métaphore.

– Ed est un gentil garçon.

– Cela ne fait aucun doute… que c'est un garçon.

– Ce n'est pas juste, ma chérie. Tu es encore jeune. Tu pourrais t'accorder un peu de bon temps avec des hommes. Un baiser, un câlin de temps en temps, ça te remonterait le moral.

– Mair, tu tiens vraiment à me seriner cette vieille rengaine « tu as besoin d'un homme ? ». Bien. Alors, tu lui as dit ou pas ?

– Je crois lui avoir dit que les hommes ne t'intéressaient pas en ce moment.

– Parfait. Ce n'est pas tout à fait pareil que de dire que je suis lesbienne, mais j'ose espérer que, la prochaine fois, tu n'hésiteras pas.

– Entendu. J'essaierai.

– Merci.

– Il possède son propre champ de palmiers.

– Comme n'importe quel type dans le coin. Je n'appelle pas ça la garantie d'une sécurité financière. Il te suffit de dix hectares pour gagner de quoi payer les types qui vont récolter les noix de coco.

Mair y alla de son sourire à la *Titanic*.

– Eh bien, quoi ? demandai-je.

– C'est bon de te voir t'intéresser à l'économie locale, répondit-elle.

Je me faufilai derrière elle, retournai toutes les boîtes qu'elle avait placées tête en bas.

– Voyons, Mair. On ne vend pas de la nourriture pour chauve-souris, rouspétai-je.

– Ton père avait une chauve-souris pour animal de compagnie… lâcha-t-elle comme ça de but en blanc.

Alléluia. Mon père, enfin. Je n'osais y croire. Comment étais-je censée réagir ? Que dire, ou ne pas dire, qui risquerait d'effaroucher Mair ?

– Quel genre de chauve-souris ?

– Oh, tu sais bien, le genre habituel, cette espèce de petit étron hideux avec plein de poils. J'en avais une peur bleue. Il la gardait dans la chambre.

– Quel était son nom ?

– Oh, je ne pense pas que tu aies besoin de le savoir.

– La chauve-souris, je veux dire.

– Thanom, tu vois ? Comme ce maréchal, dans les années 1960. C'était exactement les mêmes yeux.

Je m'accrochai de toutes mes forces à l'histoire de la chauve-souris. La mémoire de Mair était intacte en ce qui concernait Thanom, mais elle évitait soigneusement tout ce qui se rapportait à mon père. Je n'insistai pas. J'avais désormais le mot de passe. Un peu comme ce déclic qui sert à l'hypnotiseur pour amener quelqu'un en transe. Pour ramener Mair à cette période de sa vie avec papa, je n'aurais qu'à prononcer le mot « chauve-souris ». Trente-quatre ans. Il m'avait fallu trente-quatre ans pour en arriver là.

– J'ai embauché un monsieur, dit Mair.

– Pour faire quoi ?

– Il est détective privé.

– Tu as embauché un… ?

Je n'en revenais pas. Ce n'était pas tant que Mair ait éprouvé le besoin de s'attacher les services d'un détective privé, mais plutôt qu'elle ait été capable d'en dénicher un dans un endroit pareil. Mais quand ?

– Tu n'as rien dit à ce sujet, hier soir, fis-je remarquer.

– Parce que je ne l'avais pas encore recruté.

– Mair, je t'ai vue aller te coucher. Comment t'y es-tu prise pour trouver un détective privé entre hier soir et ce matin ?

– Ed, le gars de la pelouse, m'a dit qu'il connaissait quelqu'un.

– Et tu as déjà pris contact avec lui ?

– Ed est allé le voir, en rentrant chez lui. Tu serais surprise de tout ce qui se passe à Maprao, le matin de bonne heure. Nous devrions tous nous lever plus tôt.

– Et tu veux me faire croire qu'il y a un détective privé à Maprao ?…

– Monsieur Meng.

Je passai en revue dans ma tête les noms que j'avais entendus, depuis mon arrivée dans le Sud. Pas très difficile. D'après le registre officiel, notre district abrite 5 000 résidents, sans doute en comptant les morts. J'étais certaine de connaître tout le monde. Soit 200 personnes, pas plus.

– Meng… Le type des stores en plastique ?

– Lui-même.

– Mair, dis-je en m'asseyant sur le premier tabouret à ma portée. Il vend et pose des stores. C'est ça, son boulot.

– Des auvents, aussi.

– Peu importe. Alors, explique-moi donc comment ce monsieur peut trouver le temps de jouer le détective privé, avec son affaire de stores ?

– Il n'y a pas beaucoup de travail pour un détective privé, par ici.

– Bien sûr que non, dis-je en baissant le ton. Ça ne m'étonne pas qu'il n'y ait pas beaucoup de travail pour un détective privé dont la vocation première est le store en plastique. Qui peut avoir envie de l'embaucher ?

– Ed l'a fait.

– Ed, le type du gazon, a embauché Meng, le type des stores, comme détective privé ?

– Et à l'en croire, il serait même très compétent.

Je suppose qu'une journée qui commençait comme celle-ci ne pouvait qu'empirer.

– Dis-moi, Mair, pour quelle raison Ed a-t-il embauché un détective privé ?

– Pour retrouver sa femme.

– Oh, super... Vraiment super.

– Une minute, si je récapitule, tu essayais donc de me caser avec un type marié.

– Il n'est plus marié.

– Pourquoi ?

– Parce que Meng a retrouvé sa femme. Elle vivait avec un vitrier, à Lang Suan. Meng a pris des photos. Aujourd'hui, ils sont divorcés.

Je me sentis soudain lasse.

– Et tu as découvert tout ça ce matin ?

– Nous devrions nous lever avec le soleil...

– Et quels sont les tarifs de ce détective privé poseur de stores ?

– Il m'a dit que c'était à moi de voir. Je peux payer ce que je veux. C'est à moi d'estimer ce que valent ses informations.

– Eh bien, voilà qui est rassurant. Et quel type d'informations recherches-tu exactement ?

– Je veux juste savoir ce qui se raconte dans le coin.

Elle était si transparente. Pour un peu, j'aurais vu les boîtes de sardines derrière elle.

– Mair ?

– Oh, des informations toutes simples. Qui vit où ? Que font-ils comme travail ? Ont-ils un bateau ou un camion ? Où est-ce que l'on peut trouver des produits de base et des matériaux comme des briques, du fumier ou du ciment…

– Mair ?

– … Ou de la mort-aux-rats.

« Je suis une personne qui reconnaît les erreurs de jugement des humains. »

George W. Bush,
Oprah, 19 septembre 2000

Le lieutenant Chompu et moi-même roulions dans la partie la plus étroite de la Thaïlande. Regardez une carte, en fait, nous nous trouvions au niveau où la taille du pays est resserrée à son maximum. Depuis le XVIIe siècle, ils parlent de creuser un canal entre le golfe et la côte occidentale. Mais pour faire aboutir ce genre de projet, cela aurait sûrement servi d'avoir une administration en place plus de cinq mois consécutifs. En tout cas, si un jour ils arrivent à s'entendre, ça se fera sûrement. C'est l'endroit rêvé. Il y a tant de paysages naturels somptueux à dévaster. Dans un fourgon de police avec air climatisé, Mai Charouenpura dans le lecteur CD et une fiole de désodorisant en forme de fraise sur le tableau de bord, le trajet d'une côte à l'autre ne devait pas nous prendre plus de quarante-cinq minutes. Chompu conduisait comme une bête. Sauvage.

M'associer à la police de Pak Nam pour mon enquête était un risque calculé. Si nous devions rester ici, je veux dire, si ma famille ne re-déménageait pas ou si nous n'étions pas tous arrêtés pour complicité dans la vengeance qu'ourdissait Mair, je savais que j'aurais besoin d'amis au poste de police local. J'optai donc pour partager mes informations sur la famille Chainawat et invitai le lieutenant à participer à l'interview. Avoir un policier à mes côtés ne pouvait pas faire de mal. Désormais officiellement désigné comme le responsable de l'enquête du Combi, Chompu décida que la journée était idéale pour une promenade et puis la route était tellement pittoresque ! Mon chauffeur me parla du temps, de l'ennui qui régnait à Pak Nam et aussi de la joie qu'il y avait à vivre dans l'un des derniers endroits de la planète où les hommes portaient tous la moustache.

Je tentai de lui soutirer des informations sur les progrès de l'enquête concernant le meurtre du temple Feuang Fa. Il se tourna vers moi, bouche bée, mordant sur le bas-côté et frôlant le fossé.

– Mais comment êtes-vous... ?

– C'est mon travail de chercher à savoir, dis-je.

– Mais c'est ultra top secret ! s'offusqua-t-il.

– Je sais.

– Je ferais mieux de faire attention à ce que je dis...

– Alors ?

– En mode confidentiel, hein ?

– Bien sûr. À moins que ce ne soit vraiment intéressant.

– Ça ne l'est pas. Croyez-moi. Le temple Feuang Fa est en plein milieu de notre juridiction. Bah, peut-être pas en plein milieu, mais certainement plus chez nous que chez ces crustacés de Lang Suan. Ma parole, ils ne sauraient même pas quoi faire d'un meurtre s'il se glissait sous leur pantalon et venait leur mordre vous savez quoi.

– Alors Pak Nam devrait aussi conserver cette enquête ?...

– En effet. Mais j'en ai une bien bonne. Bangkok, ce ramassis d'anarchistes et de branchouilles débiles, a décidé que l'affaire était bien trop complexe pour nous. Ils nous ont envoyé toute une armada de super détectives en civil, ont décrété le black-out sur la presse, désigné Lang Suan comme le centre des opérations et, pour finir, nous ont gentiment fait comprendre qu'on n'était pas à la hauteur. Difficile à avaler, si vous voulez mon avis.

– Vous n'avez pas de retour d'info ?

– Pas l'ombre. Le commandant Mana se rend chaque jour à Lang Suan puisque, techniquement, nous sommes tous supposés coordonner nos efforts, partager nos informations. Mais nous savons tous comment ça fonctionne. Ils le traitent comme un vulgaire coursier. Ils prennent ce qu'il apporte et ne donnent jamais rien en retour. À nous d'assurer le travail sur le terrain, de procéder aux interrogatoires, de faire la paperasse, en enrobant le tout de couleur locale. En revanche, pour ce qui est de nous rendre la politesse…

– Mais pourquoi tout ce secret sur l'affaire selon vous ? Pourquoi pas juste « Un abbé tué dans un temple rural », « Un autre abbé soupçonné du meurtre » ? Ça ne ferait pas plus qu'un entrefilet en page 2 du *Daily News*. Le public n'en demanderait pas plus…

– Vous voulez savoir ce que j'en pense ?

– Je vous en prie, même…

– Eh bien, je vais vous le dire. Je pense que quelqu'un est quelqu'un.

Une telle déclaration n'aurait probablement pas beaucoup de sens pour un non-Thaï. Dans notre pays, être quelqu'un ou être lié à quelqu'un, avec un grand Q s'entend, est autrement plus déterminant que ce que vous avez fait, ou comment vous l'avez fait. Sissi avait échoué à découvrir les raisons de cette omerta sur la presse, mais la connexion avec une personnalité quelconque y était probablement pour quelque chose. En cette période d'instabilité fébrile dans la capitale, j'imaginais très bien un politicien haut placé suggérant à un policier haut gradé : « Nous n'avons vraiment pas besoin d'un déchaînement de la presse, en ce moment. » Pour peu que l'abbé soit le frère de *quelqu'un* ou d'un membre de je ne sais quelle dynastie, alors forcément il s'en trouverait d'autres pour exploiter la tragédie à des fins politiques. Ce genre de scénario ferait un flop dans un film hollywoodien, parce que les Occidentaux trouveraient les ficelles de l'intrigue bien trop grosses. C'est pourtant l'une des nombreuses métastases de notre culture et, dans l'affaire qui nous intéressait, nous devions nous y attendre.

– Votre commandant vous a dit s'il avait pu capter quelques éléments, à Lang Suan ? demandai-je, écartant l'hypothèse du *quelqu'un* pour l'instant.

– Eh bien, comme je l'ai dit, ils ne sont pas très bavards. Le commandant Mana est furax. Il comptait sur cette affaire pour booster un peu sa carrière. Il râle à longueur de journée. Avant que Bangkok ne débarque et ne nous fasse dégager, il s'était occupé de tout, les dépositions initiales, les photos de la scène du crime, la recherche d'indices, bref la totale…

– Vous avez pris des photos ?

– Bien sûr.

– Je pourrais les voir ?

– Non.

– Ce n'est pas très gentil…

– Non, vous ne pouvez pas les voir pour la simple et bonne raison qu'elles sont toutes parties, emportées par ces pilleurs de preuves de la CSD, la Division de lutte contre le crime. Ils ont même vidé nos fichiers informatiques et emporté nos disques durs.

– Ça a l'air grave…

– N'est-ce pas ?

– Vous avez vu les photos ?

– Ne m'en parlez pas. Je ne pourrai jamais les oublier. Vous savez, le sang n'a jamais été ma tasse de thé.

– Vous pourriez me décrire la scène du crime ?

– Est-ce vraiment nécessaire ?

– Cela me serait utile…

Chompu gara le fourgon sur le bord de la route.

– Pourquoi nous arrêtons-nous ?

– J'ai besoin de mes mains.

– Pour décrire une scène de crime ?

– Pour donner plus d'intensité au récit.

– Entendu.

– Bien. Il… le défunt reposait face contre terre, sur l'allée bétonnée, pieds orientés… ça doit être à l'est. La tête gisait à moitié dans le parterre de fleurs, et une mare de sang s'étalait autour de la victime, sur une circonférence de cinquante centimètres environ.

– Quelle expression avait la victime ?

– Je n'ai pas pu voir. Son visage était dissimulé par son chapeau.

– Et sa robe ?

– Rien de particulier. Pas de blessures apparentes côté pile si j'ose dire, pas de sang dans le dos. D'après le commandant, le moine aurait reçu une dizaine de coups de couteau dans le ventre.

Chompu me mima l'agression à l'arme blanche.

– Ça ressemble à de l'acharnement…

– Nous avons discuté de ça, au poste, après avoir été mis hors-jeu. La violence de l'agression exclut le crime d'un vulgaire petit escroc. On n'est pas en présence d'un crime de rôdeur qui en aurait voulu à son argent, je ne pense pas d'ailleurs qu'il en ait eu beaucoup sur lui. Le coupable n'a pas non plus été surpris en train de faire quelque chose qu'il n'aurait pas dû. Même un contrat semble peu probable. Ça ressemble plus à, comment dire… à un grief. C'est un crime de haine, soit contre l'abbé Winai personnellement, soit contre ce qu'il représentait.

– Quelqu'un qui aurait eu un grief contre le bouddhisme ?

– Ça s'est déjà vu.

– Mais qui peut haïr le bouddhisme ? C'est la religion la plus non violente, la plus indulgente qui soit.

– Difficile à dire. Peut-être un novice, abusé par un moine dans sa jeunesse. Ou quelqu'un qui reste persuadé que sa grand-mère n'était pas morte quand on l'a incinérée. Une vieille querelle. Des titres fonciers. Et, ne l'oubliez pas, le temple n'hésite pas à ouvrir grand ses portes à des ex-ceci ou cela, et ce, sans aucune vérification des antécédents de leurs hôtes. Il se cache pas mal de voyous sous les robes safran.

– Y avait-il un élément, parmi les indices qu'ils vous ont pris, qui pourrait nous aiguiller sur le mobile ?

– Pas l'ombre d'un.

– Et c'est la dernière fois que vous avez eu des nouvelles de Lang Suan ?

– Oui… Euh, en fait, non.

– Non ?…

– On a reçu un coup de fil, au poste. La personne voulait savoir si nous n'avions pas retrouvé par hasard une partie égarée de l'équipement de l'équipe médico-légale sur la scène du crime.

– Quel genre de partie ?

– Un appareil photo.

Ce fut plus fort que moi, j'éclatai de rire.

– Génial. Quelqu'un aurait donc volé l'appareil photo de la police ? Personne n'est à l'abri, décidément. Heureusement, vous aviez déjà vous-mêmes pris des photos.

– Pour eux, c'est nous qui le leur avons volé, j'imagine. On n'est que de pauvres policiers de campagne, vous savez.

Je regardai le pare-brise qui me renvoya toute une mosaïque de réflexions. Et pendant ce temps-là, Mai chantait « *I don't want you to know* ».

– Quand a-t-elle appelé ?

– Qui donc ?

– La personne qui a perdu son appareil photo.

– Oh, ça devait être… dimanche.

Ça collait pile poil.

– Vous êtes sûr que c'étaient les flics de Lang Suan ?

– Pourquoi ?

Le moment me parut opportun d'évoquer l'agression du gardien du temple, dimanche soir. Étant donné la politique bouche-cousue des super flics de Bangkok basés à Lang Suan, le fait qu'il ne soit pas au courant n'avait rien de surprenant. Je fouillai dans mon sac et tendis à mon lieutenant le sachet en plastique noir, avec le briquet vide dedans. Je lui expliquai ensuite où j'avais trouvé l'objet suspect et lui rapportai enfin les paroles de mon grand-père sur la probabilité qu'il ait été jeté là par l'agresseur en personne.

– Essaieriez-vous de me dire que c'est le tueur qui nous a passé un coup de fil ? Pour savoir si nous avions trouvé un appareil photo ?

– C'est une théorie.

– Bien. Donc, sachant que nous ne l'avions pas...

– ... il est retourné au temple pour le chercher. Ce faisant, il a à moitié déraciné une bougainvillée.

– Et si votre grand-père a vu juste, il cherchait encore quand son briquet a rendu l'âme.

– Ou peut-être l'a-t-il retrouvé juste au moment où le briquet se vidait. Ou après avoir fouillé un moment dans l'obscurité. Nous n'en saurons jamais rien. Mais il se peut qu'il ait laissé ses empreintes sur ce briquet.

– Mais si nous n'avons pas retrouvé l'appareil photo, et lui non plus, ça pourrait vouloir dire que quelqu'un d'autre l'a retrouvé.

– Le mystère s'épaissit. Qu'allez-vous faire ?

– Dès que j'aurai un moment, j'appellerai le commandant Mana pour lui raconter tout ça. Avant toute chose, nous devons savoir si ce satané coup de fil venait de nos super collègues à Lang Suan ou pas. Ensuite, nous aviserons.

Le lieutenant reprit la route. Après les collines verdoyantes du district de Phato, on traversa Pak Song en un éclair avant de débouler sur la côte occidentale, la faim au ventre. Ranong attendrait. Nous fîmes halte à la principale intersection avec l'autoroute n° 4 pour nous sustenter. Au menu, riz jaune, poulet, soupe verte au curry et, bien que le lieutenant soit en service, je m'autorisai une petite bière Chang. À ma grande surprise, on me la servit tellement glacée que ce fut comme s'il tombait de la neige fondue du goulot. La première gorgée me glaça le cerveau et me délia la langue. Simultanément.

– Et alors, comment avez-vous réussi à entrer dans la police, exactement ? demandai-je.

– Que voulez-vous dire ? répondit-il en souriant.

– Je connais le processus de recrutement. J'ai lu le protocole d'embauche. Si vous vous étiez présenté ouvertement comme *gay* à l'entretien préliminaire, ils ne vous auraient pas laissé entrer dans leurs rangs.

Peut-être y étais-je allée un peu trop fort. Ce ne serait pas la première fois. J'eus le sentiment qu'il était fâché et je m'apprêtai à m'excuser, mais…

– J'ai joué la comédie, dit-il. J'avais d'abord pensé rendre ma démarche publique, vous voyez ? En conviant les chaînes télé. En amenant un journaliste à s'exprimer devant la caméra pour expliquer pourquoi la police n'aimait pas accueillir les gens comme moi. Personne ne l'a jamais fait. Bien sûr, il y a beaucoup de *gays* en uniforme, mais ils sont tous planqués dans leur placard, à se faire le plus discrets possible. Mais le moment venu, je me suis dégonflé. J'avais peur qu'ils ne prétendent que j'avais commis je ne sais quelle faute et que c'était là la raison pour laquelle on m'avait refoulé et bref, que tout ce tapage médiatique me mette moi et moi seul finalement dans l'embarras. Le message serait passé, mais j'y aurais perdu une opportunité professionnelle. Alors, j'ai fait passer le boulot avant mes principes.

– Et votre carrière est une succession de mutations dans des trous paumés comme Pak Nam… conclus-je.

– Qu'est-ce qui vous fait penser que je n'ai pas sollicité cette mutation ?

– Avec tout votre talent, quel gâchis, lieutenant.

– Trop aimable.

À Ranong, l'immeuble des Chainawat, modeste cube de briques de deux étages, se trouvait tout près du quartier grouillant des docks, dans une petite rue poussiéreuse abritant plusieurs bâtiments du même style. C'est-à-dire sans style. Dans le Sud, les Chinois vivent chichement sur leur lieu de travail, puis ils se font le plus d'argent possible et se construisent des villas rococo remplies de meubles hideux pour y finir leurs jours. Vient après le temps de l'amertume, car l'argent, il n'y en a jamais assez et, en guise de retraite, ils doivent se remettre au boulot. En Thaïlande, ce sont les Chinois qui ont développé le Sud. Sans eux, les

Méridionaux, les natifs, seraient encore à se vautrer dans leur hamac à siroter du jus de noix de coco. En fait, non. Tout bien considéré, les natifs restent encore à farnienter. Mais les Chinois, eux, aiment travailler. C'est l'étain qui les a attirés ici, au XVIIe siècle. Et, une fois le filon épuisé, ils ont construit la ligne de chemin de fer du Sud pour acheminer l'hévéa jusqu'à la capitale. En dépit de ce que voudrait faire croire le vieux Mel, ce sont les Chinois qui ont introduit l'huile de palme, suivie de près par les stupéfiants, le jeu et la prostitution. Et, avec tous ces revenus, légaux ou pas, la cour siamoise jugea plus approprié, pour séparer le bon grain de l'ivraie, de déléguer des comptables chinois. Résultat, comme par magie, nombre de ces matheux se retrouvèrent à la tête de véritables fortunes et s'instituèrent gouverneurs. Argent et pouvoir devinrent inextricablement liés. Vous ne trouverez guère de Premiers ministres au cours des deux cents dernières années qui n'aient un peu de sang chinois dilué dans les veines.

Mais ceux du stock méridional, réfugiés de Malaisie et d'Inde, se sont toujours trouvés confrontés à un dilemme, à cette question restée sans réponse : « Pourquoi voudriez-vous travailler dix-huit heures par jour juste pour de l'argent, quand on peut rester tranquillement allongé à regarder le vol des sternes au-dessus des vagues, quand on peut s'émerveiller de la hauteur vertigineuse d'un cocotier ou lancer des paris sur la course des nuages ?... »

De petits enfants potelés à bicyclette tournaient en rond devant l'immeuble Chainawat, sous l'œil méfiant d'une vieille dame, si pâle et si ridée qu'on l'aurait dite sculptée au cutter dans du polystyrène. Elle nous regarda. Cette rue, comme toutes les rues de Ranong, sentait le poisson. On pénétra dans une vaste salle d'accueil meublée de quatre bancs massifs en bois autour d'une table basse en Formica. Un gamin jouait avec des cubes de l'alphabet, à même le carrelage. À notre passage, un chat se contorsionna, dévoilant ses tétines roses. Sortit alors d'un bureau attenant un homme entre deux âges, apparemment contrarié de voir un officier en uniforme pénétrer dans son environnement. Les entreprises disposent de leur propre police et n'apprécient pas les intrus.

– Oui ? dit-il, portrait craché du frère gaffeur de Jackie Chan.

Nous avions convenu de laisser Chompu mener la conversation.

– Nous cherchons Vicha Chainawat.

– Oui.

Impossible de savoir si cela signifiait que nous l'avions trouvé, ou simplement s'il avait compris la question.

– Vous êtes Vicha Chainawat ?

– Non, répondit-il avant de se diriger vers un bureau, au fond de la salle.

Nous prîmes tout naturellement cela pour une invitation à le suivre. La pièce ressemblait à une ruche, les abeilles en moins. Des gens travaillaient, il y avait des ordinateurs partout, des bureaux et, derrière une porte-fenêtre, on apercevait des Birmanes en train d'empaqueter du poisson séché dans des sachets en plastique. Partout, dans le Sud, un jour ou l'autre, vous tombez sur nos malheureux voisins. Notre guide nous abandonna au milieu de tout ça. On était resté planté là comme deux porte-manteaux quand, une minute plus tard, le frère de Jacky réapparut, accompagné d'une vieille dame et d'un homme… beau comme un dieu. Mon cœur en jachère se ratatina aussitôt au souvenir de mon histoire d'amour avortée avec Liu De Hua. L'inconnu portait une chemise d'un blanc immaculé, dont les plis étaient repassés avec une telle précision qu'on aurait dit les ailes de l'opéra de Sydney sous le soleil.

– Puis-je vous aider ? demanda-t-il.

Oh oui, pensai-je, toute retournée.

Chompu s'avança et se présenta, nom et grade, avant de donner mon nom, sans plus d'explications. Vicha nous ramena au carré de bancs et à la table basse en Formica sur laquelle avaient miraculeusement surgi des verres de Fanta rouge à bulles, une assiette de ramboutans et quelques biscuits enveloppés dans du papier sulfurisé. Après une gorgée ou deux de Fanta, et sans toucher au reste, Chompu expliqua notre affaire à Vicha et à la vieille dame. Il leur parla de la VW et du fait que le véhicule avait probablement été enterré là à l'époque où le terrain était encore propriété de la famille Chainawat. Tout au long du récit, le type beau comme un dieu fit une traduction simultanée en chinois à destination de la vieille dame, sa mère manifestement. La matriarche du clan Chainawat. Elle était plus blanche encore que la femme en polystyrène dehors. Elle demeura imperturbable. Impossible de savoir si elle écoutait son fils ou même s'intéressait à l'histoire. Une fois le récit et la traduction arrivés à leur terme, elle parut s'éveiller. Elle se mit alors à parler, à caqueter plutôt, ça ressemblait au crépitement de branches léchées par le feu. Puis, peu à peu, ce fut comme si quelqu'un jetait des pétards dans les flammes. Il y avait quelque chose de déroutant à voir cette femme aussi terne pétiller et pétarader et s'exciter ainsi avec autant d'énergie. Nous étions tous épuisés quand elle se tut, soulagés de ce répit qui nous était accordé.

– Ma mère dit que notre famille possédait l'ensemble de ce terrain, dans cette région, depuis le début du XIXe siècle. C'était, bien sûr, un investissement pour un futur complexe urbain, la plupart des cultures plantées si près de la mer ne pouvant avoir qu'un rendement médiocre. Quand notre famille devint plus prospère et que de meilleures terres furent disponibles, on mit en vente certains lopins situés autour de Pak Nam.

– Votre mère se souvient-elle du lot vendu au sieur Mel ? demanda Chompu.

– Elle se souvient, répondit le fils. Elle a une très bonne mémoire.

– Votre famille a d'abord vendu 17 hectares de terres à Mel pour une palmeraie, mais a conservé les 26 hectares contigus. Puis, il y a sept ans, subitement, vous avez demandé à Mel s'il serait intéressé par l'achat d'un petit bout de terrain, juste les trois hectares contigus à son champ. À l'origine, cette parcelle faisait partie de votre terrain : pourquoi ce partage, trois hectares d'un côté, vingt-trois de l'autre ? Votre mère pourrait-elle nous donner une explication ?

Chompu avait fait son devoir. Brave garçon. Vicha interrogea sa mère et, mon lieutenant et moi, nous baissâmes *illico* la tête pour nous préparer à la salve.

– Elle dit que nous avions besoin de liquidités rapidement, pour un nouvel investissement.

– Très bien. Dans ce cas, pourquoi ne pas avoir tout simplement divisé le terrain par moitié, soit deux lots de 13 hectares ? Cela se serait sûrement mieux vendu. Et Mel était prêt à acheter une plus grande pucelle.

La question méritait une réponse digne des célébrations du Nouvel An chinois, cependant la grand-mère trouva soudain plus d'intérêt aux saucisses apéritif et aux crackers. Elle cracha et rota, puis ses yeux pleins de colère se promenèrent des miens à ceux de Chompu. Junior l'interrompit pour éclaircir certains points avant de traduire :

– Ma mère ne pense pas que quelqu'un aurait voulu d'un bout de terrain coincé entre d'autres. Elle voulait attendre, jusqu'à ce que l'un des propriétaires voisins fasse une offre. Et elle a proposé une petite parcelle à *Koon* Mel parce qu'elle savait qu'il n'était pas riche ; or elle pouvait l'aider en lui offrant quelque chose de bon marché.

Mon tour était venu.

– C'est très serviable de votre part, fis-je remarquer, tous les regards se tournant aussitôt vers moi. Vous rappelez-vous d'un puits au bout de votre terrain, d'une mare, ou d'un réservoir quelconque ?

Tout en posant ma question, je regardai la grand-mère droit dans les yeux. À la seconde où elle avait regardé mes baskets, j'avais senti son hostilité envers moi. Je ne m'embarrassai donc pas avec des foutaises comme la solidarité féminine. La vieille caqueta une question.

– Ma mère aimerait savoir qui vous êtes exactement ?

– Exactement, je suis… commençai-je.

– *Koon* Jimm est mon assistante, m'interrompit Chompu.

La question « Quel est son grade ? » fut transmise par Vicha.

C'est là, sous mes yeux ébahis, que le lieutenant changea, ou peut-être pas après tout, de personnalité. Chompu fronça les sourcils et sa voix baissa de plusieurs octaves.

– *Koon* Vicha, dit-il, merci de dire à votre mère que nous ne sommes pas venus pour subir un interrogatoire. Nous enquêtons sur deux morts suspectes intervenues sur un terrain qui autrefois vous appartenait. À ce jour, elle est notre principale suspecte. Si elle préfère, nous pouvons revenir avec deux de nos administratifs qui éplucheront un à un tous vos actes de propriété. Ou c'est ça, ou elle répond à la question.

L'idiot, il me donna la chair de poule. La vieille dame sourit avec mépris à la traduction, avant de cracher sa réponse.

– Ma mère dit que notre famille n'a jamais réellement occupé ce terrain. Ce n'était qu'un investissement. Rien n'y a été creusé ni planté. Si un travail y a été fait, ou quelque autre affaire louche, c'est sans la permission de notre famille et sans que nous en ayons été informés… Mère et fils échangèrent quelques mots, puis… Ma mère dit que cet interrogatoire l'a épuisée et demande si votre amie, ici présente, a d'autres questions avant de pouvoir aller s'allonger.

On reprit la route, et re les collines pittoresques de Phato dans l'autre sens ! C'était le mois d'août de tous les records, le plus sec depuis des années, pourtant la végétation était luxuriante et sur le bord de la route les branches des lilas laissaient pendouiller leurs panicules jaune et orange, tels des sous-vêtements sexy mis à sécher. Les maisons des esprits étaient parées de linges aux couleurs tapageuses. Un panneau arrêt de bus était ficelé à un poteau électrique avec une corde en plastique. Des enfants un peu trop jeunes pour fumer chevauchaient des motos. Les maisons se ressemblaient, couleur béton.

Des montagnes de coques de noix de coco vides se dressaient, ici et là. Des échoppes en bambou de la taille d'un placard vendaient du riz royal Umbrella et des œufs de teintes naturelles variées. Bref, le genre de choses que vous ne remarquez que si vous prenez la peine de le faire.

– Elle mentait, dis-je.

Chompu mit Mariah Carey en sourdine, m'épargnant enfin ses hurlements.

– Tiens donc. Et qu'est-ce qui vous fait dire ça ?

– Parce que les petites vieilles chinoises mentent tout le temps.

– Ah. Voilà un départ d'enquête futé.

– C'est la vérité. Elles ont un code. Si elles se sentent acculées, elles vous donnent la réponse que vous souhaitez entendre.

– À quel moment avez-vous commencé à douter de la véracité de ses propos, chère amie ?

– À l'instant où elle s'est mise à parler. Vous ne trouvez pas suspect que la compagnie soit à la tête de 14 000 hectares de terres, mais qu'elle puisse se rappeler des détails concernant un tout petit lopin dans un coin perdu ? Et tout cet étalage de poncifs sirupeux à propos de la solidarité due à son voisin ! Vous avez eu l'impression que c'était le style Mère Teresa, vous ? Non, elle a évidemment une sacrée bonne raison de se souvenir de ce bout de terrain.

– Vous êtes plutôt suspicieuse, dites-moi.

– Les reporters en crimes et délits ne peuvent se permettre de croire ce qu'ils entendent.

– Les reporters en crimes et délits ne sont pas eux-mêmes toujours dignes de confiance. Oh, et zut, j'aurais mieux fait de me taire, une fois de plus.

– Vous pensez à quelqu'un en particulier, lorsque vous dites ça ?

– Pas vraiment. Désolé.

– Trop tard. Je vous écoute.

– Très bien, commençons par une certaine journaliste du *Chiang Mai Mail*, débarquée soi-disant en urgence dans le Sud pour enquêter sur une certaine affaire…

Touchée coulée.

– Je n'ai jamais dit cela… pas en ces termes.

– Et vous n'avez pas dit non plus « j'ai démissionné de mon boulot et emménagé dans le Sud pour vivre dans un hôtel délabré de Maprao » ?

– Les gens entendent ce qu'ils veulent entendre, quoi que je dise. D'où leur méprise.

J'osai un regard en biais du côté du lieutenant qui, de son côté, souriait avec sérénité au paysage.

– Vous savez depuis longtemps ? m'enquis-je.

– Depuis le jour de votre petit repas en tête à tête avec le boss.

– Vous avez enquêté sur moi ?

– Oh, le méchant curieux.

– Et les autres, ils savent ?…

– Le commandant, je n'en suis pas sûr. Il n'est pas facile de lui parler entre quatre yeux depuis quelque temps. Tout juste si j'arrive à l'avoir au téléphone. Les agents ? Eh bien, ce sont de purs produits du terroir. Rien ne peut arriver ici dont la nouvelle ne se répande comme la jacinthe d'eau à la surface d'un étang. En ce qui vous concerne, tout le monde a su, le jour même où vous avez franchi la frontière de la province.

Je fis la gueule. Je détestais être prise en flagrant délit de mensonge.

– Vous n'êtes pas vous-même tout à fait ce que l'on peut appeler un lieutenant franc du collier, balançai-je bassement.

– Comment osez-vous ?… Je suis aussi franc qu'une source de montagne. J'ignore cependant si on peut parler de la franchise d'une source de montagne. Bref, vous voyez, dans le sens de pureté, de transparence.

– Vraiment ? Et ce matin, alors ? Lorsque je vous ai appelé pour vous dire que j'avais retrouvé les anciens propriétaires du lopin de terre du vieux Mel ? « Oh, puis-je vous accompagner ? Vous êtes vraiment pleine de ressources », s'est exclamé le flic franc et honnête !

– Et alors ?

– Alors, à peine arrivés à Ranong, vous avez pris sans hésiter la direction des locaux de l'entreprise. Sans même me demander l'adresse.

– Oups. Cela m'a échappé…
– Sans blague.
– Satisfaite, j'imagine ?
– Vous êtes un homme à surveiller de près, lieutenant Chompu.
Il rougit.
– En parlant d'hommes à surveiller de près… dit-il.
– Hmm. Quel sourire sublime. Et je parie qu'il repasse lui-même ses chemises.
– Dommage qu'il soit le toutou de sa maman.
– Il me fait penser à Liu De Hua.
– Ciel ! J'ai eu le béguin pour lui pendant des années.
– Moi aussi, avouai-je.
On topa là et la camionnette fit une sérieuse embardée, empiétant allègrement sur la bande d'arrêt d'urgence. Et dire qu'il y a peu encore, je me vantais de n'avoir jamais rien eu en commun avec la police.

Ce soir-là, la famille se réunit pour dîner à la table la plus proche de la boutique de Mair, de façon à ce qu'elle puisse réagir au mieux, si les clients devaient subitement se bousculer. Arny gardait un œil sur les deux bungalows occupés pour la nuit, le premier par notre furtive ornithologue, le deuxième par un jeune couple arrivé sans bagages sur une vieille moto. La télévision dans la chambre était âgée et déglinguée, il aurait fallu être franchement pervers pour avoir envie de la voler, aussi Arny avait-il empoché le cash sans s'embêter à remplir le formulaire d'identité de l'office du tourisme de Thaïlande. Il considérait le procédé comme une intrusion peu amicale dans la vie privée de nos hôtes. Telle était la nature d'Arny, faire confiance à ses semblables. Je suspectais son hypersensibilité d'être le résultat des innombrables coups bas assénés par une nature humaine sans foi ni loi. Visiblement, il n'avait pas appris.

Les dernières lueurs du crépuscule se reflétaient sur l'ombrelle visqueuse de dizaines de méduses échouées. Des milliers de leurs congénères, tels des Ovnis macrobiotiques, se retrouvaient acculés dans des eaux de moins en moins profondes par la surpêche en vigueur dans le golfe. Dans la nuit, elles seraient dévorées par la communauté naissante de ces minuscules crabes qui vivaient dans des trous d'épingle sous le sable. Après avoir vu ce qu'ils étaient capables de faire à une méduse de la taille d'un couvercle de poubelle, j'étais devenue plutôt réticente à m'asseoir sur la plage plus de cinq minutes consécutives. Pour un crabe à la vue courte, mon postérieur pouvait très bien être confondu avec un animal marin un peu flagada.

– Personne n'a rien à raconter ? Nous allons rester assis là à manger en silence ? demandai-je, brisant au passage la sacro-sainte règle de Mair en faisant discrètement glisser une queue de crevettes par une fissure, entre les lattes du plancher, pour ce brave Gogo, juste dessous.

– J'ai trouvé une salle de gym, dit Arny. Enfin, une sorte de salle de gym.

– Bonne nouvelle, petit frère, dis-je, en belle hypocrite, car je savais que du coup il manquerait plus souvent à ses devoirs, me laissant le soin de les assumer.

– Où ça, mon chéri ? s'enquit Mair.

– À Bang Ga. À deux villages d'ici. Oh, ce n'est pas le California Fitness. Deux haltères en tout et pour tout, et une station de musculation. Mais c'est mieux que de faire rouler des troncs sur une plage. Des fidèles ont donné de l'argent au temple du coin et personne là-bas ne savait qu'en faire. Un type a alors suggéré d'investir dans le bien-être plutôt que dans la mort. Il dit que ce serait bien si chacun était en forme au moment d'entreprendre son voyage dans l'au-delà.

– Cette personne parle comme un entraîneur de foot, fis-je remarquer.

– Un entraîneur de boxe thaïe. J'ai fait sa connaissance aujourd'hui même. Il m'a demandé si ça m'intéressait de rejoindre son équipe.

Mais bien sûr. Et, au premier coup de pied dans l'oreille, mon petit frère se mettrait à chialer. Les coups, c'était pas son fort. Le fait que le bodybuilding soit classé dans la catégorie sport, avec ses propres niveaux dans les compétitions nationales, m'a toujours laissée perplexe. Toutes ces mimiques, toutes ces poses. Personnellement, j'aurais classé la spécialité dans la même catégorie que la coiffure. Des théories que je me garderais bien de partager avec Arny.

– Et que lui as-tu répondu ? demandai-je.

– J'ai dit que j'allais y réfléchir.

– Tu as bien fait. Ne prends pas de décisions hâtives. Et toi, grand-père Jah ? Qu'as-tu fait aujourd'hui ?

J'espérais avoir la joie de rouvrir les vannes de la conversation de la veille, mais je suppose que grand-père était fatigué. Il leva les yeux de son assiette de riz et marmonna quelque chose, visiblement en panne d'inspiration.

– Bien, dis-je. Alors, c'est mon tour.

Je ne m'étendis pas sur mon escapade à Ranong, après tout ce n'était pas si intéressant que cela. À la place, je décrivis la scène du crime, au temple Feuang Fa, telle que le lieutenant Chompu me l'avait décrite. Rien ne vaut la description d'une scène de crime pour maintenir la famille captivée durant un repas. À un certain moment, grand-père Jah redressa la tête et je crus qu'il allait faire un commentaire. Mais il se ravisa et reprit le va-et-vient de sa fourchette entre son assiette et sa bouche. Grand-père Jah avait de bons os, bien solides, le problème c'était qu'on pouvait voir la plupart d'entre eux, et je me demandais souvent où passait toute cette nourriture qu'il ingurgitait.

– Et toi, Mair ? dis-je. Qu'as-tu fait de ta journée ?

– Ed est repassé me voir, répondit-elle alors que, déjà, je regrettais de lui avoir posé la question. Il allait poser un toit.

– Je croyais qu'il tondait les pelouses.

– Il est aussi charpentier. Il a encore demandé de tes nouvelles…

– J'espère que tu lui as dit… Tu sais quoi.

– C'est contre mes principes, mais oui, je le lui ai dit.

– C'est bien, Mair.

Grand-père Jah re-marmonna et brandit sa fourchette. Comme un seul homme, nous regardâmes dans la direction indiquée par ses dents (celles de la fourchette, pas de grand-père). Un client attendait devant la boutique. Mair posa ses couverts et se leva sans se faire prier.

– Les affaires sont en plein essor, remarqua Arny qui se leva à son tour de table.

Il ramassa les assiettes et les emporta dans la cuisine. Il était de corvée de vaisselle. Grand-père Jah refusa cependant de lui donner son bol et sa cuillère. Encore un peu et il décollerait le motif calqué sur la céramique. Et si grand-père avait le ver solitaire, me dis-je, comme Gogo…

– Il y a deux options possibles, dit-il soudain et, de nouveau, je fus surprise d'entendre sa voix. La première, poursuivit-il, consiste à se rendre sur une scène de crime et à chercher ce qui n'y est pas, ce qui a été volé, un couteau qui n'est plus dans son tiroir, un disque dur dans son PC. Tu vois ce que je veux dire…

D'accord. À présent, il voulait m'apprendre comment examiner une scène de crime. La seule scène de crime sur laquelle il avait jamais travaillé consistait en pare-chocs voilés et conducteurs de camion écrabouillés. J'avais foulé plus de scènes de crime que lui dans toute sa carrière. Mais bon. Un peu de respect pour nos anciens. Si ça lui faisait plaisir.

– Tu fais le tour de tout ce qui concerne la victime et relèves toutes les choses qui devraient se trouver là, mais n'y sont pas, reprit-il. Puis il y a la deuxième option. Tu te rends sur une scène de crime et tu prends note de toutes les choses qui s'y trouvent, mais ne devraient pas y être. Empreintes de pas, par exemple, mégots de cigarettes dans un cendrier, parapluie oublié, ce genre de choses. Mais parfois, ce qui ne devrait pas être là est si évident que tu ne le vois même pas.

Impossible de déterminer si cette envolée lyrique était une généralité ou si grand-père avait une idée précise en tête.

– Quelque chose aurait échappé à la police, au temple Feuang Fa, grand-père ?

– En effet, Jimm. En effet.

– Et de quoi s'agit-il ?
– D'un chapeau.
– D'un chapeau ?
– Tu as dit que l'abbé Winai portait un chapeau. Qui dissimulait son visage.
– C'est ainsi que le lieutenant m'a rapporté les faits, oui.
– Et tu as souvent vu des moines avec un chapeau ?
Je pris le temps de la réflexion. Dans le Nord, certains d'entre eux.
– Les moines portent en permanence de petits bonnets de laine dans les montagnes, dis-je.
– C'est exact. On le tolère pour quelques-uns. Mais c'est plus une question de survie. Car ça vaut mieux que de mourir de froid. Cependant, c'est contre toutes les règles. Tu ne croiseras aucun moine dans la région avec un couvre-chef pendant la journée, encore moins un abbé de haut rang.
– Le soleil tapait fort, grand-père. Et l'abbé était âgé.
– Le soleil tape fort partout et les abbés prennent de l'âge comme tout le monde. On ne voit pourtant jamais ça. Et c'est parce que le Code monastique le stipule très clairement : « Tu ne porteras point de chapeau. » Tu peux utiliser un parapluie couleur safran, ou même te couvrir le crâne avec ta robe, mais un abbé en chef, à ce niveau-là de responsabilité, ne s'avisera jamais, même pas en rêve, d'enfreindre la règle. Rien ni personne ne lui fera porter un chapeau.
Et grand-père Jah se leva, emportant bol et cuillère à la cuisine.
– Merci, grand-père…
J'allai méditer sur la micro-terrasse de mon bungalow perso. Assise sur ma chaise en rotin, celle qui craquait de partout comme si je pesais 80 kilos, j'écrasai quelques moustiques sur mes bras nus, tout en explorant un scénario : « L'abbé s'apprête à sortir faire quelques pas dans la chaleur torride de l'après-midi. Le soleil darde à cette heure ses impitoyables rayons. Il remarque alors un joli chapeau de paille à une patère. Personne ne regarde. Y'a pas mort d'homme. Il se

laisse tenter et le voilà parti pour admirer les fleurs. » Pourquoi faire compliqué quand les choses sont si simples ? Mair étant revenue depuis peu au bouddhisme, je décidai d'aller l'interroger pour profiter un peu de son expertise.

Je me dirigeai vers la boutique. Mair était assise juste devant, à la table ronde en béton, en grande conversation. À la faible lueur de l'ampoule basse tension, je ne pus voir que le dos de son interlocuteur. Un dos d'homme, plutôt maigrelet, surmonté d'une casquette. M'apercevant, Mair dit quelques mots à son hôte qui, aussitôt, se leva et s'éloigna le long de la route, dans l'obscurité.

– Qui était-ce ? demandai-je.

– Un client, répondit-elle.

– Mair, tu as suivi un cours intensif de trois semaines de méditation à Wat Ongdoi pour devenir meilleure bouddhiste. Je suis certaine que sur la porte de ta chambre, au numéro quatre des cinq grands préceptes incoercibles, si ma mémoire est bonne, il était marqué ABSTIENS-TOI DE MENTIR.

– Je ne mens pas. C'était un client.

– C'était Meng, le type des stores en plastique. Le détective privé de Maprao.

– Il a acheté une boîte d'allumettes.

– La distorsion de la vérité n'est que l'une des multiples facettes du mensonge. Qu'avait-il à te dire ?

– Rien.

– Mair ?

– Vraiment. Il dit que tout le monde a chez soi du poison, sous une forme ou une autre. C'est trop vaste. Nous devons rétrécir le champ de nos investigations.

– Mair, tu cherches à mettre la main sur la personne qui a tué John. À quoi bon ? Tu ne la ramèneras pas à la vie. Et puis, je croyais que le pardon était une bénédiction, ou un truc comme ça ?...

– Je peux pardonner. Je veux juste savoir à qui je dois pardonner. Je pense que le coupable a besoin d'être libéré de sa culpabilité.

– Tu veux savoir qui a empoisonné John de façon à lui dire que John lui pardonne ?

– Oui, exactement.

Je sentis monter l'une de ces migraines typiques de Maprao.

– Il est tard, Mair. Nous devrions fermer la boutique.

Je ramassai dans le tiroir-caisse la recette du jour, une embarrassante petite somme d'argent, éteignis la lumière et aidai Mair à fermer les volets. Puis nous descendîmes au bord de l'eau pour nous asseoir un moment sur le sable, après nous être assurées qu'aucune méduse ne traînait dans le coin. Tandis que les crabes nous dévoraient des yeux, je déclenchai le chrono sur ma montre. Mair trouve de la beauté partout et elle souriait à la lune qui jouait à cache-cache avec les nuages. Je lui parlai de grand-père Jah et de ses nouvelles aspirations de détective. Je m'attendais à ce qu'elle rît avec moi, mais au lieu de cela, elle prit ma main.

– Ton grand-père Jah n'est jamais allé au-delà du grade de brigadier…

– Je sais. Voilà pourquoi j'ai été si surprise quand il…

– … Parce que pendant ses quarante années de service au sein de la police, il a toujours refusé les bakchichs.

– Euh ?…

– Il a passé avec succès tous les examens, mais aucun commissariat ne voulut jamais de lui, du fait de sa réputation. Il avait une philosophie, un code moral. Auquel il s'était juré de ne jamais contrevenir. Si quelque chose était illégal, cela restait illégal, peu importait l'identité du coupable. Cela ne devait pas être fonction de l'influence d'une personnalité quelconque, ni soumis à la pression d'officiers de police supérieurs. Selon ses critères, quelque chose d'honnête à 87 % demeurait malhonnête. Il était l'une des recrues les plus brillantes de sa promotion et aurait sans doute grimpé jusqu'aux plus hauts sommets les échelons de la hiérarchie, si… Mais tout ce qu'un policier propre réussit à faire, c'est à montrer combien les autres sont sales. Personne ne lui faisait confiance. Ta grand-mère tenta bien de le convaincre d'accepter de modestes pots-de-vin, juste pour montrer sa bonne volonté, mais il ne put jamais s'y résoudre. Voilà pourquoi, quarante années durant, il ne put que souffler dans son sifflet et régler la circulation.

Depuis quelques minutes, je sentais de minuscules pinces me gratter le postérieur. Il était loin le temps où on pouvait s'asseoir sur une plage en toute sécurité. Mair me laissa à mes réflexions et partit se coucher. Je me retrouvai seule, rien que moi, l'arrière-train de Gogo en ligne de mire et les crabes. Un bateau longue-queue passa. Le type à bord frappait l'eau, qui n'avait rien demandé, à l'aide d'une ventouse, pour déloger les poissons de sable de leur trou et les rabattre dans les filets. Le rythme entêtant de ces ahanements faisait penser au rythme cardiaque d'un buffle. Mon propre cœur, lui, avait retrouvé un peu de calme. Il n'y a jamais vraiment de temps mort, chez nous. Ni Mair, ni grand-mère et pas même grand-père ne nous avait jamais parlé de ce code moral. Pourquoi ? Craignaient-ils que l'on se moque ? L'honnêteté serait donc une tare ? Pourquoi, me demandai-je, pourquoi tous ces secrets, dans notre famille ?

« D'abord, que les choses soient claires, les pauvres ne sont pas nécessairement des tueurs. Ce n'est pas parce que vous n'êtes pas riche que vous avez envie de tuer. »

George W. Bush
Washington DC, 19 mai 2003

Le lendemain, je fus réveillée à l'aube par des coups moins que discrets frappés à ma porte. Lorsque j'ouvris, je découvris Arny, une minuscule serviette autour de la taille.

– Ils sont partis, dit-il.
– Qui ?
– Les clients de la chambre 2.
– Mais ils ont payé d'avance, non ?
– Oui, mais...

L'agent Ma Dum eut le triste privilège de se voir désigné pour mener l'enquête sur le vol de notre télévision. D'emblée, il se montra parfaitement clair. Vu que nous ne détenions aucune information personnelle sur le couple de la chambre numéro 2, et que nous n'avions pas non plus insisté pour garder leur permis moto jusqu'à leur départ, il ne fallait pas trop espérer récupérer notre poste. Bon, mais peut-être des témoins avaient-ils vu le couple s'enfuir sur leur Suzuki noir et rouille avec un écran télé sur le porte-bagages ?

Néanmoins, étant donné que les draps, les serviettes et les rideaux manquaient également à l'appel, on pouvait sans trop s'avancer penser qu'ils avaient dû y emmitoufler la télévision. Dans la région, les gens chargent leur moto de toutes sortes de cochonneries.

Bien. Autant tirer un trait sur la télé, donc. Un crime mineur, somme toute. La chambre, 200 bahts. Une télé d'occasion, 500 bahts grand maximum. Profit, à peu près le prix d'un suprême au chocolat et d'une glace vanille au Starbuck. Lorsque j'avais téléphoné à Pak Nam pour les avertir du vol, le sergent Phoom avait instantanément reconnu ma voix. Mon nom inscrit sur le registre des appels tomba par inadvertance sous les yeux du commandant Mana. Et voilà comment le boss débarqua chez nous, vers 10 heures, dans son fourgon tout lustré. Et fit preuve d'une extrême arrogance.

– Bien, renifla-t-il tout en faisant le tour de la chambre, mains dans le dos, tel un taureau présomptueux. Arrivée en urgence dans le Sud pour suivre l'affaire de la VW, je vois que vous avez su convaincre votre famille de vous suivre et même d'y emménager, n'est-ce pas ? Vous ne perdez pas de temps...

– En fait, je n'ai jamais dit...

– Mensonge à un officier de police.

– Ce n'est pas un délit, sauf en qualité de témoin ou de suspect, dis-je, avant de me mordre la langue. Mais vous savez tout ça, bien sûr.

– Bien sûr. Et je ne demande qu'à vous pardonner.

Je n'étais pas sûre de savoir ce qu'il entendait par là, mais je jouai le jeu.

– Merci.

– Après tout, vous avez écrit mon nom correctement dans trois journaux nationaux.

Je le savais. J'aurais parié qu'il était allé s'acheter tous les quotidiens du pays le lendemain de notre interview.

– L'orthographe est l'un de mes points forts, dis-je.

– Et j'espère que notre belle collaboration n'en est qu'à ses débuts. Avoir une journaliste dotée d'un réseau d'influence à dix minutes à peine au bas de la route ne peut pas faire de mal. Je suis certain que nous allons former une formidable équipe. Une information par-ci, mon nom dans un article par-là…

– C'est tout ce que je souhaite.

– Mais…

Je m'attendais à un « mais ». Mana m'entraîna vers la plage, une main collée dans le creux de mes reins.

– … Vous m'avez causé beaucoup de tort.

– Vraiment ?

– Dans mon restaurant favori. Le personnel me connaît et me respecte. Un client régulier comme moi malade dans les toilettes et sa compagne s'éclipsant en douce, ce n'est pas très bon pour la réputation d'un policier de mon rang.

– J'ai cru que vous aviez été appelé en urgence sur une affaire. J'ai patienté vingt minutes.

– Cela m'a contrarié de voir que vous étiez partie.

– Je suis désolée.

– J'ai bien une idée pour vous faire pardonner…

Certainement pas.

– Moi aussi, dis-je. Venez donc déjeuner ici un de ces jours.

– Ça ne suffira pas, *Nong* Jimm. Non, cela ne lavera pas l'offense faite à mon nom dans mon restaurant préféré, vous me comprenez…

Je suppose que je lui devais bien ça.

– Entendu. Il faut juste que j'en touche un mot à Ed…

– Ed ?

– Mon fiancé.

Sa main ne lâcha pas mon dos, mais il cessa de me masser. Enfin.

– Des fiançailles express… remarqua-t-il, suspicieux.

– Pas exactement. En fait, c'est à cause de Ed… que nous sommes venus nous installer ici.

Ce genre de stratagème fonctionne en général, mais Mana se révéla obstiné.

– Très bien, dit-il. Parlez-en donc à Ed. Demain, je serai à Lang Suan, nous pourrions donc prévoir ça ce week-end. Je vous appellerai pour le lieu et l'heure.

Il ne semblait pas décidé à lâcher le morceau. Il n'avait même pas rencontré Ed, le type qui tondait les pelouses pour subsister, que déjà il l'écartait d'une chiquenaude, comme de la vulgaire friture. Quel prétentieux. Mais, une minute... Lang Suan ?

– Le *Thai Rat* m'a demandé d'enquêter sur le meurtre commis au temple Feuang Fa, dis-je, de la manière la plus décontractée possible.

En un éclair, de basané foncé, mon homme vira vanille.

– Vous ? Ils quoi ?

– Le meurtre de l'abbé Winai.

– Mais comment pouvez-vous être...

– Réseau d'influence.

– La presse est donc au courant ?

– Juste nous, pour le moment. Mais nous avons un certain nombre de choses à régler, maintenant que je suis prête.

– Que vous êtes prête ?...

La main baladeuse se détacha enfin de mon dos pour aller rejoindre sa collègue, derrière le sien.

– Mais oui, vous savez, le fait d'être là, au bon endroit au bon moment. À dix minutes à peine, au bas de la route. Nous pourrions profiter du repas pour échanger quelques notes. Il y a tant de choses que j'ignore.

Tout juste si je ne vis pas s'inscrire en lettres de feu l'expression SANCTION DISCIPLINAIRE sur son front. Je savais qu'on lui avait fait la leçon, pas de communiqué à la presse sur cette affaire. Et voilà que son brave toutou reporter menaçait sa promotion, avec son réseau d'influence qui avait peut-être le pouvoir de le dégrader en moins de temps qu'il ne faut pour le dire. Mon commandant opta pour la prudence et entreprit de marcher sur des œufs.

– Bon, écoutez, dit-il. Je n'ai rien contre le fait de travailler en étroite collaboration dans le futur. Mais le moment ne s'y prête peut-être pas aujourd'hui. Dès que j'aurai des infos, je vous en ferai part, bien évidemment. D'ici là, si vous pouviez me faire parvenir vos notes, cela devrait nous permettre de progresser tous les deux. De mon côté, je pourrais vous éclairer sur les zones d'ombre. Je joue un rôle majeur dans la procédure.

– Vraiment ?

– Absolument.

– Ma source m'a confié que Pak Nam avait été écarté de l'affaire. Quelque chose comme un défaut de confiance. J'ai entendu dire que vous aviez égaré l'un des appareils photo utilisés sur la scène du crime de Lang Suan.

– C'est totalement faux. J'ignore d'où vient cette rumeur et je la réfute catégoriquement. Je me suis entretenu avec le département de médecine légale, au commissariat central. J'y suis allé en personne. Un département très modeste. Composé d'un seul homme en fait. Non seulement il n'a égaré aucun appareil photo sur la scène du crime, mais ce jour-là, en plus, il était de sortie pour une campagne de vaccination antirabique et il n'a même pas mis les pieds au temple.

– Intéressant.

– Aussi, j'apprécierais que cette rumeur ne se retrouve pas de façon inopinée dans vos colonnes.

– Je verrai ce que je peux faire, dis-je, magnanime, car c'était moi maintenant le mâle dominant et lui la meute. Ils détiennent toujours l'abbé Kem à Lang Suan ? m'enquis-je.

– Non, répondit-il. Il est rentré au *wat*. Ils l'ont assigné à résidence.

– Comment ça se présente pour lui ?

– Pas très bien, confia Mana.

– Arme du crime ?

– Rien jusqu'ici. Mais il a pu s'en débarrasser facilement là-bas.

– D'autres suspects ?

– Non. Écoutez, je ne peux vraiment pas…

– Pas de témoignages sur une voiture, ou une moto, dans le voisinage du temple, à l'heure dite ? La présence d'inconnus en ville, peut-être ?

– Non.

– Quelqu'un qui aurait pu vouer une rancune tenace à l'encontre de l'abbé de Bangkok ? Je veux dire, son job consistait à enquêter sur les moines douteux et éventuellement à exiger leur exclusion du clergé. Cela pourrait être une piste, la vengeance.

– Nous n'avons rien trouvé. En d'autres termes, pas de commentaire.

Pour notre nouvelle relation, fondée sur la confiance et l'échange d'informations, je repasserais. Soit les inspecteurs de Bangkok le tenaient dans l'ignorance des progrès de l'enquête, soit ils n'avaient effectivement ni autres suspects, ni mobiles. Soit, enfin, Mana mentait. Je n'aime pas que les gens me mentent. Il s'approcha un peu trop près de moi et sourit, concupiscent.

– Je pourrais vous arranger une rencontre avec l'abbé Kem, si vous voulez, dit-il.

– C'est déjà fait, répliquai-je, hautaine.

Il me dévisagea avec stupeur. La presse gagna d'un coup plusieurs échelons dans son estime. Je compris qu'il n'y aurait plus de déjeuner olé-olé avec le bon commandant. Il retira sa casquette, promit de retrouver notre voleur de télé et me fit même au revoir d'un signe de la main avant de grimper dans son fourgon.

L'abbé Kem, de retour au bercail, retrouva sa cahute austère, tout au fond du temple Feuang Fa. Lang Suan avait assigné deux agents en uniforme à sa surveillance, mais lorsque je passai devant eux à bicyclette dans mon déguisement (bermuda hawaïen, tee-shirt Red Bull sous chemise à manches longues vichy, tongs et chapeau de paille), c'est à peine s'ils s'interrompirent dans la lecture de leur BD. J'étais si peu digne d'intérêt ni d'une quelconque inquiétude que j'en eus moi-même un brusque coup de cafard.

Je trouvai l'abbé seul. Toujours assis sur la même marche, devant son humble logis, à dessiner des figures bizarres dans l'air brûlant. Les chiens à ses pieds, manifestement fascinés par le ballet de ses doigts.

– Bonjour, dis-je.

Il se tourna vers moi, me sourit. Rien sur son visage ne laissait supposer que l'enquête sur le meurtre le perturbait. Mais je suppose que c'est normal. Quand vous atteignez le niveau trois du facteur de vitesse de distorsion sur votre orbite personnelle de découverte de votre moi, les tracasseries bassement terrestres rebondissent comme des vétilles sur votre bouclier antiparasites. Je l'enviais. Personnellement, un petit peu de karma ne me ferait pas de mal quand, par exemple, les dresseurs amenaient leurs singes pour récolter les noix de coco et que ces petites bêtes espiègles les jetaient exprès sur mon potager encore en gestation. J'aimerais avoir la patience de prendre tout ça au sérieux, tout ce truc de la religion. Mais des idées sacrilèges se bousculent dans mon esprit tout le temps, tel un métro bardé de graffitis traversant encore et toujours la même station. Il m'est impossible d'éviscérer mes noires pensées et de m'ouvrir à la pureté. J'imploserais.

– Bien, je vois qu'ils vous ont laissé sortir, dis-je.

– Oui.

– Vous avez été bien traité ?

Je souffrais également d'une certaine propension aux clichés. Décidément, j'avais besoin d'un grand nettoyage.

– Oui.

– Je suppose qu'ils n'ont retenu aucune charge contre vous.

– Non.

– Puis-je vous poser quelques questions supplémentaires, à propos de cette journée ? Le jour où vous avez découvert le corps ?

J'espérais pouvoir lui sortir une question ou deux qui exigeraient une réponse autre que oui ou non.

– Oui.

– Auriez-vous remarqué quelque chose d'inhabituel sur l'abbé Winai lorsque vous l'avez trouvé gisant dans l'allée ?

– D'inhabituel ?

– D'incongru, d'illogique, ou de franchement bizarre.

– Vous voulez parler du chapeau ?

Bingo.

– En effet.

– J'ai mentionné ce détail aux inspecteurs. Je ne cesse d'y penser depuis cet après-midi-là. La police a écarté d'emblée cet élément. Ils disent qu'il faisait très chaud, ce jour-là, que le soleil de cette fin d'après-midi était éblouissant. On peut pardonner à l'abbé d'avoir voulu se protéger le crâne, ont-ils dit.

– Mais vous n'êtes pas de cet avis.

– Je sais que mon ami observait les règles à la lettre. C'est pourquoi il avait été désigné pour mener les enquêtes au nom du *Sangka*. Il est clairement stipulé dans le Code monastique, livre cinq, règle quatre, qu'un moine ne doit pas porter de couvre-chef.

Tout ça commençait à devenir un tantinet absurde.

– Dans ce cas, qu'est-ce qui a pu, selon vous, le pousser à enfreindre la tradition et à mettre un chapeau ?

– C'est bien là le problème. Il ne l'a pas fait. Nous avions longuement discuté de ma situation délicate en regard des préceptes…

– Une dispute ?

– Plutôt un débat philosophique. Nous réfléchissions à ces problèmes depuis deux jours déjà. Il disait que marcher favorisait la réflexion. C'était un homme de logique, un homme intelligent. Après quelques minutes d'entretien, il s'est levé, s'est étiré et m'a dit qu'il reviendrait vers moi très vite, avec d'autres questions, puis il s'est éloigné sur l'allée bétonnée. Passé l'ombre du figuier, il s'est couvert la tête d'un pan de sa robe. Il ne portait évidemment pas de chapeau.

– L'un des jardiniers pourrait l'avoir oublié là et il l'aurait ramassé au passage…

– Dans quel but ?

Bonne question. Je n'en avais aucune idée.

– Bien, quand vous avez découvert son corps, c'était la première fois que vous voyiez ce chapeau ?

– Oui.

– Quel genre de chapeau était-ce ?

– Orange vif avec une fleur rouge.

Si j'avais porté des lunettes, je les aurais retirées pour le regarder.

– Orange ?

– Orange vif. Comme les cônes de signalisation, vous savez ?

– Et la police n'a pas considéré que c'était là un élément méritant que l'on s'y arrête ?

– Je vous l'ai dit. Ils pensent qu'il a attrapé la première chose qui lui est tombée sous la main avant d'aller se promener.

– Mais vous le leur avez fait remarquer ?…

– Je suis suspecté dans le meurtre de l'abbé. Ils enquêtent sur moi.

– Vous voulez en parler ?

– Il n'y a rien à dire.

– Vous étiez engagé dans de longues discussions philosophiques avec la victime. Ça me paraît au contraire tout à fait pertinent.

– Il n'y a pas d'investissement personnel dans la philosophie. Nous discutions sur un plan purement théorique.

– La théorie d'une liaison entre un moine et une nonne ?… insinuai-je.

Il sourit. Ce qui était invariablement de mauvais augure chez un abbé. Je vis ses petits pieds s'enfoncer dans ses sandales, laissant présager un départ imminent. J'allais le perdre…

– Votre remarque n'a rien de pertinent, dit-il tout en se levant.

– Une dernière question, dans ce cas, dis-je.

– Vous avez eu votre pesant de réponses, il me semble.

– J'en prendrais bien une dernière, pour le dessert. Vous rappelez-vous d'un appareil photo ?

– Où donc ?

– Sur la scène du crime.

– Non, mais j'étais à bonne distance.

– … Vous ne vous êtes donc pas approché du corps ?

– Non.

– Vous ne vous êtes pas agenouillé devant la dépouille ? Vous n'avez pas tâté son pouls ?

– Non.

– Mais alors, comment saviez-vous qu'il était mort ?

Il sourit tout en s'éloignant.

– Parce que je le savais, répondit-il.

Il foula le sol poussiéreux de manière si régulière qu'on l'aurait cru équipé de micro-fusées à l'arrière de ses sandales. Parce qu'il le savait ! Et pourquoi ? Parce qu'il l'avait tué ? Parce qu'il avait vu sa petite amie le faire ? Comment peut-on savoir qu'un homme est mort sans le toucher ? Si les inspecteurs avaient encore des doutes à son sujet, je les comprenais.

L'abbé Kem volatilisé et la nonne demeurant introuvable, je compris que je n'avais plus rien à attendre du *wat* Feuang Fa. J'avais fort à faire ailleurs, à commencer par un déjeuner à préparer. Une famille particulière à nourrir. L'heure avait sonné d'enfourcher ma bicyclette et de rentrer au foyer. Un long trajet m'attendait, pourtant je commençais à apprécier ces excursions. Je sentais mes muscles, si longtemps négligés, retrouver un peu de nerf. Je dormais désormais plutôt bien, d'un sommeil continu et non par sauts de puce. L'exercice n'y était pas pour rien. Je m'imaginais, héroïne d'Agatha Christie, pédalant de bon cœur dans sa croisade contre le crime, arpentant Maprao et sa région sur son vélo à deux vitesses, mannequin prisée à ses heures perdues. Je me penchai alors pour ramasser mes tongs… Il en manquait une. Je me tournai vers les chiens. Ils étaient une bonne demi-douzaine à m'observer, la mine patibulaire. Manifestement, ils n'avaient pas suivi l'abbé. Les pauvres. Ils étaient plus laids les uns que les autres, on aurait dit les figurants canins d'un film de Fellini avec leurs yeux globuleux, leurs multiples plaies, certains amputés d'une patte, voire deux. Le genre de chiens qui se rendent dans les temples pour y vivre leurs derniers jours. Bref. Comme c'est toujours le cas, le suspect paraissant le plus ingénu est invariablement le coupable. Et Riz gluant, assis devant la cabane, affichait une vraie fausse expression d'innocence. Le taquin était assis sur ma tong, comme sur une planche de surf, et apparemment, il avait envie de jouer. Quand je tendis la main pour récupérer mon bien, il déguerpit, ma tong entre les dents.

Je courus après lui, derrière les baraques des nonnes, entrai dans l'une d'elles où je savais que le chenapan avait l'habitude de se planquer. Mais aucun signe de l'adorable mais non moins dodu Riz gluant. Et je n'étais pas d'humeur à rire. Un instant, j'envisageai d'abandonner ma tong et de rentrer sans. Mais c'était une question de principe. J'avais vu sur Planète Animaux la série *L'homme qui chuchote à l'oreille des chiens*, un jour qu'il n'y avait pas mieux à la télé. Si un chien perçoit de la faiblesse chez vous, il prendra le contrôle de votre univers. J'imaginai, horrifiée, une meute franchissant les cordons de police et s'emparant du siège du gouvernement. Non. Je devais mettre un terme à la sédition, et pas plus tard que tout de suite. Je m'accroupis au fond de la cabane, prête à bondir, et fixai le trou d'une quarantaine de centimètres, à la base du mur. Il faisait nuit noire là-dedans, ce qui ne m'empêcha pas de distinguer un œil dans les ténèbres, pareil à celui d'un panda sauvage. Le chiot émit un grognement juvénile approximatif qui échoua à me terroriser. Je grognai en retour et, lorsque je rampai vers lui, il recula avec ma tong. Je rampai encore, et il recula encore, et encore. Et plus j'avançais, plus il faisait sombre, aussi j'attrapai mon téléphone portable dans ma poche et l'allumai. Une lueur bleutée émana de l'écran.

Aidée de ce halo de lumière, je rabattis peu à peu Riz gluant dans un coin. Il tremblait, le bougre. Pour un peu, il m'aurait fait passer pour un taureau sanguinaire. S'il s'obstinait dans son régime actuel, à bouffer tout ce qui lui tombait sous la truffe, d'ici peu il pèserait plus que moi, mais pour l'instant, il était encore tout mignon. La vie n'avait pas été tendre avec lui. Six mois à peine sur cette planète et déjà au chenil. Détenu du centre pénitentiaire canin où tous les chiens errants venaient mourir de mort lente. Je décidai de ne pas lui balancer un coup de tong sur la truffe une fois que je l'aurais récupérée. Il avait assez souffert comme ça. Toujours est-il qu'il était encore à un bon mètre de moi. Heureusement, je portais des vêtements que je pourrais jeter, une fois rentrée, car je rampais tout bonnement dans la crasse. J'émis ce genre de claquements de langue censés apaiser les chiens, mais refusai tout net d'engager avec lui une conversation type Mair. Si je pouvais l'atteindre, lui frotter doucement l'oreille, comme la nonne l'avait fait, il retrouverait un peu d'estime de soi. Ma godasse était maintenant à portée de main, mais ce maudit cabot refusait de céder. J'avançai la main, il aboya. Je grognai, il trembla. Bref, l'impasse.

C'est à cette seconde qu'une vague forme sombre, sur la gauche, attira mon attention. Je braquai sur elle mon téléphone pour mieux voir. Bingo et eurêka pardessus le marché ! L'appareil photo. Une partie du logo Nikon encore visible, le reste complètement mâchouillé. On aurait dit qu'un gang de requins avait festoyé dessus. Le modèle semblait un peu trop haut de gamme pour le commun des mortels de Pak Nam, avec son super téléobjectif, son cadran sophistiqué et le reste. Se pouvait-il que j'aie réussi à mettre la main sur l'appareil photo de la scène du crime porté disparu ? Se pouvait-il qu'un chiot en surpoids ait trouvé l'énergie de le rapporter jusqu'ici depuis l'allée bétonnée ? Riz gluant ne tarda pas à m'éclairer. Lâchant ma tong, il bondit pour défendre son appareil photo. Il mordit à pleines dents ce qui restait de la courroie et tenta d'emporter son butin. Mais ce petit trophée était le mien, et, chiot mignon ou pas, j'étais prête à me battre pour lui.

– Je ne sais pas. On dirait que quelque chose coince…

– Tu aurais dû le remettre à la police.

Serrant les dents, je me fis un serment. Si Arny osait me répéter ça une fois de plus, je l'éjecterais de la camionnette et prendrais moi-même le volant.

– C'est bien mon intention, répétai-je. Dès que j'aurai vu ce qu'il y a dedans.

– Non. Tu dois le remettre à la police tel que tu l'as trouvé.

Si un jour ma mère venait à oublier qu'elle était ma mère, je pourrais toujours compter sur mon frère

Arny pour la remplacer. Comment trois frères et sœur pouvaient-ils venir de planètes si différentes ? On roulait sur l'autoroute 41, direction Surat. Une longue route monotone, toute droite, dont la seule surprise était ces trous et ces bosses, idéal pour rester éveillé. Aucun risque de s'assoupir au volant. Et c'est sans doute la raison pour laquelle les autorités ne la retaperaient jamais.

– Écoute, Arny, dis-je, mais après tout il conduisait, il n'avait pas le choix. La police sait-elle que j'ai retrouvé l'appareil photo ? Non. Quelqu'un a-t-il fait état de sa disparition ? Non. Si je le garde jusqu'à demain, seront-ils en mesure de prouver que je l'ai en ma possession depuis la veille ? Non. Le chiot bouffeur de tongs risque-t-il de cracher le morceau ? Non. Je ne crois pas. Alors, relax.

– Oui, mais nous, nous savons. Notre conscience sait.

Honnêtement, si le lieutenant Chompu avait été disponible, je lui aurais demandé de m'emmener. Après tout, c'était son affaire. Mais il était en déplacement. Sur la base militaire de Prajuab où nos corps avaient été transférés. Il ne serait de retour que tard dans la nuit. J'avais donc besoin d'un plan B. Arny était ma seule option. Or, durant les longs trajets, mon frère se comportait parfois comme ces cassettes qui passent et repassent en boucle dans le lecteur.

J'avais mis l'appareil photo dans une poche plastique et avais tout essayé pour tenter de visionner les clichés qu'il avait dans le ventre. Mais après avoir été malmené et rongé, sans parler d'une bonne dose de salive dans les rouages, l'appareil caractériel avait apparemment perdu toute envie de fonctionner. Les seules inscriptions que je réussis à déchiffrer entre les cicatrices furent les lettres DSLR, et le début d'un code, D3555. Un modèle qui devait valoir son pesant d'or, robuste mais léger. Pas le type d'engin avec lequel un touriste lambda se promène. Notre photographe, au *Mail*, avait un Canon à peu près équivalent. Je demanderais à Sissi de faire des recherches. Mais, dans l'immédiat, je voulais voir les photos. Je sortis mon ordinateur de sa mallette et l'allumai. Si je ne pouvais pas entrer dans l'appareil photo, je pouvais en tout cas choper sa carte mémoire et la glisser dans mon ordi.

– Arny, dis-je.

– Mmm ?

– L'ordinateur…

Il était ouvert sur mes genoux… à plat comme une limande.

– Je suis au courant de rien, mentit-il.

Seule ma mère mentait avec une absence de conviction aussi flagrante.

– Hier, la batterie était pleine à ras bord, protestai-je.

– Vraiment ?

– Vraiment.

Il se replia sur lui-même comme un transat.

– J'ai écouté de la musique.

– Tu as un iPod.

– Oui, mais l'ordinateur capte le programme avec ces animations psychédéliques qui bougent en rythme avec la musique. C'est très apaisant.

Je fermai les yeux et m'obligeai à compter à rebours de cent jusqu'à un en portugais.

– Et le bloc-vasque s'est fendu ?

– En plein milieu.

– Bien, mais voyez-vous, dans une telle situation, le client normalement doit rapporter le produit endommagé, de façon à ce que nous puissions déterminer si la faille est structurelle ou due à la pression d'une force excessive.

– Quel type de force peut-on bien exercer sur un bloc-vasque ? demandai-je.

Il sourit à Arny, le sourcil droit légèrement arqué. Il était de la vieille école. Le veston un peu trop ample et la cravate large dépareillée. Manifestement, il n'y avait pas de madame à la maison, en tout cas pas à demeure. Il avait les cheveux teints, noir ébène, aplatis au gel avec mouvement arrière, et ça rebiquait un peu au niveau du col. Enfin, pour parfaire le look, il arborait une moustache à l'américaine, taillée au poil près.

– Je suis sûr qu'il est inutile que je vous explique, à vous comme à votre petite femme, ce qui peut se produire, sous l'effet d'une impulsion, dans une salle de bains, dit-il, clin d'œil en prime à mon Arny décomposé.

– Mais au contraire, mis-je mon grain de sel. Expliquez-nous, j'insiste.

Nous nous étions présentés au bureau de *Koon* Boondej, sis dans le mégastore « Arts ménagers et Décoration de la maison », avec un alibi en béton, un bloc-vasque fendu en deux. Nous espérions avoir directement affaire à l'ex-taulard et ex-patron de Blissy Travel, mais la responsable Qualité des locaux avait insisté pour nous accompagner et faisait le pied de grue derrière nous. Notre interlocuteur parut comprendre que nous n'étions pas disposés à fantasmer sur des parties de jambes en l'air sur un malheureux bloc-évier.

– En fait, nous avons des clients qui vont grimper sur un lavabo pour peindre leur plafond... fut son échappatoire, pas vraiment convaincante.

– Mais comment pouvez-vous voir si nous nous sommes servis de notre bloc-vasque comme échelle ?

– Nous avons des experts qui savent déterminer ce genre de choses, répondit-il avec un sourire appuyé à la responsable Qualité, sans doute experte en chef, en tout cas indésirable en ce qui me concernait.

– Ainsi, vous avez vos propres enquêteurs ? demandai-je.

– En un sens, oui, répondit-il.

– Ce sont les mêmes personnes qui vérifient les qualifications des membres potentiels de la société ? Des gens postulant pour un poste administratif, ce genre de choses ?

Son sourire fondit sur les bords et sa peau mate, en rougissant, prit une teinte mauve.

– Seriez-vous... seriez-vous en recherche d'emploi ? s'enquit-il.

– Difficile de ne pas être tentée, répondis-je. Conseiller des jeunes mariés dans l'achat de robinets a toujours été mon rêve.

– Bien, je pense pouvoir m'occuper de ça tout seul, dit-il soudain à la femme dans mon dos.

– Et le bloc-vasque ? demanda-t-elle.

– Nous effacerons les traces de chaussures et vous l'amènerons afin que vous puissiez l'examiner, dis-je, serviable.

Elle s'éloigna, non sans avoir au préalable jeté un regard de travers à son boss. Elle voulait sa place, c'était l'évidence même. J'avais moi-même eu ce genre de regard. Une fois la porte fermée, notre interlocuteur parut développer un tic nerveux qui, mèche après mèche, eut pour conséquence de décoller ses cheveux gélifiés.

– Que voulez-vous ? demanda-t-il.

– Eh bien, je m'inquiète des dérives d'un management occulte dans ce magasin...

– Je ne vois pas...

Une tige de cheveux s'abattit sur l'un de ses yeux, révélant un patch de crâne tout chauve.

– Eh bien, disons que, quelque part, à un certain moment, quelqu'un du nom de Boondet, avec un « t », s'est métamorphosé en quelqu'un d'autre, du nom de Boondej, avec un « j ».

Je me tus, soucieuse de peaufiner mon effet. Son visage se défit, façon Tussot au chalumeau, chacun de ses traits s'affaissant comme de la cire chaude. Je dégainai ma botte secrète.

– Je veux dire, voyons... Pouvons-nous en toute sérénité acheter un jacuzzi à un meurtrier condamné au bagne ?

Il se leva, alla ouvrir la porte, regarda à droite et à gauche, puis il referma et enfouit ses mains moites dans les poches de son veston.

– Combien voulez-vous ?

– Je vous demande pardon ?

Je notai la pâleur extrême d'Arny.

– J'ai compris, dit le boss.

– Vous avez compris quoi ?

– Vous êtes venus me faire chanter.

Je réfléchis quelques secondes au concept.

– D'une certaine manière, en effet, on peut dire ça comme ça, dis-je.

– Je… Je connais des gens, dit-il.

Je compris ce qu'il voulait dire, mais je n'imaginais pas des membres éminents de la pègre venant pointer chaque matin au magasin.

– Je vous en conjure, tentai-je de l'apaiser. Ne laissez pas votre imagination vous aveugler. Nous avons juste besoin de certaines informations. Dites-nous ce que nous voulons savoir et votre vie, votre carrière reprendront leur cours, comme avant notre visite. Mais un seul mensonge, et je doute de pouvoir retenir Fang ici présent en laisse. Je suis sûre que vous me comprenez.

Les mains de Arny, sur ses genoux, furent parcourues de tremblements. Je suppose que cela pouvait passer pour de la violence contenue.

– Qui êtes-vous ? demanda Boondej.

– Des amis qui vous veulent du bien, répondis-je.

J'avais entendu la réplique dans un film et, apparemment, elle était efficace.

– Que voulez-vous savoir ? demanda le manager, encore à la porte, peut-être prêt à s'enfuir…

– Blissy Travel, dis-je.

Il parut surpris.

– Qu'est-ce qu'il y a, avec Blissy Travel ?

– À vous de me le dire.

Manifestement, il manquait d'inspiration. Bien, mauvaise pioche. Une autre piste.

– Vous étiez le patron ?

– Oui. Et alors ?

– Des couples venaient chez vous acheter des circuits ?

– Des couples, des célibataires, des groupes. Normal, non ?

– Je ne sais pas, moi. Ça l'est, normal ?

– Oui.

À la télé, c'est toujours nettement plus facile. Ils répondent à une question par une question et le suspect finit par se mélanger les pinceaux, roucoulant bientôt comme une colombe en cage. Arny avait les joues verdâtres à présent. J'ignorais de combien de temps je disposais avant qu'il ne vomisse tripes et boyaux sur le bureau de notre manager. Aussi, j'allai droit au but.

– Combien de couples exactement avez-vous tués, *Koon* Boondej ?

– Un seul.

J'admirai sa franchise, même si elle me désarçonna.

– Écoutez, j'ai fait mon temps, dit-il. Je me suis construit une nouvelle vie ici. Je ne représente pas une menace pour la société. Et si vous… Il se tut, regarda Arny avec méfiance. Il va bien ?

– C'est un garçon extrêmement sensible, voyez-vous, dis-je.

Je poussai la corbeille à papier devant mon frère qui se leva et partit avec, direction les toilettes du boss.

– Très bien, dis-je, me sentant subitement plus vulnérable, m'efforçant toutefois de parler avec calme pour faire croire à mon type que j'étais au moins aussi dangereuse que Fang. Enfin seuls, rien que vous et moi. J'aimerais entendre toute l'histoire.

– Vous êtes journaliste, c'est ça ? dit-il.

Et crotte, prise la main dans le sac, une fois de plus.

– Oui.

– Et merde.

– Mais mon papier ne porte pas sur vous. Et si vous me dirigez dans la bonne direction, votre nom n'apparaîtra même pas dans nos colonnes.

Et voilà comment il se mit à table et me parla du couple qu'il avait zigouillé. Après la faillite de Blissy Travel, il avait pris la barre d'un bateau promenade sillonnant les îles. L'une des croisières-phares était les grottes de Nok Nang An, très réputées pour leurs hirondelles qui y construisent leur nid avec leur bave. Les trajets étaient en règle générale bien arrosés et c'était à moitié bourrés que les touristes débarquaient. Boondej n'accostait parfois même pas. Un jour, ils se rendirent en face de la grotte, le rafiot ancré dans les eaux peu profondes de l'île, à une centaine de mètres de la terre ferme. Les gens visitèrent les grottes, prirent des photos puis remontèrent à bord et recommencèrent à se soûler consciencieusement. Mais ce jour-là, Boondej, sans doute un peu plus ivre que d'habitude, se planta dans le décompte. Un couple s'était aventuré très loin à l'intérieur d'une grotte et il partit sans eux. La marée monta et les touristes se noyèrent. Coupable négligence. Le mari était le fils d'un diplomate scandinave, aussi Boondej eut-il droit à la totale.

En réalité, j'avais espéré quelque chose de plus horrifique. Mais visiblement, le patron de « Arts ménagers et Décoration de la maison » n'avait pas le profil du *serial killer*. Je me rabattis donc sur les combis VW.

– J'en avais deux, dit-il non sans fierté. J'étais allé les chercher en Malaisie. Des occasions en parfait état de marche, pas une égratignure. C'étaient les seuls vans de ce type, par ici. J'ai fait d'excellentes affaires avec eux. Tous les routards se déplaçaient en combi, en Europe. Quand les hippies débarquaient en Thaïlande, ils sautaient dans le bus à Bangkok pour se rendre directement à Ko Samui et passaient pour la plupart devant ma boutique.

Arny, le teint un peu plus clair, réapparut. Il rangea la corbeille à papier sous le bureau et se glissa avec précaution, comme penaud, sur son siège.

– Continuez, dis-je.

– Les combis étaient toujours sur la route. Il en rentrait un et pfft, le lendemain, un nouveau client se présentait. Je pratiquais la location à la journée. Les clients payaient l'essence. Ils parcouraient invariablement une côte pour redescendre par l'autre. Avec des escales à Chumphon, Ranong et Phuket, et Krabi pour finir. J'incluais dans mon tarif un itinéraire conseillé, avec nom des *guest-houses* et des hôtels. Mais il y avait des matelas à l'arrière de mes vans, aussi ils pouvaient économiser l'argent de l'hébergement s'ils voulaient. Je vous le dis, si j'avais pu garder mes vans, je serais riche aujourd'hui.

– Que leur est-il arrivé ?

– Volatilisés.
– Pardon ?
– Disparus, envolés, tous les deux. En l'espace d'une semaine.
– Vous avez déclaré leur disparition ?
– Bien sûr. Ces vans étaient mon gagne-pain. Je conservais toujours les passeports et les cartes d'identité des clients, ainsi qu'une caution. Quand mes vans se sont évaporés dans la nature, je suis allé montrer les cartes d'identité à la police. Vous savez quoi ? C'étaient des faux, tous. Ah, les Thaïs ! On peut pas leur faire confiance. J'aurais dû m'en tenir aux hippies étrangers.
– Les vans avaient été loués par des Thaïs ?
– La police m'a expliqué qu'un gang de voleurs de voitures sévissait dans le Sud. Les types louaient des bagnoles et des motos sous un faux nom et les revendaient. J'ignore s'ils ont fini par mettre fin aux agissements de ces voyous, mais ce que je sais, en revanche, c'est que je n'ai jamais récupéré mes vans. Tout ça a été fatal pour ma société.
– Et auriez-vous par hasard une petite idée de la raison pour laquelle on a retrouvé l'un de vos vans deux pieds sous terre, dans un champ de Chumphon ?
Boondej tenta de remettre en place la mèche rebelle qui s'était fait la belle, au tout début de notre entretien, tout en me dévisageant avec un air d'authentique stupéfaction.
– Et merde. C'est donc ça ?
– Oui.
– Vous êtes venue jusqu'ici pour me demander pourquoi l'un de mes vans était enterré dans un champ ?
– En effet. Et accessoirement, il y a aussi ces deux corps qui ont été enterrés avec…
De nouveau, mon Boondej devant moi se liquéfia.
– Bon sang. La police a fait le rapprochement avec moi ?
– Pas encore.
– Ils ne tarderont pas…
– C'est à craindre.
– Tout comme vous.

– Oui.

– Je ne peux pas me permettre ce genre de publicité. Je ne suis pas un criminel, mais une fois que vous avez un fichier chez eux, ils ont tendance à vous interpeller pour un rien.

– C'est bien pour ça que vous devriez essayer de trouver une explication valable à cette histoire avant qu'ils ne vous tombent dessus. J'imagine que vous ne vous souvenez plus des individus qui vous avaient loué les vans ?

– Je ne les oublierai jamais. Deux couples interchangeables, la même dégaine. J'en avais déjà vu de leur genre une fois. De jeunes Thaïs qui veulent se faire passer pour des hippies occidentaux. Cheveux longs. Barbes hirsutes. Habillés comme des clochards, de manière à se faire passer pour des artistes ou des musiciens. Une odeur pestilentielle. Quand ils sont passés dans la rue, j'ai cru qu'ils allaient me demander la pièce. Mais ils m'ont tendu un paquet de billets et ont demandé à louer le van. Avec ces musiciens, on ne savait jamais sur quel pied danser… Valait mieux se montrer aimable avec les clodos, beaucoup avaient pas mal de fric. J'aurais dû me méfier en voyant débarquer le deuxième couple, si pareil au premier.

– Et pourquoi ne vous êtes-vous pas méfié ?

– J'ai cru que le premier couple avait donné mon adresse au deuxième. Ou qu'il y avait un festival pop dans le coin. Il ne s'était passé que quelques jours entre les deux locations. Bien sûr, c'est facile de raisonner, une fois que le mal est fait. Non. En fait, je voulais gagner toujours plus. J'aurais loué mes vans à n'importe qui, du moment que le type avait de quoi me payer.

– Et les cartes d'identité ?

– Je vous l'ai dit, de faux papiers. Les photos étaient un peu plus propres que les jeunes eux-mêmes, mais il y avait une ressemblance.

– Vous avez gardé les documents ?

– Non, je les ai remis à la police.

– Ces jeunes, pas de signes distinctifs ?

– Pas vraiment. Barbe. Poils sous les bras pour les filles. La crème dépilatoire existait pourtant à l'époque…

– Bien. Il n'est pas impossible que j'aie d'autres questions, mais dans ce cas, je vous appellerai.

– Et vous n'allez pas ?…

– *Koon* Boondej, dans mon job, j'ai l'habitude de croiser des menteurs dotés de différents niveaux de compétence. On apprend vite à identifier des signes qui, eux, ne trompent jamais. Pour moi, il ne fait aucun doute que c'est le système qui vous a contraint à la malhonnêteté. Alors, non, je ne parlerai de vous à personne.

– Je suis touché. Autre chose ?

– Eh bien, oui. Une chose encore. J'ai besoin de votre ordinateur… Mais si vous pouviez sortir de votre bureau au préalable…

– Je…

– Je n'ai pas l'intention de fouiller vos fichiers. J'ai juste besoin d'ouvrir quelques photos. Mais c'est personnel.

Le manager m'alluma son PC et quitta la pièce avec sérénité. Je sortis la carte mémoire de l'appareil photo en m'arrangeant pour l'extraire de la poche plastique sans poser les doigts dessus. Puis je la glissai dans l'ordi et attendis que la machine la reconnaisse. Je me tournai vers Arny. Il faisait la gueule, mais avait retrouvé des couleurs.

Le PC identifia la carte et me demanda ce que je voulais en faire. Pas question de sauvegarder les photos sur cet engin, aussi je cliquai sur ACDSee, juste pour consulter.

– Par tous les saints…

Ce fut comme si le bureau se vidait de son oxygène. Mon estomac se retourna et je m'empressai de fermer la bouche. Jusqu'à ce que je voie ces clichés, je pensais qu'il ne devait pas y avoir une très grande différence entre un appareil photo numérique de base, à pile non rechargeable, et n'importe quel reflex haut de gamme. Après tout, le numérique reste le numérique. Pourtant, je l'avoue humblement, je me trompais. Je me trouvai littéralement projetée dans ces photos 3D, frappée de la même horreur que la victime. Tout juste si je n'entendis pas les mouches voler, si je ne sentis pas l'odeur du sang. Fascinée et horrifiée tout à la fois par la netteté chirurgicale du cliché.

– Arny, dis-je, en temps normal, je ne te montrerais pas ces photos. Toutefois, juste au cas où quelque chose tournerait mal, j'aimerais que tu regardes. Mais je te préviens, tu ne vas pas aimer…

« Les sociétés libres sont des sociétés de l'espoir. Et les sociétés libres s'allieront contre ces quelques haïssables qui n'ont pas de conscience, qui tuent sur un coup de tête. »

George W. Bush
Washington DC, 17 septembre 2004

Bien sûr, elles ne me laissèrent pas indifférente. Comment l'auraient-elles pu ? Sur le trajet du retour, dans la camionnette, Arny ne cessa de m'accabler de reproches. Je n'avais pas de cœur, je n'étais pas normale. Mon travail de journaliste avait fait de moi une zombie.

– Comment as-tu pu rester assise là, devant ces photos, sans avoir le cœur retourné ? me répétait Arny.

– C'est le boulot, répondis-je.

C'est toujours ce que je me dis. C'est le boulot. Des gens se font agresser. Des gens se font arrêter. D'autres meurent. Avant le crime, ils ne faisaient pas partie de votre vie. Ils n'en feront plus partie après. Ce n'était pas des amis. Vous n'aviez aucune sorte de relation avec eux. Peut-être éprouverez-vous une vague tristesse quand vous interrogerez les proches du défunt. Peut-être même verserez-vous une larme de sympathie. Mais ça reste la pire journée de la vie de quelqu'un d'autre, pas de la vôtre. Puis vous rédigez votre papier dans un style froid et détaché. Les romanciers pleurent sur leur clavier. Les journalistes comptent les mots et surveillent l'horloge.

Quand je vis apparaître les photos sur l'écran jusqu'alors vierge de « Arts ménagers et Décoration de la maison », ce fut un choc, bien sûr. Après tout, c'était presque un meurtre en direct. Un moine qui prend la pose, à contrecœur. D'ailleurs, au second cliché, il a la main levée, comme pour dire « assez ». Sa robe et sa peau claire contrastent joliment avec la haie somptueuse de bougainvillées derrière lui. Sur la troisième photo, il pose un regard perplexe sur un chapeau qu'on lui tend, hors champ, sans doute le photographe. Un chapeau de paille orange. Un chapeau de femme. Au quatrième cliché, il le tient dans ses mains, un peu comme un bol à aumônes. Son expression trahit une perplexité amusée. L'appareil photo le mitraille, puis la main du photographe apparaît. Elle est gantée. Une manique d'un rose vif et armée d'un couteau. La lame est longue, comme dans les pires films d'horreur. Sur certains clichés, le soleil radieux de l'après-midi s'y reflète, donnant un éclairage surréaliste aux photos. Puis on avance en même temps que le photographe, et on ordonne au moine de mettre le chapeau. Au début, il sourit, incrédule, mais lorsque la lame touche son épaule, il cède. On recule. Il y a un cliché du chapeau de travers sur la tête du moine. Ridicule. Mais c'est comme si cette photo avait été sculptée dans la couleur. De la photographie d'art, effrayante mais esthétique. Transpirant l'effroi. Et l'auteur a pris son temps, cette fois.

Puis le couteau et la manique refont leur apparition dans le cadre. Une, deux, trois photos, puis nous nous rapprochons de l'abbé. Soudain, la boucherie commence. Photographe et meurtrier sont une seule et même personne. L'abbé tombe à genoux, regarde une fois le meurtrier hors champ puis se détourne, comme dans un ultime effort pour se réfugier sous les bougainvillées. Il est sur le dos, gisant en travers de l'allée. La flaque de sang se déploie sous lui, comme surgie de nulle part, alors un chien entre en scène. Les yeux injectés de sang, la rage au ventre. Puis, à mi-cadre, on devine un mouvement et c'est un second chien qui arrive, tous crocs dehors. Sa gueule emplit la totalité du champ. On a l'impression qu'il va dévorer l'appareil. Ensuite, c'est le ciel. Le flou. Puis… rien.

Au total, quarante-six clichés sur le meurtre brutal d'un homme paisible.

Le boulot, rien que le boulot.

La lune était presque pleine en cette nuit sans nuages. Les pêcheurs de calamars étaient restés à quai. De romantiques petites bestioles, les calamars, qui préfèrent l'éclat de la lune au leurre des néons qui les poussent à se jeter dans les filets, à s'empaler sur les hameçons. La plage est uniformément grise, mais il fait aussi clair qu'en plein jour. En dépit, ou peut-être à cause de l'absence de couleurs autour de moi, impossible de me sortir ces maudites photographies de la tête. Elles restent comme imprimées sur ma rétine. Et par-delà même l'horreur, c'est l'absurdité de la chose qui me laisse pantoise ! Un moine de haut rang tué pour une histoire de chapeau.

Je crois vous avoir déjà expliqué comment j'en étais en plein milieu de mon master, à l'Université de Chiang Mai, quand Mair décida de changer de vie. Et de changer la nôtre par la même occasion. Bref. Un demi-master ne pèse pas grand-chose. Qui va vous donner un job, sur la base d'un master boiteux ? Le diplôme faisait partie de ces formations payantes dont le ministère de l'Éducation est si friand. L'éducation pour les riches, donc. Le savoir au poids, et un avenir sous condition de ressources. « Un supplément de mention, sur votre diplôme, ma petite dame ? » D'ici peu, j'en suis sûre, dans les amphis, les profs seront des machines à sous, et chacun devra glisser sa pièce dans la fente pour espérer des lendemains qui chantent.

Bref. Les cours avaient lieu le week-end et on repartait à la maison avec des devoirs pour la semaine. La plupart d'entre nous travaillaient du lundi au vendredi, soit une vingtaine d'étudiants, aussi matures que moi (sans rire), sans aucune vie sociale, qui se retrouvaient les samedis et dimanches pour lire à haute voix et en anglais leurs dissertations sur le foutu néoréalisme et se soumettre à la critique de leurs pairs. Après trois ans de ce traitement, à condition de continuer à payer et de pondre une ultime dissertation à laquelle ni vous, ni le maître assistant d'ailleurs, ne comprenaient rien, vous finissiez par décrocher un master de littérature et linguistique. Ohé, restez avec moi. Il y a une raison à cette digression.

L'un de mes cours s'intitulait « Discours et improvisation ». Le prof était un Anglais, d'un certain âge déjà, ex-*play boy* qui se croyait encore irrésistible. Il draguait beaucoup et arrivait à rentrer le ventre une heure et demie non-stop. Quel soulagement ce devait être, revenu chez lui, de pouvoir respirer normalement ! En début d'année, il confiait à chacun de nous l'étude d'un cas. Ledit cas se présentant sous la forme d'une célébrité, homme ou femme, connue pour ses nombreux discours. Il s'agissait pour nous de sélectionner l'un de ces discours, ou extrait de discours, et d'en analyser les ressorts techniques en fonction d'une grille d'analyse de style fournie par le prof. Un jour, j'enviai terriblement ma copine Ning quand elle piocha une allocution de Bill Gates, toujours très sobre dans ses déclarations, comme chacun sait, au point de plonger parfois son auditoire dans le coma. Pour ma part, j'héritai de George W. Bush. Je tentai aussitôt de l'échanger contre Condoleezza Rice. J'ai toujours pensé que si une nana métisse du nom de Rice parvenait à se hisser hors de l'anonymat, tous les espoirs étaient permis. Mais personne ne voulut de mon George, c'est pourquoi, six mois durant, j'ai étudié les talents d'orateur du président des États-Unis d'Amérique. Et, à ma grande surprise, Condoleezza dégringola tout en bas de l'échelle de Richter de mon inspiration. Je tombai en pâmoison devant George W. Le pauvre homme n'était vraiment pas un orateur, je doutais même qu'il parvînt à formuler des phrases correctes dans sa vie privée. Mais, indubitablement, George était un coup rêvé et je décrochai même un A pour mon travail.

À présent, il me faut vous éclairer sur les circonstances complexes qui m'amenèrent à faire le rapprochement entre l'abbé occis et l'inénarrable George Bush. Pour une raison obscure, aussi étrange que cela puisse paraître, je sentis en effet que mon bon George détenait la clé de mon affaire. J'avais bossé dur sur tout un florilège de bushismes, pour finalement en arriver à la conclusion que la seule raison présidant à ces dérapages, langue-qui-fourche et autres lapsus était imputable soit à un esprit supérieur à la moyenne, soit à un individu frappé d'une profonde bêtise (chacun choisira en fonction de ses accointances). Une telle récurrence de bons mots relevait de l'art. Je suai deux bonnes semaines à comprendre... qu'il n'y avait rien à comprendre. Qu'il n'y avait pas d'explication rationnelle au chapeau orange de l'abbé.

Souches, coquillages et crabes assassins s'exposaient devant moi à la faveur de la pleine lune. J'étais assise sur un coin de motte herbeuse, là où la mer avait dégueulé son dernier festin de sable lors de la dernière mousson. Gogo était à côté de moi en train de brouter son arrière-train. J'ai souvent eu la sensation que les chiens avaient vu les chats faire ce genre de choses et pensaient que c'était cool sans vraiment saisir tout à fait le concept. Les chiens sont tous des dégoûtants quand il s'agit d'hygiène. Il était minuit. Je m'étais débouché l'une des bouteilles de vin rapportées de Chiang Mai, et, un peu plus tôt, alors que je fouillais dans les cartons, toujours en attente d'être vidés, à la recherche du tire-bouchon, la question « Pourquoi ? » était venue me titiller l'esprit. Que voulais-je célébrer ? Le retour de Jimm Juree, la célèbre journaliste des crimes et délits ? Le trépas de mon innocence ? Mes retrouvailles avec mon salaud d'ego ? À moins que ce ne soit pour me lamenter sur sa résurrection ? Ou peut-être espérais-je, ivre de vin sur cette plage ultra grise, ne plus avoir à regarder ces quarante-six photos en couleurs ? Je pensais que cet énorme disque argenté, là-haut, cette soucoupe au-dessus de ma tête, à peine entamée sur un bord, m'aiderait à réfléchir, à trouver quelque chose à dire à Arny demain matin. Quelque chose de plus satisfaisant que « c'est le boulot ».

Mais cette conne de lune est restée là à me bader, en me mettant sous le nez toutes mes excuses à la noix. Alors, pour la deuxième fois en trois jours, j'ai pleuré devant un chien.

Le lendemain matin, je décidai d'aller remettre l'appareil photo au commandant Mana. J'adressai un signe de la main amical au sergent Phoom, en arrivant, qui me le rendit. Mana était au téléphone dans son bureau. Une conversation privée, à en juger par la main qu'il posa précipitamment sur le combiné et son regard anxieux en direction de la fenêtre quand j'apparus dans l'encadrement de sa porte. Il n'avait pas l'air vraiment ravi de me voir. Il termina sa conversation et me fit signe d'entrer. Je posai alors sous son nez l'appareil photo dans sa poche en plastique.

– Qu'est-ce que c'est ? demanda-t-il.

– Une faveur, répondis-je. Je crois que c'est l'appareil que personne n'a perdu.

Et je lui racontai comment et où je l'avais trouvé, un peu plus tôt dans la matinée, et que je ne lui en tiendrais pas du tout rigueur, s'il décidait de prendre cette découverte à son compte. J'exposai ensuite ma théorie selon laquelle la personne mystérieuse qui avait appelé pour savoir si quelqu'un avait pris l'appareil photo du service de médecine légale, sur la scène du crime, pourrait bien, en réalité, avoir été le tueur lui-même, cherchant à récupérer son bien après l'avoir laissé tomber lors de l'agression. Je présumai, présumai seulement, que les chiens avaient effrayé le tueur, enfin, j'oubliai de mentionner que j'avais déjà vu les photos.

Le commandant Mana accueillit ma théorie avec un scepticisme non feint. Il me remercia de lui avoir rapporté l'appareil et me fit l'honneur d'une brève conférence sur l'importance de ne pas toucher une preuve. Faut croire que je n'étais pour rien dans l'apparition de la poche plastique.

– Pourrions-nous jeter un œil ? suggérai-je, jouant la journaliste qui a mis la main sur un appareil photo et brûle d'impatience de découvrir ce qu'il y a dedans.

– Sur quoi ? répondit-il.

– Les photos. Dans l'appareil. C'est peut-être important.

– Ah, non. Nous devons d'abord analyser l'appareil lui-même.

– L'analyser ?

– Vérifier s'il y a des empreintes, des traces organiques, bref, ce genre de choses... sang, fluides. Et nous ne sommes pas équipés ici. Je vais donc devoir l'envoyer à Lang Suan qui, sans doute, l'enverra à son tour à Chumphon.

– Mais vous n'êtes pas curieux de voir ce qu'il contient ? insistai-je. Vous savez, une fois expédié à Lang Suan, ils ne partageront pas leurs découvertes avec vous.

– Bien sûr que si.

– Tout ce que vous avez à faire, c'est de l'allumer et de regarder. Ce qui serait parfaitement légitime.

– Mais il y a... un certain protocole à respecter.

– Vraiment ?

– Je vous promets, dès que Lang Suan m'aura révélé le contenu de cet appareil photo, de vous tenir au courant. Je n'ai pas oublié notre marché, vous savez.

Cet entretien me confirma, si j'en avais encore eu besoin, que je n'obtiendrais aucune information utile du commandant. Je le remerciai pour sa coopération et lui adressai un *wai* avant de sortir de son bureau pour remonter le couloir, direction le bureau de Chompu. Lequel se gavait d'un *pla tong go* matinal et buvait un café dont la couleur trahissait l'instantanéité. Il leva les yeux et me sourit.

– Ah, ma journaliste. Vous m'avez manqué. Un peu de beignet ?

Je m'assis face à lui et arrachai un bout de beignet.

– Je ne m'attendais pas à vous trouver ici si tôt, avouai-je.

– Vous plaisantez ? Avec deux enquêtes pour meurtre ? La province nous a envoyé toute une cargaison de bonus pour accomplir des heures supplémentaires. Nous sommes supposés être disponibles à toute heure. Si Lang Suan a besoin d'une manucure ou de changer une ampoule, nous avons le devoir de répondre présent.

– Je suis venue voir le commandant. Il ne semblait pas très heureux de ma visite.

– Vous l'avez probablement interrompu dans son coup de fil Amway. Vente par correspondance de produits de beauté et autres articles superflus pour la femme moderne.

– Il vend du Amway ?

– Les pots-de-vin ne rapportent pas dans le coin. Il faut bien qu'il arrondisse ses fins de mois par d'autres activités malhonnêtes.

– Comment c'était au labo de médecine légale ?

– Un non-événement. Et vous, à Surat ?

Le vicieux. Comment avait-il su que je m'étais rendue à Surat ?

– Si vous avez collé un GPS au cul de notre camionnette, je...

– Tsst tsst, petite journaliste. Ça fait trois mois que j'ai passé commande d'un stock d'agrafes au bureau central. Et vous pensez que j'ai les moyens d'avoir un système GPS ? Vous regardez trop de séries télé américaines. Tout ça, c'est du cinéma.

– Mais dans ce cas, comment savez-vous que je suis allée à Surat ? Vous commencez à me foutre les jetons, lieutenant.

– C'est très simple. Imaginez un monde sans inconnus, où chacun est lié d'une façon ou d'une autre et où tout le monde connaît tout le monde.

Je n'esquissai même pas un sourire.

– Je trouve cela malsain, lâchai-je.

– C'est comme ça. Ma mère emploie une fille qui s'occupe du jardin. Le mari de la fille du jardin transporte le poisson de Lang Suan à Surat. Le propriétaire de l'un des restaurants qu'il livre a lui-même une fille qui travaille sur le stand Dairy Queen, en face du mégastore « Arts ménagers et Décoration de la maison ». Je lui ai demandé de surveiller le patron pour moi. De récolter les ragots du personnel, ce genre de choses.

– Cela ne me semble pas très moral.

– Tout le monde rêve d'appartenir à la police. Je permets juste aux gens de vivre leur fantasme. Et ma collaboratrice du Dairy Queen m'a rapporté ce matin qu'elle avait vu une jeune femme avec une coupe de cheveux hideuse, accompagnée de l'incroyable Hulk, rentrer dans le bureau du patron, hier après-midi, pour n'en ressortir qu'après un long moment. Elle a même pris une photo avec son téléphone portable. La technologie nous ravit parfois autant qu'elle nous effraie... Mais vous semblez démoralisée. Puis-je vous aider ?

– Elle a dit que j'avais une coupe de cheveux hideuse ?

– Surat n'est pas prête pour le look « attaque de rasoir ». C'est bien vous. Ne vous laissez pas abattre. Elle travaille dans un Dairy Queen, la malheureuse. Que Dieu la bénisse.

– Mais comment diable avez-vous appris pour le patron du magasin ?

Ma voix avait grimpé dans la catégorie soprano.

– Je suis policier, répondit-il avec une pointe de fierté.

Là-dessus, je n'avais pas le moindre doute. Il ne fallait pas se laisser abuser par ces résidus de vernis sur ses ongles. Le lieutenant Chompu était un flic, un vrai. Il connaissait son boulot. On fit un marché. Je lui racontai tout ce que Bondeej m'avait dit et, de son côté, il m'informerait de tout élément nouveau en provenance du labo, à Prajuab. Je décidai de ne rien dire, à propos de l'appareil photo. Par esprit de vengeance, je suppose. Je voulais me garder quelque chose sous le coude, histoire d'avoir une carotte en vue de prochaines négociations. C'était une erreur, mais que voulez-vous, je ne suis pas totalement imperméable à la stupidité. Je finis mon récit la première. Lui finit sa tasse, jusqu'aux dernières gouttes de ce breuvage infâme.

– Bien joué, dit-il ensuite. Non, je suis sincère. Très bien joué.

– En fait, je me fie énormément à mon instinct, vous comprenez, expliquai-je.

– Pas de problème. Votre instinct est super. Mais cela nous laisse dans une sacrée impasse, concernant notre VW.

– Pas tout à fait. Nous savons au moins que les passagers du combi n'étaient pas de simples touristes innocents. Ils étaient impliqués dans une affaire criminelle. On peut imaginer qu'ils aient fait quelque chose qui aurait contrarié la vieille tatie Chainawat et qu'elle ait voulu se venger.

– Je ne pense...

– En fait, cela ne m'étonnerait pas qu'elle soit le cerveau de toute cette escroquerie de vol de vans et je parie même qu'elle disposait d'un réseau de couples misérables, mais honnêtes, chargés d'écumer les sociétés de location. Ils lui amenaient les véhicules volés et elle, elle les trafiquait pour les exporter en Malaisie, ou au Cambodge, ou bien elle les démontait pour un trafic de pièces détachées.

– De là à les enterrer, je ne crois pas...

– Comment ? Oui. Sauf si...

– Je commence à perdre foi en votre instinct.

– Non, écoutez-moi. Imaginons. L'un de ces couples l'arnaque, alors elle décide de faire un exemple. De manière à ce que les autres membres du gang comprennent qu'elle ne supportera pas de nouvelle insubordination. Elle réunit ses troupes autour de la mare aux poissons, la VW s'enfonce lentement dans l'eau, portières scotchées. Tout le monde comprend le message. Avec elle, c'est la loyauté ou la mort. Et après, tout le monde s'en va, comme des parents après les funérailles d'un proche.

– Quelques bulles éclosent à la surface de l'eau, enchaîna Chompu, lugubre. Puis c'est le calme. Une sterne blanche s'envole à proximité et s'enfuit vers le large sous nos yeux stupéfaits... Ça ferait une scène finale épatante dans un film. Je verrais bien Meryl

Streep jouer la chef de bande. Aujourd'hui, ils font des merveilles avec le maquillage...

– Ce n'est qu'une hypothèse. Il faut bien commencer par quelque chose. C'est fait pour ça, les hypothèses.

– Qu'avez-vous donc contre cette pauvre vieille dame ?

– Elle a regardé mes baskets avec mépris.

– Ah, d'accord. C'est donc ça. Eh bien, on va lui envoyer le Raid.

– C'est votre tour...

– Je ne sais pas...

– Nous avons conclu un marché.

– Très bien. Il règne dans le labo installé dans des baraquements à Prajuab une chaleur suffocante et, le moins que l'on puisse dire, c'est que la décoration y est réduite à son strict minimum. L'éclairage y est quasi nul. Ils ont installé nos deux squelettes côte à côte, sur une table à tréteaux. Ce qui est délicat de leur part. Pour un peu, j'aurais joint leurs mains, mais j'étais surveillé de près. Je ne suis pas certain qu'ils aient correctement reconstitué le puzzle. Nous avions envoyé le couple mélangé, aussi je ne serais pas étonné qu'ils se soient simplement contentés de jeter le tout comme ça, et ça tomberait comme ça tomberait. L'un des techniciens ne cessait de se référer au manuel, bon sang. Il prétendait me faire la leçon, le bougre, mais j'ai surtout eu le sentiment qu'il vérifiait son propre travail. Ils n'ont rien pu me dire quant à la cause du décès, excepté que les victimes n'avaient pas été massacrées à la tronçonneuse, ni débitées à la hache ou mitraillées jusqu'à ce que mort s'ensuive. Pas la moindre trace de flèches ou de lances non plus sur les dépouilles. Ils n'avaient pas plus été soufflés par une explosion, et n'étaient pas non plus atteints d'ostéoporose. Mais, en toute objectivité, ils peuvent affirmer une chose, les deux occupants du combi ne sont pas morts de vieillesse. Le type du manuel du parfait médecin légiste m'a même confirmé qu'il s'agissait d'individus jeunes, une vingtaine d'années à peine.

– Donc, pour résumer, vous êtes allé là-bas pour rien.

– Pas du tout.

– Comment ça ?

– Je m'apprêtais à franchir le poste de sécurité quand ce capitaine de l'armée, un type basané genre bibendum, m'a rattrapé. J'ai cru que, séduit par ma personne, il souhaitait me demander mon numéro de téléphone, mais il tenait dans sa main une chemise kraft et, tout de suite, il m'a demandé : « Vous êtes le lieutenant de Lang Suan ? » Ma réputation m'avait donc précédé. J'ai répondu oui, avec mon plus beau sourire. Il m'a alors remis l'enveloppe en me priant de la transmettre au général-major Suvit. J'acquiesçai à sa demande en lui faisant le salut réglementaire et, ne sachant s'il devait opiner ou remuer la queue, il m'a salué à son tour avant de tourner les talons et de s'enfuir. Je n'ai pas tout de suite pris conscience de l'aubaine. Je me suis dit que ça ne devait pas être très important, puisque l'enveloppe n'était même pas scellée, juste fermée par un élastique.

– Et même sous la pression de la tentation, vous n'avez pas regardé ?

– Bien sûr que si. Personne ne m'avait fait jurer de ne pas le faire, non ? Et il n'y avait pas écrit dessus « Confidentiel. À l'attention exclusive du général-major Suvit ». Je vais même aller plus loin, connaissant les militaires et redoutant quelque chose d'illicite, il était de mon devoir de regarder. Et que contenait cette enveloppe, d'après vous ?

– Ma langue au chat.

– Je vais vous donner un ou deux indices ; couteau, sang, abbé… Allez, vous brûlez…

– Je pensais qu'ils avaient envoyé le corps à Bangkok pour autopsie.

– Il semblerait que la justice soit débordée actuellement, à Bangkok, aussi ils ont réexpédié par retour de courrier l'abbé Winai à Prajuab.

J'approchai ma chaise, tandis que Chompu grimaçait à cause du grincement des pieds sur le carrelage.

– Très bien. Qu'ont-ils découvert ? chuchotai-je.

– Je ne sais pas si je peux vous le dire.

– Vous préférez l'humiliation d'être tabassé par une fille ?

– Dites donc, cela constitue une menace à peine voilée envers un officier de police. Je pourrais vous jeter en cellule pour ça.

– Chompu ?...

– Entendu, mais interdiction formelle de publier ce que je vais vous dire. Treize coups de couteau, pas moins. Dont sept post-mortem.

– Non !

– Tous dans le ventre et le bas-ventre. Un long couteau, très pointu. Lame d'environ trente centimètres...

Je savais tout ça. Je l'avais vu de mes yeux vu.

– ... Le coupable devait être plus petit que la victime, enchaîna mon lieutenant, gaucher. Pas de blessures indiquant que l'abbé se soit défendu, ce qui laisse à penser qu'il a été pris par surprise...

Cela aussi, je le savais. Plus choqué que surpris, néanmoins, je dirais. En fait, complètement déconcerté même mais, d'après mes souvenirs, pas effrayé. Avec simplement un regard résigné. Par ailleurs, la théorie du tueur gaucher me laissait perplexe. Le meurtrier avait juste besoin de sa main droite pour tenir l'appareil photo.

– ... victime par ailleurs en bonne santé. Cause du décès, hémorragie. Pas d'autres marques sur le corps.

– Qu'est-ce que cela vous inspire ? demandai-je.

– D'après le peu que je sais du dossier, je dirais que le tueur a voulu faire passer un message. Les deux premiers coups auraient suffi, aussi il a, si je puis dire, voulu enfoncer le clou. « Regardez ce que j'ai fait », cet acte est une revendication. Le tueur devait être comme une cocotte-minute, il fallait que ça sorte. Nous sommes dans la folie...

– Pensez-vous qu'un autre abbé pourrait ?...

– Non.

Réponse ferme et définitive.

– Alors, pourquoi le moine en chef du temple Feuang Fa reste-t-il suspect ?

– Si c'est le cas, et je vous crois sur parole car personne ne me dit jamais rien, c'est soit que A, il a un mobile, soit que B, c'est leur seul suspect et ils y tiennent.

En plein dans le mille, pour les deux hypothèses.

– Je ne crois pas qu'il soit le coupable, mais il suffirait qu'ils trouvent l'arme du crime, dit Chompu. Et votre abbé Kem serait bel et bien défroqué.

« Je comprends les petites entreprises. J'en étais une. »

George W. Bush, *New York Daily News*
19 février 2000

J'arrivai chez nous juste à l'heure pour me lancer dans les préparatifs du déjeuner. Une question. Si un jour je ne rentrais plus à la maison, ma famille se laisserait-elle tout bonnement mourir de faim ? La pizzeria la plus proche est à quatre heures et demie d'ici. Je suis même allée jusqu'à les appeler pour savoir s'ils seraient prêts à nous livrer. Sachez-le, je n'ai pas pour habitude de passer des coups de fil longue distance pour qu'on se moque de moi. Terminé. Ils n'entendront plus parler de moi. J'étais éreintée. Je pensais à tous les journalistes masculins crimes et délits de ce pays, le bon mâle qui rentre chez lui après une dure journée de labeur et retrouve sa chère et tendre, souriante comme sur les photos de nos belles brochures, avant de mettre les pieds sous la table. Pourquoi n'avais-je pas une épouse, moi aussi ?

Je m'attaquai aux maquereaux. Je compris que j'avais manqué aux miens lorsque Arny passa devant moi sans même m'accorder un regard. J'avais séquestré la camionnette toute la matinée, à cause de moi il n'avait pu se rendre à sa salle de gym. Je savais qu'il serait furieux. Mair quant à elle s'affairait dans sa boutique, prélevant avec soin de mini-régimes de bananes sur un gros, notant le prix, 5 bahts, à même la peau. Tout le monde à Maprao avait des bananiers, aussi je me demandais bien qui irait lui en acheter. De l'autre côté de la rue, assis sous le toit de chaume de l'estrade en bambou, grand-père Jah matait le trafic.

Personne ne me demanda à quoi j'avais occupé ma matinée. J'avais pourtant eu un emploi du temps chargé. Il y avait quatre hôtels et sept complexes hôteliers dans et aux abords de Lang Suan, huit si vous comptez le nôtre, mais je ne vois pas pourquoi vous le feriez. Après ma virée au poste de police de Pak Nam, je me forçai à aller visiter chacun d'entre eux. J'aurais très bien pu brandir ma carte de presse, l'index négligemment posé sur la date d'expiration, et ne pas dévier de ce stratagème. Mais je me doutais que la police avait déjà dû passer par là et leur demander de les contacter au cas où quelqu'un viendrait fureter dans le coin.

Aussi, j'inventai une histoire de toutes pièces. Je leur racontai que ma famille avait repris un complexe hôtelier et que nous ne savions vraiment pas par où commencer. D'accord, je n'inventais rien, mais j'insistai particulièrement sur nos soucis avec l'enregistrement. J'avais pour anecdote vécue le coup de la télé volée et je me demandais comment les autres hôteliers s'y prenaient pour éviter ce genre de mésaventure. Je commençai par des questions générales, sur le mode amical, riant de tout, de rien, puis concentrai tous mes efforts sur le sujet du registre des clients lui-même. Tous m'autorisèrent à jeter un œil sur le leur. En fait, ils se montrèrent si accueillants et aimables que j'eus presque honte de ma duplicité. J'en profitai pour vérifier subrepticement la liste des clients arrivés le jour ou le lendemain du meurtre et qui avaient libéré leur chambre juste après l'agression du gardien. Cela dans le but d'éliminer tout étranger à la ville de la liste des suspects. Lang Suan n'était pas le genre d'endroit où vous pouviez passer la nuit dans votre caisse sans être remarqué, aussi je privilégiai les motels en priorité, là où on enregistre les clients avec un véhicule ou un camion. La victime était de Bangkok et devait séjourner ici trois jours seulement, pour les besoins de son enquête. On pouvait imaginer que le tueur l'avait suivie jusqu'ici.

De toute manière, c'était plus simple de mener mes investigations en bout de chaîne, plutôt que d'aller frapper à toutes les portes autour du temple, selon le bon vieux schéma des cercles concentriques. En fin de compte, l'élimination de possibles suspects se révéla plus expéditive que prévue. L'occupation des chambres au sein de chaque structure n'excédait pas 15 %. Le fait que personne n'avait franchement envie de passer ses vacances dans le coin expliquait ce taux exceptionnel de fréquentation. Mais il fallait aussi incriminer une économie moribonde, le coût de l'essence, les troubles dans la capitale dissuadant les touristes. Ceux qui avaient pris une chambre étaient pour la plupart arrivés par l'autoroute avant de s'arrêter, épuisés, dans le premier village, le nôtre. Et ils étaient tous repartis de bonne heure, le lendemain matin, pour poursuivre leur trajet.

Je terminai mon inspection des lieux d'hébergement de notre belle commune avec une liste plutôt succincte, deux noms en tout et pour tout. Un représentant de commerce du nom de Apirat, enregistré au Radree pour la semaine, et quelqu'un appelé Adul, qui séjournait au Uaynoi Grand, qui avait marqué comme profession « touriste ». Pour lui, pas de date de départ mentionnée. Il voyageait sur une méga moto. Personne avec une voiture ou une camionnette correspondant, ou à peu près, aux dates qui m'intéressaient.

Pour les complexes hôteliers, ce fut pire encore. Les enseignes haut de gamme restaient virtuellement vides la semaine, même lorsque quelques rares Thaïs daignaient s'arrêter par chez nous. J'en dénichai deux, au Resort 69, à proximité de Pak Nam. Le premier était un type d'âge moyen qui avait signé le registre sous la mention « Dr Jiradet ». Le second était une seconde, une fille à peine pubère nommée *Nong* Pui, logée dans l'aile opposée. Le réceptionniste m'expliqua que le docteur officiait au titre de consultant auprès de l'hôpital de Pak Nam. L'endroit accueillait aussi deux étrangers. Une dame d'un certain âge de nationalité coréenne qui souriait à tout le monde, apparemment son seul moyen de communication. La dame avait choisi une chambre en bordure de route, au lieu d'une avec vue sur la mer, ce qui faisait dire au personnel qu'elle devait être sourde ou démente. Puis il y avait un Allemand qui passait le plus clair de ses journées à siroter des bières sur sa terrasse. Le réceptionniste ignorait quand ses clients devaient repartir. Quand je croisai l'Allemand, il me salua d'un signe de tête et m'invita à me joindre à lui. Pour autre chose que la dégustation de bière, je suppose, je m'empressai donc d'aller tester mes trois mots de coréen sur la vieille dame.

Dans les cinq complexes hôteliers suivants, la chose fut rapidement expédiée. Pas l'ombre d'un client, mais on insista lourdement pour me faire comprendre qu'il y avait de l'argent à se faire dans des animations nocturnes d'un genre très spécial. Message reçu 5/5. Le Tiwa Resort, mon ultime escale, fut ma meilleure prise. Un couple de Japonais quarantenaires, voyageant sac au dos, occupait l'une des chambres discount et se nourrissait, d'après le personnel, de nouilles instantanées. Ils étaient leurs uniques clients depuis trois jours quand un mystérieux hôte thaï, chambre n° 7, avait débarqué à bord d'une Benz luxueuse de couleur noire la veille du meurtre. Cloîtré dans sa chambre, il passait par le room service pour ses repas. Ma curiosité fut piquée quand la réceptionniste me le dépeignit « genre tueur à gages ». En Thaïlande, il est un fait que, souvent, les criminels font l'effort de s'habiller pour ressembler à des criminels. Ce qui rend le travail d'identification nettement moins compliqué. Le type à la Benz s'était enregistré sous le nom de Ny Wirapon et n'avait coché aucune autre case sur le formulaire. Il n'avait pas encore donné de date de départ. Avant de partir, je roulai au ralenti devant sa chambre.

Il y avait quelqu'un à l'intérieur, la Benz en revanche manquait à l'appel. La seule chose qui faisait de lui un suspect improbable était précisément le fait qu'il était encore là. Pourquoi s'éterniser quand vous avez descendu votre cible ?

Le gain le plus significatif de mes investigations fut une sorte de mélancolie née de l'industrie touristique en général et du Gulf Bay Lovely Resort et de son restaurant en particulier. Si les établissements de qualité ne réussissaient pas à attirer les clients, quel espoir avions-nous ? J'emportai mon écailleur en inox, mon seau à boyaux, et je vins m'asseoir auprès de grand-père Jah. Il m'ignora, fit semblant d'être intéressé par un varan d'un mètre de long caracolant dans l'herbe fraîche. J'ai lu quelque part que ces reptiles pouvaient atteindre jusqu'à quatre mètres. J'ai confiance quand on me dit qu'ils ne se nourrissent que d'insectes et de rongeurs, néanmoins j'ai le sentiment que lorsqu'on est balèze comme ça, on se nourrit de tout ce qui vous tombe sous la dent, sans faire le difficile.

Je vidai trois maquereaux avant d'ouvrir la bouche.

– Je pourrais bien avoir besoin de ton aide à propos d'un autre cas, dis-je comme ça, sur un ton dégagé.

– Demande à la police, répondit grand-père.

– Je l'ai fait. Ils ne comprennent pas.

– C'est souvent le cas avec eux.

Re-silence. Dans la brise torride de cette mi-journée, j'expliquai que j'avais eu la chance de visiter le site d'excavation du van VW, puis j'entrepris de décrire tout ce qui avait résulté de cette découverte. À mon dernier maquereau, j'arrivai à l'épilogue de mon récit. Grand-père ne dit rien pendant un très long moment, mes poissons éviscérés commençaient à souffrir de la chaleur. Je finis par me demander si le vieil homme m'avait entendue. Je me levai.

– Assieds-toi, dit-il.

Je m'assis.

– Tu dois retrouver le détective originel, dit-il. Celui qui a été chargé de l'enquête sur l'escroquerie à la location des vans.

– J'ai son nom, dis-je. Un certain Waew. Capitaine aujourd'hui à la retraite.

Grand-père me regarda comme s'il entrevoyait finalement pour moi le début d'un espoir dans ce monde de dégénérés.

– Alors, va le trouver, dit-il.

– Je l'ai appelé.

– Et ?

– Il refuse de me parler.

– Amène-lui ton policier.

– Il refuse de parler aussi à la police. Il a dit quelque chose comme : « Vous êtes tous corrompus, bande de salauds ! » Puis il a raccroché.

Je n'aurais pas parié mes maigres économies là-dessus, mais grand-père Jah, ô miracle, esquissa un sourire. Quel dommage que je n'aie pas eu mon appareil photo avec moi !

– On dirait que c'est un type bien, dit-il.

– Je pense que tu l'aimerais. Tu veux son adresse ?

– Entendu.

– Déjeuner dans une demi-heure.

– Mair. Avons-nous enfin retrouvé le misérable pécheur qui sévit parmi nous ? demandai-je. Qu'enfin nous puissions lui pardonner…

– Pas encore, répondit-elle.

J'étais dans sa chambre et nous écrivions de notre plus belle écriture les nouveaux menus pour le restaurant. Notre établissement était de nouveau vide après l'envol, l'après-midi même, de notre ornithologue.

– Tu me le diras, quand ce sera fait, d'accord ? dis-je. Je tiens à savoir… à l'égard de qui nous n'allons pas nous montrer vindicatifs à outrance…

– Je te le dirai, répondit-elle, l'air ailleurs.

Je la regardai gribouiller en rouge « sticks de poisson » sur la carte du jour. Ma mère. Au lycée, j'avais traversé des périodes au cours desquelles je ne l'aimais pas. Mais si mes camarades de classe n'aimaient pas leur mère, trop présente à leur goût, j'en voulais à la mienne à cause de ses absences. Quand elle était à la maison, c'était comme si d'un coup on se retrouvait connecté au vaste monde. Quand elle était loin, on avait l'impression d'être abandonné au néant. Grand-mère Noi comptait et recomptait les sous dans le tiroir-caisse, grand-père Jah grommelait.

C'est sans doute à cause des absences de Mair que j'étudiais avec autant d'acharnement. Non pas pour l'impressionner. Je voulais décrocher un diplôme, n'importe lequel du moment qu'il me permettrait de pouvoir partir avec elle, dans le rôle de l'assistante, transportant ses sacs de farces et attrapes comme un brave caddy. À 16 ans, je sus quelle était ma vocation. Qui mieux qu'un journaliste peut bourlinguer ? Je me mis à lire tous les journaux, thaïs et anglais, en vente dans notre boutique. C'était génial. J'avais tout à portée de main, et gratis. Je m'imaginais interviewant ma mère, explorant les mystérieux abysses de son existence. Mair, un personnage à part. Ma mère, démasquée. Je pris mon élan et poursuivis mes études, déterminée à réussir, de manière, un jour, à pouvoir être à l'extérieur la personne que j'étais à l'intérieur. Et je courus si vite que je faillis passer à côté de cette femme d'âge mûr que je croisai, trottinant dans la direction opposée.

– Mair, c'est toi ?

Elle était en bout de course. Sur les genoux. Son sac de farces et attrapes tout percé. Et elle n'avait plus la passion. Même ses histoires devinrent grises, comme si elle ne voyait plus sa vie en Technicolor, comme avant. Je m'apprêtais à m'envoler tel un missile sol-sol juste au moment où elle rentrait à quai. Une fois de plus, elle devint une étrangère pour moi, et réciproquement. Ma mère euphorique et enthousiaste me manquait, pourtant je réappris peu à peu à l'aimer comme un être différent. Puis, il y a trois ans, elle s'est mise à glisser son sac à main dans le lave-linge, à s'affairer dans ma chambre pensant qu'il s'agissait de la sienne, à rendre aux clients quatre billets de 500 bahts contre un billet de 500 bahts. Ce genre de défaillances étaient rares, mais à travers elles, j'entrevoyais la petite flamme de quelqu'un dont je me souvenais. Elle commença à nous dérouter avec ses histoires, nous les racontant comme ça d'un coup, sans aucune raison. Sa voix alors se cassait sous l'effet de la joie quand lui revenait le souvenir d'un endroit ou d'un événement. Il y avait des blancs, comme quand on se réveille d'un rêve, mais cela rendait ses histoires plus mystérieuses encore.

Au début, j'étais fébrile, impatiente de l'entendre, alors je l'encourageais. Puis je finis par comprendre. Mair voyageait à rebours sur un tapis roulant, franchissait les portes du temps, un lent périple jalonné d'affiches, de pancartes, sur lesquelles étaient figés des moments de son existence. Je commençai à redouter qu'un jour elle aille si loin sur son escalator qu'elle ne se rappellerait plus à quelle station elle était montée, ou à quel moment elle devait en descendre. Aujourd'hui, trois ans après, son état n'a guère empiré. En sursis. Comme si le tapis roulant était tombé en panne et qu'une équipe de types en bleu de travail s'agitait dessous pour tenter de le faire repartir. Aussi, parfois, avec le plus de douceur possible, j'essaie de la pousser vers une autre pancarte. Car il y en a une que j'aimerais tellement voir.

– Une chauve-souris a encore explosé l'ampoule de mon auvent, il y a deux nuits, dis-je, rusée. La bestiole s'est démenée pour se débarrasser des bris de verre, puis a fait quelques pas, le temps de reprendre ses esprits, avant de tranquillement s'envoler à nouveau. Pas paniquée pour un sou. Comme un animal domestique. Elle m'a rappelé… Thanom.

Mair sourit. J'avais prononcé le bon mot de passe, le sésame qui ouvrait la pièce secrète où elle se trouvait, avec mon père, et leur chauve-souris apprivoisée.

– Comment sais-tu cela ? demanda-t-elle.

– C'est toi qui me l'as dit. Tu m'as raconté que…

– Non. Comment sais-tu qu'elle a fait quelques pas ? Si elle a détruit l'ampoule, il devait faire sombre. Il y avait des nuages l'autre nuit.

– J'ai entendu le bruit de ses petits pieds sur le verre brisé.

– Les chauves-souris n'aiment pas beaucoup marcher, tu sais...

Vous voyez ce que je veux dire ? Quand ma mère n'est pas dans les sphères, elle est avec nous à 100 %, voire plus. Oui, plus saine d'esprit que nous tous réunis. Bien. Pour les aventures complètes de la chauve-souris domestique, je devrais attendre. Le moment viendrait, sans que j'aie à intervenir. Je me levai pour prendre congé.

– En sortant, peux-tu remplir l'écuelle de John ? me dit-elle sans lever les yeux. Elle risque d'avoir soif.

Un peu plus tard, j'appelai Sissi.

– Sissi ?

– *Nong.*

– Comment va Leather ? m'enquis-je. Je demandais toujours des nouvelles de Leather car, en dépit de sa virtualité, il restait un gage de stabilité dans la vie de Sissi.

– Parti.

– Parti ?

– Je l'ai effacé.

– Qu'a-t-il donc fait pour mériter ça ?

– Il voulait venir ici pour les vacances.

– Oh, je vois. C'est effectivement insupportable... dis-je, franchement narquoise.

– Bien sûr que c'est insupportable. Je n'ai absolument pas envie de voir à quoi il ressemble en vrai.

– Il est peut-être très mignon ?...

– Il est SM et adore fouetter les femmes en ligne. Sans doute un ouvrier, ou un chauffeur de bus.

Je ressentis une profonde tristesse. Vraiment. J'aimerais tant voir ma sœur se mettre en ménage avec un chauffeur de bus.

– Bien. Quel est le prochain sur la liste ? demandai-je.

– Je vais laisser tomber les mecs quelque temps.

Un peu comme moi, ici, à Pak Nam, me dis-je. Je lui parlai de Ed, de mon adhésion temporaire à la cause homo.

– As-tu jamais envisagé… commençai-je.

– Les femmes ? Non, pas même en rêve, répondit Sissi. Ça serait tomber bien bas… Non, petite sœur, mais j'ai une nouvelle, je vais être tatie.

La remarque me laissa songeuse.

– Est-ce que cela signifie que tu attends que Arny ou moi faisions tout le travail ?

– Oh, je ne vivrais pas assez longtemps si je comptais sur vous…

– Merci pour ta confiance.

– Non, en fait, je vais être tatie pour des milliers, peut-être des millions de gens. Les mots Cyber Idol, ça te dit quelque chose ?

– Eh bien, je…

– Je m'en doutais. C'est un truc typiquement asiatique. Ça a commencé en Corée. Le phénomène a aussi touché le Japon et, maintenant, ça descend vers le sud.

– C'est le genre de machin où il faut chanter et subir les humiliations de célébrités qui ont encore moins de talent que toi ?

– Non, rien à voir. C'est le dernier site branché de relooking. Tu as des jeunes filles qui sont comme, voyons… comme toi, et qui créent leur home page avec des photos d'elles. Le site tient à leur disposition maquillage, cheveux et, tiens-toi bien, conseils Photoshop pour les aider à se faire un look en ligne absolument divin. Il n'y a pas de limites. Si tu veux, tu peux ressembler à un bébé. Et ensuite, tu participes à des concours de beauté sur le Net et les gens votent. Et tout le monde s'en fiche si tu es un chien en réalité. Tout ce qui compte, c'est l'image que toi tu veux donner. Et le truc fonctionne aussi pour les mecs. Les cheveux, le traitement contre l'acné, les corsets et le brushing… Tu appartiens à une communauté de centaines de Barbie et Ken…

– Comme c'est triste.

– C'est merveilleux.

– Mais ce n'est pas la réalité.

– C'est mille fois mieux. Totalement honnête. Tous ces gens qui se savent laids, ils peuvent désormais vivre la vie de gens beaux.

Cela ne me semblait pas précisément honnête, mais…

– Comment as-tu atterri là-dedans ? demandai-je.

– Je connais les petits génies qui ont conçu le site. Ils veulent que je sois leur styliste en chef. Je donnerai des conseils, comment s'habiller, comment bouger, comment se présenter devant une webcam…

– Et ils te payent combien, pour ça ?

– Tu me connais. J'ai toujours voulu m'investir dans une œuvre de charité, mais je n'ai jamais trouvé la bonne. Eh bien, aujourd'hui, c'est fait. J'interviens bénévolement.

– Mouais, la cause me paraît bonne, en effet…

Et le choix de la styliste en chef très judicieux. Tante Sissi encourageant toute une génération de pauvres gens voulant se faire passer pour ce qu'ils n'étaient pas. Cette pensée me flanqua le cafard. Vingt minutes s'écoulèrent et, enfin, je pus en venir à mes préoccupations bassement criminelles.

– Sissi, ta conscience verrait-elle une objection à pirater les banques de données du DAR ?

– DAR ? Drogue… euh…

– Non, non, Département des Affaires religieuses.

– Mais pas du tout, voyons.

Je la mis au courant des derniers éléments concernant l'affaire du temple Feuang Fa et lui expliquai ce dont j'avais besoin.

– Je peux espérer de tes nouvelles demain soir, ou est-ce prématuré ?

– Par expérience, répondit Sissi, je sais qu'on pirate un site religieux aussi facilement qu'on entre dans un moulin. Ils s'imaginent tous ne pas avoir besoin de système de sécurité parce qu'ils sont équipés d'un super pare-feu. Non, vraiment, je t'assure, c'est un vrai plaisir pour une agnostique comme moi. Si tu veux, je peux même leur laisser en guise de souvenir de ma visite un symbole mystique à la noix pour leur faire peur…

– Non, un petit cambriolage vite fait suffira, merci.

Il était 22 h 30 quand je raccrochai, soit une demi-heure plus tard que mon heure de coucher rituelle. Je venais juste de passer sous la douche, après m'être longuement regardée dans le miroir sans trop d'espoir, quand mon portable sonna. J'avais oublié de l'éteindre.

– Allo ?

– Petit reporter ? Vous êtes réveillée ?

– Chompu ? Que se passe-t-il ? Vous vous sentez seul ?

– Pas vraiment. Je suis entouré de types en uniforme…

– Un fantasme, peut-être ?…

– Euh, non… Et je suis sur haut-parleur. Nous nous demandions si vous pourriez faire un saut au poste.

– Quoi ? Maintenant ?

– Il y a eu un incident…

« Les nuages d'orage à l'horizon se sont amassés presque directement au-dessus de nos têtes. »

George W. Bush,
Washington DC, 11 mai 2001

Il était pile 22 h 50 quand Arny se gara devant le poste de police de Pak Nam. Lui et moi, il y a longtemps, nous sommes convenus d'un arrangement. Si je devais m'absenter de la maison à la nuit tombée pour autre chose qu'un rendez-vous galant (trois, en tout et pour tout, au cours des trois dernières années), mon frère m'accompagnerait. Arny prétend que c'est à cause des vols, il tient dit-il à sa camionnette comme à la prunelle de ses yeux, mais je ne suis pas dupe. S'il ne m'accompagnait pas, il resterait éveillé toute la nuit en s'inquiétant pour moi. Mair a réussi à faire de nous des êtres à part, chacun doté de ses bizarreries, mais elle nous a également dotés d'une loyauté indéfectible. Nous fûmes accueillis à la réception par un sergent légèrement tordu, un peu à l'image d'une racine de bambou. C'était la première fois que je le voyais. Il semblait nerveux.

– Je…, commençai-je, mais il nous fit signe de passer sans prononcer un mot.

Il y avait des policiers partout et je n'en reconnus aucun. Je commençais à me demander si un coup d'État n'avait pas destitué l'ancien personnel quand j'aperçus l'agent Ma Dum sortir de la salle de réunion comme s'il avait le feu aux fesses. Je l'appelai.

– Entrez, dit-il, jetant un regard perplexe à mon garde du corps.

Il y avait foule dans la pièce mais pas vraiment d'effervescence. C'était comme une mi-temps, lors d'une rencontre sportive quelconque, lorsque l'équipe favorite vient de recevoir la raclée de sa vie. Le brouhaha douillet des conversations s'arrêta et tous les visages se tournèrent vers nous. Les deux détectives aperçus au temple Feuang Fa étaient là. Le commandant Mana était là lui aussi, et Chompu, ainsi qu'une dizaine d'autres types en uniforme, la plupart inconnus au bataillon, en ce qui me concernait en tout cas.

– Bien, voilà qui est intéressant, dit le plus grand des deux détectives, cheveux raides et tout droits, genre brosse à dents, le teint brun jaunâtre pareil à la peau d'un *longan*, cette sorte de litchi.

Son partenaire n'avait rien de l'éphèbe, mais se croyait apparemment irrésistible dans son tee-shirt noir moulant rentré dans son jean, lui aussi, serré. Il se trompait. Les deux types fondirent comme un seul homme sur Arny qui se ratatina contre la porte.

– Vous semblez remis de votre deuil ? remarqua le flic à la bedaine.

Évidemment, ils se souvenaient de lui, lors de leur première visite au temple, en revanche ni l'un ni l'autre ne m'avait vue, cet après-midi-là.

– Qu'est-ce qui vous amène, Hercule ? demanda le *longan*.

– Il est avec moi, m'interposai-je, tout en me fendant de mon *wai* le plus servile, qu'aucun des deux types, d'ailleurs, ne me retourna.

– C'est la journaliste, dit Mana, tandis que Chompu, derrière lui, avait les yeux rivés sur mon frère.

– De mieux en mieux, dit le détective. Franchement, quelle coïncidence ! Le titan ici présent traîne au temple Feuang Fa le lendemain du crime pour soi-disant pleurer la perte d'un proche, et voilà que sa petite amie vient mettre son grain de sel dans une affaire dont la presse de ce pays ignore tout…

– Suspect, renchérit la bedaine. Bien, j'aimerais d'abord savoir comment vous avez atterri au temple, l'autre jour ?

– Aucun problème, dis-je, pleine de bonne volonté. Mais installons-nous confortablement, voulez-vous ?

Je franchis la haie menaçante des visiteurs pour aller me faire toute petite entre les rangs de l'équipe locale. J'étais dans l'un de ces moments requérant de « penser vite parler bien ». Je devais gagner du temps pour inventer une histoire qui ne porterait pas préjudice à la réputation déjà fragile de la police de Pak Nam, mais qui ne nous propulserait pas non plus, Arny et moi, au premier rang des suspects. Je m'assis sur le rebord de la fenêtre et croisai les bras.

– La raison de notre présence au temple Feuang Fa, dis-je, faisait suite à un coup de téléphone me prévenant qu'un meurtre y avait été commis.

– De qui, le coup de fil ? aboya le *longan*.

– Je crains de ne pouvoir vous divulguer mes sources.

– Alors donc, vous prétendez que cette personne savait que vous viviez dans le coin, avait votre numéro et qu'elle vous a choisie au hasard pour vous refiler l'info ?

– Non, le hasard n'y est pour rien. J'ai emménagé ici il y a neuf mois et, à mon arrivée, j'ai sillonné la région en laissant ici et là ma carte de visite, expliquant aux uns et aux autres que j'étais prête à payer pour toute information portant sur des actes criminels graves dans le secteur. Cet appel téléphonique fut en quelque sorte, comment vous dire, le tout premier plant de mon semis… En ce qui concerne notre visite au temple, mon petit ami, qui en réalité est mon frère, a accepté de me conduire là-bas, cet après-midi-là, en dépit de son chagrin, son chien adoré, John, ayant été empoisonné le matin même. Arny est un être hypersensible et cette escapade lui a été bénéfique. Son besoin de réconfort était tout à fait authentique. Je fus moi-même plus perfide. Je décidai de sauter de la camionnette pour partir en quête de témoins. Il n'y avait rien qui interdisait l'accès à la scène de crime, j'étais donc parfaitement en droit de faire ma curieuse, non ?

Je me félicitai que l'argent et les week-ends passés à l'obtention de mon bout de master ne l'aient pas été en vain. En fin de compte, mon analyse du style oratoire de George W. m'avaient appris une chose : une contenance sincère et un regard confiant suffisent pour faire avaler des couleuvres à votre auditoire.

– Et cela m'amène à l'appareil photo, enchaînai-je. Sans doute aurez-vous du mal à le croire, mais il y a là-bas un jeune chien du nom de Riz gluant qui a la sale manie…

– Oui, oui, m'interrompit le *longan*, nous connaissons l'histoire du chien. Ce que nous voulons savoir, c'est si vous avez fait une copie des photos.

– Comment osez-vous !… m'exclamai-je, avec des trémolos d'indignation dans la voix, presque honteuse de la vivacité de ma spontanéité à me foutre de la gueule d'autrui.

Dans le fond de la salle, je surpris Arny levant les yeux au ciel.

– … Je le confesse volontiers, lorsque j'ai découvert l'appareil photo, dans un premier temps, j'ai cherché à l'allumer, dis-je. Voyez-vous, il aurait pu appartenir à n'importe qui au temple. Mais le jeune chien l'avait sérieusement endommagé et je ne réussis pas à visionner les clichés.

– Vous n'avez pas songé à sortir la carte mémoire ? s'enquit la bedaine.

– Un appareil photo a une carte-mémoire ? manquai-je de m'étouffer, sous le coup de la stupéfaction. Je croyais que seuls les ordinateurs en étaient dotés ! Mais que me voulez-vous, à la fin ? Pourquoi toutes ces questions ? Vous n'êtes pas arrivés à l'ouvrir ?

Je n'avais pas vu autant de personnes échanger des regards coupables depuis le lycée, en classe de seconde, quand notre professeur de chimie nous avait demandé le nom du petit malin qui avait eu l'idée de balancer des boules puantes dans les vestiaires. Il se tissa autour de moi une toile de regards croisés, puis le détective le plus grand fit un signe de tête à Mana.

– Avant toute chose, commença le commandant, rien de ce que vous avez entendu la semaine passée, rien de ce que vous entendrez ce soir ne doit sortir de cette pièce. Si vous vous avisez de faire paraître quoi que ce soit avant d'avoir notre feu vert, je vous arrête… (*Il se tut, mais je ne frémis même pas.*) Si nous vous avons demandé de venir, c'est parce que… l'appareil photo a disparu.

– Disparu ?

– Volé.

La police a toujours eu un net penchant pour la plaisanterie.

– Volé ? Dans un commissariat ? osai-je m'étonner.

– Non, répondit-il avec gravité. Cet après-midi, j'ai envoyé le sergent Phoom le déposer au poste de Lang Suan avec sa moto. Il a eu un accident.

– Ce n'était pas un accident, s'interposa Chompu.

– Lieutenant ! Silence ! Nous n'en avons pas la certitude. On ne peut pas exclure la possibilité d'un accident.

– Comment va le sergent ? demandai-je.

– Il est à l'hôpital de Pak Nam, dit Chompu. Il a été percuté par une voiture. Blessé, il a perdu connaissance. C'est un automobiliste qui passait par là qui a alerté les secours, puis l'hôpital nous a avertis. Quand nous sommes arrivés, l'automobiliste s'était envolé et l'appareil photo itou.

– Il pourrait s'agir d'un simple vol, remarqua le *longan*. Mais c'est peu probable. Il y a sur la route des cibles autrement plus faciles à détrousser qu'un officier de police en uniforme. Voilà pourquoi nous avons besoin de savoir à qui vous avez parlé de l'appareil photo.

– À qui je…

Cela méritait réflexion. S'il leur prenait l'idée de poser la question à Arny, mon frère déballerait tout sans la moindre hésitation.

– Mon frère et moi sommes les seuls au courant, dis-je.

– Vous n'en avez parlé à personne au temple ?

– Je n'ai rencontré personne, excepté l'abbé Kem.
– Vous le lui avez dit ?
– Bien sûr que non.
– Vous en êtes sûre ?
– Absolument certaine. Après l'avoir quitté, je suis allée récupérer mes chaussures et j'ai suivi les chiens derrière les pavillons.
– Et la nonne ?
– Elle n'était pas là.
– Mais elle pourrait très bien vous avoir vue. Elle était peut-être cachée.
Je regardai autour de moi. Certains baissèrent les yeux, visiblement embarrassés.
– La nonne serait-elle… commençai-je.
– Ne vous inquiétez pas pour ça, dit Mana.
Je voyais que le commandant vivait très mal d'être mis sur la touche, dans son propre commissariat. D'avoir été relégué à un rôle subalterne de gratte-papier. Je ne pouvais pas croire que la nonne fasse partie des suspects. J'en revins à l'accident.
– Quelqu'un est au chevet du sergent Phoom ? demandai-je.
– Nous avons placé un gars devant sa porte, répondit Chompu.
– Y a-t-il d'autres témoins, à part la personne qui a appelé ? continuai-je.
– La collision s'est produite là où la route de Lang Suan contourne la rivière, m'expliqua Chompu. Il n'y a pas d'habitations là-bas, et le trafic est minime l'après-midi.
L'endroit idéal, l'heure idéale.
– Très bien. Supposons donc que je ne mente pas et que je n'aie effectivement rien dit à personne, suggérai-je. Comment le coupable pouvait-il savoir que Phoom avait l'appareil photo ? Le sergent a peut-être une idée ?…
– Il est toujours inconscient, répondit Mana. Mais vous n'êtes pas ici pour mener un interrogatoire. Nous voulons juste que vous répondiez à nos questions et que vous nous laissiez mener notre enquête.

– Dire que je pensais pouvoir vous être utile, dis-je dans un gémissement.

– Vous l'êtes, me réconforta la bedaine. Avez-vous relevé la marque de l'appareil photo ?

– Oui.

Il sortit un papier de son dossier.

– Pouvez-vous nous dire s'il s'agissait d'un Nikon DSLR D3555 ?

Quelque chose circula entre Bangkok et notre commandant Mana. Un échange de regards dignes de stalactites sillonna la pièce. Je me demandai quel besoin la police avait de m'interroger sur la marque de l'appareil photo. Sans me vanter, j'ai une excellente mémoire des détails avec des chiffres et des lettres en pagaille.

– C'est bien ce que j'ai noté, répondis-je.

– Vous êtes sûre ?

Je commençai à en avoir ma claque qu'il me demande si j'étais sûre à tout bout de champ. Si je n'étais pas sûre, je la fermerais, non ?

– Oui, pourquoi ?

– Parce que, selon nos inspecteurs de la capitale ici présents, répondit Mana avec un sourire, les numéros de série de l'appareil que vous et moi avons relevés sont faux.

– Nous n'avons pas dit qu'ils étaient faux, remarqua peau de *longan*. Nous avons simplement dit qu'aucun appareil Nikon n'était répertorié sous ce numéro dans le catalogue de la marque. Nous nous mettrons en contact avec la compagnie et vérifierons ça avec eux. Il s'agit peut-être d'un modèle qu'ils ne fabriquent plus.

– Et vous êtes sûre que vous n'avez pas fait de copie du film ? répéta la bedaine.

Je regrettai de ne pas avoir emporté une machette…

– Monsieur, dis-je avec gravité, tous les journalistes ne sont pas des rebelles. Je travaillais pour un organe de presse responsable et l'on m'a appris là-bas le souci de l'éthique. Mon grand-père a été membre de la police royale thaïlandaise pendant plus de quarante ans. Grâce à lui, très jeune, j'ai su faire la différence entre ce qui est légal et ce qui ne l'est pas…

(*J'aperçus Arny sortir de la pièce en catimini*). Ma mère est une femme pieuse. Elle m'a enseigné la différence entre le bien et le mal. Alors, par pitié, n'allez pas me faire injure en suggérant que j'aie pu commettre quoi que ce soit de façon sournoise…

Vous me suivez ? À aucun moment je n'ai dit non.

– Alors ça sera tout, dit-il. Il se peut que nous vous recontactions…

Je bénéficiais d'un non-lieu, apparemment. La réunion était terminée. Les détectives et les flics de la ville prirent congé et repartirent pour Lang Suan, puis j'entendis le super fourgon du commandant Mana pétarader sur le parking. J'ignorais où était passé Arny. Probablement dans le temple en face, à bouder. Le mensonge est une croix sur ses épaules, même quand c'est quelqu'un d'autre qui le profère. Mon lieutenant m'avait demandé de l'attendre cinq petites minutes, dans son bureau. J'étais en train de m'extasier devant son goût pour l'ordre quand il arriva, avec dans les mains deux mugs qui, bizarrement, ne fumaient pas. Quand il en posa un devant moi, je regardai dedans, suspicieuse.

– De l'eau ? m'étonnai-je.

– Vodka tonic.

– Ils ont du tonic dans la région ?

– Au Tesco, oui. On trouve de tout, au Tesco.

Ma famille au complet s'était rendue à l'inauguration du Tesco Lotus, au bord de l'autoroute. Sans doute le plus grand événement que la province ait connu depuis… Rectification. Le plus grand événement que la province ait jamais connu. Leur vrai premier supermarché, la possibilité de trouver enfin du fromage frais, du vin, des tee-shirts Che Guevara *made in Vietnam* pour 40 bahts. Ils vendaient aussi de l'huile de palme issue des palmiers locaux distribuée *via* Bangkok au tarif avantageux de 20 bahts le flacon, moins cher que ce que nous pourrions la vendre nous-mêmes. Ils avaient aussi en rayon des chocolats suisses et des cosmétiques pour blanchir la peau, spécialité de Malaisie. Malheureusement, ce jour-là, nous n'avions pas réussi à entrer tant la foule était compacte, à trépigner d'impatience sur le trottoir. On n'était plus qu'à quatre petits mètres de la porte, Arny m'avait alors juchée sur ses épaules. J'avais vu cet océan de crânes devant moi. Un océan, plutôt un lac, stagnant, et à mon avis, les gens à l'intérieur n'avaient pas dû pouvoir sortir du magasin avant une bonne semaine.

Mais revenons au poste de police.

– Avons-nous le droit de boire une vodka tonic dans l'exercice de notre fonction ? m'inquiétai-je.

– Il est presque minuit et j'ai raté par leur faute une soirée très... prometteuse. Nous l'avons bien méritée. Alors ?

– Alors ?

Nous dégustâmes notre boisson. Un nuage de tonic dans une bonne ration de vodka.

– Votre frère ?... dit-il.

– Oh ? Ah. Non non. N'y pensez même...

– Il n'a pas l'air très hétéro.

– Il est surtout en petite forme.

– Il est extrêmement beau.

– Oubliez ça, vous dis-je.

– Puisque vous insistez. Néanmoins, il se peut que je le convie à des moments de purs fantasmes solitaires, si vous n'y voyez pas d'inconvénient.

– Faites.

Nous avalâmes quelques gorgées supplémentaires de vodka.

– Il faut que nous prenions rendez-vous, dit-il.

– Pour quoi faire ?

– Pour examiner vous savez quoi...

– Je ne vois pas à quoi vous faites allusion.

– Bien sûr que si. Vous n'allez pas m'obliger à le crier sur les toits ?...

– Mais vous n'avez donc pas écouté ce que j'ai dit, tout à l'heure ?

– Le *Chiang Mai Mail* vous a appris l'éthique, grand-père le respect de la loi et maman le sens des valeurs. C'est bien ça ?...

– Et alors ?

– Votre grand-père a fait la circulation pendant quarante ans. Votre mère a suivi un cours de rattrapage de trois semaines sur le bouddhisme, quant à l'éthique de la presse…

Ce type commençait à me mettre mal à l'aise.

– Vous avez aussi placé une caméra dans ma salle de bains ? Allez, arrêtez de bluffer comme ça, je ne suis pas née de la dernière pluie.

– Je ne bluffe pas. Je sais simplement que vous avez fait une copie du contenu de la carte mémoire de cet appareil photo.

– Et comment pouvez-vous affirmer ça ?

– Parce que c'est exactement ce que j'aurais fait. Vous et moi avons beaucoup de points communs.

– Nous sommes vous et moi de faibles femmes, peut-être ?

Il prit son temps, avala une nouvelle gorgée de vodka et je me demandai comment il allait réagir à la flèche que je venais de lui décocher.

– Nous sommes, vous et moi, plus à même de nous entraider que n'importe qui d'autre ici, dit-il.

Comme ça. Il ne cilla même pas devant mon assaut dirigé en dessous de la ceinture.

– Si vous ne voulez pas que votre carrière finisse dans une fosse septique, reprit-il, vous avez besoin d'un soutien au poste de police local pour vous alimenter en informations. De mon côté, j'ai besoin de votre soutien pour me permettre d'en finir avec mon rôle de potiche en uniforme. Il s'agit d'un simple échange de bons procédés, un marché amical.

Je levai mon verre et le vidai cul sec. Mal m'en prit. Ce fut comme si on baladait un lance-flammes dans ma pauvre gorge. Mais pas question de me ridiculiser devant mon interlocuteur.

– Je suppose que vous savez où nous vivons, dis-je.

Il sourit.

– Alors entendu pour 10 heures, répondit-il.

Je passai ce qui restai de mon temps de sommeil à me débattre avec un cauchemar aux proportions graphiques épiques. Avec des couleurs si criardes que je ne pus entendre aucun dialogue. Il y avait des moines et des nonnes et des bougainvillées turbulents. Des yuppies en chemise jaune passaient l'aspirateur. Des têtes pourpres dans des sacs plastique se balançaient au bout d'une corde. Chompu dansait. John, feu le chien, saignait de partout en rouge pétard. Bref, le genre de rêve qui impose de porter des lunettes de ski si vous ne voulez pas être ébloui. Je me réveille aux alentours de 6 heures, plus épuisée qu'au coucher. L'aube était d'un rose flamboyant.

Quand j'arrivai au mini-hôpital de Pak Nam, j'eus le sentiment de voir encore à travers l'objectif de cet appareil photo haut de gamme. Quelle débauche de couleurs ! Il y avait là pêle-mêle le jaune tiède de l'hépatite, l'écarlate pourpre de récents accidents de la circulation, le mauve des blessures de foot, le vert pâle de l'intoxication alimentaire, toutes les nuances de rose de la grossesse jusqu'à la pâleur blafarde de l'anémie.

Une main en visière pour me protéger de cet ouragan de couleurs, je m'assis et attendis sagement que l'infirmière vienne me chercher pour me conduire au chevet du sergent Phoom. Je profitai de ce temps de repos pour penser logistique. Si c'était réellement le tueur qui avait renversé le sergent et volé l'appareil photo, il avait désormais ce qu'il voulait et il n'y avait donc pour lui aucune raison de squatter dans les parages. Il avait dû mettre les voiles vite fait bien fait, un départ forcément précipité. Je pris mon téléphone portable et appelai les hôtels que j'avais écumés quelques jours auparavant. Mes suspects de Lang Suan n'avaient pas encore libéré leur chambre. Je tentai ma chance du côté du Tiwa Resort, mais personne ne décrocha. En revanche, je pus parler à la réceptionniste du 69 qui m'informa du départ de la vieille dame coréenne, suite à l'arrivée d'un groupe d'électriciens coréens qui avaient passé le déjeuner à picoler au restaurant. Peut-être une piste ? Difficile à dire. Le docteur Jiradet devait quitter l'hôtel ce matin, enfin la réceptionniste soupçonnait l'adolescente de s'être installée avec l'Allemand.

Dans le box où reposait le sergent Phoom se trouvaient trois autres lits, occupés par des personnes qui apparemment pétaient le feu, en meilleure santé que vous et moi. Et ça discutaillait ferme avec la famille venue du village, tout ce petit monde assis en tailleur à même le sol, et se rassasiant gaiement. Seul le sergent avait triste mine et, un instant, j'envisageai de demander aux joyeux fêtards de la mettre en veilleuse. Assis à son chevet, un jeune agent de police que je ne connaissais pas était en train de feuilleter une brochure richement illustrée sur les maladies rénales. Il leva les yeux quand je m'approchai.

– Comment va-t-il ? m'enquis-je.

J'avais apporté des mangoustans, que je déposai sur la table de chevet. Mais, selon moi, Phoom ne serait pas en état de les éplucher avant un bon bout de temps. Ses yeux étaient violacés, tuméfiés, et on lui avait rasé une partie du crâne pour lui poser l'équivalent d'un millepattes de neuf centimètres de points de suture. Sa bouche était fermée et sanguinolente. Pour finir, d'épais bandages enveloppaient ses bras et ses jambes.

– Il va bien, répondit l'agent.

Il avait l'air d'un gentil garçon, cet agent, pas le genre à devenir un flic tordu quand il serait grand.

– Vraiment ?

– Il était réveillé, y a un moment.

– A-t-il dit quelque chose ?

– Rien de cohérent. Euh, qui êtes-vous ?

Je m'apprêtai à lui réciter un joli mensonge, juste au cas où on lui aurait ordonné d'interdire le box à la presse, mais au dernier moment je redoutai le Jugement dernier.

– Mon nom est Jimm Juree. Je...

– Vous êtes la journaliste.

– Je connais le sergent. Je voulais juste...

– J'ai toujours rêvé d'écrire...

Pas plus tard que neuf mois en arrière, ma réaction instantanée à ce genre d'aveu aurait été : « Fallait être plus appliqué, à la maternelle », ou encore « Heureusement pour toi, l'examen d'entrée dans la police est en images ». Je ne pense pas que j'aurais exprimé à haute voix ces propos fielleux, même s'ils me traversèrent la tête. En fait, quelque chose était en train de changer dans mon talent pour le sarcasme, et je n'aimais pas ça. Je me surpris à éprouver une certaine compassion à l'égard de ce jeune agent, à ressentir une réelle tristesse qu'il soit devenu flic, ratant ainsi l'occasion de se voir nominé au prix des Écrivains de l'Asie du Sud-Est.

– Il n'est jamais trop tard pour s'y mettre, dis-je.

Le sergent Phoom partit au même instant dans une quinte de toux. L'agent s'empressa d'approcher des lèvres ensanglantées du vieil homme le goulot d'une bouteille de Red Bull.

– C'est dans l'ordonnance, ça ? demandai-je.

– Il ne veut rien d'autre.

Du moment que ça marche, me dis-je. Pourquoi pas en effet un placebo de saccharose, de glucose et de caféine ? Le sergent fit rouler doucement sa pauvre tête de mon côté. On aurait dit un porcelet en train de rôtir à la broche.

– *Nong* Jimm, dit-il.

Je dus tendre l'oreille pour l'entendre.

– Ces gens ne sont pas trop bruyants pour vous ? m'inquiétai-je.

– C'est comme ça tout le temps, répondit-il.

Je regardai l'agent en quête d'une explication.

– Sa famille, dit le jeunot, donnant un coup de menton en direction des individus éparpillés sur le carrelage.

Deux d'entre eux me saluèrent d'un signe amical de la main, que je leur retournai aussitôt. J'approchai une chaise et m'assis près du sergent.

– Avez-vous vu la voiture qui vous a percuté ? demandai-je.

– Je lui ai déjà posé toutes ces questions, dit l'agent.

– Le pauvre homme a reçu un coup à la tête, insistai-je. Mieux vaut demander deux fois, histoire de voir si la réponse est la même. Sergent ?

– Je l'ai vaguement aperçue, dans le rétro, répondit Phoom. Quelques secondes avant l'impact. Une Benz noire. Nouveau modèle.

Je sentis comme un vol de papillons s'affoler dans mon ventre. Je me retournai vers l'agent.

– C'est ce qu'il a dit, un peu plus tôt, me confirma le jeune garçon.

– Vous avez une radio sur vous ? demandai-je. Très bien, dis-je quand il porta la main à sa ceinture. Appelez le poste. Demandez-leur si quelqu'un s'est rendu au Tiwa Resort. Si ce n'est pas le cas, dites-leur d'aller trouver le client de la chambre numéro sept. Il a une Benz noire.

L'agent marqua un temps d'hésitation.

– Dépêche-toi, s'énerva le sergent.

Le gamin appela donc le poste et transmit le message. Puis il y eut un silence tandis qu'il attendait un retour. J'attendis moi aussi. Les trois autres patients, les familles, sur le carrelage, tout le monde attendit. Ayant obtenu une réponse, le policier hocha la tête et éteignit sa radio.

– Ils envoient là-bas quelques hommes tout de suite, dit-il.

La nouvelle ne fut pas suivie à proprement parler d'une ola, mais quand même d'un notable frémissement collectif. Il est impossible de traduire ce sentiment qui vous submerge lorsque vous croyez avoir contribué à la résolution d'un crime. J'aurais pu m'engager dans la police, mais la perspective de récurer les toilettes et de préparer le thé le reste de ma carrière… Bref. L'égalité de traitement n'a pas encore droit de cité au sein des forces de police, loin s'en faut. Au moins, en tant que journaliste, j'ai le droit de poser des questions. Je me penchai sur le sergent.

– Vous avez vu le conducteur ? demandai-je.

– Les vitres étaient teintées, répondit-il. Tout ce que j'ai vu, c'est une silhouette. Quelqu'un de plutôt petit. Tout est arrivé si vite. J'ai heurté violemment le sol. J'ai regardé autour de moi une seconde ou deux, puis j'ai perdu connaissance.

Quelque chose, un détail, me tracassait.

– Vous rouliez sans casque ? demandai-je.

Il rit et, aussitôt, des odeurs de cabinet de dentiste, de sang et d'antiseptique mêlées me prirent à la gorge.

– Je tiens à mon job, dit-il. De nos jours, même si vous êtes assis sur votre moto à l'arrêt sur un parking, attention à vos fesses si vous ne portez pas votre casque.

– Et il était attaché ?

– Serré très fort.

– Dans ce cas, pourquoi cette estafilade sur votre crâne ?

Il se tâta la tête avec une grimace.

– C'est bien ce que j'aimerais comprendre, dit-il.

Je finis par trouver le bureau du directeur de l'hôpital, le docteur Fahlap. Un petit bonhomme d'origine chinoise, proche de la soixantaine. Avec le visage le plus passe-partout que j'aie jamais vu. En fait, si vous me demandiez, là maintenant, de vous le décrire, j'en serais même incapable. Je l'interrogeai à propos de la blessure à la tête du sergent Phoom. « La plaie pourrait-elle être due au choc contre le bitume ? » Fahlap était du genre à réfléchir longuement aux questions, du coup on avait tout le temps de voir les réponses prendre forme dans ses yeux.

– Non, répondit-il enfin. Il s'agit d'une blessure infligée par un objet contondant. Un cric, peut-être bien…

C'était bien ce que je craignais. Sur cette route peu fréquentée, après avoir retiré son casque au sergent, le tueur avait tenté de lui écraser le crâne. Le salaud voulait asséner le coup de grâce à ce pauvre Phoom. On n'est jamais trop prudent. En effet, le sergent l'avait peut-être vu, il serait donc en mesure de l'identifier. Dans ce cas, pourquoi le policier était-il encore de ce monde ? Et pourquoi un seul coup ? Bon sang, mais c'est bien sûr. Le tueur avait été interrompu. Oui, ce ne pouvait être que ça. Nous devions absolument découvrir qui avait téléphoné pour alerter les secours peu après l'accident. Car cette personne avait vu le tueur, j'en mettrais ma main au feu.

Je m'apprêtais à remercier le docteur et à rentrer chez nous, quand une idée me traversa la tête.

– Docteur, connaîtriez-vous un consultant hospitalier résidant au 69 Resort ?

Un silence.

– Auprès de quel hôpital est-il rattaché ?

– Le vôtre, répondis-je.

– Vous avez son nom ?

– Le docteur Jiradet.

– Je n'ai jamais entendu parler de lui.

J'arrivai à la maison à 10 h 15. Et devinez qui était assis là, à la table en béton, devant la boutique ? Mon lieutenant Chompu. Et puisque vous êtes joueur, devinez avec qui. Avec Ed, le type de la pelouse. On aurait dit deux larrons en foire. Ce qui eut sur moi un effet inattendu. Non, ce n'était pas de la jalousie, pas exactement. Ni l'un ni l'autre ne m'appartenait et ne m'appartiendrait jamais. Ça tenait plus de l'agacement à les voir ainsi former alliance si rapidement. Bref, je décidai de les ignorer tous les deux. Je descendis de la camionnette et me dirigeai droit vers la boutique sans un regard ni un ralentissement devant la table en béton.

– Nong Jimm, appela Chompu. Vous boudez ?

– Je ne voulais pas vous interrompre, dis-je en évitant ostensiblement de regarder Ed.

– À quelle heure, le diaporama ? demanda le policier.

– Accordez-moi cinq minutes.

J'entrai dans la boutique. Pas de trace de Mair. J'allai jeter un œil dans la réserve, puis dans le jardin. De la volaille en pagaille, mais toujours pas de mère. Je m'apprêtais à ressortir, terriblement nerveuse, quand j'aperçus deux pieds nus dépassant de derrière le comptoir. Je me penchai légèrement et finis par avoir une vue plongeante sur l'arrière-train de ma maman.

– Mair ?

– Chut.

Je me glissai derrière le comptoir, m'agenouillai à côté d'elle.

– Mair, que fais-tu recroquevillée derrière le comptoir ?

– Il y a un policier, là, dehors.

– Je sais.

– C'est fichu. Tout est perdu.

Je réprimai une forte envie de rire, par respect pour Mair, touchée aussi par sa douce folie, et parce que j'eus soudain un mauvais pressentiment.

– Mair... Qu'as-tu fait ?

Ma mère tremblait comme un rat de laboratoire. Je m'assis alors tranquillement et la pris dans mes bras, la serrant de toutes mes forces contre mon cœur.

– Mair, ce policier, là, dehors, est venu pour me voir. C'est l'un de mes amis. Nous travaillons ensemble sur une affaire. Tu n'as aucune inquiétude à avoir.

Peu à peu, les tremblements s'estompèrent, jusqu'à disparaître, sa respiration retrouva un rythme normal, puis j'entendis comme un martèlement. Mair s'affairait, cognant de son petit poing le comptoir, comme pour le sonder.

– Il faut que je montre ça à Ed, dit-elle en hochant la tête.

– Quoi ?

Elle me repoussa, se remit tant bien que mal sur ses pieds et entreprit de taper sur le comptoir côté face.

– Partout. Il y en a partout. Espèce de sales petits bâtards...

– Qui ça ?

– Les termites, voyons.

Là, je ne pus résister. Je ris donc tout mon soûl.

– Mair, tu sais très bien qu'il n'y a pas de termites...

– Ne dis donc pas de telles âneries, ma fille. Que crois-tu que je fichais là-dessous ?

– Tu te cachais, voilà tout...

– Quelle imagination. Tu devrais écrire des romans, mon enfant, au lieu de faire des reportages sur les égarements de tes semblables.

Tout en marmonnant, elle décolla en partie le revêtement en plastique du comptoir pour regarder dessous. Je jugeai le moment opportun pour m'éclipser et décidai d'avoir au plus vite un entretien avec le détective vendeur de stores. Mais avant toute chose... Je sortis, harponnai le lieutenant sur ma lancée et poursuivis mon chemin, avec la ferme intention de continuer à ignorer Ed, mais l'indésirable m'appela.

– *Koon* Jimm ?

Paniquée à l'idée qu'il ne lui vienne à l'idée de hurler quelque chose de compromettant, j'abandonnai Chompu sur le gravier de l'allée et revins *rapido* sur mes pas.

– Oui ?

– Il faut que je vous parle, dit-il en se levant, me surplombant tel un palmier majestueux.

– Non, merci, pas de pelouse à tondre, dis-je, en me donnant mentalement un coup de pied aux fesses, car après tout, quel besoin avais-je de me montrer aussi désagréable, mais tant pis le mal était fait.

– Il ne s'agit pas de pelouse…

– Eh bien, comme vous pouvez le constater, je suis plutôt occupée.

Il tenait sa casquette entre les mains, façon serf venu présenter ses hommages à l'épouse du Premier ministre. Puis je vis son visage auréolé par le soleil. C'était la première fois que je le regardais dans les yeux. La moustache ne lui allait pas et, de deux choses l'une, soit il avait oublié de se donner un coup de peigne, soit ses cheveux avaient l'âme rétive. Mais ses yeux… Eh bien, comment vous expliquer… ses yeux étaient chocolat noir. Et je regrettai amèrement d'y avoir plongé.

– Je peux attendre que vous ayez terminé, proposa-t-il.

– Cela risque de durer un moment.

– Je patienterai.

– Vous n'avez pas une pelouse à tondre d'urgence ou autre chose de prévu ?

À force de me donner mentalement des coups de pied au derrière, j'en avais les fesses toutes meurtries.

– Les mauvaises herbes seront encore là demain, dit-il, avant de sourire.

Comme si ses yeux ne suffisaient pas. Maintenant, le sourire…

– À votre guise, dis-je. J'aurai fini quand j'aurai fini.

Et je le plantai là. Il était vraiment trop grand pour être pris au sérieux et il était agaçant avec son entêtement. J'allai récupérer Chompu et direction mon bungalow. À moins d'une nouvelle coupure d'électricité (quotidiennes désormais, la compagnie d'électricité de Thaïlande ayant apparemment le projet de nous offrir un stage intitulé « la vie à l'âge de pierre »), la batterie de mon ordinateur portable devait être pleine. Juste au cas où elle ne le serait pas, Chompu avait apporté son ordinateur, un adorable petit Dell mauve, très chou. On prit place sur la terrasse, le portable sur la table en bambou, nous sur les chaises en rotin qui couinaient et grinçaient. J'offris à mon hôte une canette de bière stockée dans mon réfrigérateur, mais il refusa. Il surveillait sa ligne, aussi opta-t-il pour un verre d'eau fraîche.

Tout en attendant que l'ordinateur entre en ébullition, je lui parlai de ma visite à l'hôpital et de la Benz. Je ne fus pas surprise qu'il soit déjà au courant. Il avait suivi les événements sur la radio de son fourgon et était passé à l'hôpital juste après moi. Le conducteur de la Benz s'était tiré depuis longtemps. La police menait l'enquête et comptait bien le retrouver. Ils avaient le nom sous lequel il s'était inscrit à l'hôtel, et le numéro de la plaque minéralogique de la bagnole. Mon lieutenant me promit de transmettre à sa hiérarchie mes hypothèses sur les blessures du sergent Phoom.

Je branchai la clé USB sur laquelle j'avais copié les photos, merci l'ordinateur des Art Ménagers et Décoration de la Maison. Lorsque l'icône « Sélectionnez un fichier » apparut, j'hésitai. Les clichés me restaient encore en travers de la gorge.

– Il ne s'agit pas de photos de vacances, mis-je en garde Chompu.

– Tranquillisez-vous, je pense avoir vu pire, dit-il.

J'en doutais. Je cliquai donc et, une à une, dans un défilement cauchemardesque, les photos s'affichèrent à l'écran. Chompu regarda le tout de bout en bout, une main sur la bouche, mais les pupilles sacrément dilatées et extrêmement mobiles, roulant comme des billes d'un point à l'autre de l'écran. Personnellement, j'en avais soupé du spectacle. J'avais visionné toute la série, zoomé, éclairé, redéfini, tout ça pour en arriver toujours au même constat brutal, l'assassinat barbare d'un abbé.

– Refaites-moi passer ça, dit Chompu.

Il rapprocha sa chaise et colla presque son nez au carnage. Il regarda le show en entier une nouvelle fois, du début à la fin. Lorsque le chien maigre comme un os apparut sur le dernier cliché, Chompu se leva et se démancha le cou avant de pénétrer dans mon bungalow pour aller se servir une bière.

– Bon sang, dit-il. C'est d'une intensité, d'une beauté...

Ce fut le moment le plus flippant de la matinée.

– Beau ? m'offusquai-je. Beau ? Mais il faut être malade pour voir de la beauté là-dedans !

Il avala de façon très virile une gorgée de bière, avant de s'éponger les lèvres avec le coin d'un mouchoir.

– Qu'attendiez-vous que je vous dise ? demanda-t-il. Que c'est atroce ? sanglant ? barbare ?

– Oui.

– Bien sûr que *oui*. C'est toutes ces choses. Toute personne normalement constituée ne peut penser autrement. Mais n'avez-vous rien remarqué ? La qualité de la composition ? Le décor ? Tout ça a été mis en scène. On est face à une véritable performance artistique. Lyrique. Un sacré tour de force au niveau des couleurs et de la dramaturgie.

Si j'avais été flic à ce moment-là et lui directeur d'hôtel en déroute, je l'aurais interrogé sur son emploi du temps, ce samedi après-midi-là. Je ressentis comme un malaise à me retrouver assise si près de lui.

– À quoi pensez-vous ? me demanda-t-il.

– Je pense que c'est heureux que vous n'ayez pas visionné ces photos en compagnie du commandant Mana et des détectives de Bangkok. Vous seriez déjà derrière les barreaux, à cette heure.

– Voilà pourquoi c'est bien plus fun de les regarder avec vous. Ils n'y auraient vu que l'aspect documentaire d'un meurtre. Vous et moi y voyons bien plus que ça.

– Vraiment ?

– Bien sûr. Il ne s'agit pas simplement d'un meurtre. On est en présence d'un paroxysme. D'un cri : « Regardez ce que j'ai fait, le monde ! La poésie intrinsèque de ce meurtre ! »

– Une sorte de performance artistique ?

– Exactement. Tout devait être enregistré parce que chaque image est une œuvre d'art qui a germé dans l'esprit du tueur. Celui ou celle qui a pris ces photos a voulu incarner le massacre tel qu'il l'a vu dans ses visions. D'où l'importance de récupérer l'appareil photo. Ces clichés sont l'expression d'un acte supérieur, divin, détaché des contingences. La mort, transcendée par l'art.

– Alors, homme ou femme ?

– Pardon ?

– Vous avez dit : « celui ou celle qui a pris ces photos... ».

– Hmmm. J'ai dit ça ?

– Vous le savez très bien. Qu'avez-vous donc vu sur ces clichés qui vous fasse penser que ça puisse être une femme ?

– Je ne privilégie aucune hypothèse, mais... le gant.

– Une manique. Je suppose qu'il l'a mise pour ajouter de la couleur.

– Personnellement, j'opterais plutôt pour un déguisement. Un gant normal ou pas de gant du tout nous aurait immédiatement renseignés sur la taille de la main, la longueur des doigts.

– C'est tout ?

– Je ne sais pas. S'il s'était agi d'une vidéo, sans doute aurait-ce été plus flagrant. Il y a juste quelque chose dans la manière de tenir le couteau, la façon dont la lame est enfoncée, plutôt que plantée. Le rapport du médecin légiste parle de blessures peu profondes. Tout cela me fait penser à une puissance physique limitée.

– Donc c'est forcément une femme. Ah, ah ! Et moi qui vous prenais pour l'un des nôtres.

– Et moi qui vous croyais homo pour être aussi irritable.

– Pourquoi pas ? Mais ce n'est pas parce que vous pensez que le tueur est peut-être une femme qu'il faut vous en tenir à cette hypothèse et accabler votre seule et unique suspecte. Je n'aime pas ces méthodes.

– Qui ça ? La nonne ? Ah, vous l'aimez bien, n'est-ce pas ?

– Je ne la connais pas suffisamment pour l'aimer. Mais je veux croire que tous ces mois passés dans ce coin perdu n'ont pas totalement émoussé mon instinct.

– Ne sous-estimez jamais le pouvoir de l'amour.

– Oh, la ferme ! Je suppose que je vais devoir lui rendre une nouvelle visite. Puis-je vous demander de ne pas l'arrêter d'ici là ?

– Et en quel honneur le ferions-nous ? Nous n'avons rien vu qui puisse laisser penser que le tueur soit une femme, puisque nous n'avons rien vu. N'est-ce pas ?

– Exact.

– Et c'est bien là le problème.

– Que voulez-vous dire ?

– Je vais devoir trouver un moyen d'intégrer ces photos dans le dossier, tout en vous épargnant trois ans de taule pour recel de preuves dans une enquête pour meurtre.

– Oh, par pitié. Cet appareil n'était même pas une preuve quand je l'ai traficoté.

– Quoi qu'il en soit, vous avez délibérément menti à, voyons, au bas mot… douze officiers de police ?

– Repassez-vous la bande. Je n'ai proféré aucun mensonge. J'ai juste laissé entendre…

– Bien évidemment. Au fond, vous êtes quelqu'un d'honnête. J'ai bien compris que vous mentiez contre votre volonté. Je doute cependant que Mana voie les choses sous cet angle, pas plus que les détectives de Bangkok, d'ailleurs.

– Qui aurait pu imaginer qu'ils allaient se faire dérober ce maudit appareil photo ?

– Vous avez une imprimante ?

– Oui.

– Enregistrée à votre nom ?

Rencontre après rencontre, tout en gagnant du galon dans mon estime, Chompu reculait et perdait des places au *top ten* des gens en qui j'avais confiance. Et quand je dis *top ten*, on pourrait aisément s'en tenir à un *top five*. Je l'abandonnai avec mon imprimante couleur, plus capricieuse qu'imprimeuse, et me rendis à la cuisine pour préparer le déjeuner. J'avais invité le lieutenant à partager notre repas. Quelque part dans un coin de mon esprit, un lutin débile m'enjoignit de presser le pas. Allais-je retrouver Ed, en train de m'attendre, à la table en béton ? C'est à ce moment-là que quelqu'un se racla bruyamment la gorge derrière moi, brisant mon élan. Quand je me retournai, grand-père Jah était là, assis à l'une de nos tables coiffées d'un parasol en chaume. Il était habillé, en tenue de ville, je veux dire, pas à poil ni en maillot de corps. Chemise col Mao bleu pétrole et pantalon gris.

– Et alors ? Tu n'as pas l'intention de me remercier ? grommela-t-il.

– Je ne t'avais pas vu, dis-je. Comment aurais-je…

– J'ai parcouru la moitié du pays pour toi et pas un mot, pas même un merci…

– Tu es déjà allé à Surat ?

Je devais être impressionnée, car ma voix devint stridente. Cette fois, grand-père sourit. Je m'assis et serra sa main. Il jouit de ce contact quelques secondes, avant de dégager ses doigts tordus comme du corail.

– Cela n'a rien d'extraordinaire, dit-il.

– Et tu as vu le capitaine Waew ?

– Bien sûr.

– Génial, dis-je, car nous avions tous essayé, moi, le commandant, le lieutenant, rien. Ce Waew ne nous aurait même pas donné l'heure. Et comment t'y es-tu pris ?

– Je te raconterai ça, un de ces jours.

Il n'en ferait rien, je le savais. Bien. Manifestement, le repas devrait se faire tout seul.

– Très bien. Je suis toute ouïe, dis-je.

Grand-père sortit un petit carnet de sa poche et s'éclaircit la gorge. À peine s'il y jeta un œil.

– Une personnalité influente, commença-t-il (*le genre de prologue qui ne présage rien de bon*), dirigeait un gang impliqué dans diverses opérations peu recommandables. Waew, alors lieutenant-colonel, fut un jour approché par l'un des hommes de ce gangster. Sans aucune vergogne, le type proposa à Waew une rente mensuelle conséquente, en échange de sa neutralité sur les activités du gang. Waew, qui, à cette époque, était l'un des très rares officiers de police thaïs dotés d'une conscience, donna son accord au messager, mais informa également son supérieur hiérarchique de la négociation. S'ensuivit une surveillance extrêmement rigoureuse des allées et venues du gang. Bien que ce vaurien trempât dans toutes sortes d'affaires plus louches les unes que les autres, la police décida de se concentrer sur une seule de ses activités, histoire de monter un dossier à charge en béton contre l'énergumène…

Je constatai à cet instant, en laissant mes yeux dériver sur le carnet de grand-père, que les pages étaient vierges. Pourtant, il donnait l'impression de lire. Impressionnant. Je suis sûre que si je m'essaie à ce genre d'exercice à mes soixante-quatorze printemps, je m'emmêlerai les pinceaux.

– Waew avait reçu trois plaintes de compagnies de location de véhicules pour vol de voitures, poursuivit-il. D'après les infos que lui avait fournies le malfrat qui lui avait rendu visite, il savait que c'était là l'une des activités les plus lucratives du gang. Aussi décida-t-il…

Je levai la main.

– Quoi ?

– Pourquoi chiper des voitures à des compagnies de location ? Pourquoi s'embêter à tout ce trafic de contrefaçon de cartes d'identité et de perte de caution, quand il suffit juste de forcer la portière d'une bagnole, de la démarrer au *neiman* et de se tirer avec ?

Question idiote, mais je savais qu'elle ferait plaisir à grand-père Jah.

– Bien vu, dit-il, me faisant ainsi son premier compliment depuis l'époque où, en sixième, j'avais remporté un concours de dessin de la plus belle carte de vœux. Mais fais donc marcher ton cerveau, tu veux bien ? (*Bien fait pour moi. Je le sais, il ne faut jamais se réjouir trop vite avec grand-père.*) On loue en règle générale un véhicule pour quoi ? Une semaine ? Deux ? Ça te donne deux semaines pour changer les plaques, trafiquer les papiers et passer la frontière. Si tu voles la voiture d'un particulier, tu te retrouves avec la police aux fesses dès le premier jour.

Je souris devant la logique de la démonstration. Où était donc ce grand-père aux premières heures de ma carrière de novice à peine déniaisée ? J'aurais eu bien besoin de ses lumières.

– Puis-je continuer ou vas-tu m'interrompre toutes les deux minutes ? demanda-t-il.

– Je t'en prie.

– Bien. Il fut rapidement établi que la personnalité influente recrutait des hippies pour faire le sale boulot. Beaucoup de routards traînaient alors dans les îles, vivant de rien, fumant de tout, surtout de la marijuana. Bien sûr, des étrangers pour la plupart. Mais en ce temps-là sévissait la lie du mouvement communiste, des Thaïs qui avaient fui la jungle pour échapper à la junte, des individus perdus pour la société. Certains d'entre eux fondèrent des communautés qui attirèrent des jeunes, des gamins anti-establishment pour l'essentiel, mais aussi des sympathisants du mouvement hippie. Il y avait deux communautés de ce type, ici, dans le Sud.

« Blissy Travel fut le sixième tour operator à faire les frais des agissements du gang. Puis il y en eut un autre, à Songkla. Louer des voitures sans chauffeur était un phénomène relativement nouveau, dans la région, les sociétés de location ne se bousculaient pas. Impossible cependant de surveiller chacune d'elles, aussi Waew dut choisir au hasard. Blissy Travel avait signalé la disparition de l'un de leurs vans, non restitué à la date convenue. Leur deuxième van avait été loué deux jours plus tôt, également par ce que le propriétaire de la boîte décrivit comme « un couple hippie ». Waew lança une alerte et bingo. La veille, le deuxième van VW avait été repéré à Tha Chana. Le conducteur et sa passagère avaient été arrêtés pour atteinte à la pudeur. On les avait surpris à dormir nus, à l'arrière du van, ce matin-là.

« Waew se rendit au poste concerné, afin de s'entretenir avec les hippies. Tous trois conclurent un marché. Ils chargeaient la personnalité influente, fournissaient des preuves contre elle, et en échange la police abandonnait toutes les charges retenues contre eux. Waew leur trouva un toit, ce que nous appellerions aujourd'hui une planque, et ils arrêtèrent la personnalité. Waew avait mené son affaire de main de maître, dossier bouclé. Ils attendirent l'ouverture du procès. Puis, deux jours avant le grand jour, les témoins disparurent. »

– Ils avaient pris peur ?

– Pas d'après Waew. Il découvrirent des traces de lutte, et puis les hippies n'avaient emporté aucune de leurs affaires personnelles. Le genre de choses que l'on emporte dans une cavale.

– Qui était au courant pour la planque ?

– Waew et son patron.

– Ahhh ! Donc, nous pouvons en déduire que la personnalité influente avait fini par se trouver un allié dans les rangs de la police ?

– Cela ne fait aucun doute. Bref, l'affaire fut classée. Waew rétrogradé au rang de capitaine et le major général se pavana peu après au volant d'une superbe Saab.

– Et nos hippies ?

– Plus personne n'entendit parler d'eux.

– Il est donc tout à fait possible que le couple découvert dans le champ du vieux Mel soient les témoins disparus. Ils auraient fait d'une pierre deux coups en enterrant et les hippies et les preuves.

– Cela me paraît logique.

– Je suppose que nous n'avons pas la moindre chance d'obtenir un entretien avec cette personnalité influente ?

– Cela ne devrait pas poser de problèmes…

– Vraiment ! Comment ça ?

– Sugit Suttirat, ça te dit quelque chose ? Devant mon froncement de sourcils, grand-père enchaîna. Il fut ministre éclair de l'Environnement, puis ministre de l'Agriculture, tout aussi fugace, pour deux gouvernements, à la fin des années 1980. Suffisamment longtemps toutefois pour faire fortune. Il est aujourd'hui président national de la Fondation Awuso. Il a une grande maison et un bureau juste ici, à Lang Suan.

Après le départ de grand-père, je restai assise à contempler la mer un long moment. On aurait dit un lac de morve, argenté et lascif. À l'horizon se profilait du gros temps, une barre bleu nuit, telle une légion d'Orques sur le point d'envahir notre Minas Tirith. Vision qui ne fit qu'accentuer mon sentiment de solitude. Moi, le dernier archer sur le rempart. Ah, l'inextricable perversion du système. Amassez le plus de fric possible par tous les moyens possibles, utilisez cet argent pour obtenir toujours plus de pouvoir, vous enrichir davantage. Et jamais de holà, pas une protestation, car la vérité, c'est que le commun des mortels pataugeant dans nos rizières envie ces « réussites ». Ces idéalistes de la classe moyenne en chemise jaune qui jouaient au ping-pong dans les locaux du siège de notre gouvernement ne changeraient rien à tout ça… Excepté peut-être l'eau des fleurs dans la salle de réception.

« Je ne suis pas vraiment le genre à sortir, à m'asseoir et à me lancer dans une profonde empoignade avec mon âme. »

George W. Bush, cité dans *Vanity Fair*, octobre 2000

J'étais perchée sur un tabouret, devant la vitrine de *Aux Stores de Maprao*, le magasin de Meng, détective privé à ses heures. Dieu, que c'était humiliant. Il avait un client. Son épouse m'avait donc installée à l'ombre avec un soda 30 % de fruits, mais, de la route, tout le monde me voyait. Depuis le récit de grand-père Jah, j'avais le cafard. La préparation du repas m'était complètement sortie de la tête, Chompu était reparti à Pak Nam et la famille avait dû se contenter de nouilles instantanées parfumées aux crevettes et à la citronnelle et d'une assiette de calamars séchés. De mon côté, je ne pus rien avaler. Je restai assise à les regarder manger, tout en m'interrogeant. Pourquoi étais-je si impatiente de renouer avec les vices du XXIe siècle ? Lorsqu'il me devint insupportable de les voir ingurgiter ces plats tout prêts avec le même air de ravissement que lorsqu'ils mangeaient ma propre cuisine, j'enfourchai le vélo de tatie et fonçai direction le magasin de stores. J'aurais pu y aller à pied, ce n'était qu'à 300 mètres de notre hôtel. Mais je devais fuir au plus vite, m'éloigner de Ed, toujours scotché à la table en béton.

– *Koon* Jimm ?... entendis-je susurrer derrière mon épaule.

– Pas maintenant, Ed. Pas maintenant.

Mais quel genre d'homme, je vous pose la question, a les moyens, étant donné la conjoncture économique, de perdre deux heures et demie comme ça, au beau milieu de la journée ? Réponse, un raté. Un raté au chômage. Et puis c'est tout.

Sauf que, maintenant, je regrettais de ne pas être venue à pied, parce qu'une balade dans la chaleur torride de cette mi-journée aurait été mille fois préférable aux œillades des conducteurs de chaque moto, aux coups de klaxon obscènes de chaque camion traversant notre village. Enfin, j'entendis des voix émerger du magasin et tante Summorn, la mère de l'unique malfaiteur dûment répertorié de Maprao, un certain Daeng, apparut sur le trottoir, flanquée du détective qu'elle remercia chaleureusement.

« Je me sens bien mieux à présent », l'entendis-je dire et je ne crois pas qu'elle parlait de stores. Une camionnette, qui n'était ni un taxi ni le véhicule d'un ravisseur de personnes âgées, s'arrêta dans un crissement de freins devant elle et l'embarqua. C'est le genre de choses qui arrive souvent dans le coin. Vous partez pour une promenade et des gens s'arrêtent, comme ça, vous proposant de vous emmener. J'ai du mal à croire que ce soit par sympathie. Le détective se tourna vers moi. Si vous avez déjà une image toute faite du détective dans votre tête, effacez tout et recommencez. *Koon* Meng était à peu près de ma taille, mais bâti comme une anguille. Je m'attendais à tout instant à ce qu'il s'écroule sous le poids de ses vêtements. Puis je compris qu'en réalité ce devait être le stylo glissé dans la poche de sa chemise qui devait lui peser. À part ça, il portait la moustache, trois poils qui se battent en duel, et de longs cheveux gris en queue-de-cheval.

– Désolé de vous avoir fait attendre, dit-il. Si ça continue, je vais être obligé d'ouvrir une salle d'attente...

Et il rit à gorge déployée, l'occasion pour moi d'admirer sa dentition, largement entamée, puisque seules les dents du bas résistaient avec bravoure aux caries.

– Heureuse de voir que le secteur des investigations privées se porte bien, dis-je avec une bonne couche d'ironie, qu'il ne méritait d'ailleurs pas.

Il me mena dans son bureau, l'unique pièce en réalité de sa maison, une bâtisse de plain-pied. Il s'assit derrière son bureau, et moi devant.

– En quoi puis-je vous aider ? demanda-t-il.

– Je souhaite savoir quelles prestations vous effectuez pour ma mère et à quel tarif vous avez l'intention de les lui facturer ? répondis-je.

J'espérais qu'il ne me demanderait pas si j'avais posé la question à Mair, j'aurais bien été obligée de lui dire que non, pas directement, ce qui aurait eu l'air de sous-entendre que je ne communiquais pas avec ma propre mère. Tout à l'heure, assise sur son humiliant petit tabouret, je m'étais demandé comment je réagirais s'il se retranchait derrière la fameuse clause de confidentialité entre un détective et son client. S'il s'amusait à cela, je lui ferais remarquer qu'il était installateur de stores en plastique et, autant que je sache, il n'y avait rien dans le code d'éthique de ce type de commerce qui se réfère à ce dilemme. Malheureusement, il ne me donna pas l'occasion de lui balancer l'une de mes brillantes répliques.

– Je recherche un certain poison pour elle, dit-il.

Très bien. Je lui attribuai un bon point pour sa franchise.

– Et en quoi consiste ce genre d'investigations ?

– Je suis allé récupérer un échantillon au labo à Chumphon.

– Un échantillon de quoi ?

– De contenu gastrique. Sur votre chien empoisonné.

– Et où avez-vous…

Je m'interrompis, sans doute livide, beurk. La boîte en plastique, dans notre congélateur ! Non, impossible, Mair n'avait pas… Elle ne pouvait pas. Je chassai en vitesse cette idée de ma tête comme un chien secoue ses puces.

– Et qu'avez-vous découvert ?

– Lannate 90.

– Qu'est-ce que c'est ?

– Un insecticide courant. Considéré comme trop toxique et retiré de la vente, mais toujours en circulation. Parce que toujours utilisé, surtout par les restaurants et les hôtels, pour se débarrasser de la population de chiens errants. Les chiens importunent les clients. Les hôteliers mélangent ça avec des restes et posent la gamelle dehors toute une nuit.

– Et ce poison a le pouvoir de faire la distinction entre chiens errants et chiens avec collier, avec leur numéro de téléphone gravé dessus ?

– Non, ce poison tue sans distinction.

– Mais… Le premier restaurant ou hôtel se trouve à cinq kilomètres du nôtre ?

– Exact.

– Et nous ne…

– Exact.

– Bien, et vous en avez fini avec ce dossier ?

– Non.

– Que faites-vous d'autre ?

– Votre mère souhaitait connaître la puissance et les effets du Lannate 90, et quelle personne ici pouvait y avoir accès. Je lui ai expliqué qu'on ne le trouvait plus dans les magasins, mais que beaucoup de propriétaires de plantations et de vergers parvenaient à s'en procurer. Soit l'immense majorité de la population de Maprao.

– C'est tout ?

– Presque.

– Presque ?

Il fit tourner autour de son petit doigt un anneau de tringle à rideau en plastique. Je lui lançai mon regard le plus noir.

– Elle m'a demandé de lui en acheter.

– Quoi ? Et combien exactement ?

– Vingt sachets.

Je décidai de ne pas rentrer tout de suite. J'avais besoin de souffler. Mon cerveau manquait d'exercice. Après plusieurs mois d'échouage dans la région, le crime majeur auquel j'avais été confrontée était le kidnapping de notre poubelle rouge flambant neuve, devant la boutique, par une claire nuit d'avril. Une sale affaire donc, qui n'était pourtant pas remontée jusqu'au poste de police. Très choqué en revanche, le conseil de voisinage avait mis en place des rondes de vigiles. Que Dieu, ou un autre, les bénisse, en tout cas ils avaient retrouvé notre poubelle, adoptée par une petite communauté de pêcheurs itinérants du Nord qui l'utilisaient pour congeler leurs prises. Le chef de notre conseil leur colla une amende, notre poubelle nous fut restituée et on mangea du calamar à l'œil pendant un mois. Cette mésaventure est la démonstration parfaite de cette solidarité qui règne ici, toutefois c'est à peine si l'édition locale du *Thaï Rat* en fit trois lignes.

Aujourd'hui, mon intellect, en petite forme, devait jongler avec des hippies enterrés, des abbés poignardés, des policiers renversés et des vols de télé grand écran… ainsi qu'avec une mère animée d'un esprit de vengeance terrifiant. Et par-dessus tout ça, je devais assumer mes devoirs de cuisinière, de jardinière et de nourrisseuse de poulets. En chemin, je mis pied à terre et garai mon vélo en bas de la route, à l'abri des regards, à l'ombre d'un flamboyant. Je m'assis sur un bloc de polystyrène. En période de mousson, le golfe recrache tellement de ces saloperies que, certains matins, on se croirait en Alaska, cerné par les icebergs. Nous pouvons tous dormir sur nos deux oreilles. Grâce à l'ingéniosité humaine, ce même polystyrène indestructible viendra bientôt s'échouer sur d'autres plages. Et zut ! Pourquoi faut-il toujours que je broie du noir quand la vie palpite à portée de main ?

J'avais besoin de cette pause. On voit souvent ce genre de scène, au cinéma. Le vieux flic buriné, embourbé dans une affaire sordide, qui fait un break et prend sa carabine et son classeur pour aller se terrer dans un chalet, perdu au fond des bois, dans un écrin de nature inchangée depuis la nuit des temps. Et après une semaine à cogiter et à carburer au whisky, c'est l'illumination. « C'est son frère jumeau atteint d'amnésie qui a fait le coup. » Le genre de moment d'extrême clairvoyance, auquel j'aspirais tant. Je suppliai les arbres, les fougères, jusqu'au dieu du polystyrène : « Donnez-moi la réponse, par pitié. » C'est précisément à cette seconde que mon portable sonna dans ma poche. Je frémis, impressionnée. Mère Nature s'était apparemment mise au hi-tech. Je pressai en tremblant sur l'icône verte.

– Jimm, je... J'écoute...

– Hello, petite sœur.

– Sissi ?

– Kestufé ?

– Je me suis retirée dans la jungle, loin de tout, pour méditer...

– Ah. Très bien. Je ne vais pas te retenir longtemps. J'ai pu lire les mails personnels d'un certain nombre de responsables du Sangka.

– Et comment te sens-tu ? Pas de problème de conscience ?

– Pas du tout. Aucune règle n'interdit le piratage informatique. Ce n'est donc pas un péché.

– Oh... raconte alors.

– Ton abbé, le vivant, il a de la famille haut placée.

– Bien, ça explique peut-être le black-out des médias. Ce parent serait-il par hasard un acteur de la partie d'échiquier qui se tient en ce moment à Bangkok ?

– Quelque chose entre le fou et la tour.

– O.-K. Alors, cela lui serait très utile si son parent en robe safran pouvait ne pas être accusé d'avoir poignardé à mort un autre moine, surtout en ce moment.

– Quel que soit le moment, si tu veux mon avis.

– Je comprends.

– Et je pense même que l'on apprécierait extrêmement, en haut lieu, si les enquêteurs pouvaient mettre la main *rapido* sur un autre suspect.

– Une nonne ferait-elle l'affaire ?

– Ah, tu y as déjà pensé... Une enquête a été ouverte sur ta nonne. Une agence a été chargée de fouiller dans son passé pour la salir.

– Je ne suis pas certaine d'avoir envie d'entendre ça…
– Elle était chanteuse…
Ce qui impliquait une foule de choses.
– Dans un night-club ?
– Non. *Molum*. En Thaïlande. Pas mal de fans, évidemment. Puis, un jour, fini les spot-lights, elle annonce qu'elle quitte la profession. La maison de disques porte plainte, mais elle disparaît dans la nature.
– Sans fournir d'explication ?
– Aucune. Six mois plus tard, elle avait le crâne rasé et n'avait plus à se soucier de trier les couleurs de ses fringues avant de lancer son lave-linge.
– C'était à quelle période ?
– Il y a trente-deux ans.
– Elle est nonne… depuis trente-deux ans ?
– Dans quatorze provinces différentes.
– Oh, ça en fait des kilomètres à pied…
– Comme tu dis. Mais revenons à notre nonne, à l'époque où sœur Bia était Nong Bia, lycéenne d'un petit village de la province de Buriram. Dans sa classe se trouvait un jeune ado, du nom de Kem.
– L'abbé Kem ?
– Laisse-moi raconter, s'il te plaît.
– Ils sont du même âge ? Je ne peux pas le croire. On donne facilement à Kem vingt ans de plus.
– Il semblerait qu'à la faveur d'un séjour prolongé dans la jungle il ait attrapé une étrange maladie de peau. Mais pas si vite. Même avant de choper la lèpre, Kem n'était pas le plus beau garçon de la classe. En revanche, c'était un p'tit gars sincère et honnête. Il avait en tout cas forcément quelque chose que les autres n'avaient pas, puisque Bia passait le plus clair de son temps avec lui. Certains de leurs camarades les voyaient déjà mariés. Mais la nuit du bac, alors que tous les autres ne pensaient qu'à fêter leur entrée dans la vie adulte en se vautrant dans le stupre et la luxure, Kem, lui, annonça son entrée au temple de Thamathiraram où il serait bientôt ordonné moine.
« Imagine la surprise de Bia. Elle continue à chanter du folklore avec la troupe familiale, finit même par

se faire un nom. Et chaque fois qu'elle passe dans le Buriram, elle rend visite à son amour de jeunesse, au temple. Elle deviendra une star, grâce à une chanson dont elle est elle-même l'auteur, *My Love is Draped in Saffron*.

– C'est pas vrai ! Oui, je la connais. Une merveilleuse chanson d'amour.

– Je veux bien te croire. Bref, ce succès l'a projetée en moins de deux dans les rangs très fermés des célébrités du *molum*.

– Portait-elle un chapeau ?

– Quel genre de chapeau ?

– Un chapeau orange. Une sorte d'accessoire, tu vois, comme Michael Jackson…

– Pas à ma connaissance. J'ai téléchargé des photos d'elle sur scène. Pas de chapeau, mais une chose est sûre, c'était une très belle femme. Il faut être un moine diablement scrupuleux pour tourner le dos à une fille comme ça. J'ai trouvé des témoignages de son manager. Artiste capricieuse, selon lui. Elle voulait inclure le Buriram dans chacune de ses tournées. Puis un jour, catastrophe. Lors d'une visite au temple, elle ne trouva pas Kem, parti en pèlerinage. Pendant des années, personne ne sut où il était. La carrière de Bia s'effondra. Elle n'avait plus l'envie, plus le cœur de chanter, et quelque temps plus tard, elle fit une étonnante déclaration. À même pas 30 ans, elle se fit nonne et entama sa longue marche de province en province.

– À la recherche de Kem.

– Si c'est pas cucul la praline…

Même sous la torture, j'aurais juré craché que ce n'étaient pas des larmes qui me chatouillaient les yeux, à ce moment-là, quant à Sissi, elle était bien trop délicate pour parler des siennes.

– Et la suite ? Quand se sont-ils retrouvés ? demandai-je en reniflant.

– Elle est arrivée au temple Feuang Fa il y a quatre mois.

– Pas de retrouvailles intermédiaires durant toutes ces années ?

– Aucune.

– Donc, elle finit par le retrouver et refuse de partir. Il l'accepte comme nonne dans son propre temple… Jusqu'à ce que le Sangka mette les pieds dans le plat.

– Terrible, hein ?

– Elle prétend qu'ils sont restés en contact, lettres, coups de fil…

– Il n'y a pas de preuve.

– Et quelle est la théorie du conseil, à propos du meurtre ?

– Le moine de Bangkok serait arrivé à Maprao et aurait exigé le départ de la nonne. Mais après avoir cherché à rejoindre son amour pendant plus de trente ans, la nonne a vu rouge.

– Elle a donc poignardé le moine avec un couteau de cuisine jusqu'à ce que mort s'ensuive.

– C'est comme ça qu'ils voient la chose.

– N'importe quoi.

– Possible, mais c'est la version qu'ils ont présentée à la police.

J'avais regardé les photos. Je n'avais rien vu qui puisse laisser penser à la réaction d'une femme au cœur brisé. Ce meurtre était prémédité, froid, en aucun cas commis sous l'effet d'une pulsion. Rien à voir avec un crime passionnel.

– Sissi, il y a quelque chose qui cloche dans tout ça.

– Peut-être, mais ça ferait un super film, non ?

Je réfléchis deux trois secondes.

– Oui, acquiesçai-je.

– Je me vois bien dans le rôle principal…

– Le personnage de l'abbé ?

Un silence me répondit à l'autre bout du fil, puis ce fut un tsst tsst réprobateur. Il m'arrive parfois d'oublier combien Sissi est susceptible sur le sujet.

– Je plaisantais, m'empressai-je d'ajouter.

Le silence gagna en intensité. Je me mordis cruellement les lèvres, à tout instant, je m'attendais à entendre un clic suivi du grésillement de la ligne quand soudain :

– Allez, petite sœur. Je te fais marcher !

– Oh, c'est pas drôle.

– Je sais, désolée. Bref, le film marcherait encore mieux avec Clint à la barre… (Nous vouions tous deux une admiration sans borne à M. Eastwood, nous avions vu tous ses films sur des DVD piratés. D'accord, nous ne l'admirions pas assez pour ne pas le priver d'un certain nombre de ses royalties, mais disons qu'on l'aimait bien). On ne peut pas envoyer sœur Bia sur la chaise.

– En l'occurrence, ce serait une injection létale. Bien, que veux-tu que je fasse ?

– Je ne sais pas.

Au cours des dix minutes suivantes, jusqu'à ce que ma batterie soit à sec, je racontai à ma sœur l'incident à propos de l'appareil photo et lui décrivis les clichés du mieux que je pus. Lorsque je me levai, le polystyrène collait à mon derrière comme une selle. Peut-être le résultat de la chaleur qui émanait de cette partie-là de mon anatomie, à moins que ce ne soit cette espèce de latex qui suintait de l'arbre au-dessus de ma tête, toujours est-il qu'il me fallut dix bonnes minutes pour me dégager. Pas question de me présenter devant un ex-ministre de l'Environnement avec des éclats de mousse collés aux fesses. On a le sens de la bienséance, ou pas.

La plaque « Siège de la Fondation Awuso » était vissée sur un poteau en béton, à côté d'un portail en fer forgé aux dessins complexes haut de deux fois ma taille, au moins, car il est vrai que je suis petite (inutile d'insister aussi lourdement). La maison de deux étages ressemblait à une pièce montée avec ses colonnes romaines et ses bordures couleur fraise. J'approchai mon index humide du portail, sur mes gardes, au cas où du jus passe dedans. Les tessons de verre qui saupoudraient le mur d'enceinte de quatre mètres de hauteur m'incitant en effet à faire preuve de prudence. Mais fausse alerte, mon doigt ne se ratatina pas comme une merguez. Du coup, je poussai un peu le portail, et à ma grande surprise le monstre roula sur ses petites roues en caoutchouc. Il était si bien huilé, le bougre, qu'il roula comme ça tout seul et que je dus m'y cramponner pour qu'il n'aille pas s'écraser contre une jardinière, juste derrière.

C'est à ce moment que je distinguai des yeux autour de moi. Six au total, appartenant à des jardiniers en tenue de camouflage, armés de tuyaux d'arrosage et de bêches, mais parfaitement immobiles, comme des figurants. Deux autres yeux me regardaient depuis une terrasse, au premier étage. Attributs de l'homme que j'étais venue voir, présumai-je. Sugit Suttirat. Des yeux, comment dire… Profondément enfoncés dans une tête porcine elle-même plantée sur un corps bovin. C'était comme regarder le ventre d'une tortue, sauf que cette tortue-là portait une saharienne à la mode Kim II Sung et une casquette de baseball. Impossible de savoir s'il s'était avancé sur sa terrasse exprès pour me saluer, ou s'il était resté là toute la journée, avec ses fausses dents et le petit doigt en l'air. J'avais évidemment appelé pour prévenir de mon arrivée, « journaliste freelance chargée d'articles genre que-sont-ils-devenus sur de mémorables politiciens ». Je n'aurais pas été accueillie plus chaleureusement si j'avais débarqué nue sur un matelas de billets de 1 000 bahts.

– Nong Jimm ? appela-t-il.

Nong est l'expression consacrée pour s'adresser à un parent plus jeune. Mais on l'emploie essentiellement pour humilier les serveurs, houspiller les personnes chargées de faire le ménage ou encore insulter les enfants des rues. Bref, la formule n'a rien de valorisant. Mais un homme de son standing se soucie peu de ce genre de délicatesses.

– Tan Sugit ! hurlai-je.

Chez nous, *Tan* est l'expression favorite du lèche-bottes. Aussi loin de *nong* que les taudis de Klong Toei le sont de Ginza. Une fois que j'en eus terminé avec tous ces salamalecs honorifiques, la glace en partie brisée, je me retrouvai assise à côté de mon hôte sur un canapé panoramique, en cuir de buffle apparemment, dans son salon prétentieux. À l'occasion de cette promiscuité, je pus constater que Tan Sugit s'était offert l'expertise d'un ou deux chirurgiens esthétiques. Il arrivait à bouger les lèvres, oui, et le haut du cou, mais pour le reste, inutile d'espérer. Ses petits yeux ne cillaient pas, ses joues ne frémissaient même pas quand il souriait. En fait, son visage était pareil à une dinde troussée.

J'avais posé mon bon vieux magnéto entre nous. J'aurais pu depuis longtemps opter pour un modèle numérique, mais j'adorais voir la bande tourner. Je testai mon matériel, « *One-two, one-two* », en anglais SVP, pour bien marquer mes compétences internationales, puis je me lançai dans l'interview. Mon intention était de ne pas directement attaquer par la question : « Avez-vous tué deux hippies avant de les enterrer, parce qu'ils menaçaient de révéler vos activités criminelles ? » J'y viendrais plus tard. Cette séance relevait plutôt du faisons-connaissance-mon-vieux. En tant que journaliste presque primée, je me devais de rester impartiale et de m'adresser à lui comme s'il était né de parents humains, et non de monsieur et madame Murène. Un bon journaliste est censé s'appliquer à rester passif et à parler à l'interviewé sans le laisser un seul instant imaginer que vous êtes en train d'enfiler le pan de sa saharienne bleu marine entre les mâchoires du broyeur à glace de l'usine de poissons. On est professionnel, ou on ne l'est pas.

Après quelques minutes, alors que je ne le quittais pas des yeux, la question « Comment une personne petite et obèse, avec des moignons en guise de mains, parvient-elle à s'imposer comme un personnage influent ? » germa dans mon esprit. La réponse, comme toujours, étant évidemment « l'argent ». Il empestait le fric, mon cochon. Passées ses années de jeunesse, on en arriva à ses prestations à Surat, en 1978. Je feuilletais ostensiblement mon bloc.

– Il me semble que vous avez été impliqué, fin des années 1970, dans une affaire de location de voitures, dis-je.

Ce n'était qu'une question dans ma liste et je ne la déclamai certainement pas avec l'accent d'une tragédienne. Son sourire s'étira au maximum. Je craignis un instant que les joints ne pètent et que tout ne lâche, l'affligeant d'une balafre à 360 °. Son visage se scinderait en deux et… Mais ça tint bon.

– Je ne sais pas où vous avez entendu ça, dit-il. J'ai participé à nombre d'aventures révolutionnaires, à cette époque, mais la location de voitures, non.

Une femme énorme, la cinquantaine, dotée de cheveux courts teints en rouge, se pointa avec un plateau. Toute vêtue de blanc comme une élève de judo en kimono, mais sans le nom sur la ceinture. Mon hôte l'ignora, j'en déduisis donc qu'il s'agissait soit de la domestique, soit de sa maîtresse. Sa femme, il se serait senti obligé de me la présenter.

– Vraiment ? demandai-je.

– Je pense que je serais au courant…

Je tournai la page précédente de mon carnet.

– Il est dit ici qu'un incident se produisit en 1978 et que des allégations furent avancées contre votre… compagnie, accusée de vol de voitures de location. D'après mes notes, vous auriez même passé un certain temps en prison…

De nouveau, il rit, ou du moins, sa bouche rit. Ni tics ni lueurs ne transparaissant sur son visage, je ne pus saisir aucun signe de culpabilité.

– Nong, dit-il de sa voix de baryton. Il ne faut pas s'étonner qu'un homme de mon rang suscite l'envie et la jalousie chez des individus qui n'ont qu'un but, vous détruire. Il y a tant en jeu. Quand vous avez un homme honnête aux commandes, les criminels le considèrent comme une menace vis-à-vis de leur bien-être. Un homme qui refuse la corruption et ne se laisse pas acheter devient toujours une cible.

– Donc vous n'avez jamais été arrêté ?

– Bien sûr que non.

Woah, avec quelle onctuosité, quel savoir-faire et quel aplomb admirable il mentit. Je suis certaine que l'aiguille d'un polygraphe n'aurait pas moufté devant sa performance. Un politicien, un vrai, comme j'en avais rarement vu. Puis il regarda sa montre, je compris alors que la tournure de cet interview commençait à l'irriter.

Aussi je l'aspergeai d'une rasade supplémentaire de caressage d'ego dans le sens du poil. Il en ahana de plaisir, se pavana, avec la superbe du haut fonctionnaire. Et c'est le moment que je choisis pour balancer une autre barre en métal en travers de la voie.

– Bien, venons-en à votre relation avec la famille Chainawat, à Ranong, dis-je avec une désinvolture qui aurait forcé votre admiration, si vous aviez assisté à la scène, s'entend.

Évidemment, j'ignorais totalement si une telle relation existait, mais ça valait la peine d'essayer.

– Où avez-vous pêché toutes ces informations sur mon passé ? demanda-t-il en me faisant les gros yeux, avec ses petits yeux de fouine.

– Oh, vous savez bien, à la bibliothèque, aux archives nationales, sur Internet. J'ai même discuté de vous au téléphone avec le gouverneur de la province, il y a quelques semaines. C'est lui qui m'a suggéré de rédiger votre portrait. Vous êtes une célébrité locale et c'est très excitant, pour moi, de me trouver en face de vous. En fait, j'ai rencontré les Chainawat pour tout autre chose et ils m'ont parlé de vous.

– Vraiment ?

Je le tenais. Sans doute exposées à l'air trop longtemps, ses dents se scotchèrent à ses lèvres. Mon petit stratagème avait dû percer un tuyau et provoquer une fuite de charisme. Il y avait quelque chose. Je m'apprêtai à laisser tomber ce point et à relancer notre fraternelle conversation sur un autre sujet, quand il esquissa un pas.

– Et qu'a-t-elle dit, exactement ? s'enquit-il.

– Qui donc ?

– Les... Madame Chainawat.

– Oh, eh bien, nous avons surtout parlé foncier. Ma famille a des vues sur un terrain lui appartenant, à Ny Kow. Nous avons un certain nombre de projets en perspective, hôtels, universités d'été, ranches, maisons de retraite...

Je pédalais dans la choucroute et tentais de gagner du temps en essayant de penser à ce que cette vieille belette de lady Chainawat aurait pu me raconter sur l'anguille.

– … Cours de paint-ball, enfin vous voyez, ce genre de choses, continuai-je. Pour toute information sur quelque terrain que ce soit dans la région, Mme Chainawat a été parfaitement claire, *Nong* Sugit est l'homme de la situation…

Woah ! Chapeau, me congratulai-je et ce *nong*, joli coup, oui, vraiment.

– C'est ainsi qu'elle vous a présenté les choses ?

– Peu ou prou.

– *Nong* Jimm…, commença-t-il après une gorgée de café virtuelle, sa tasse étant vide depuis longtemps. Il existe un grand nombre de familles chinoises en tout point respectables, aussi dignes que mes ancêtres, des familles qui portent dans leur cœur notre beau royaume. Et puis, il y a les gens semblables aux Chainawat. Si vous comptez faire des affaires avec eux, soyez extrêmement prudente et, surtout, ne croyez pas un mot de ce qu'ils vous diront.

Et ces paroles marquèrent un peu abruptement la fin de notre entretien. L'ex-ministre se leva et c'est tout juste s'il ne me jeta pas dehors.

– J'aimerais revenir vous voir, y voyez-vous un inconvénient ? demandai-je. Nous pourrions cette fois nous concentrer sur vos années au gouvernement et peut-être aussi ferons-nous quelques photos. Le *Matichon Weekly* prévoit une double page…

– Bien sûr, bien sûr, dit-il, tout en me faisant signe de dégager. Trop heureux de parler à la presse…

– Et quand pouvons-n… ?

Mais il tourna les talons et disparut dans les ténèbres de sa maison, m'abandonnant en plein soleil sur les marches de son perron, au milieu des arbres et cernée par trois, peut-être quatre jardiniers en kaki.

« Nous devons tous entendre l'appel universel à aimer notre voisin comme nous aimons être aimés nous-mêmes. »

George W. Bush,
cité dans le *Financial Times*,
14 janvier 2000

Vous savez ce que ça fait quand le type de l'engrais de poulet débarque avec son camion et qu'au lieu de déverser son fumier de façon rationnelle, sur un rayon de vingt centimètres autour du tronc des palmiers, comme cela doit se faire, il balance le tout sur votre plus belle pastèque et se tire aussitôt après ? Eh bien, vous vous retrouvez avec une grande montagne de merde et tous les poulets dans la cour regardent le monticule et se demandent pourquoi vous avez payé pour ça, alors qu'ils auraient pu vous fournir gratos, pas en aussi grande quantité peut-être, mais certainement en quantité non négligeable. « Vous n'êtes pas satisfaite de nos services ? », qu'ils diraient.

Non ? Vous ne savez pas ce que ça fait ? Alors vous ne pouvez pas comprendre ce que je ressentis lorsque, de retour enfin à l'hôtel ce soir-là, je réalisai que j'avais encore le dîner à préparer. D'un coup je devins cette pastèque, claustrophobe, trempée et empestant le fumier. J'avais besoin de temps pour mettre de l'ordre dans toute cette merde. D'un peu d'espace pour respirer. Mais voilà, Mair, à l'occasion de l'un de ses moments sans client, vint me trouver dans la cuisine.

– Ed… commença-t-elle.

– Mair, pourrions-nous éviter de parler de Ed, pour une fois ?

– Entendu. Il a dit qu'il repasserait à 20 heures, car il avait quelque chose à dire.

– Merci. Écoute, Mair, je suis un peu en retard. Peux-tu éplucher les carottes pour moi ?

– Oh, ma chérie, si je le pouvais… Mais il faut bien que quelqu'un surveille la boutique.

Je sentis mon flegme claquer comme un tendon.

– Tu as trois, sept malheureux clients par jour, dis-je. Qui dépensent en moyenne, allez, 37 bahts par tête de pipe. Nos plus grosses ventes sont l'eau minérale, les cigarettes au détail et la gousse d'ail. À ce rythme, dans vingt-trois ans, nous devrions pouvoir nous payer un carillon pour la porte. Nous survivons grâce à ce qui reste de la vente de notre maison à Chiang Mai, et à la vitesse à laquelle nous dépensons ces miettes, nous ne devrions pas tenir jusqu'à la nouvelle année. Surveiller la boutique ne va pas mettre le repas sur la table. Éplucher les carottes en revanche…

Elle me fit son sourire à la *Titanic*. Visiblement, elle avait compris. Elle attrapa une carotte… et se mit à croquer dedans.

– C'est dans sa peau que la carotte concentre l'essentiel de ses bienfaits, tu le savais ? dit-elle.

Je renversai le saladier de carottes non épluchées dans l'eau bouillante, grimaçai quand une éclaboussure me brûla la joue. Mais après tout, bien fait pour moi, non ?

– Bonté divine, me lamentai-je.

– T'ai-je dit que Ed devait passer à 20 heures ? demanda Mair.

– Non.

– Il passera à 20 heures…

Et elle sortit de la cuisine, retourna à la boutique.

Il était 19 h 30. Ed, s'il venait vraiment, serait donc là dans une demi-heure. Je ne pouvais que rendre hommage à sa ténacité. C'était un bon garçon, probablement fasciné par le caractère exotique de notre famille. Rien de romanesque là-dedans. Pas vraiment. Il avait entendu parler de nous, les filles de la ville, de nos mœurs débridées. Et dans son esprit de campagnard, il confondait amour et sexe. Oh, mais j'aurais vite fait de le faire fuir. Je lui proposerai que nous devenions amis. Il accepterait mais, très vite, fatigué de ce type de relation, il se rendrait au bar karaoké Pepsi, derrière le pont. Il faut bien que le corps exulte.

Je croyais qu'un type du Sud aurait été attiré par une compagne plus traditionnelle que moi. Aux pneus arrière presque à plat des motos qui défilent dans le coin, il semble qu'ils affectionnent tout particulièrement les femmes bien en chair. Larges et robustes. Je n'hésiterais pas à parier mes maigres économies sur une équipe de tireuses à la corde féminine de Maprao. Même si je ne dois pas avoir honte de ma largeur de hanches, je ne suis pas particulièrement pressée de me découvrir des affinités avec un gars du coin. Oui, j'aime la cuisine épicée, mais je préfère une bonne part de pizza. Et puis, qu'attendre de confidences sur l'oreiller, si vous devez passer la moitié de la nuit le nez dans le dictionnaire ? Enfin, quelle espèce de femme méridionale serais-je, moi qui ne sais même pas réparer des filets ni tailler un palmier avec ces drôles de ciseaux ? Non, il faut être lucide, Ed, le type de la pelouse, *alias* Ed le charpentier, serait extrêmement déçu si je lui donnais l'opportunité d'apprendre à me connaître.

Douchée, j'enfilai mon chemisier blanc le plus rébarbatif, même s'il dénudait mes épaules. Je compensai d'ailleurs ce décolleté sournois en le cachant sous un sarong en batik, avec des photos de poissons dessus. Un sarong qui me descendait jusqu'aux pieds. Je plaquai ensuite une tonne de gel sur mes cheveux et lissai le tout en arrière, mais uniquement parce que soufflait une forte brise depuis le golfe qui me rabattait sans cesse mes bouclettes dans les yeux. Le rouge à lèvres ?

Un pis-aller, rien de plus, car impossible de mettre la main sur ce satané tube de baume…

Je pris place sur l'un des transats plantés dans le sable, Gogo à mes pieds, un verre de Romania sur les genoux. Nous en avions acheté douze caisses de dix bouteilles, à Chiang Mai, mais nous n'avions trouvé personne ici doté de suffisamment de raffinement pour les acheter. Ce n'était pas le genre de cru sur lequel s'extasier, certes, mais si nous n'avons pas écoulé nos bouteilles, je doute que la qualité de ce vin ait été en cause. Nous ne vivions pas à Paris. Depuis notre arrivée, je payais donc de ma personne pour libérer l'étagère du vin, une bouteille par-ci, une par-là, exposant à la place nos sardines, qui se vendaient nettement mieux. La bouteille et un deuxième verre attendaient au pied de mon transat. Quand même, je n'allais pas picoler sous son nez sans lui proposer de se joindre à moi. Car il accepterait, bien sûr. Tremperait ses lèvres dedans, dirait que c'est délicieux et laisserait son verre plein aux trois quarts.

Entendant des pas approcher sur le sable, je me lançai aussitôt dans la contemplation des lampions des bateaux scintillant à l'horizon.

– Premier stade de l'alcoolisme.

Je tournai la tête et découvris grand-père Jah, en contrejour sur la lumière de la cuisine, mains sur les hanches. On aurait dit un super héros.

– Il est tard, grand-père. Tu devrais être couché.

– Il est 19 h 30.

– On ne dort jamais assez.

– Sais-tu que je suis allé à Surat en moto, ce matin, pour toi ?

– Oui. Tu veux que je te rembourse l'essence ?

– Non, je veux que tu aies la décence de m'informer des progrès de l'enquête.

– Qu'est-ce qui te fait croire que je ne le fais pas ?

– Je t'ai vue.

– Tu m'as vue faire quoi ?

– Rentrer là-bas.

– Où ça là-bas ? La fondation ? Tu étais à Lang Suan ?

– Je passais dans le coin.
– Tu passais dans le coin ? J'avais pris la camionnette, Arny a gardé la moto tout l'après-midi. Lang Suan est à vingt kilomètres. Comment diable pouvais-tu passer par là ?
– Et les taxis motos ? Et les bus ? Je ne suis pas encore complètement sénile, tu sais. Voilà plus de soixante-dix ans que je vais et je viens par mes propres moyens et sans escorte.
Je ris de bon cœur.
– Tu étais donc en planque en train de surveiller.
– En aucun cas... Je... J'étais simplement curieux. Après tout ce que j'ai entendu l'autre matin du capitaine Waew, je voulais voir par moi-même. Simple curiosité, te dis-je. Voilà comment je t'ai vue débarquer là-bas avec ta désinvolture habituelle et je peux te dire...
J'attendis, un bon moment, mais il ne finit pas sa phrase. Le temps pressait, je devais en effet couper gentiment court aux espoirs qu'un jeune homme nourrissait à mon égard. Je fis à grand-père Jah le récit accéléré de mon entretien avec Sugit. Il n'acquiesça ni ne commenta. Il resta simplement accroupi sur le sable dans cette position de toilettes à la turque que pour ma part j'ai toujours trouvée inconfortable. Mon compte rendu terminé, il se redressa sans même un craquement.
– Très bien. Il se peut que j'aie du temps libre, ce week-end, si tu as besoin de moi...
Et il s'éloigna.
– Grand-père ?
– Oui ?
– Je crois que j'aurai bien besoin de ton aide, sur ce coup-là.
Il s'arrêta, me regarda. Malgré la lune planquée derrière les nuages, je vis les lampions des petits bateaux de pêche se refléter sur son dentier. Puis il marmonna quelque chose et reprit son chemin vers les bungalows.
D'après mon réveil de poche, il était 19 h 55 lorsque mon second visiteur se présenta. La ponctualité n'étant

pas un mot très courant du vocabulaire de mes concitoyens, dans cette partie du pays, je fus impressionnée.

– *Koon* Jimm, entendis-je.

Instantanément, je cessai de respirer et m'obligeai à regarder un ou deux bateaux crachotant à l'horizon, avant de daigner tourner la tête. Ed se tenait derrière moi. Il portait une chemise en soie blanche, style local, et un pantalon de pêcheur, d'un noir étincelant. Il y avait quelque chose de farouchement rebelle dans sa dégaine. Ne manquait plus que le fourreau d'un sabre à la ceinture, rêvai-je. Même sa moustache était dans le ton.

– Ed… c'est bien ça ? dis-je.

– Oui.

Il descendit jusqu'à moi et se mit au garde-à-vous à côté de mon transat, s'enivrant de l'iode du vent en une seule et profonde inspiration. Je l'observai à la dérobée, aussi grand que nos plus beaux palmiers, aussi droit et robuste.

– Comment m'avez-vous trouvée ? demandai-je.

– Quelqu'un a dû allumer les lumières, là-bas, répondit-il. En fait, on peut vous voir à une bonne centaine de mètres.

– Oh, c'est une sacrée chance, dis-je. D'habitude, je reste assise là dans l'obscurité totale, perdue dans mes pensées. Je dégustais un verre de vin… Puis-je vous en proposer ?

– Merci, dit-il. Je ne bois pas.

– Comme vous faites bien. Moi-même je ne bois que rarement. Cela stimule mon imagination. Asseyez-vous, je vous en prie.

Il n'y avait que du sable, mais il trouva une place, à deux mètres de mon transat. À ma grande surprise, Gogo se leva et alla le rejoindre en se dandinant, comme si tous deux étaient potes depuis des années. Quand il la caressa avec l'une de ses grandes mains, Gogo se trémoussa devant lui, ventre en l'air. Un ventre qui avait toujours été tabou. Même Mair prenait soin de ne jamais y toucher et, ce soir, voilà que le type de la pelouse lui chatouillait les tétines en toute impunité.

– Elle est toute maigrichonne, dit-il.
– Elle est malade. Incapable de digérer sa nourriture. Tout passe dans son corps sans s'arrêter.
– Elle a été opérée ?
– Comment ça ?
– Ligature des trompes ?
– Oh... Non.
– Elle doit avoir dans les 5, 6 mois. Elle ne devrait pas tarder à avoir ses premières chaleurs. Dans son état, une saillie pourrait la tuer. Je ferais mieux de l'amener chez le véto. La ligature des trompes pourrait l'aider à se stabiliser. Somboon est spécialiste du bétail, mais il n'a pas son pareil pour stériliser.
Si c'était pas une recommandation documentée, ça... Pas une fois il ne me regarda. Ses yeux allaient des bateaux au ventre de Gogo. Je vidai discrètement mon vin dans le sable, au pied de mon transat, et posai mon verre.
– Vous semblez vous y connaître, en chiens, remarquai-je.
– Nous en avons eu je ne sais combien, pendant de nombreuses années. À la longue, vous apprenez à savoir ce qui leur convient.
Bien. Et si on parlait d'autre chose, maintenant ?
– Alors, que puis-je pour vous, Ed ?
Silence. Un long silence, suffisant pour que le vol TG250 entre Surat et Bangkok passe au-dessus de nos têtes, avec son feu clignotant au bout de la queue.
– Je me suis entretenu avec votre mère, dit-il.
– Oh, vraiment ?
– Je l'ai interrogée, à votre propos. Pardonnez ma curiosité...
– Ce n'est rien.
Voilà, j'avais des palpitations maintenant, le vin sans doute. Il paraît que c'est anodin, symptomatique d'un cœur en pleine santé.
– Nous sommes une petite famille, dit-il, tentant apparemment d'identifier la constellation au-dessus de nous. Juste moi, ma mère et ma sœur. Ma mère se débrouille bien. Elle gère une plantation de cocotiers

et d'huile de palme de 16 hectares. Et quelques arbres fruitiers aussi. Oui, elle se débrouille bien.

– Tant mieux.

Probablement le must, dans la région, en matière de dot.

– Ma sœur a été en couple, un moment, continua-t-il. Ils avaient conclu une sorte de mariage. Mais ça n'a pas marché. Aussi est-elle revenue vivre avec nous l'année dernière. Elle n'est pas… Enfin, elle n'est pas comme nous. Elle a conscience d'être différente. Elle est en décalage, voyez-vous. Elle se sentirait sans doute mieux en ville, mais elle est très timide.

C'était charmant de sa part de me parler de sa famille. Une famille somme toute très normale, une famille rêvée peut-être même, pour certaines jeunes filles. Je doute en revanche que tout individu sain d'esprit en dise autant de la nôtre. Je me pris presque à envier la simplicité de son existence. Et de fil en aiguille, il m'apparut qu'après tout, je pouvais bien lui accorder une sortie au restaurant, de cette manière il me parlerait de son business de tondeur de pelouse et comment il avait appris à faire les toitures de oncle Wit le constructeur.

– Mais elle est très séduisante, reprit-il. Les hommes lui tournent en permanence autour. Je suis obligé de les chasser à coups de bâton.

Je le regardai sourire. Un sourire tendre, chaud comme un bon whisky.

– Je me demandais donc si vous aimeriez faire sa connaissance, dit-il.

– Mais bien sûr. C'est une excellente idée. Un jour ou l'autre…

– Elle a entendu parler de vous, elle vous a même aperçue, une fois ou deux. Sur votre vélo, l'autre jour. Elle n'a parlé que de cela pendant tout le dîner. Je ne l'avais jamais entendue parler autant. La fille de Chiang Mai avec ses pantalons retroussés jusqu'aux genoux…

On rit tous les deux de bon cœur, puis… Parfois, il arrive que l'on ne voit même pas la pluie qui tombe à seaux. Eh bien, j'étais en plein dedans. J'étais même déjà trempée jusqu'aux os, quand je compris. J'ignore comment cela avait pu aller si loin sans que je me doute de quoi que ce soit. En temps normal, je suis un peu plus perspicace que ça. Je commençai à ne pas me sentir bien, pas pompette, non, pas bien comme quelqu'un prêt à rendre tripes et boyaux sur la plage dans la seconde. Quelle idiote je faisais. Tellement stupide. Vite, disparaître dans le sable !

– O.-K., c'est bien, dis-je sans réfléchir. Je dois aller… préparer le dîner. *Bye*, Ed. Merci.

Et je laissai tout là, mon transat, Ed et mon vin, pour remonter vers l'hôtel, perdant dans ma hâte une tong dans le sable, mais ne pouvant même pas imaginer rebrousser chemin pour la récupérer. Ma main était agitée de tremblements quand j'ouvris la porte de mon pavillon. Je me jetai sur mon lit direct, sans même allumer la lumière. Heureusement, le lit était toujours à la même place. Il n'était pas 8 h 30. Je n'avais pas encore sommeil. Je ne pensais qu'à une chose, Ed le type de la pelouse essayant de me brancher avec sa sœur. Je roulai sur le dos et croisai les bras, suppliant la mort de venir me chercher.

Je me réveillai à 3 heures du matin, 4 h 15, 5 h 10 et 5 h 17, avant d'admettre que, peut-être, je n'avais pas besoin de dix heures de sommeil. J'entendis au loin le crachotement des bateaux de pêche rentrant au port, ainsi que les vocalises des coqs précédant le chant magistral de l'aube. J'allumai la lampe de chevet et me regardai dans le miroir. Apparemment, j'avais encore l'air d'une idiote. J'allai me doucher vite fait, puis je m'habillai et décidai d'attaquer *franco* la journée, en commençant par un bon petit déjeuner. Il faisait encore sombre, alors je me repérai grâce à une lointaine lueur orange filtrant par une crevasse, dans un coin de ciel. Je m'apprêtai à allumer la lumière de la cuisine quand je distinguai une silhouette marchant sur la plage et se dirigeant vers l'hôtel. Une silhouette vêtue d'un pantalon noir genre *baggy* et d'un coupe-vent, noir également, capuche relevée. Le bas du visage était caché par un masque, noir toujours. Il y avait quelque chose de menaçant dans son pas, lent et lourd dans le sable. Je me faufilai discrètement derrière les toilettes visiteurs.

J'entendis bientôt le crissement des pas sur le gravier de l'allée, des pas qui se dirigeaient droit vers moi. Affolée, j'entrai dans un W.-C. et cherchai désespérément quelque chose qui puisse me servir d'arme à la faible lueur de cette nuit agonisante. Mais, comme chacun sait, les toilettes sont de bien piètres arsenaux. À ma disposition, une brosse, une ventouse et une tulipe en plastique aux senteurs aromatiques. Aucun de ces ustensiles ne m'insuffla la confiance nécessaire pour sortir et affronter l'intrus. Puis je découvris mon arme. Appuyée contre un mur, une section de tuyau PVC d'un mètre environ. Suffisamment robuste pour frapper sur le crâne d'un indésirable, mais en même temps suffisamment léger pour ne pas me retrouver accusée de meurtre avec préméditation.

Je fis un pas à l'extérieur, tuyau bravement brandi et là, face à moi, comme dans une glace, je me retrouvai avec une espèce de ninja noir, armé d'un bout de bambou. Je hurlai. Elle hurla.

– Mair ? dis-je.

– Jimm ?

On abaissa nos armes et s'ensuivirent des embrassades émues, l'une et l'autre s'efforçant de calmer ses tremblements.

– Ma chérie, que diable fais-tu donc dans les toilettes des clients à cette heure matinale ?

– Je me suis réveillée tôt… Non, attends. Parlons plutôt de toi. Que fais-tu à crapahuter le long de la plage, habillée comme une marionnette de *bunraku* ?

Elle abaissa son masque, ôta sa capuche et regarda son costume.

– Ah, dit-elle.

– Oui.

– Je me suis habillée dans l'obscurité. Je ne me suis pas rendu compte que j'étais tout en noir. Mais mon pantalon est bleu marine. Tu pourras le constater, lorsque le soleil sera levé. Quant à ceci, dit-elle en se débarrassant de son masque, c'est à cause de la grippe du poulet.

– La grippe du poulet ?

– Parfaitement, elle se terre dans l'engrais de volaille, vois-tu. Le fumier de poulet est un important vecteur de contamination. Le virus circule dans l'air.

– Et où vend-on exactement ce type de masques, noir comme ça ? m'enquis-je en examinant l'objet de plus près.

– Il y a tant de virus autour de nous, tu peux en acheter quasiment de toutes les couleurs. C'est même devenu très tendance comme accessoire.

– Mair, enfin, c'est un masque chirurgical normal barbouillé au feutre noir.

– Ah. Vraiment ?

– Bien, ça suffit.

Je pris son bras et la fis asseoir à la table la plus proche. Un rose à présent orangé se répandait à l'horizon, déteignant sur la nuit. Quelque part au-delà des Philippines, le soleil se levait et notre ciel à l'approche du jour faisait sa coquette, troquant sa tenue sombre pour des atours plus colorés.

– Mair, qu'as-tu fait ? demandai-je en la regardant droit dans les yeux.

Elle me rendit mon regard avec un air de défi, puis entra dans la peau d'une autre.

– Rien dont je doive avoir honte, répondit-elle. Et je te rappelle que je suis ta mère. Que c'est moi qui assure la survie de cette famille. Le jour où tu te décideras à aller gagner ta vie, alors, à ce moment-là, et seulement à ce moment-là, tu auras le droit de critiquer ta mère. Me suis-je bien fait comprendre ?

Sur ce, elle se leva et s'éloigna, la démarche altière, la moue indignée, se dirigeant droit vers la boutique, avant de réaliser que ce n'était pas là qu'elle souhaitait se rendre et rebroussant donc chemin pour regagner sa paillote. Je l'observai. Je ne connaissais que trop cette façon de marcher. Cette manière de parler. Nous la connaissions tous. À 8 ans à peine, la petite Jimm l'avait entendue des milliers de fois. Chaque fois que la petite Jimm pleurnichait, rechignant à ranger sa chambre ou ses affaires, elle avait droit à la même diatribe. Bien. Mair était dans un état second et j'avais intérêt à découvrir très vite où elle était allée ce matin, de préférence avant la police.

« Ils m'ont mal sous-estimé. »

George W. Bush
Bentonville, Arkansas, 6 novembre 2000

Grand-père Jah et moi devions retrouver le lieutenant Chompu au restaurant du Golfe de Siam, face au célèbre temple du père de la marine thaïe moderne. Arny avait gardé la camionnette pour se rendre à sa gym, disons plutôt qu'après l'avoir menacé de la prendre, je la lui avais laissée, touchée par l'intensité de sa détresse. Il ne m'expliqua pas pourquoi il y tenait tant que ça, toujours est-il qu'il s'était mis sur son trente et un, chemise à manches longues, jean avec pli, chaussures. Lorsque je le taquinai au sujet d'un rendez-vous galant, il vira couleur piment. Rouge vif.

Ce qui ne résolut pas mon problème. Ne restait plus de disponible que la moto. Sauf que grand-père serait du voyage et que mon pépé, en matière de sexisme, était de la vieille école. Jamais il n'accepterait de me laisser conduire. Avant de partir, il tenta même de me faire asseoir en amazone, parce que c'était plus féminin. Je gagnai cette bataille, mais je n'étais pas au bout de mes peines, grand-père Jah étant un chantre de la sécurité routière. On perdit par ailleurs une bonne demi-heure à retrouver le second casque de la famille, oublié dans l'un des cartons du déménagement, avant qu'il ne daigne se mettre en route. Grand-père a une façon de rouler bien à lui, respectant à la lettre les consignes du code de la route (démarrage et façon de s'engager sur une route, signaux manuels, procédure de franchissement, etc. etc.). Mais tout le monde ignorant apparemment dans la région qu'un code existât, les autres conduisaient comme le leur avait appris leur propre grand-père, c'est-à-dire n'importe comment. Ce qui faisait de nous un véritable danger public. Enfin, avec grand-père, que Dieu vous préserve d'être en retard. Il pratiqua ce qu'il nomme « la conduite défensive », méthode qui consiste à rouler à une lenteur telle qu'à plusieurs reprises nous fûmes dépassés par des vétérans cul-de-jatte montés sur tricycle.

Nous nous rendîmes d'abord au temple Feuang Fa. Je voulais montrer à pépé la scène du crime et, peut-être, l'amener à avoir une discussion avec l'abbé Kem. On mit si longtemps à arriver à destination que c'est tout juste si je ne sentis pas le processus de vieillissement agir sur moi. Je regrettai de ne pas avoir emporté quelque broderie pour passer le temps et, à la place, je hurlai à grand-père les détails de l'affaire à travers son casque. Je lui tus uniquement le contenu de l'appareil photo. Si je le lui racontais, je craignais qu'il ne se sente obligé, sur un plan moral, de transmettre l'information à la police. Il était si difficile à cerner.

Au temple, on fit chou blanc. Tout ce qu'on trouva, c'est un jeune novice chargé de nourrir les chiens, et un moine si âgé et si tapissé de tatouages religieux qu'on l'aurait dit exhumé d'un quelconque site archéologique. Il semblait à moitié aveugle, les yeux presque blancs et larmoyants, et ne cessait de masser ses mains tremblantes. Je le rejoignis dans le bureau, grand-père Jah préférant m'attendre dehors. Apparemment, cela ne l'intéressait pas.

– Nous sommes venus voir l'abbé Kem, dis-je, m'attendant plus ou moins à ce que le cerveau du moine soit en aussi mauvais état que le reste, pourtant sa voix me surprit par sa jeunesse, et son esprit par sa vivacité.

– Disparu, pfft, volatilisé, dit-il. On ne l'a pas revu depuis qu'ils ont emmené la fille.

– La fille ?

– La nonne. Je ne me rappelle pas son nom, mais nous n'avions que celle-ci.

– Qui l'a emmenée ?

– Ces merdeux de détectives de Bangkok, le grand et son copain boudiné.

– A-t-elle été arrêtée officiellement ? demandai-je au moine.

– Je crois qu'ils avaient un mandat. On a beau être un détective de Bangkok, on ne peut pas kidnapper une nonne et disparaître avec comme ça, non ?

– Pensez-vous que l'abbé l'a suivie ?

– Vous savez, je lis bien un peu les lignes de la main, à mes heures perdues, mais ma perception extrasensorielle laisse à désirer. Tout ce que je sais, c'est qu'elle est partie et que lui aussi et qu'on m'a confié les clés du palais. J'espère juste vivre assez longtemps pour accueillir l'abbé, à son retour. Je me vois mal m'occuper de cet endroit tout seul.

Je remerciai le brave homme et sortis rejoindre grand-père. À mon grand étonnement, je retrouvai mes deux sandales à m'attendre sagement, notant néanmoins dans les fourrés un œil noir regardant dans ma direction. On emprunta l'allée bétonnée et, une fois sur la scène du crime, grand-père Jah demeura silencieux un moment.

– On dirait bien que notre meurtrier avait envie de se faire prendre, dit-il enfin en secouant la tête.

– Plutôt dégagé, comme endroit, non ?

– Regarde ça. Au sommet d'une pente. Une route fréquentée en contrebas. Des massifs de bougainvillées qui attirent le regard. Visible du temple. Et tu dis que les chiens l'ont attaqué ?

– L'abbé Kem m'a raconté avoir été alerté par des aboiements.

– Bien, ça veut dire que n'importe qui, en entendant les chiens, aurait pu lever les yeux et le voir.

– Il a eu de la chance, alors…

– Apparemment, oui. Et où s'est-il réfugié ? Un homme avec une meute de chiens à ses trousses. Il ne va pas détaler bêtement, sans savoir où aller pour se mettre à l'abri… Non… Il a dû passer par là…

Grand-père Jah se faufila à travers les gerbes turbulentes de bougainvillées et, faute d'un meilleur plan, je lui emboîtai le pas. On émergea de l'autre côté, là où les poteaux marquant le périmètre du temple étaient alignés à la lisière d'un bois. Il n'y avait pas de mur d'enceinte. À gauche, les poteaux se succédaient jusqu'à la route. À droite, j'aperçus un petit toit de chaume.

– Une idée de ce que ça peut être ? demanda grand-père.

– Oui.

Il attendit.

– Eh bien, tu vas te décider à me le dire…

– C'est la cabane de la nonne.

– D'accord.

J'avais évoqué la possibilité d'une implication de la nonne dans le meurtre en faisant de mon mieux pour minimiser cette hypothèse. La voie bétonnée serpentait sur la crête de la colline et rejoignait les quartiers d'habitation par le sud. C'était un chemin très exposé. Mais en regardant les poteaux délimitant le périmètre du temple et cette cabane, juste devant, j'acquis une autre vision des choses. Je vis la possibilité pour quelqu'un de se cacher dans les bougainvillées avant de bondir sur un abbé qui ne se doutait de rien. C'est à ce moment que je décidai de parler des photos à grand-père. Je me gardai de préciser que je les avais téléchargées, mais lui avouai que Arny et moi les avions vues. On s'assit à l'ombre d'un arbuste volubile et j'espérai que ma description du crime le dissuaderait de voir en ma douce nonne éperdue d'amour une coupable potentielle.

– Tu crois encore que c'est elle ? demandai-je.

– Vois-tu, si j'étais l'un de ces policiers modernes superstars techno et branchées de Bangkok, à l'étude de toutes ces informations, je dirais « oui, elle est le dénominateur commun de l'affaire ». Et j'arrêterais de chercher. Mais si j'étais un vieil agent de la circulation à la retraite sans aucune médaille ni la moindre distinction, je ferais probablement ceci…

Et il se dirigea vers le bois envahi de mauvaises herbes, juste devant nous. Pépé est alerte pour son âge. Je fis tout mon possible pour ne pas me laisser distancer. Les branches qu'il écartait dans sa progression me revenaient en plein visage, le sol était couvert de racines et d'orties qui me brûlaient les chevilles. Une chose était sûre, personne ne s'était aventuré dans cette jungle depuis les dinosaures. Puis, environ à une trentaine de mètres de la clôture, grand-père Jah et la végétation s'arrêtèrent net. Je me cognai à son dos. Devant nous, un chemin de poussière rouge coupait à travers les broussailles. Quelque chose d'assez fréquent dans la région ; les gens cultivent ce qu'ils peuvent où ils le peuvent et déblaient la jungle pour tracer des chemins d'accès. Ce chemin-là était sacrément défoncé, strié de traces de pneus de voiture et d'empreintes de moto. Grand-père Jah tourna la tête à droite, à gauche, mais se garda bien d'avancer d'un pas sur la poussière.

– Très bien, dit-il. C'est étroit. Si, pour une raison quelconque, j'étais arrêté là en voiture, je saurais qu'un fermier du coin risque de venir ici à tout moment pour planter ses palmiers ou récolter ses baies. Alors, je me garerais tout à fait sur le bas-côté. Voyons… Là.

Il désigna une zone herbeuse, à une dizaine de mètres devant nous. On se faufila en bordure du bois, tout en prenant bien soin de ne pas marcher sur le chemin, puis on s'arrêta devant le carré de mauvaises herbes.

– Et s'il est venu à moto ? demandai-je.

Il réfléchit à cette éventualité.

– Eh bien on serait baisés, répondit-il. Mais tenons-nous-en à l'hypothèse de la Benz noire pour l'instant, et voyons où cela nous mène. Prête ?

– O.-K. Il se gare ici, dis-je. Puis il coupe à travers bois, tue l'abbé pour une raison quelconque, puis revient à… Une minute ! Ici.

Je m'accroupis pour mieux regarder. Un mégot dans l'herbe. Bout filtre. Cigarette d'importation, pas le type de clope que les gens de Maprao affectionnent. Grand-père Jah s'agenouilla près de moi et en trouva un second, puis encore un autre. Trois précieux mégots que l'on prit soin de ne pas toucher.

– De deux choses l'une, dit grand-père. Soit ces mégots n'ont absolument aucun rapport avec notre affaire, soit au contraire ils en ont un. Auquel cas, cela nous amène à une tout autre théorie.

– Vraiment ?

– Absolument. Cela peut signifier que notre tueur était détendu et qu'il a pris tout son temps en grillant quelques cigarettes, avant ou après le meurtre…

– … Ou qu'il avait un complice qui l'attendait dans la voiture, achevai-je à sa place.

– Parfois, Jimm, dit-il, avec l'un de ses presque sourires, je trouve dommage que tu sois une fille.

Je me mordis la langue, car dans sa bouche, après tout, c'était un compliment.

– Tu es content de moi ? dis-je. Attends un peu la suite. Imagine. Tu te retrouves avec une super classe Mercedes Benz sur un petit chemin de poussière dont il va bien falloir te sortir d'une façon ou d'une autre, à un moment donné. Au lieu de remonter en marche arrière jusqu'à la route, tu continues un peu jusqu'à dénicher un endroit pour faire demi-tour et te retrouver dans le bon sens, afin de prendre la fuite.

Grand-père, cette fois, non seulement me sourit, mais en plus serra affectueusement ma main. Je ne me souviens pas qu'il ait eu avec moi ce genre de geste de tendresse depuis l'école primaire.

– Et c'est à cet endroit, dit-il plein de confiance, que nous trouverons de belles empreintes bien nettes. Brave fille…

Je fis une fois de plus l'impasse sur le compliment. À quoi bon ? On remonta le bord de piste. Il y avait bien une brèche entre les rangées d'arbres, mais à cause du fossé, impossible d'y avancer la voiture pour un éventuel demi-tour. Et puis, au détour du virage devant nous, on tomba nez à nez avec une preuve comme même l'Institut médico-légal n'oserait en fabriquer pour tester ses recrues. Dans le sable se dessinait le M parfait de traces de pneus. Oubliant toute retenue, je levai la main pour un échange viril de tope-là avec grand-père qui me regarda perplexe, n'ayant aucune idée de ce que je lui voulais, si bien que je laissai retomber ma main derrière mon dos, comme si de rien n'était.

Après cette matinée riche en péripéties, nous nous rendîmes au restaurant du Golfe de Siam pour notre rendez-vous avec le lieutenant Chompu. Il n'y avait pas foule. Juste en face, des touristes thaïs payèrent 30 bahts pour faire péter des feux d'artifices en l'honneur du prince de Chumphon, père de la marine thaïe, magicien à mi-temps. Ensuite, ils iraient se prendre en photo sur le superbe ouvrage érigé à sa gloire, un cuirassé de quinze mètres en béton. L'une des curiosités les plus prisées de la province, sans oublier les marins en béton et les montages résolument esthétiques de dauphins. Chacun ses goûts.

Chompu arriva à pied. Étonnant. Certes, le poste de police de Pak Nam ne se trouve qu'à 600 mètres de là, mais les policiers, en règle générale, n'aiment pas la marche. Cela les ravale trop au rang du commun. J'étais nerveuse, je l'avoue, inquiète de la réaction de grand-père Jah face à ce policier un peu maniéré. Bien sûr, il n'était pas en position de se permettre de se plaindre. Lui-même après tout avait indirectement engendré un petit-fils qui n'était pas moins que « Miss Pattaya World 1992 » et un autre qui refusait catégoriquement toute relation sexuelle à moins de sentiments amoureux et qui donc était encore puceau à 32 ans. Avec un tel palmarès, n'importe quel homme était en droit de nourrir de sérieux doutes sur le potentiel de virilité de son patrimoine génétique.

À ma grande surprise, grand-père Jah se leva et salua Chompu dans les règles. Un accueil dans lequel je ne décelai rien de sarcastique. Le lieutenant lui retourna généreusement son salut, puis retira sa casquette et s'assit avec nous sous la canopée. Grand-père et Chompu se lancèrent dans l'évocation de souvenirs professionnels. J'endossai le rôle de la femme et commandai un assortiment de mets fins du Esarn Lao, ainsi que de la bière fraîche et un Coca-Cola pour le lieutenant. Chompu montra beaucoup de respect à l'égard de grand-père, et j'eus le sentiment que, de son côté, grand-père apprécia tout de suite Chompu. Il parla au policier du chemin de terre que nous avions déniché ce matin aux abords du temple de Feuang Fa. Je ne pus retenir un sourire devant le regard émerveillé de mon pépé lorsque le lieutenant, suite à cette nouvelle, attrapa son téléphone portable et s'empressa de transmettre l'info à un collègue, au poste, répétant mot pour mot les paroles de grand-père. Il demanda même à mon aïeul son état civil complet, de manière à pouvoir le citer comme témoin. Les détectives étant repartis à Bangkok avec leur suspecte, la police locale retrouvait désormais toute ses responsabilités dans la poursuite de l'enquête. Puis Chompu éteignit son téléphone, et échangea avec grand-père un large sourire.

– Eh bien, c'est le commandant Mana qui va être content, dit le lieutenant. Si cela nous mène quelque part, vous gagnerez un ami pour la vie.

Il leva son verre et on trinqua joyeusement.

– Des nouvelles, de votre côté ? m'enquis-je.

– J'ai bien peur qu'il n'y ait pas d'empreintes sur le briquet que vous nous avez donné, répondit Chompu. Mais nous avons reçu une réponse pour l'appareil photo. On ne trouve pas ce modèle dans le commerce.

– On est obligé de le voler pour s'en équiper ? plaisantai-je.

– Exactement, ou d'être photographe professionnel. Canon a l'habitude de soumettre ses prototypes à l'avis de professionnels. Et ce modèle était un prototype. Ils en ont fabriqué une centaine qu'ils ont ensuite distribués à des pros.

– On devrait pouvoir obtenir une liste des personnes auxquelles la marque a demandé de tester cet appareil ? dis-je.

– En principe. Mais pour cela, il faudrait contacter le siège de Canon, à l'étranger. Ce qui prendra un certain temps, étant donné…

– Étant donné le bazar qui règne à Bangkok, achevai-je à sa place. Du nouveau sur le conducteur de la Benz ?

– Aucune des unités mobiles ne l'a repéré sur l'autoroute, ni dans un sens, ni dans l'autre, dit-il. Et, comme vous le savez tous les deux, je ne suis pas autorisé à divulguer des informations sur une enquête en cours etc. etc. et blablabla. Cependant, tout à fait entre nous, la fille du propriétaire du 69 Resort se souvient du numéro d'immatriculation de la voiture.

– Chapeau, dis-je.

– Plus encore quand on sait qu'elle n'a que 4 ans à peine.

– Ah. Peut-être devrions-nous dans ce cas ne pas accorder trop de crédit à son témoignage.

– Pas forcément. Il semblerait qu'elle soit un vrai petit prodige de la plaque d'immatriculation. De toute façon, ils ont lancé des recherches sur la base des chiffres qu'elle a fournis. On a aussi quelques avancées à propos de l'agression de Phoom, mais je n'ai pas le droit de vous en parler. La personne qui a téléphoné aux secours avec son téléphone portable depuis le site de l'accident s'est éclipsée à l'arrivée de l'ambulance. C'est souvent le cas. Les gens veulent bien aider, mais surtout pas être interrogés, encore moins impliqués dans une enquête.

– Ça vaut quand même mieux que de se défiler en laissant quelqu'un agoniser sur le bord de la route sans rien faire, remarqua grand-père.

– Tout à fait d'accord, dit Chompu. Mais nous avons quelque chose. On a demandé à la radio locale, 106.50, de passer un appel à témoins. Une femme a téléphoné en disant qu'elle avait vu un accident sur la route. Il y avait déjà deux véhicules garés, aussi elle ne s'est pas arrêtée. Mais elle a aperçu un homme et une femme penchés sur la victime.

– Deux véhicules ? dis-je. Vraiment ? A-t-elle mentionné le type de véhicules ?

– Un pick-up et une voiture, c'est tout ce dont elle se souvient. Pas de marque, ni de couleur.

– Il n'y a pas moyen de remonter jusqu'au bon Samaritain qui a alerté les urgences ? demandai-je.

– Ce n'est pas simple. Il faut demander un mandat à un juge.

– Mais c'est possible.

– Je suppose que le commandant a déjà dû rédiger les formulaires. À quoi pensez-vous ?

– Imaginons. Le tueur vient de renverser Phoom, mais il craint que le sergent ne puisse l'identifier. Il s'arrête pour l'achever, définitivement. Il se penche sur le corps avec un cric quand cette femme arrive, dans son pick-up, et s'arrête à son tour pour aider. Notre tueur fait comme s'il venait d'arriver sur place et prétend vouloir porter secours à la victime. La femme téléphone aux urgences et notre tueur s'éclipse. La femme, pour des raisons connues d'elle seule, s'évanouit à son tour, après s'être assurée que le sergent était pris en charge par les secours.

– Auquel cas, cette femme aurait approché de près le tueur, conclut grand-père Jah. Et elle pourrait l'identifier.

Je n'avais pas vu grand-père aussi fébrile depuis la grande épidémie de diarrhée de 2005. J'aimais le voir comme ça, sans la diarrhée, naturellement.

– Bien, dit Chompu. Il ne me reste plus qu'à encourager le commandant à réclamer au plus vite les autorisations nécessaires pour retrouver l'origine de l'appel aux urgences.

– Rappelez-lui quel formidable tremplin ce serait pour sa carrière, suggérai-je. Cet homme bouillonne d'ambition.

– Il y a une autre possibilité, intervint grand-père.

– Laquelle ? demandai-je.

– Une que tu écartes soigneusement, répondit-il. On pourrait demander au standard des urgences si la personne qui a téléphoné du lieu de l'accident était un homme ou une femme…

J'encaissai avec dignité. Je me refusai à imaginer ma nonne avoir une vie secrète hors du temple avec perruques, voitures rapides et couteaux à lame affutée. Grand-père Jah avait raison. Je tenais à ce que le tueur soit un homme.

– Je m'en occuperai dès cet après-midi, promit le lieutenant.

– Et maintenant, l'affaire du combi, dis-je.

– Quoi encore ? s'exclama Chompu, feignant l'horreur. Ne me dites pas que je vais devoir annuler mon rendez-vous chez la pédicure ?

– Vous devriez commander deux autres bouteilles, dis-je. Vous êtes là pour un bon moment encore.

Une nouvelle fois, je laissai le soin à grand-père de raconter sa visite au capitaine rétrogradé Waew, des forces de police de Surat. Je m'attendais à entendre Chompu opiner avec un « Bien sûr, j'étais au courant ». Or, il devint rapidement évident qu'il ne l'était pas. Il ouvrit son carnet à l'effigie de l'ours Paddington, griffonna quelque chose dedans. À un certain moment, grand-père Jah nous pria de l'excuser. Il devait soulager sa pauvre vessie. L'occasion pour moi de demander à Chompu ce qu'il comptait faire, à propos des photos.

– C'est difficile, admit-il. J'ai pensé un moment les déposer à l'accueil, au poste, et m'enfuir aussitôt après. Mais j'ai compris que tous les problèmes vous retomberaient sur le dos, étant donné que c'est vous qui avez trouvé l'appareil photo. Je ne peux pas non plus les déposer quelque part là-bas, c'est un peu tard pour les découvrir sur la scène du crime. Aussi, je le reconnais, je ne sais pas quoi en faire. Je me contente d'espérer. Quelque chose se produira peut-être qui ne rendra pas leur apparition nécessaire. En attendant, elles sont sous mon matelas.

– J'apprécie votre attitude.

– Nous sommes partenaires, non ?

Je levai les yeux pour voir si grand-père en avait terminé avec ses ablutions.

– Au fait…, dis-je en baissant la voix, sur le ton de la conspiratrice. Auriez-vous entendu parler… de crimes graves commis aujourd'hui ?

– Comment ça, graves ?

– Oh, je ne sais pas. Un meurtre ?

– Mais vous êtes insatiable, dit-il en riant.

– Alors. Rien ?

– Non, rien.

– Pas de personne disparue ? De blessé grave ? De soupçons d'empoisonnement ?

– Un peu de patience. Tout ça finira bien par se produire.

J'espérais que non, au fond de mon cœur, pourtant je n'en menais pas large, convaincue que Mair avait commis l'irréparable.

– Oh, j'allais oublier, dit le lieutenant. Nous avons retrouvé la trace de votre docteur Jiradet, le soi-disant consultant de l'hôpital de Pak Nam. Il semblerait qu'il avait un rendez-vous galant, à l'hôtel, avec une prostituée à peine pubère. Ils avaient pris une chambre chacun de leur côté, mais personne n'était dupe, sa femme la première. Après le départ du docteur, la jeune fille s'est apparemment rabattue sur un touriste. L'opportunisme de mes semblables me laisse parfois songeur…

Deux suspects de plus au tapis. Je commençai à manquer d'alternatives. Grand-père réapparut. J'avais envisagé de ne rien dire à Chompu de ma visite à l'ex-Premier ministre Sugit. Car, forcément, il protesterait en me reprochant d'interférer dans les affaires de la police en alertant un suspect potentiel dans une enquête pour double meurtre. À Chiang Mai, j'aurais été arrêtée pour ça. Mais on était à Pak Nam, et Chompu et moi étions déjà mouillés jusqu'au cou dans le trafic de preuves, aussi envoyai-je balader mes scrupules. Une fois mon récit terminé, il sourit.

– Fascinant, dit-il. Vous n'imaginez pas comme la vie était terne, dans la région, avant votre arrivée.

À cet instant, je me demandai s'il ne nous considérerait pas comme suspects. Une étrange famille débarque en ville. Les cadavres se multiplient comme des petits pains. Mais je me ravisai. Non, mon partenaire ne pouvait décemment pas penser de telles horreurs sur moi et les miens.

– Vous n'êtes pas fâché ? demandai-je.

– Fâché ? Mais je suis tout excité au contraire. Batman et Robin sont là. Vite, quelle sera la suite ?

Le rapprochement ne m'emballa pas outre mesure, surtout que j'étais supposée être Robin. Mais grand-père Jah continua de rayonner, effet de la bière et de l'adulation. En fait, il ne changea d'humeur qu'une fois la note réglée, en m'informant que nous avions tous deux dépassé le taux légal d'alcool dans le sang pour conduire en toute sécurité. Il insista pour que nous marchions plus d'un kilomètre jusqu'au 7-Eleven, afin de prendre une moto-taxi pour rentrer à la maison. Il ignora mes arguments selon lesquels la majorité des conducteurs sont des drogués ou des imbéciles et que nous pouvions parfaitement prendre la route bourrés. Puis il passa vingt minutes supplémentaires à pinailler avec les types des motos taxis. Pas question de les laisser partir tête nue. Neuf mois que nous vivions ici et c'était la première fois que je voyais un type du coin avec un casque de moto.

On finit par arriver à la maison avec trois sacs de bouffe, deux de spécialités de l'Esarn pour Mair et Arny, et un troisième rempli de restes pour Gogo. Je n'avais pas mis encore pied à terre quand j'aperçus Mair, devant sa boutique, discutant avec la dame âgée aperçue à l'agence de détective privé et de stores en plastique. La mère du seul délinquant connu de Maprao. Je fronçai le sourcil, supputant une alliance nocive. J'attendis une minute ou deux, mais les deux femmes en pleine conversation ne parurent même pas me remarquer. Je partis alors à la recherche de Arny pour lui donner son déjeuner. Un Arny introuvable. Une famille de quatre, jeunes parents et deux enfants en bas âge, était assise devant l'un de nos bungalows. La porte était ouverte, mais leurs bagages attendaient sur les marches. J'avais bien remarqué un petit 4x4

Suzuki, sur le parking, mais je pensais que son conducteur s'était offert une pause sur la plage.

– Excusez-moi ! Vous travaillez ici ? appela le père.

– Si on veut…

– Ne le prenez pas mal, mais nous n'avons pu trouver personne à qui parler et comme la porte de ce bungalow était ouverte…

– Vous souhaitez passer la nuit ? demandai-je.

– Deux.

– Pas de problème. Je vais vous trouver une clé.

– Et nous aimerions manger aussi…

Je leur chantai les louanges de notre plat du jour, de savoureux mets délicatement épicés de cette région sublime qu'est l'Esarn, au Nord-Est, et allai *illico* réchauffer le contenu de mes sacs. J'ignorai le pleurnichement de Gogo lorsque je complétai le menu avec les restes qui lui étaient destinés, me congratulant au passage pour mon esprit d'initiative. Nos clients se féliciteraient de s'être arrêtés chez nous.

Puis je décidai d'appeler Sissi.

– iFurn service client, déclama-t-elle. Je suis le docteur Monique Dubois. Que puis-je pour votre service ?

Elle utilisait parfois ce numéro pour ses clients IKEA II. Elle tenait un petit commerce sur Internet, iFurn. Avec un petit *i* qui, comme chacun sait, avec le petit *e*, sont les clés de la réussite, en matière de vente en ligne. Son site web présentait des photos de sa gamme de meubles originaux, en réalité des copiés-collés chopés sur le site de IKEA. La seule différence, les prix pratiqués par Sissi, trois fois plus chers que chez la célèbre marque suédoise. Le slogan de ma sœur était, « Le look de IKEA mais la qualité iFurn ». Elle prétendait représenter l'IKEA historique, avant que la société ne se mette à faire des économies et à rogner sur tout. Le pire, c'est que les gens croyaient à son histoire. Dès qu'on lui passait commande, et après avoir empoché le paiement, elle recopiait la facture, l'envoyait à IKEA et payait le prix du catalogue. IKEA envoyait alors le produit directement au client. Elle avait mis en place une ligne téléphonique spéciale, au cas où quelqu'un reçoive son paquet et note la différence sur la facture. Ce qui se produisait rarement, mais quand c'était le cas, elle expliquait que cette différence de tarifs était un moyen pour la société de réduire ses impôts et, par la même occasion, d'abaisser le coût global de la transaction pour le client. La philosophie de Sissi était que certaines personnes tenaient absolument à payer trop cher certains produits de qualité et, en bons snobs qu'ils étaient, pas question de chercher la petite bête, réflexe comme chacun sait du *vulgum pecus*. Son petit négoce roulait plutôt bien depuis deux ans. La ligne téléphonique était intraçable et le site web protégé contre toute intrusion. Si quelqu'un s'avisait de vouloir le fermer, elle le saurait aussitôt. Je vous le dis, Sissi est une diva.

– Hello, dis-je. Je cherche une table de jeu qui s'effondre dès qu'on pose les coudes dessus.

– Petite sœur !

– Occupée ?

– Le monde ne dort jamais.

– Il t'arrive de sortir le voir, ce monde, Sissi ? De respirer un peu ? De marcher parmi la foule de tes semblables ?

– Nous avons un toit terrasse. Il y fait très bon vers 3 ou 4 heures du mat'.

– Et les restaurants ? Les bars ? La queue aux guichets de banque ? Les centres commerciaux pleins à craquer ? Le gotha ?

– C'est maman qui t'envoie ?

– Je m'inquiète pour toi. C'était quoi, ce film où on voit une femme cloîtrée chez elle manger et manger encore et devenir grosse au point de remplir sa chambre avant d'exploser ?...

– Oui. Je me souviens. L'un des meilleurs rôles d'Audrey Hepburn.

– Sissi. Je suis inquiète. Je me demande si maman n'a pas fait quelque chose de mal.

Le silence se fit sur la ligne de iFurn, puis ma sœur répondit.

– Bien. Je t'écoute.

Je lui déballai tout. John, le détective vendeur de stores, le poison, Mair déguisée en ninja à l'aube.

– J'ai des visions cauchemardesques, je la vois en train de zigouiller tous ceux qui auraient le malheur d'acheter cette marque d'insecticide à Maprao. On parle là de centaines de gens.

– Hmm. Génocide au trou-du-cul du monde, ça fait froid dans le dos… As-tu entendu parler d'un décès suspect ?

– Non.

– Alors tant mieux pour elle. C'est que tout va bien. Elle a encore le réflexe d'assurer ses arrières. Et puis, nous l'avons toujours encouragée à avoir un passe-temps.

– Tu penses que je suis parano, c'est ça ?

– Non. Je pense que tu es complètement idiote. Mair est un peu bizarre. Mais folle au point de supprimer la moitié de la ville avec de la mort-aux-rats, non… Ce que je crois, c'est que tu es dans ce trou perdu depuis trop longtemps. Il est temps de rentrer à la maison. J'ai une chambre d'ami et toute une armoire de DVD qui ne demandent qu'à être regardés. Imagine le tableau. On se passerait tous les épisodes de *La Grande Caravane* sur UTorrent en sirotant de la vodka Absolut et en se goinfrant de chocolat.

Je soupirai. L'invitation était tentante. Presque une aubaine. Mais j'avais des affaires en cours.

– Très bien, dis-je. Je pourrais bien te prendre au mot. Mais je dois d'abord résoudre toutes ces affaires. Tu as eu le temps de réfléchir au meurtre de mon abbé ?

– En fait, j'ai eu une idée de génie, répondit Sissi. Je suis membre du site web Ronde de Police. C'est comme sur Facebook, mais c'est pour tous les gens ayant un rapport avec les flics. Le plus souvent, des poulets à la retraite, mais aussi des actifs. Des officiers de police répugnants, en quête de femmes fétichistes de l'uniforme. C'est d'ailleurs pour cela que je me suis inscrite. Mais, somme toute, on y trouve une clientèle assez hétéroclite. Femmes officiers, procureurs, auteurs de romans policiers en manque d'inspiration, putes faisant de la publicité masquée sous forme de chats. Mais le plus fascinant, c'est que l'on y croise le monde entier. On arrive à discuter entre nous, dans un anglais approximatif, de lois et de techniques de police. Et ça balance. Selon moi, certains visiteurs du site ne réalisent même pas qu'ils sont dans la fosse aux lions...

« Mon pseudo pour Ronde de Police est Elena. Détective russe, amputée d'une jambe suite à une opération antigang. Mais je suis belle quand même, tu vois, et tous ces gentils officiers de police sont tout disposés à ignorer mon moignon. Tu serais étonnée de voir ce que l'unijambiste Elena est capable de soutirer comme informations. Bon, bref, il y a un forum de discussion pour parler de certaines affaires criminelles. Alors, j'ai mentionné le meurtre du temple et ce détail bizarre du chapeau et j'ai aussi envoyé une requête pour toute autre histoire similaire. »

– Tu veux dire, au cas où il y aurait un *serial killer* sans frontières qui coifferait ses victimes d'un chapeau avant de les poignarder ? Allons, Sissi...

– Tu m'as demandé de chercher, non ?

– Mais pas d'arpenter la planète.

– Bien. Puisque tu ne veux pas de mon aide...

– Désolée, désolée. Tu as raison. Oui, tu as absolument raison. Alors ? Tu as eu des réactions ?

– Pas encore. J'ai eu un ex-détective alcoolique du Sud de la Californie qui m'a parlé en détail d'une artiste conceptuelle qui avait l'habitude de déposer des chapeaux pointus sur les cadavres d'animaux écrasés par les bagnoles avant de les photographier. Elle en a fait une expo. C'est tout ce que j'ai pour l'instant. Mais le réseau est gigantesque. Il faut le temps.

– J'ai confiance en toi.

– Tu peux.

– Et ton boulot d'idole du Web ?

– Nous sommes en conflit...

– Déjà ?

– Ils veulent mettre ma photo en ligne... Une photo de moi avant le job. Moi sans fards.

– Toute nue ?

– Non, ma Webcam ne me le pardonnerait jamais. Ils veulent que j'expose mon vrai visage ravagé par les ans. Ils prétendent que ça inspirerait la jeunesse.

– Ils connaissent ton vrai nom ?

– Non.

– Alors, fais-le.

– Tu es folle ? Et si quelqu'un me reconnaît ?

– Ce quelqu'un t'enverra un mail et demandera de tes nouvelles. Tu lui répondras et tu n'entendras plus jamais parler de lui. Les retrouvailles sur Internet sont volatiles et s'épuisent vite. Je suis sérieuse. Fais-le.

– Plutôt mourir.

« Quand je suis arrivé, c'était un monde dangereux, et vous saviez exactement qui ils étaient. C'était nous contre eux, et qui ce « eux » recouvrait était très clair. Aujourd'hui, nous ne sommes pas sûrs de savoir qui est le "eux", mais nous savons qu'ils sont là. »

George W. Bush,

Community College d'Iowa Western,
21 janvier 2000

Sugit Suttirat, ex-ministre de l'Environnement, gara sa Corvette cabriolet rouge devant l'Olympuss, à l'emplacement qui lui était réservé, délimité par deux tabourets de douche, puis il se regarda dans le rétroviseur.

– Pas mal. Pas mal du tout.

Certains esprits grincheux attribuaient son succès auprès des filles à son standing, mais lui savait bien que, parmi ces dames, s'en trouvaient qui étaient littéralement sous son charme. Elles le lui avaient dit, en toute honnêteté et sans contrainte aucune, l'argent qu'il dépensait pour leurs services n'ayant rien à voir là-dedans. Il était devenu un expert en matière de psychologie féminine. Il bipa le verrouillage central des portières, sourit quand ses phares clignotèrent, comme pour lui souhaiter une bonne soirée. Il retrouverait son bolide vers deux ou trois heures du matin, ivre mort, sexuellement repu et sexuellement reconnaissant à Ovariga. Ovariga, produit et commercialisé au Yunan, en Chine, et aussi efficace que le Viagra. À son réveil, demain matin, il serait encore en parfait état de marche. Parfois, il était obligé de s'asseoir entre deux réunions avec son attaché-case sur les genoux. Oui, de la bonne came.

Il s'apprêta à traverser la rue. Les spots de l'Olympuss flashaient en rouge et argent. Assises devant le bar, alignées sur un banc, les filles regardaient le trafic, leur petite jupe plissée montant haut sur leurs cuisses, leurs visages… Bah, qu'est-ce qu'on en a à faire, de leur visage ? Il attendit sur la ligne blanche pour laisser passer un van Milo chocolat au lait particulièrement lent, mais le véhicule ralentit encore et s'arrêta devant lui, au beau milieu de la rue. Il s'attendait à ce que le conducteur baisse sa vitre et demande son chemin, mais le verre était fumé et il ne vit personne à l'intérieur. Il marmonna alors un juron et contourna le van par-derrière. Quelqu'un à cet instant ouvrit d'un geste brusque la portière arrière gauche et il la prit en pleine gueule. Il entendit très nettement son nez refait craquer et sentit même le sang gicler sur ses lèvres.

– Mais que ?…

Je me rappelle ce dimanche, dans une sorte de nuage radioactif de fumier volant en tout sens, comme si un ventilateur s'était cassé la gueule dans une baignoire de mousse au chocolat. La journée commença avec un appel de Sissi, à 6 heures du matin.

– Jimm, j'en ai un, dit-elle.

J'étais encore un peu pompette de mes ablutions au Romania. Je sortis sur la terrasse avec mon téléphone portable et m'affalai sur l'un des fauteuils en rotin.

– Depuis quand te lèves-tu avant le lever du soleil ? marmonnai-je.

– Je ne me suis pas levée pour la bonne raison que je ne me suis pas couchée, répondit Sissi. J'ai passé une nuit intense en compagnie de la police.

– Tu as des problèmes ?

– Mais non, pas la vraie police. La police de Ronde de Police. De vraies bêtes, même en ligne, je peux te le dire. J'en suis encore toute meurtrie…

– Je te crois sur parole.

Comme je regardai en direction de la plage, j'aperçus une silhouette sombre marcher d'un pas lourd sur le sable.

– Et je t'ai trouvé un chapeau, ajouta ma sœur. Un chapeau orange.

– O.-K., merci. Tu n'as qu'à m'envoyer tous les détails par mail.

– Quel ours mal léché, tu fais… Tu as toujours été détestable au réveil. Je suis en train de te parler d'une affaire. D'un meurtre non résolu.

– D'accord. Par arme blanche ?

– Non.

– La victime avait un rapport avec la religion ?

– Non.

Le peu d'enthousiasme que j'avais réussi à faire monter menaçait à tout instant de retomber, comme un vulgaire soufflé.

– En Thaïlande ?

– Guam.

Vous m'auriez mis une carte sous le nez et offert un million de bahts, que je n'aurais pas été capable de mettre le doigt sur… Guam.

– Bien. Le point commun est donc uniquement ce chapeau orange ?…

– Ça t'embêterait de mettre ce ton cynique en veilleuse ? J'ai passé la nuit à chercher ce fichu chapeau.

J'avais mis le fauve en pétard, le moins que je pouvais faire, c'était de l'écouter jusqu'au bout.

– Entendu. Je suis désolée.

– Toshi.

– À tes souhaits…

– Mon détective japonais, idiote ! Ceinture noire de judo. Médaillé olympique, très friand de jeunes femmes d'Europe de l'Est.

Comme c'était romantique. Deux personnes qui n'existaient pas s'étaient trouvées.

– Il a répondu à ma requête « meurtre non résolu – chapeau incongru ». Son anglais est détestable, mais il a mis beaucoup de cœur dans sa réponse. Il dit que ça reste l'affaire qui l'a le plus troublé. Je commence. Une société japonaise entreprit de construire à Guam un hôtel de 2 millions de yens.

– Ce qui équivaut *grosso modo* à 15 dollars.

– Bah, je n'en sais rien, peut-être est-ce 200 milliards de yens… En tout cas, un hôtel très cher, genre avec 20 étages, conçu par un architecte renommé. L'un des chefs de chantier japonais supervisant les ouvriers du coin tomba de la tour quasi achevée et atterrit dans la piscine, encore vide à ce stade des travaux. Un accident, pour tout le monde, jusqu'à ce que le médecin légiste découvre dans la région lombaire du malheureux un trou de balle de petit calibre.

L'impatience me gagnait. La silhouette sur la plage, c'était Mair revêtue de sa panoplie de ninja.

– Ça va prendre encore du temps, avant le passage du chapeau incongru ? demandai-je.

– C'est là où ça cloche. Personne n'a d'explication. Tu connais les Japonais et leur fantaisie. La société chargée de la construction avait ses propres uniformes, très reconnaissables. Combinaisons vert fluo et casques de chantier blancs. Pas d'accessoires mode. Pas de touches personnelles. Des Japonais, quoi. Ils arrivèrent tous en bus, ce matin-là. mais curieusement, lorsqu'on retrouva le chef d'équipe dans la piscine, il portait un casque orange vif. Et tu sais quoi ?

– Un mutin ?

– Quelqu'un avait peint à l'aérosol son casque en orange, alors qu'il l'avait encore sur la tête.

– Il n'avait pas fait ça lui-même ?

– Il avait de la peinture dans les yeux, autour du cou. Et aucune bombe dans les parages. La personne qui avait fait ça l'avait emportée. Et on ne retrouva jamais l'artiste.

C'était bizarre, mais pas très pertinent. J'étais chagrinée d'avoir été réveillée si tôt pour ça.

– C'est génial, Sissi. Merci.

– Tu n'as pas l'air très enthousiaste ?…

– Oh, détrompe-toi, je trépigne. C'est juste que je suis un peu fatiguée, voilà tout. Tente d'en apprendre d'avantage sur le casque orange. En tout cas, bon travail. Écoute, tout le monde s'impatiente, ici, pour le petit déjeuner. Je vais devoir te laisser. On se rappelle…

La journée démarrait mal. Une gueule de bois, un interminable coup de fil sans intérêt, une mère en train de mijoter un sale coup. Franchement, ça aurait pu être mieux.

Ce qui ne fut pas le cas.

Assis devant le local cuisine attendait un petit homme juché sur une moto de l'âge de pierre, au moins. Un type maigre à faire peur que seul son casque devait lester, l'empêchant de tomber de sa selle sur la route. Il tenait à la main une enveloppe kraft.

– Vous êtes *Koon* Jum ? s'enquit-il.

– Jimm.

– Ça doit être ça.

Il me remit l'enveloppe et s'éclipsa. Dommage, je n'eus pas la présence d'esprit de lui demander d'où il venait, ni pourquoi il jouait les facteurs à une heure aussi matinale. Le temps que mon cerveau réagisse, il était loin. Sur l'enveloppe était écrit au feutre, « *Koon* Jum, Lovely Resort ». Je mis l'eau du café à chauffer et ouvris mon courrier, en l'occurrence un prospectus électoral en noir et blanc. Côté face, il y avait la photo d'un candidat hilare, rosette à la boutonnière de la chemisette. Ce prospectus ne datait pas d'hier, le papier était tout effrité au niveau de la pliure. Et si le nom n'avait pas été écrit dessus, je n'aurais pas reconnu le type. Car il s'agissait tout bonnement du visage radicalement plus jeune, encore non refait, de Tan Sugit, à côté d'un gros numéro trois écrit à la main. Le genre de trucs que les chargés de scrutin font circuler dans les villages.

– Je vous donne 20 bahts. Voilà le numéro pour lequel il faut voter. Si vous n'obéissez pas, nous le saurons et reviendrons vous voir.

La seule différence, depuis ces jours funestes pour la démocratie, c'est le coût d'un vote. Aujourd'hui, vous pouvez monter jusqu'à 500 bahts pour avoir votre nom sur une liste. En retournant le prospectus côté pile, je découvris gribouillés à la main les mots, « Demandez à sa fille pour le combi ». On avait utilisé un stylo bille qui avait un peu bavé sur les bords. Je soupirai, je n'étais pas d'humeur au mystère.

Le petit déjeuner fut une formalité. Nos clients nous avaient lâchement abandonnés et pris la voiture très tôt pour aller s'alimenter ailleurs. Chose impossible à faire pour nous. Nous sommes captifs. Dans une famille, en général, chacun se débrouille le matin avant de partir au travail. Soupe de riz, beignet chinois, viande séchée et bouteille de lait de soja chaud pour la route. Mais Mair tenait à ce que nous prenions notre petit déjeuner tous ensemble, genre « asseyons-nous là et communions ». Une politique qui jusque-là n'avait guère été couronnée de succès. Le plus souvent, le matin, nous nous remplissions l'estomac le nez dans l'assiette, sans proférer un mot. Mais, en ce dimanche mémorable, Arny fit une déclaration.

– J'ai une petite amie, dit-il, avec un sourire timide.

Comme un seul homme, toutes les têtes se tournèrent vers mon frère, cuillères et fourchettes suspendant leur vol l'espace d'un instant. Nous espérions entendre cette nouvelle depuis tant d'années. Dieu sait combien nous l'avions encouragé. Moi-même, je lui avais présenté tout un tas de filles à l'école. Mais quand Arny fêta ses 13 ans, il fut clair pour nous qu'il y avait sans doute plus de probabilités que l'Amérique se prononce pour un président afro-américain que Arny se trouve une petite copine. Nous devions nous faire une raison, il y avait quelque chose de Sissi en lui, mais contrairement à ma sœur, mon frère, lui, refusait cette fatalité. Cent fois, en grand secret, je reprochai à notre père absent son défaut d'hormones mâles. Bref, on avait fini par jeter l'éponge.

Mair, elle, en perdit sa cuillère, puis elle bondit de sa chaise et jeta ses bras autour de son cadet.

– Oh, mon enfant, dit-elle. Je suis tellement heureuse pour toi. Bravo. Bravo.

De mon côté, j'attrapai la main de mon frère et la serrai affectueusement. Quoique encore un peu suspicieuse, vaguement sur mes gardes. Grand-père Jah, blanc comme un linge, regardait son petit-fils, incrédule.

– Félicitations, *nong*, dis-je. Qui est la malheureuse élue ?

Mair retourna s'asseoir, le visage rayonnant, les yeux pleins de larmes.

– Ne sois pas méchante, dit-elle. Et comment s'appelle cette jeune fille, mon chéri ?

– Gaew, répondit Arny avec fierté.

– Et que fait-elle dans la vie ?

– Elle faisait du bodybuilding, avant. Je l'ai rencontrée en salle de muscu, à Bang Ga. Elle pratique toujours, mais ne participe plus aux compétitions. Qui aurait cru ? Une petite salle de gym perdue, au fond de la campagne, et je tombe sur quelqu'un comme Gaew… Je l'ai tout de suite reconnue, par les photos.

– Quelles photos, mon chéri ? s'enquit Mair.

– Dans *Body Thaï*.

– Elle était dans ce magazine ?

– Pas uniquement. Elle faisait souvent l'objet d'articles dans des revues du monde entier. C'était une célébrité.

– Et elle vit à Bang Ga ? demandai-je, pas encore au stade chair de poule, mais avec un drôle de pressentiment.

– Même les stars sont nées quelque part, me rappela Arny. Toute sa famille est ici. Je suis allé dans leur maison. Toutes ces médailles. Tous ces trophées. Ces photos. C'est comme un musée. Tout ce dont j'ai toujours rêvé. Elle m'a raconté plein d'anecdotes pendant le repas.

– Ah. Tu as déjeuné avec elle ? demanda Mair.

– Deux fois déjà. Je l'ai emmenée à Lang Suan hier. Nous avons beaucoup parlé. Lorsque je l'ai raccompagnée chez elle, il n'y avait personne. On a failli coucher ensemble.

Grand-père en laissa tomber son beignet. Mair éclata de rire.

– Arny, dis-je, surprise. On est en train de manger… Et puis rappelle-toi, tu ne veux pas perdre ta V-bip-bip-ni-té avant d'avoir trouvé le grand amour, n'est-ce pas ?

– Oh, Jimm, ça y est. Vraiment. Je l'ai trouvé, dit-il. Le cœur qui bat fort et les frissons, tout ça. Je sais que ça y est ! Je vais lui demander de m'épouser.

– Oh, mon garçon, dit Mair. Tu es grand maintenant, mais… Rien ne presse. Écoute ta maman. Depuis quand la connais-tu ?
– Trois jours.
– Trois jours, bien… Alors, s'il y a de l'amour après trois jours, il y en aura encore dans trois mois. On ne doit pas agir sur un coup de tête. Je suis aux anges, vraiment, mon fils. Mais vois-tu, la passion est comme l'œuf. Il faut voir s'il va en sortir un poulet avant de le mettre à bouillir ou à frire.
Mair avait toujours eu un talent inné pour la formule.
– Et que pense Gaew de tout ça ? demandai-je.
– Elle sent tout comme moi. Elle a dit qu'elle avait eu le coup de foudre en me voyant. Moi aussi, j'ai senti ça. Comme un bruit sourd. Elle m'a avoué ne pas avoir ressenti une chose pareille depuis sa rencontre avec son premier mari. Elle pensait ne plus jamais éprouver un tel sentiment, mais elle s'est trompée.
Une mouche passa, puis deux.
– Son premier mari ? répéta Mair.
– Oui. C'est d'ailleurs lui, entre autres, qui l'a initiée au bodybuilding. Une icône, lui aussi. Dom, du Mick's Gym, Purachart. Il a remporté la coupe d'Asie deux fois de suite. Rappelle-toi. J'avais son affiche, dans ma chambre, quand j'ai débuté.
– Mais… Tu avais 14 ans à tes débuts, non ? remarquai-je.
– Oui, c'est exact, opina Arny. C'était il y a longtemps. Oh, comme le temps file…
Devant moi se déploya un champ de mines métaphorique et j'inspirai un bon coup avant de m'aventurer plus loin, sur la pointe des pieds, tout en sachant que nous n'échapperions pas au feu d'artifices.
– Nong ? dis-je. Quel âge a ta fiancée ?
– 58 ans.
Il me répondit sans aucune gêne et avec candeur. Je crois même avec fierté. Apparemment, il ne réalisa pas du tout l'effet de cette révélation sur sa mère, elle-même âgée de 57 ans. Mair, sourire *Titanic* aux lèvres,

voulut parler, mais y échoua lamentablement par deux fois. Elle se tamponna les lèvres avec un mouchoir en papier, se leva et s'éloigna, un peu branlante, en direction de la boutique. Arny la suivit des yeux, radieux.

– On dirait que Mair est aussi émue que moi, dit-il.

Le silence qui suivit fut interrompu par le coup de klaxon d'une moto. C'était Ed. Il nous salua. Assise derrière lui, une fille séduisante, environ de mon âge. Elle me sourit, porta une main à son cœur. Une nouvelle fois, je ne sus comment réagir. Ce n'était pas mon jour. Et il n'était que 7 heures du matin.

Le lieutenant Chompu arriva à 8 heures. Je lui avais transmis l'info, à propos de mon prospectus. Grand-père Jah et moi-même fûmes accueillis dans son fourgon par les vocalises de Da Endorphine, coincée dans le lecteur CD. Bien évidemment, je fus reléguée à la place de la fille, c'est-à-dire sur le siège arrière. Chompu examina le prospectus sous toutes les coutures.

– Une idée de quand pourrait dater ce machin ? demanda-t-il.

– Années 1970, si on en juge par l'aspect de la cravate et les pattes de l'individu, répondit grand-père. Probablement, la première incursion de notre homme sur la scène politique.

– Mais pourquoi m'avoir envoyé ça à moi ? demandai-je. Qui peut savoir que je suis impliquée dans cette affaire ?

– Vous voulez dire, à part tout Lang Suan, à savoir 72 % de la population de la province et approximativement de la moitié sud de la Thaïlande ? ironisa Chompu.

– Très bien, oui, acquiesçai-je. Mais pourquoi m'envoyer ça à moi et pas à vous ?

– Parce que personne n'a confiance en la police, dit grand-père fort à propos.

– C'est la vérité, renchérit Chompu. Et si vous voulez mon avis, étant donné les événements de la nuit dernière, je ne serais pas surpris si ce petit prospectus faisait partie d'une... histoire plus lointaine.

Une fois de plus, je notai chez Chompu ce penchant à la pause, au silence dramatique. Sans doute une vocation d'auteur de théâtre contrariée.

– Qu'est-il arrivé la nuit dernière ? demandai-je.

– Je n'ai évidemment pas le droit de divulguer les détails d'une affaire en cours, mais je peux probablement, vu les circonstances, vous apprendre que l'on a découvert votre Tan Sugit nu comme un ver, menotté sur un banc, à la gare de Lang Suan, tôt ce matin.

– Mort ?

– Par pitié. Ils ne peuvent pas tous être morts. Notre quota, dans la région, n'excède pas trois corps par décennie. Non, il était couvert de bleus et un peu dans le cirage, avec *sa som* (« bien mérité ») écrit sur le ventre avec le sang de je ne sais quel animal. Mais à part ça, plutôt bien vivant, et pas mal embarrassé à vrai dire. Aux policiers de Lang Suan, il a parlé d'une agression terroriste. Ses ravisseurs auraient menacé de le tuer, mais il serait arrivé à s'attirer leur sympathie. Une technique acquise à la faveur de ses nombreuses années de confrontation avec les insurgés du Sud. Ce qui explique qu'il s'en soit sorti sain et sauf.

– Mais attaché à poil sur un banc de gare, insistai-je.

– Un geste symbolique. Une petite revanche, en somme.

– Que voulaient-ils, d'après lui ?

– Il a parlé de documents sensibles qui pourraient avoir été en sa possession sur la politique du nouveau gouvernement à propos des séparatistes musulmans.

– Ramassis de fumier de vache, commenta grand-père.

– Et vous pensez que cela a quelque chose à voir avec mon prospectus de ce matin ? demandai-je.

– Les coïncidences de ce genre ne se produisent qu'à la télévision.

On était maintenant sur l'autoroute, direction le Nord.

– Vous saviez que Sugit avait une fille ? m'enquis-je.

– Oui. Vous avez dû la voir, puisque vous êtes allée chez lui.

– Cette grosse fille ? À sa manière de la traiter, j'ai cru que c'était une domestique.

– Elle vit avec lui depuis plusieurs mois, il paraît. Il est essentiel pour nous de découvrir ce qu'elle sait.

– Si vous pensez que la fille est un facteur clé dans la résolution de l'affaire, pourquoi ne pas nous rendre à Lang Suan ?

– Bien. Officiellement, je ne suis pas autorisé et blablabla *et cætera*, mais il se peut que j'aie commis une légère erreur hier. Suite à notre charmant déjeuner, j'ai décidé d'enquêter sur la violente réaction de Sugit quand vous lui avez parlé de la malicieuse tatie Chainawat. J'étais curieux de savoir pourquoi il la détestait autant. Je me suis donc rendu à Ranong.

– Et l'enlèvement de Sugit serait la conséquence de votre petite visite de courtoisie. Vous craignez d'avoir déclenché une guerre de la mafia chinoise entre deux des clans les plus dangereux du Sud et que, bientôt, la région tout entière soit à feu et à sang, un vrai champ de bataille...

– Je n'aurais pas présenté les choses de façon aussi hollywoodienne, mais oui, puisque vous insistez, et malgré mon devoir de réserve, il est vrai que Sugit a employé à l'égard de la famille Chainawat des termes très peu élogieux.

– Voilà pourquoi nous sommes en route, tous les trois comme une équipe soudée et déterminée, pour les inculper d'enlèvement et de torture.

– Non, vous êtes là en tant qu'innocente jeune femme accompagnée de son grand-père âgé, mais néanmoins compétent. Je me garerai quelques rues plus loin. Il ne faut pas qu'on me revoie là-bas, juste au cas où j'aurais vu juste, pour la vendetta. Il se trouve que vous passez par là par hasard et puis, vous avez un si bon souvenir de votre dernière rencontre, bref vous êtes venue dire un petit bonjour. Vous devez juste faire en sorte de savoir s'ils pourraient avoir quelque chose à se reprocher, à propos de la nuit dernière.

– Et pourquoi ferions-nous ça ?

– Parce que vous êtes tous les deux aussi curieux que moi.

– Et si nous avons raison et qu'ils nous jettent dans une cave et nous découpent en morceaux ?

– Eh bien, cela prouvera qu'ils ne sont pas nets. Je pourrai alors enfin afficher mes galons de capitaine à vos obsèques et tirer de vrais balles en l'air au cours de la cérémonie. Savez-vous que je n'ai jamais tiré une seule cartouche, en dehors du stand de tir ? Si c'est pas malheureux. Alors que je suis une gâchette hors pair.

Grand-père Jah souriait comme un crocodile sur le siège avant. Il buvait du petit lait, pépé. C'était comme si on avait rechargé sa vie. Moi ? Je me demandai si nous aurions fini pour le déjeuner.

– Ma mère veut savoir pourquoi elle devrait répondre à vos questions…

Le visage du fils était plus séduisant encore qu'à notre dernière rencontre, juste plus chiche en sourires. Nous étions assis autour de la même table basse, avec probablement les mêmes ramboutans et les mêmes cacahuètes que la première fois. La colère de la vieille dame indigne fut nettement plus durable, sans policier en uniforme pour nous légitimer. Cela prit un temps fou avant qu'elle ne daigne nous accorder une audience et encore, je la soupçonnai de ne vouloir y consacrer que quelques minutes tout au plus. La question était on ne peut plus simple : « Connaissez-vous *Koon* Sugit Suttirat ? »

Des visions de torture et de dépeçage en tête, je déployai tous mes talents de diplomate, grand-père Jah, lui, optant pour une autre voie, celle du rentre-dedans.

– Bien. Sugit prétend que votre famille est aussi corrompue qu'un général birman, attaqua-t-il direct. Il a dit à la presse qu'on ne pouvait pas vous faire confiance puis, quelques heures plus tard, il est enlevé et torturé presque à mort. Ce qui fait de vous les premiers sur la liste des suspects.

C'était véritablement fascinant. J'admirai mon grand-père et, en même temps, je lui aurais bien donné un coup ou deux de machette. À lame émoussée. Le fils commença à traduire, mais grand-père l'interrompit.

– Assez, dit-il. Cette vieille sorcière habite le pays depuis quarante ans. Elle comprend chaque mot de ce que je dis, je me trompe, ma chère ? Bien sûr que non. J'ai assisté tant de fois à ces numéros de soi-disant traductions que je pourrais en remplir une seconde vie. Vous ne trompez personne. Cela ne fait pas de vous quelqu'un de respectable, d'important. Vous êtes juste une étrangère de plus, ni plus ni moins importante que tous ces pauvres gens que vous employez ici.

S'ensuivirent quelques secondes d'un silence polaire.

– Moi plus importante que Birman, crachota la vieille femme en thaï télégraphique. Plus importante que toi, vieil homme. Qui es-tu ?

– Cela ne vous regarde pas, répondit grand-père.

Voilà, on y était. C'est là que la vieille allait d'un claquement de mains rameuter ses coolies avec leur couteau entre les dents et ils allaient nous ligoter et nous enfermer dans les oubliettes. Bien joué, grand-père. Je retins mon souffle. Mais rien de sanguinaire ne se profila. La vieille fusilla mon grand-père du regard, puis elle sourit, une noix de bétel éventrée dans sa petite bouche, il me sembla même voir passer dans ses yeux une sorte de lueur charmeuse.

– Sugit, un salaud, dit-elle. Moi heureuse sa gueule cassée. Moi serrer la main du type qui l'a enlevé. Moi regretter qu'il soit pas mort, le vieux Sugit… Une pause, pour apaiser la fièvre de la haine, puis… Mais moi rien fait.

Et, pour une raison obscure, je la crus. Je ne l'aimais pas, cette vieille peau, je n'avais aucune confiance en elle. Pourtant, je la crus. Une fois son stock de vocabulaire thaï épuisé, elle se remit à parler à travers son fils, même s'il n'avait plus besoin de traduire nos paroles. Elle comprenait tout. Elle nous balança son pesant d'histoires louches, de transactions foncières véreuses, de trafics en tout genre et autres marchés noirs. Et c'est avec son plus beau sourire qu'elle nous fit le récit de ses victoires sur Sugit. Elle cracha même une noix de bétel en signe de dégoût, rapport à la malhonnêteté de l'individu. En fait, c'était une lutte de territoire, entre deux vieilles dynasties de renégats sino-thaïs. Chacune affichait aujourd'hui un air de respectabilité, mais au fond, tout ce petit monde restait un vrai ramassis d'escrocs. Je ne privilégiais aucun camp par rapport à l'autre, et ne voyais pas plus le rapport entre cette rivalité et le petit bout de terrain, au fond du champ du vieux Mel. J'osai poser la question une fois de plus, à savoir pourquoi elle avait vendu cette bande de terre. La réponse cette fois fut différente, et c'est en personne que la vieille me la servit.

– Les gens qui jettent des ponts entre passé et futur ont le pouvoir de connaître le présent, dit-elle.

Ça sonnait comme l'horoscope de ces petits biscuits de la chance, avec un message dedans. Ses paroles, c'étaient du chinois pour moi, sans jeu de mots. Je me creusai la cervelle une minute ou deux, avant de renoncer à comprendre. Dans le fourgon de la police, sur la route du retour, grand-père et moi fîmes tout notre possible pour rapporter à Chompu les détails de notre entretien. Fallait-il la croire ? Et pourquoi pas ? Mais… Non, pas entièrement. Avait-elle enlevé Sugit ? Je ne le pensais pas. Sa devinette continua de me trotter dans la cervelle, comme une ritournelle qu'on ânonne bêtement, sans vraiment en comprendre les paroles.

« Si vous ne prenez position pour rien, vous ne prenez position pour rien ! Si vous ne prenez position pour quelque chose, vous ne prenez position pour rien ! »

George W. Bush
Bellevue Community College,
2 novembre 2000

Il était 11 h 30 quand nous arrivâmes à Lang Suan. Des météores s'étaient crashés, des dinosaures avaient muté en poissons rouges, s'étaient mis des jambes et étaient même devenus présidents, pourtant ce n'était pas encore l'heure du déjeuner. Chompu nous conduisit directement chez Sugit. Le lieutenant nous assura que le vieux politicien était à l'hôpital, branché sur un goutte-à-goutte, à exploiter du mieux qu'il pouvait toute la sympathie et l'intérêt des médias.

– Mais alors, que venons-nous faire ici ? m'étonnai-je.

– Nous emmenons sa fille au restau, répondit-il. je l'ai appelée pour lui donner rendez-vous, pendant que vous faisiez la fête chez les Chainawat.

Les endroits sélects où déjeuner, à Lang Suan, ne courent pas les rues. Déjà, vous pouvez tirer un trait sur les spécialités française, japonaise et italienne, et même américaine, vietnamienne et allemande. Bien trop exotique pour les locaux. Même le nouveau fast-food reste désert depuis son ouverture, un mois plus tôt. On emmena donc la fille de l'ex-ministre dans une petite gargote, à côté du Uaychai Department Store. Le resto était tenu par l'épouse toute menue d'un baron du gaz propane en bonbonne qui se souciait peu de ce qu'elle cuisinait, dès lors que ça rapportait un minimum. La nourriture était bon marché, plutôt bonne et variée, et le service tellement lent que ça vous laissait tout le temps de bavarder.

La fille, Mayuri, était bien la domestique aux cheveux cramoisis aperçue, sans qu'elle me soit présentée, chez Sugit. Elle vint avec nous sans faire d'histoires, fendit, presque hilare, l'armada de jardiniers en treillis et sauta dans notre fourgon, amicale au possible. Apparemment ravie d'avoir un prétexte pour s'échapper de la propriété. Une nana drôle et aussi colorée que ses cheveux, mais dépourvue d'instinct. Elle ne semblait pas redouter que nous puissions avoir d'autres motifs pour ce déjeuner que le plaisir de l'avoir à notre table, et semblait n'avoir aucune idée de là où pouvaient mener nos questions. Je n'eus pas à me prendre la tête très longtemps pour en déduire que Mayuri n'avait pas inventé les nouilles. Du coup, je ne vis pas vraiment l'utilité de marcher sur des œufs.

– Un combi VW… commençai-je.

– J'ai lu ça, m'interrompit-elle allègrement. Vous vous rendez compte ? Enterré. Incroyable. Ces pauvres gens…

Je me tus, ne sachant quoi ajouter.

– Vous saviez ce qu'était un combi VW, avant de le voir dans le journal ? s'enquit Chompu.

– Oh, oui, répondit-elle, toujours tout sourires. C'était très branché, à l'époque. Il paraît qu'il y avait alors plus de vans VW sillonnant la planète que dans toute l'Allemagne. C'est là qu'on les fabriquait. Imaginez ! Un nuage de combis, comme un vol d'aigles, se déversant sur le vaste monde. Wow !

– Vous en avez déjà vu un, de combi ? demanda Chompu.

Assise à côté du lieutenant, Mayuri se rapprocha tendrement de son oreille puis, la main autour de la bouche, comme si elle s'apprêtait à lui confier un lourd secret, elle chuchota à voix haute :

– Non seulement j'en ai vu un, mais j'ai voyagé dedans. Voilà pourquoi j'étais tout émoustillée, à la lecture de cet article.

Je lui accordai toute mon attention. Les combis n'étaient pas légion dans le coin.

– C'était à quelle époque ? demandai-je.

– En 1978, dit-elle.

Elle martela la date avec vigueur. Se téléporta avec délices dans son passé.

– Quel âge aviez-vous alors ? demanda Chompu.

– 20… Voyons ? 22 ?

– Et comment vous êtes-vous retrouvée à voyager en combi ? demandai-je.

Elle fit tsst-tsst, et engloutit une gorgée de Coca.

– On fait de ces choses, quand on est jeune, dit-elle avant de nous regarder, puis devant nos expressions médusées, elle dut juger qu'il n'y avait pas de risque à poursuivre. C'était la folie, dans les années 1970. Le putsch, des cocos dans tous les coins, les espions du gouvernement, tout le monde qui suspectait et dénonçait tout le monde. Une époque peu propice quand on est jeune, quand on se cherche, vous voyez, qu'on veut croire en quelque chose. Certains d'entre nous sont descendus retrouver les hippies sur les plages, dans le Sud. On vivait libres. On a fait la connaissance d'un Thaï, un mec complètement dingue, qui avait vécu dans la jungle pour fuir la junte. Il avait ce terrain qui était à sa famille, à l'extérieur de Surat. Il nous a proposé de vivre là, avec lui. On était tout un groupe. On se prenait pour des hippies, mais au fond nous faisions juste semblant d'être des hippies, jusqu'à ce qu'il arrive. Ce Thaï nous a donné la chance d'adopter un mode de vie vraiment alternatif, vous voyez ? On a monté, comment diriez-vous ?… Une coopérative agricole. Il avait vécu le même genre d'expérience, aux States, il disait. On avait banni l'argent. On cultivait des tas de trucs, on élevait des bêtes, on coupait du bois pour la cuisine, vous voyez ? Une vie très simple, un peu comme le paradis…

« Mais à mesure que notre communauté prenait de l'importance, on a commencé à manquer de certaines choses. De l'essence pour les pompes, vous voyez, une camionnette, un tracteur, mais on ne tirait absolument aucun profit du produit de notre travail. Comment dire, on survivait, simplement. Puis il fallut se rendre à l'évidence, on avait besoin d'argent. Quand j'y repense aujourd'hui, c'était un échec cuisant. Notre utopie, je veux dire. Le fait est que nous… Bref, j'avais un père, enfin, une sorte de père. Je ne lui avais pas adressé la parole depuis des années. Je l'ai contacté, et je lui ai demandé s'il pouvait me donner de l'argent. Il n'était pas très chaud, mais il a dit qu'il pouvait nous confier de petits boulots, pour gagner notre pain. Il m'a parlé de ce deal de location de voitures. Lui se chargeait d'avancer le fric de la location et s'occupait des cartes d'identité. Deux d'entre nous devraient louer une bagnole, l'amener à un ami de mon père, sur la côte, et la laisser là. L'ami en question la conduirait à son tour jusqu'à Hua Hin pour la sous-louer à des étrangers, trois fois plus cher. Puis il la ramènerait. »

– Qu'est-ce qui vous fait croire que c'est ce qu'ils faisaient ? demanda grand-père Jah.

– Qu'est-ce qu'ils pouvaient en faire d'autre ? répondit-elle.

– Les voler.

– Oh, vous croyez ? C'est plus grave que l'emprunter, non ?…

– Vous ne trouvez pas étrange qu'ils ne vous aient pas demandé, à vous, de ramener le véhicule à la société de location ?

– C'est vrai. Je n'avais pas pensé à ça.

– Bien, dis-je. Et combien de temps, vos amis et vous, avez-vous trempé dans cette arnaque à la location de voitures ?

– Je ne sais pas… Trois mois, peut-être. Environ. C'était une source de revenu commode. Et on ne considérait pas ça comme quelque chose d'illégal, vous comprenez ? C'était juste une redistribution de la richesse des uns à d'autres sans le sou, ou presque. C'était notre philosophie, notre mantra, si vous voulez.

– Voler les riches pour vous remplir les poches, dit grand-père Jah.

Mayuri ne saisit pas le sarcasme.

– On conduisait de belles bagnoles, on traversait de beaux paysages, on prenait notre temps, puis pour finir on rentrait en bus. Avec de l'argent pour la communauté.

– Et alors, en quoi les VW ont-ils changé les choses ? demanda Chompu.

Deux des sept plats commandés firent leur apparition sur notre table. Tout le monde se tut, ne sachant s'il fallait attaquer, ou attendre la suite. Mayuri résolut le dilemme, elle plongea une louche dans le riz frit aux crevettes et s'en servit une bonne ration.

– On était deux ou trois couples à louer des voitures, je me souviens, reprit-elle. C'était surtout des Ford, des Austin, ce genre de marques. De jolies voitures, mais rien d'excitant non plus. Puis, un jour, on nous a envoyés dans cette société où, là, ils louaient des combis VW. Oooh, on aurait dit ces chars fleuris en l'honneur des dieux, dans les processions. On était scotchés. Papa voulait des berlines, mais on n'a pas pu résister. On a loué l'un des deux vans VW. Il roulait à l'essence. On était comme en transe. C'était le rêve, ces VW. Le nirvana. Rouler en combi, c'était mieux que toutes les drogues.

– Dont vous usiez, remarquai-je.

– Du cannabis, essentiellement. On le cultivait sur les collines, autour de la communauté. C'est péché, je sais. Mais à ce compte, la bière aussi, ou encore écraser les mouches, alors on a dépassé tout ça. Ce truc de la religion, vous voyez ? Car après tout, la religion est castratrice, n'est-ce pas, et à l'époque, nous nous battions contre tout ce qui asservissait l'être humain... Bref. On voyageait avec notre stock de dope. Bien planqué à cause des flics, bien plus bolchéviques encore qu'aujourd'hui.

– Heureux de l'entendre, dit Chompu.

– Mon binôme, enfin mon petit copain, il s'appelait Wee… Très bel homme. Bon, un jour, il a décidé de ne pas livrer le van tout de suite à notre contact. Il avait envie d'en profiter un peu.

– Donc vous ne l'avez pas amené à Chumphon ? demandai-je.

Elle pouffa et, dans ses yeux, je vis des résurgences de petite fille espiègle. Ma mère est sujette au même genre de flashs diaboliques dans le regard.

– On n'a même pas eu le temps de sortir de la province, répondit-elle. On a été cueillis par la police de l'autoroute le lendemain matin et conduits au poste de Chaiya direct.

– Pour quelle raison ? demandai-je, alors que ce récit et celui du détective de Surat, le capitaine Waew, commençaient à se rejoindre.

– Oh, vous savez bien. La magie surnaturelle du combi. On roulait tranquilles, tout en suçant des joints. Puis on a encore roulé, on était complètement cassés. La dernière chose dont je me souviens, c'est du panneau de Surat. Retour à l'envoyeur ! On s'était gourés de direction. Alors, on s'est trouvé un petit coin tranquille et on a dormi là.

– Et la police vous a trouvés entièrement nus et complètement défoncés, à l'arrière du van, dit grand-père Jah. Garés à vingt mètres à peine de l'autoroute.

– De jeunes fous, voilà ce qu'on était.

De nouveau, elle pouffa de rire, comme électrisée par ses souvenirs. Visiblement, son passé était bien plus marrant que son présent.

– Que s'est-il passé alors ? s'enquit Chompu.

– On a montré nos fausses cartes d'identité. On savait que les flics auraient vite fait de nous soupçonner d'avoir trempé dans les autres affaires de vol de voitures de location. On ne voulait pas d'ennuis. Et puis, il y a eu cet inspecteur venu du Surat et là, il nous a dit qu'il enquêtait sur mon père. Et qu'on pouvait conclure un marché. Il a promis de nous épargner la prison si on lui fournissait des preuves contre le vieux. Bien sûr, tout vaut mieux que la taule, non ? Alors on a accepté.

– Vous avez accepté de donner des preuves contre votre propre père ? répéta grand-père Jah.

– Oui. Après tout, on n'était pas si proches, lui et moi. Peut-être qu'on serait pas allés jusqu'au bout, s'il nous avait un peu aidés. Au lieu de ça, il n'a rien dit. Il a fait comme s'il ne nous connaissait pas. Il est comme ça, vous savez. Mais, bref, le temps que nous réfléchissions, ils nous ont installés dans un joli petit pavillon sous clé, avec frigo et télé. Le détective a dit que c'était pour notre sécurité, mais qu'il ne fallait pas sortir. Il y avait cet agent obèse, au portail, qui nous surveillait. C'était cool. On glandait, on regardait la télé. C'était surréaliste. Puis papa s'est pointé.

– Et il vous a aidé à mettre en scène l'enlèvement ? dis-je.

– Oui. Ce ne fut pas trop difficile, l'agent s'était volatilisé en laissant les portes ouvertes. D'ailleurs, maintenant qu'on en parle, c'est bizarre, ça…

Le dernier de nos plats supplanta les précédents, et avec eux s'envolèrent tous nos espoirs. Manifestement, les corps dans le combi n'étaient pas ceux du couple de ce bon Waew.

– Vous êtes retournée dans la communauté après ça ? demanda Chompu.

– Non. Nous n'étions plus motivés… Et puis, la police aurait sûrement eu vite fait de nous retrouver. Papa nous conseilla de quitter la ville et de nous faire petits.

– Où êtes-vous allés ?

– On s'est laissé dériver, vous voyez ? Et on a pris un peu de plomb dans la cervelle aussi. On travaillait ici et là puis, en un rien de temps, la flamme hippie s'est éteinte. Confronté au monde normal capitaliste, notre couple a commencé à battre de l'aile. Wee et moi, on s'est séparé.

– Une idée de ce qui est arrivé au combi que vous aviez loué ? demandai-je.

– Non. La dernière fois que je l'ai vu, c'était sur le parking du poste de police de Chaiya. J'imagine qu'ils l'ont réexpédié à son propriétaire...

– Non, dit grand-père. Il ne l'a jamais récupéré.

– Non ? Alors, c'est sûrement l'un des membres des forces de l'ordre qui l'aura adopté, dit Mayuri qui avait déjà terminé son assiette, et cela sans cesser de parler. J'ai pensé que peut-être celui qu'ils ont trouvé enterré était le nôtre...

– Et le deuxième van, une idée de qui aurait pu le louer ? demanda Chompu.

– Non, comme je vous l'ai dit, on n'est jamais retourné là-bas.

– Vous rappelez-vous du nom de certains membres de votre communauté ? demanda grand-père.

– Oui, mais ça ne vous servirait à rien. On s'était tous rebaptisé, Matin glorieux, Fier Étalon, ce genre de choses. En entrant dans la communauté, on rompait avec la civilisation décadente et tous ses attributs et ses artifices. De ce fait, personne ne connaissait le vrai nom des autres. Wee ne s'appelait pas vraiment Wee, vous voyez ? En anglais, ça veut dire pipi. Pourquoi, vous me direz, un petit nom aussi dégradant ? Parce que l'urine est en réalité pleine de nutriments. En Inde, les fakirs la boivent comme si c'était du jus d'orange...

– Entendu, dit Chompu en posant son verre. Où étiez-vous censés conduire les véhicules de location vol... Je veux dire, empruntés ?

– À Tako.

Tako se trouvait à une trentaine de kilomètres un peu plus au nord, sur la côte. De Surat, on pouvait y accéder de deux manières, par l'autoroute, auquel cas il fallait traverser Lang Suan, ou par la petite route qui, elle, permettait d'éviter les barrages de police en longeant le littoral quasiment jusqu'à Pak Nam. À l'époque, il n'y avait pas de pont, aussi on était obligé de faire un détour en amont de la rivière, quasiment en face de chez le vieux Mel. Nous devions absolument découvrir qui avait loué le second van. Tan Sugit n'était pas encore sorti de l'auberge. Ni nous de notre restaurant, mais ce repas avec sa fifille avait été riche en renseignements.

– Mayuri, dis-je. Aujourd'hui, vous n'avez toujours pas fait la paix avec votre père, je me trompe ?

– Vous n'avez rencontré ce vieux salaud qu'une seule fois… Je ne vois pas ce qui vous fait penser ça…

– Oh, rien de précis. Juste une intuition… Vous l'impliquez dans des activités illégales de toutes sortes, continuai-je. Vous le traitez de tous les noms. En ce moment même, vous n'êtes pas à son chevet, à lui tenir affectueusement la main…

Elle rit, et une nouille, sans doute en perdition entre ses dents, en profita pour s'échapper de sa bouche.

– Il n'a pas besoin qu'on lui tienne la main, dit-elle. Il va bien.

– Il a quand même été enlevé et torturé, lui rappelai-je.

– Mais pas du tout, voyons.

– Sauriez-vous quelque chose, au sujet des événements de la nuit dernière, dont vous souhaiteriez nous informer ? sonda Chompu.

– Pour le médecin, que j'ai eu au téléphone, les seules preuves de torture probantes se trouvent dans son imagination. Bon, il a le nez pété. Mais après toutes ces reconstructions faciales, je doute même qu'il sente quelque chose. Non, pour moi, il était juste ivre mort et ses putes ont voulu lui faire une farce. L'histoire des terroristes, c'est pour sauver la face.

– Pourquoi vivez-vous avec lui ? demandai-je.

– Il m'a prise comme gouvernante. Bénévole. J'étais sans travail. Sans mec. Tout allait de travers. Alors je l'ai contacté, pour savoir s'il n'aurait pas d'autres jobs un peu particuliers pour moi. Il m'a demandé si je savais cuisiner. Vivre sous le même toit que lui ne m'a jamais inspirée. Oh, ne soyez pas si surprise. Je suis la quatrième enfant d'une portée de vingt-huit environ. Des rejetons mis au monde par sept femmes différentes. Il en a épousé une seule. C'est tout juste s'il se souvient de qui était ma mère. Il n'y a guère de place dans son cœur pour, comment appelez-vous ça, l'amour paternel. Il m'arrive même de devoir lui rappeler que je suis sa fille, certains soirs, si vous voyez ce que je veux dire…

Nous redéposâmes Mayuri chez elle et, tout en retraversant la ville, on fut bien obligé de reconnaître qu'en ce qui concernait l'affaire du combi, on était revenu à notre point de départ. Chompu fit une halte au quartier général de la police de Lang Suan pour aller dire trois mots à l'officier de service, nous confiant le fourgon à grand-père et à moi.

– Grand-père Jah, demandai-je, que penses-tu de tout ça ? Je parle de l'enlèvement, du prospectus avec le petit mot que l'on m'a envoyé ?

– Je ne sais pas, répondit-il en secouant la tête. La fille n'a peut-être pas tort. Il pourrait bien s'agir d'une séance sado-maso qui a dérapé…

– À poil et menotté sur le banc d'une gare ?

– Certaines filles dans ce genre de bar sont parfois vindicatives, Nong Jimm. Tu passes de l'une à l'autre sans…

– Et ces mots sur son ventre, *sa som* ?

– Ça signifie « bien mérité ».

– Je sais ce que ça veut dire, grand-père. Mais pourquoi une fille de bar irait écrire ça sur lui ? Tu n'as pas le sentiment que ces mots font référence à quelque chose de plus sinistre ? Et puis, ce prospectus, ce n'est pas une coïncidence, non ? Il y a forcément un lien.

Je n'eus pas l'honneur d'entendre sa réponse, le lieutenant Chompu nous interrompit, bondissant comme un petit lutin dans le fourgon, visiblement sur des charbons ardents, puis il nous sourit de toutes ses dents parfaitement blanches et alignées.

– Je ne suis en aucun cas… autorisé à vous le dire, haleta-t-il. Néanmoins… nous avons une bonne et une mauvaise nouvelle, ainsi qu'une bonne et une mauvaise nouvelle et pour finir une bonne nouvelle. Mais c'est toujours mieux que pas de nouvelles du tout. Par où commencer ?… dit-il, sous nos yeux écarquillés.

Très bien. Les bonnes nouvelles. La fillette, celle du numéro d'immatriculation de la Benz, est en effet un petit génie. Ils ont retrouvé le véhicule. La mauvaise nouvelle, c'est que la bagnole vient d'une société de location de Phuket, et le type qui a séjourné à l'hôtel était l'un de leurs chauffeurs. Son nom, Wirapon, surnom, Keeo.

– Cela ne le met pas hors de cause pour autant, fis-je remarquer. Les chauffeurs employés par les sociétés de location de voitures peuvent se révéler à l'occasion d'adroits meurtriers, à leurs heures perdues.

– C'est exact. Mais apparemment, il est très content de collaborer avec la police dans l'enquête. Ils le ramènent de Phuket avec toutes les infos concernant le client qui a loué le véhicule et le compte rendu de ses activités journalières.

– Oui, ce n'est pas vraiment l'attitude d'un criminel, ça, dis-je.

– Non, effectivement. Il sera là vers 15 heures, aussi nous ne devrions pas tarder à avoir certaines réponses. Bien, où en étais-je ? Oui. La bonne nouvelle numéro deux, à présent. La cour nous a donné le feu vert pour localiser le numéro de la personne qui a appelé les urgences, sur le site de l'accident, en réalité de l'agression, du sergent Phoom. Le numéro de portable appartient au gérant d'une franchise de fauteuils roulants et béquilles, à Lang Suan. La mauvaise nouvelle, c'est que le gérant dit que ce n'est pas lui qui a appelé les secours. Il avait prêté son téléphone à son frère, venu de Chonburi lui rendre visite ce jour-là. Le type avait des affaires à régler, dans le coin, mais avait oublié le chargeur de son mobile. D'après le gérant, son frère est rentré chez lui dès le lendemain, visiblement l'idée de devoir traîner par ici pour signer des rapports de police ne l'enchantait pas. En fait, le numéro de l'hôpital était dans le répertoire du mobile.

– Bien. Si c'est vrai… dis-je.

– … Et si le second témoin a vu juste quand elle parle d'un homme et d'une femme sur le lieu de l'accident, ajouta Chompu, cela signifie que l'autre véhicule était conduit par une femme. Jusqu'ici, la police n'a pas réussi à contacter le frère. Il n'a sans doute pas encore réussi à recharger son mobile. Mais, d'après le vendeur de béquilles, son frère a parlé de l'accident. Il aurait dit quelque chose, à propos d'une femme chinoise dans une voiture de luxe, qui ne parlait pas un mot de thaï. Elle était toute retournée de s'être trouvée la première sur le lieu de l'accident. Quand le frère est arrivé, elle est partie. Il s'est retrouvé seul. Il n'avait pas d'autre choix que d'appeler les secours.

– Tout ça devient bien compliqué, dis-je.

Ma tête bourdonnait. On aurait dit qu'un bataillon de cantonniers travaillait au marteau-piqueur pour élargir les voies de circulation de mon cerveau étriqué. Je dus passer en revue l'ensemble des événements de la semaine passée, en effaçant l'option coupable mâle pour la remplacer par auteur féminin. Moi, sexiste ? À peine. En effet, quand j'avais fait la tournée des hôtels et autres complexes touristiques, pas une fois je n'avais demandé à mes interlocuteurs de me renseigner sur telle ou telle femme qui aurait logé chez eux. Pas une fois je n'avais envisagé la possibilité qu'une femme soit capable d'une série d'actes aussi violents. Si on était venu me mettre sous le nez une suspecte féminine, je leur aurais ri au nez. Voilà ce que j'étais, une féministe de la pire espèce.

– Elle n'était pas nécessairement chinoise, remarqua grand-père Jah d'une voix neutre. Elle pouvait très bien être thaïe et porter une perruque.

J'éclatai de rire.

– Et pourquoi aurait-elle besoin d'une perruque pour faire croire qu'elle était ?… Oh, bon sang, mais c'est bien sûr ! Tu penses encore à la nonne, c'est ça ?

– Tout concorde, répondit grand-père. Elle met une perruque, se déguise pour ressembler à une laïque. Elle loue une voiture. Entre et sort du temple sans être vue. Mobile. Opportunité. Comportement classique de la psychopathe, sur la piste de ce moine durant trente-deux ans. Tu veux parier ?

Je n'étais pas d'accord. Et pas uniquement parce qu'elle était nonne et avait passé la majorité de sa vie à la recherche de son seul vrai amour. Il se pouvait que j'aie péché par empathie, or une bonne journaliste doit savoir prendre du recul, faire abstraction de ses sentiments. Supposons que j'adhère au scenario de grand-père : pour pouvoir rester auprès de mon amant, je me trouve forcée d'exterminer l'abbé Winai des Affaires internes du Clergé. Entendu, sauf que tout ça n'aurait jamais pu être planifié aussi méthodiquement. Il ne s'agissait pas du mobile de la tragédie. D'un complot visant à supprimer une menace. De l'effacement d'un empêcheur de s'aimer en rond, et de la victoire de l'amour, en guise d'épilogue. J'avais vu les photos. L'abbé Winai apparaissait sans le moindre doute comme la star du show et son trépas était le clou du spectacle. C'était lui la finalité de tout ça, pas ma nonne...

– Je crois qu'il est temps de montrer les photos à votre grand-père, dit Chompu.

Je l'avais envisagé, bien sûr, mais fugitivement. Grand-père Jah avait gagné notre confiance, mais là, il s'agissait de plus que de partager des informations. C'était partager un secret. Car le lieutenant comme moi-même, nous étions coupable de rétention de preuves. C'était un délit. Et quand on sait que grand-père est incapable de boire une bière sans se soumettre lui-même à l'alcootest... Son honnêteté lui avait valu de ramer toute sa vie. Et franchement, je ne savais pas comment il allait prendre mon méfait. Quant à Chompu, il risquait bien dans l'histoire de perdre tout ce pourquoi il s'était tellement battu.

Grand-père Jah demeura pensif quelques secondes. Puis sa tête opina en même temps que résonna le bêlement du buzzer « portière déverrouillée ». Enfin, il se tourna vers le lieutenant.

– Je me demandais quand vous y viendriez, dit-il.

– Tu savais... que j'avais téléchargé les photos ? dis-je.

– Tu ne croyais pas que je m'interrogerais, en voyant un lieutenant de police te suivre dans ton bungalow à 10 h 30 ?

J'aurais dû répondre par un sarcasme, mais j'étais encore sous le choc.

– Alors, comme ça, tu m'a espionnée…

– Il se trouve que j'étais juste à ce moment-là tranquillement assis sous les arbres, en train de réfléchir à mes propres affaires. Quoi qu'il en soit, j'aimerais bien jeter un œil sur ces photos.

Sacré grand-père. Ah oui, il était des nôtres. Comme nous, tout pareil. Un vrai trio de faux culs.

– Bien, en guise de bonnes nouvelles, il y a mieux, je vous l'accorde, reprit Chompu, j'ai cependant glané quelques infos intéressantes pour nos investigations sur le combi. Dans sa déclaration, Tan Sugit a indiqué avoir été embarqué par quatre voyous, parfois c'est six, ou huit, à bord d'un van réfrigéré Milo couleur chocolat. Au dire de la compagnie Milo, ledit véhicule aurait été volé la veille. La police de Lang Suan l'a retrouvé il y a quelques heures, abandonné derrière la fontaine d'une fonderie. Les types des empreintes n'ont rien pu relever d'exploitable, manifestement ils avaient fait le ménage après usage. Tous ces éléments indiquent en tout cas que le rapt de Tan Sugit n'est pas un délire de son imagination.

Chompu nous débarqua à la maison et promit de nous rappeler, dès que les résultats de l'interrogatoire du chauffeur de la Benz tomberaient. Sans perdre de temps, je mis grand-père Jah devant mon ordinateur et lui montrai où cliquer. J'étais en route pour rejoindre Mair dans sa boutique, quand j'aperçus notre joyeuse famille de touristes sur sa terrasse. Je notai la présence de Gogo, avec les enfants, ventre à l'air. Elle ne m'a jamais montré son ventre, à moi. En fait, elle semble aimer tout le monde, sauf moi.

– Puis-je vous poser une question ? dit le père.

Je priai pour que ce ne soit pas un truc trop difficile, genre heure des marées, appellation locale des îles que l'on aperçoit vaguement, à l'horizon, ou encore nom de ces volatiles turquoise qui, régulièrement, viennent se percher sur notre clôture. Je l'avoue sans honte, je ne connais rien aux subtilités de mon environnement.

– Mais certainement.

Il me rejoignit, marcha d'un pas tranquille à côté de moi, sur la petite allée derrière la plage. Il était sympathique, séduisant pour un jeune marié, et extrêmement poli. Et la simplicité de sa question me laissa sur le cul.

– Seriez-vous intéressée pour vendre votre hôtel ?

Ma première réaction fut de penser que cette famille était en cavale, ils avaient échappé à la vigilance des gardes d'un asile de fous. Je jetai un coup d'œil discret derrière moi, regardai la jeune épouse et ses enfants rieurs. Ils semblaient relativement normaux.

– Pourquoi ? demandai-je.

– Nous longeons la côte à la recherche d'une petite affaire, dit-il. Le père de ma femme est décédé l'année dernière et nous a légué un peu d'argent. On rêve de s'établir au bord de la mer. Nous ne sommes pas à la tête d'une fortune, mais je peux vous faire une offre décente. On aime beaucoup cet endroit.

– Vraiment ? Et qu'est-ce qui vous plaît tant ici ?

– Avez-vous pris le temps de regarder autour de vous ?

Je m'exécutai. La météo mi-figue mi-raisin de la semaine passée avait en fin de compte choisi son camp. Un méga cumulo-nimbus genre gâteau au chocolat dégoulinait vers nous, obturant le vaste ciel jusqu'à l'est. Un décor à la Steven Spielberg. Je sus instinctivement que j'aurais dû encourager l'intérêt du jeune père, mais j'imaginais ses enfants mourant de faim, un mois à peine après la transaction.

– Écoutez, franchement, cet endroit, c'est la lie des hôtels de bord de mer, décidai-je de le dissuader. On est ici depuis neuf mois et on n'a pas encore fait rentrer assez d'argent pour regonfler les pneus de notre camionnette.

– C'est parce que vous ne l'aimez pas...

– Quoi ?

– Cet endroit. En réalité, aucun de vous n'est vraiment ici. Je vous ai bien observés. Chacun vaque à ses occupations. Mais votre cœur, lui, n'est pas là. Un endroit comme celui-ci, ça se bichonne. Il n'y a pas de nourriture dans le réfrigérateur, pas de stock à la boutique. Les bungalows sont délabrés, sans charme. Personne ne prend le soin de balayer la plage (ça existe ça, des gens qui balaient les plages ?)... Bref, vous occupez les lieux, mais c'est tout. Donc, ce que je propose, c'est de vous faire une offre de façon à vous donner toutes vos chances pour aller là où vous avez vraiment envie d'être...

En entrant dans la boutique, je surpris Mair en train de colorier un masque chirurgical blanc, à l'aide d'un feutre noir. Étrangement, cela ne me parut plus si important. Je me trouvais dans un état incertain, entre fébrilité et anxiété, consciente que la confrontation qui s'annonçait serait le premier bras de fer d'une guerre interminable. Mais que voulez-vous, le destin avait armé mon bras.

– Mair. Tu connais la famille dans la chambre deux ?

– Oh, nous avons des clients ? dit-elle en s'empressant de glisser masque et feutre sous son tablier. Je suis contente. Arny ne m'en avait rien dit.

– Sans doute parce qu'il l'ignorait. Il n'est pas là. Il doit être en train de faire les yeux doux à Mémé. À peine si on l'a vu depuis que notre gentille famille est arrivée. Ils se débrouillent pour les repas, utilisent leurs propres serviettes. Le papa a même réparé la cuvette des W.-C. Ça devient embarrassant.

– La cuvette était cassée ?

Je m'assis à côté d'elle, sur le petit tabouret en plastique, et pris sa main. Puis je laissai échapper un long soupir.

– Écoute, Mair. À l'évidence, ça ne marche pas... Quelle que soit la magie que tu espérais trouver ici, ça ne fonctionne pas. Or, les gens de la chambre numéro deux aiment beaucoup cet endroit. Te rends-tu compte ? Ils veulent nous racheter l'hôtel. C'est un miracle. Je sais bien que tu...

– Entendu.

– Entendu quoi ?

– Je vais le leur vendre.

– Vraiment ?

– Puisque c'est ce que vous voulez, tous, eh bien oui, je vais vendre.

Je ne suis pas certaine de pouvoir décrire la sensation qui me parcourut le corps lorsqu'elle dit cela, mais je veux bien essayer. Dans un premier temps, je ressentis comme de l'extase, j'exultai à la perspective d'un avenir radieux. Ce fut comme si une légion d'asticots bien chauds se répandait dans mes veines. Mais juste après, contre toute attente, le pas de ces bestioles ralentit, puis tout ce petit monde se figea, se refroidit et enfin gela. Voilà comment je me retrouvai le corps rempli d'asticots gelés.

– Tu es sûre ? demandai-je.

– Ma chérie, à Chiang Mai, nous vivions à cinq sous le même toit. Cinq individus n'ayant rien en commun que leur nom de famille. Nous respirions les gaz d'échappement toute la sainte journée. Nous subissions la pollution et le bruit et les agressions diverses et variées de la grande ville. Nous étions tous si repliés sur nous-mêmes que nous avions cessé de vivre les uns avec les autres, les uns pour les autres. J'espérais en venant ici redonner vie à notre famille. Je voulais renouer avec mes enfants et mon père, pendant que je suis encore capable de les reconnaître, avant qu'il ne soit trop tard.

– Meuh… Mair, je…

– Nous avons fait de notre mieux. Neuf mois, ce n'est pas rien. Je suis sûre que Sissi sera heureuse de nous voir revenir…

Comme c'était simple. On allait tous rentrer à la maison et être heureux, de nouveau. Grand-père Jah se remettrait à regarder les bagnoles. Arny pourrait se modeler un corps asexué. Quant à moi, je retrouverais mon bureau, à la droite du maître du reportage criminel qui, soit dit en passant, n'avait toujours pas passé l'arme à gauche et continuait de boire allègrement. Et enfin, Mair…

– Qu'est-ce que tu trafiques, Mair ? demandai-je.

– Trafique ?

– Oui. Et pas de mensonge. C'est humiliant à la fin. Je déteste ça. Donc, que fais-tu chaque nuit avec ton déguisement noir et ton insecticide, à arpenter la plage ?

Elle faillit me servir son sourire façon *Titanic*, mais au dernier moment se ravisa, comprenant que ça ne prenait plus. Elle prit alors ma main et me massa les articulations avec son pouce.

– Nous hantons un homme, dit-elle, tandis que je retenais mon souffle. L'homme qui a tué John. J'ai découvert qui c'était. Le fils de tante Summorn. Un homme mauvais, un ivrogne, une sale brute. Il se promène avec un revolver et menace les gens. Dès le début, mon détective privé a su que c'était lui qui avait empoisonné mon chien. Ce n'était pas bien difficile. Il suffisait de savoir jusqu'où John était allé avant que le poison ne fasse son effet. Et cet homme a tué comme ça des tas d'autres chiens qui allaient embêter ses précieux poulets.

« J'ai eu une réunion avec les maîtres des autres chiens assassinés. Ces gens sont tous très en colère, mais la police ne fait rien. Ils ont dit que nous n'avions qu'à attacher nos chiens. Que c'est notre faute. Mais, ma chérie, regarde cet endroit. Comment enchaîner un chien avec toute cette belle nature alentour ? Nos chiens étaient tous bien nourris. Ce n'était pas la faim qui les poussait à chasser les poulets. C'était juste un jeu pour eux. Ils s'amusaient avec les poulets, les coursaient un peu. Et puis, ses poulets se sont pas sous cage. Pour ce monstre, seuls les poulets ont le droit de courir librement, pas les chiens.

« Les gens ici sont trop polis, et puis ils avaient peur d'aller trouver ce voyou pour lui faire part de leurs soupçons. Alors ils ont parlé à sa mère, mais il y a longtemps qu'elle ne contrôle plus son fiston. En fait, elle aussi a peur de lui. Il vit dans une cabane, derrière la maison familiale. Il ne travaille pas. Il vole. Il extorque de l'argent aux pauvres gens. C'est un voyou de la pire espèce, Jimm. Lors de notre réunion, nous avons d'un commun accord décidé d'aller le hanter avec l'esprit de ses victimes. C'est un ivrogne, alors ce n'est pas bien difficile d'envahir ses rêves. La nuit tombée, la voix des chiens résonne autour de sa cabane, leur ombre se faufile devant sa fenêtre, mais lorsqu'il se précipite pour ouvrir, il n'y a personne. Les sachets vides d'insecticide qu'il croyait avoir détruits se retrouvent le matin devant sa porte. Et puis il y a les hurlements, ces hurlements incessants, toute la nuit, qui l'empêchent de dormir. Il a beau faire le tour de sa cabane revolver au poing, il ne voit jamais de chiens, et pourtant, à peine a-t-il retrouvé son lit, que les hurlements recommencent. Trois nuits qu'il n'a pas fermé l'œil.

« Et puis, la nuit dernière, il n'a pas bu une seule goutte d'alcool. Ce matin, il s'est rendu au temple de Kor Kow pour faire des offrandes à Guan Yin, la déesse chinoise de la compassion. De retour chez lui, il est allé voir sa mère et lui a dit qu'il était hanté et ne savait que faire. C'est elle qui nous l'a raconté. Selon elle, un jour ou deux de plus, et il devenait fou. »

Mair arbora un sourire qui n'avait rien de commun avec celui que nous lui connaissions. Ce sourire-là était frais, franc et vivant. Le genre de sourire que j'avais pu voir sur le visage de Mayuri au restaurant. Plein de jeunesse et de malice. C'était ce sourire qu'une autre Mair, en un autre temps, dispensait à ses enfants pour accompagner ses histoires. Manifestement, les braises en elle brûlaient encore.

Je retournai voir le jeune papa, chambre numéro deux, et le remerciai pour son offre en lui expliquant que ma mère refusait de vendre, quel que soit le prix. Après avoir stationné un long moment au-dessus de nos têtes, le cumulo-nimbus avait brusquement viré, direction la Birmanie, sans même verser une larme.

Grand-père Jah faisait les cent pas sur la plage, tête baissée, épaules rentrées. Je me joignis à lui.

– Pardon de ne pas te les avoir montrées avant, dis-je.

– Ce n'est pas grave.

– Qu'en penses-tu ?

– Je pense que ces clichés sont très enrichissants. Je dois m'excuser pour la nonne. Ce n'est pas elle. Il y a quelque chose de, je ne sais pas, de psychotique, dans tout ça. Je n'avais encore jamais rien vu de tel. On est ni en présence d'un meurtre sur commande ni d'une vengeance. Ces photographies ne sont pas simplement une preuve. Si tu veux garder trace d'un meurtre comme celui-ci, tu utilises la vidéo. Tu filmes toute la scène. Afin de ne passer à côté d'aucun détail.

– Avec les appareils modernes, on peut choisir n'importe quelle vue et l'imprimer, fis-je remarquer. La qualité est presque aussi bonne qu'avec un caméscope.

– Alors un bon caméscope aurait mieux fait l'affaire. C'est comme si elle, ou lui, voulait créer une série d'œuvres d'art pour exprimer son talent. Pour s'exposer.

– Une sorte de performance, dis-je.

Je repensai aux couleurs. Dès les premières photos, j'avais été comme hypnotisée. Toutes ces couleurs. Puis, l'image de la combinaison vert fluo est venue s'immiscer dans mon esprit, la vision de cet homme désarticulé, tombé dans une piscine vide encore en chantier et baignant dans une mare de sang. Le chapeau orange et tout ça. J'ai pris mon téléphone portable et composé un vieux numéro que je connaissais bien.

– iFurn service client. Je suis le docteur Monique…

– Sissi, c'est moi. Écoute, peux-tu joindre Yoshi ?

– Toshi.

– Toshi, si tu veux. Demande-lui s'il y avait des suspects pour le meurtre de Guam, celui du type dans la piscine.

– Me prendrais-tu au sérieux, soudain ?

– Je t'ai toujours prise au sérieux, *pee*. Et pendant que tu y es, peux-tu aussi demander à ton alcoolo de détective, en Californie, s'il a des détails sur le taré qui photographiait les animaux écrasés ? Demande-lui si les chapeaux pointus étaient orange ?

– Je pourrais bien en avoir un autre…

– Un autre quoi ?

– Meurtre au chapeau orange. J'ai reçu un message de Taiwan. Un inspecteur chinois tout maigre. J'ose espérer qu'il ne bidouille pas son profil photo, parce que, si c'est le cas, il doit être vraiment hideux. Bref. Il se souvient vaguement d'une agression à l'arme blanche, dans une volière. Ils n'ont jamais chopé le coupable. Le truc, c'est que la victime portait le chapeau orange du meeting électoral du Qinmindang, or elle était membre fidèle du Kuomintang et leur chapeau à eux était bleu. Ils ont d'abord cru à un assassinat politique, mais personne ne voyait quel pouvait être le mobile. Elle travaillait dans une volière. Elle ramassait la merde des perroquets. L'affaire a fini classée sans suite.

Une volière. Des oiseaux exotiques. Un chapeau orange. La couleur.

– D'accord. Inclus ça dans tes recherches, dis-je. Tout ce qui se rapporte à des chapeaux orange et à des endroits colorés, je suis preneuse ! J'ai un mauvais pressentiment. Tout ça pourrait être lié.

– Je pourrais devenir la plus sexy des unijambistes russes de Ronde de Police, si nous résolvons l'affaire.

– Il faut rester discret. Tout cela semble encore si absurde. Mais appelle-moi dès que tu tiens quelque chose. Il y a une nonne qui croupit dans une cellule infecte, à Bangkok, cernée de viragos animées des plus honteuses intentions. Il faut la sortir de là.

– C'est comme si c'était fait. Terminé.

Nous remontions en direction de la boutique, grand-père et moi, quand on aperçut Kow, le pêcheur de calamars, de l'autre côté de la rue, en train de vendre des boulettes de poisson, une spécialité qu'il préparait en live, dans son side-car reconverti en cuisine.

– Vous êtes au courant ? lança-t-il.

– Je ne suis jamais au courant de rien, dis-je, même si ce n'était pas vrai.

– L'abbé tué au temple de Feuang Fa. C'est une nonne qui l'a poignardé.

Mais comment faisait-il ça ? La nuit, il jetait des filets dans la mer étale, et la journée, il la passait à tourner en rond sur sa moto. Où pêchait-il les nouvelles du monde ? Bravo pour le black-out des médias. Car si le capitaine Kow savait, il ne faudrait pas longtemps avant que chaque journal dans ce pays ne répercute la nouvelle. J'étais dans une position délicate. J'avais la majeure partie de mon histoire, mais pas encore d'épilogue. Je devrais laisser des blancs pour d'éventuelles révélations de la part de la police, récoltées au dernier moment, en faisant de mon mieux pour éviter de faire porter le chapeau à ma nonne. Les autres canards n'auraient pas autant de scrupules, je le savais. Mais non, je ne pouvais rien envoyer encore. J'espérais que la pression du black-out sur les médias pèserait suffisamment pour interdire la première page à l'histoire durant encore vingt-quatre heures. Dans l'immédiat, je devais mettre de l'ordre dans tout ça. Après tout, c'était mon histoire.

L'après-midi s'étira tel un long filet de nylon avec un malheureux sprat emmêlé dans les mailles. Les bateaux batifolaient. Les palmiers se dandinaient. Les nuages faisaient du sur-place. Combien de temps cela prenait-il d'interroger un suspect dans une enquête pour meurtre ? Très bien. Des semaines, probablement. Une éternité. Mais c'était juste le chauffeur d'une société de location de voitures. Il ne devait pas avoir tant de choses à raconter. Quand la famille libéra la chambre numéro deux, Mair et moi on décida de ne pas les faire payer, manière de nous repentir, pour avoir gâché leur joie. J'étais convaincue de leur avoir épargné bien des soucis. On les remercia pour la cuvette des W.-C. et aussi de nous avoir offert la liberté. Le père me fourgua sa carte de visite, au cas où… Je lui dis qu'il n'y avait aucune chance, mais glissai néanmoins sa carte bien au chaud, dans ma poche.

À la suite de quoi, grand-père Jah et moi, on attendit. Une camionnette avec haut-parleur passa pour le ramassage des ferrailles, bouteilles, canettes et moteurs en souffrance. Le conducteur était sympa et demandait poliment, mais le volume de son haut-parleur était si fort que nos vitres vibrèrent, c'est tout juste si j'entendis le jingle « Mama Mia ». Je collai vite le téléphone à mon oreille.

– Oui ?

– C'est moi, lâcha Chompu, à l'autre bout du fil. Lang Suan vient juste de nous expédier par mail l'enregistrement numérique de l'interrogatoire. Je vous ai envoyé une copie dans votre boîte mail.

Quelque chose de la fille de Chiang Mai en moi fut vexé d'apprendre que Lang Suan semblait rodé au numérique.

– Quoi ? Quel intérêt ? On n'est pas connectés au réseau ici, lui rappelai-je.

– Trouvez-vous un endroit où ça l'est.

En moins de dix minutes, nous sautâmes sur la moto, moi derrière, grand-père au guidon. Je croyais que l'excitation et l'urgence amèneraient pépé à dépasser les 60 km/h. Je me trompais. La loi est un chêne qui ne se plie pas aux basses conjonctures. Le temps pressait pourtant, et notre seule option était de pouvoir relever mes mails. Il était 15 h 45, ce dimanche, heure à laquelle le cybercafé du coin était traditionnellement envahi de fadas du joystick. Mais j'avais sous-estimé leur nombre. La rangée de bécanes devant le magasin nous obligea à nous garer une quarantaine de mètres plus loin. Nous nous frayâmes un chemin tant bien que mal parmi la foule de jeunes désœuvrés qui n'avaient nulle part ailleurs où aller s'amuser. À notre entrée, le patron, un jeune type aux cheveux longs, le visage martelé d'une acné façon paysage lunaire, leva brièvement les yeux de son PC portable avant de reporter son attention sur son écran, comme si la porte s'était simplement ouverte sur un coup de vent. Les cinq ordinateurs étaient tous pris, chaque poste occupé par deux ou trois ados plongés en pleine attaque de forteresse et massacre de légions de gangsters.

– Combien de temps pour un écran libre ? m'enquis-je auprès du propriétaire.

Le type haussa les épaules. C'était sa marge de bénéfice maximale, début de soirée et week-ends. À 20 bahts l'heure, il pouvait facile ramasser, allez, 120 bahts en une seule soirée comme celle-là. Et dans soixante-treize ans, il aurait amorti le coût des ordinateurs. Je vous le dis, une affaire en or.

– Très bien ! hurlai-je. Qui serait prêt à me laisser un ordi pour… 50 bahts ?

Après un morne regard, tous retournèrent à leur jeu. Je refis une tentative. À 100, puis à 200 bahts. Toujours la même réaction.

– D'accord, dis-je. Combien vous voulez ?

Un groupe se concerta, puis un émissaire m'aborda en exigeant 500 bahts. Et pas question de marchander. C'était de l'extorsion pure et simple, mais je n'avais pas le choix. Je tendis mes billets, demandai un casque de rab pour grand-père et me mis en position pour écouter enfin notre interrogatoire. Il fallut quinze minutes pour télécharger le fichier et, durant tout ce temps, grand-père grinça des dents. Heureusement qu'elles sont fausses.

Enfin, l'enregistrement commença avec plusieurs minutes de questions relevant de l'état civil, nom, adresse, profession *et cætera*. Puis le général major Suvit, qui menait la danse, en vint aux choses sérieuses.

Général S : Koon Wirapon, pour quelle raison vous êtes-vous rendu à Lang Suan, la semaine dernière ?

Chauffeur : Pour le travail, monsieur. Un client avait demandé une Benz pour huit jours.

Général S : Qui était ce client ?

Chauffeur : Une cliente. Tenez (bruissement de papier), c'est écrit là. Ming Xi Wu, de Hong Kong.

Général S : Description.

Chauffeur : La cinquantaine, petite, plutôt bien faite pour son âge, permanente courte, peut-être une perruque ; un visage typique de Chinoise avec d'énormes lunettes de soleil ringardes. Habillée genre safari avec bottes.

Général S : Où voulait-elle aller ?

Chauffeur : Pas vraiment un circuit précis. Juste visiter. La première fois qu'elle a contacté la société, le mail disait qu'elle voulait visiter les temples et voir les oiseaux du coin. Elle était ornithologue. Équipée d'appareils photo, de jumelles et de tout le bazar.

J'échangeai un regard avec grand-père Jah. Je savais qu'il pensait à la même chose que moi. L'ornithologue dans notre bungalow. Simple coïncidence ?

Général S : Donc vous l'avez emmenée sur les routes de la région ?

Chauffeur : On n'a pas arrêté de rouler, monsieur. Elle demandait parfois à s'arrêter ici ou là, descendait de voiture et prenait des photos ou observait je ne sais quoi avec ses jumelles.

Général S : L'avez-vous conduite au temple Feuang Fa ?

Chauffeur : Pour être honnête, je ne suis pas très renseigné sur le nom des temples de la région. Je viens de Trat. C'était ma première visite.

Général S : Essayez de vous rappeler. C'est un petit temple, sur la crête d'une colline. On l'aperçoit de la route. Et d'un côté, il y a une immense haie de bougainvillées.

Chauffeur : Oh oui. Je me souviens. Ma passagère semblait particulièrement intéressée par ce temple-là.

Général S : Que s'est-il passé ?

Chauffeur : C'était le deuxième jour. On roulait et elle a vu le temple. Soudain, on aurait dit qu'elle venait de voir le Messie. Elle s'est mise à me parler chinois, je ne comprenais rien à ce qu'elle voulait. Je parle assez bien anglais, mais elle ne s'exprimait que par bribes, genre stop, allez, doucement ou tournez. En passant devant le temple, elle m'a dit de ralentir, mais pas de m'arrêter. Elle m'a fait prendre un chemin de terre, un peu plus loin. J'ai bien essayé de lui dire qu'on pouvait entrer dans le temple par le portail, mais elle n'a rien voulu entendre. Sans doute n'a-t-elle pas compris un mot de ce que je lui disais.

Général S : Et ensuite ?

Chauffeur : Je me suis dit, bon, elle veut prendre des photos, ce genre de choses. Je me suis donc garé sur ce petit chemin, puis elle a préparé son appareil photo, attrapé son sac et elle m'a dit de l'attendre. Elle a disparu dans les fourrés.

Pendant ce temps, j'ai fait demi-tour et je suis revenu me garer sur le bord du chemin, là où je l'avais laissée. Après, je ne sais pas, quinze, vingt minutes, elle est revenue. Et dans quel état ! On aurait dit qu'elle s'était battue. Elle était en sueur, une jambe éraflée. Et elle était folle de rage, oui, furieuse. Elle s'est mise à parler, dans sa langue, elle ne s'arrêtait plus. Je ne sais pas ce qui lui a pris, mais elle m'a fait peur, je peux vous le dire. Elle a crié, « Allez, allez ! », alors je l'ai ramenée à Pak Nam et je l'ai laissée là.

Général S : Où logeait-elle ?

Chauffeur : Chez des amis, d'après son mail. Aucune idée de l'endroit. Je la récupérais et la laissais toujours au même endroit, au carrefour de l'hôpital.

Général S : Comment saviez-vous à quelle heure vous deviez aller la chercher ?

Chauffeur : Soit elle écrivait l'heure sur un bout de papier, soit elle venait au Tiwa. C'est là où je logeais. Elle avait tout arrangé.

Général S : Quand l'avez-vous vue, la fois d'après ?

Chauffeur : Le lendemain soir. Je n'avais eu aucune nouvelle de toute la journée. Je ne savais pas ce qu'elle attendait de moi. Elle s'est présentée au Tiwa aux alentours de 20 heures. J'étais en train de siroter un verre de Sang Som coca, sur la terrasse. Torse nu et en short. Je ne pensais pas qu'elle voudrait la voiture en pleine nuit. Les oiseaux lumineux ne courent pas les rues, hein ? Bon, mais bref, elle était toute mielleuse et a insisté pour aller faire un tour. Alors j'ai pensé qu'elle était peut-être d'humeur badine, qu'elle avait envie d'une virée by night *un peu spéciale. Moi-même, je suis fan des soirées disco, voyez-vous. Mais non. En fait, elle ne voulait pas de moi. Elle voulait juste prendre la voiture et s'en aller, seule. Mais nous avons des règles. Lorsqu'un client loue une voiture pour la conduire lui-même, on procède à quelques contrôles de sécurité. La société garde les passeports, on s'assure que le permis a une validité internationale. C'est la loi, non ? Mais cette femme avait loué un véhicule avec chauffeur, aussi on n'avait procédé à aucun contrôle. Donc je ne pouvais pas la laisser prendre le véhicule.*

Général S : Qu'est-il arrivé ?

Chauffeur : Elle a sorti de son sac une liasse de billets de 1 000 bahts et l'a jetée sur la table basse, devant moi. Il y avait en tout 20 000 bahts…

Général S : Vous avez compté ?

Chauffeur : Plus tard, oui. C'était beaucoup d'argent, mais je ne pouvais pas la laisser partir au volant de la voiture. En cas d'accident ou même de collision mineure, c'est sur moi que les problèmes retomberaient.

Général S : Donc vous avez refusé de lui confier le véhicule ?

Chauffeur : Dans un premier temps, oui.

Général S : Et ensuite ?

Chauffeur : J'ai accepté.

Général S : Vous avez empoché le bakchich et laissé cette femme contrevenir à la loi ?

Chauffeur : Non. Oui, d'accord, j'ai pris le fric, mais ce n'est pas pour cette raison que je lui ai donné la voiture.

Général S : Et quelle est donc cette raison ?

Chauffeur : Elle me faisait peur.

Général S : Vous me semblez un grand garçon. Vous aviez peur d'une petite Chinoise ?

Chauffeur : Oui, je sais. Dit comme ça, ça semble ridicule. Mais il y a quelque chose, chez cette femme… Quelque chose dans ses yeux qui ne va pas. Et puis, elle a toujours ce sac en bandoulière, genre sac de marin, et quand elle s'est mise à fouiller dedans, j'ai cru qu'elle allait en sortir un flingue ou je ne sais quoi.

Général S : Mais vous n'avez rien vu de tel.

Chauffeur : Non.

Général S : Pas de couteau non plus ?

Chauffeur : Non.

Général S : Donc vous l'avez laissée partir au volant de votre voiture parce que vous pensiez qu'elle était dangereuse.

Chauffeur : (long silence) Oui. Tout en me parlant, elle avait la main plongée dans son sac.

Général S : Effectivement, c'est terrifiant.

Chauffeur : Si vous aviez été là…

Général S : J'en suis sûr. Vous lui avez donc donné les clés.

Chauffeur : Oui.

Général S : Et quand l'avez-vous revue, après ça ?

Chauffeur : Jamais.

Général S : Vous étiez retenu pour huit jours. Et ce n'était que le troisième jour.

Chauffeur : Cette nuit-là, je l'ai entendue rentrer vers 22 heures. Quand je suis sorti, elle était déjà partie.

Général S : Elle est donc sortie seule cette nuit-là en voiture ?

Chauffeur : Oui, général.

Général S : Et elle a ramené la voiture en un seul morceau ?

Chauffeur : Affirmatif. La Benz était intacte, alors je me suis endormi tranquillement. Mais elle avait gardé les clés, et le reste du fric. Pendant trois jours, je ne l'ai pas vue une seule fois. La Benz était garée à côté de ma chambre et je ne savais pas ce qu'elle voulait que je fasse. Alors je suis resté à l'hôtel, j'ai regardé la télé, j'ai bu, j'ai mangé. Vous savez, je serais payé quoi qu'il arrive.

Général S : Vous n'avez rien mentionné de tout ça, dans votre rapport de mission.

Chauffeur : J'avais peur que mon patron ne me retienne en fin de compte les jours où je n'avais pas conduit. Je ne lui ai rien dit non plus de la voiture conduite par la cliente, ni de l'argent…

Général S : Et pourquoi m'en parlez-vous, à moi ?

Chauffeur : À Phuket, ils ont dit que c'était une enquête pour meurtre. Pas question d'aller raconter des mensonges dans une affaire de meurtre.

Général S : Sage décision, mon vieux. Vous avez fait de la tôle ?

Chauffeur : Quatre ans, à Prem. Pour cambriolage, quand j'étais plus jeune. Mais depuis, je suis clean.

Général S : Bien. Et avez-vous revu la cliente, avant votre départ pour Phuket ?

Chauffeur : Oui, c'était le jeudi et j'étais censé ramener la voiture avant vendredi matin. Je n'avais toujours pas de clé. Je commençais à me demander si je n'allais pas appeler le boss. Mais la cliente a refait surface. J'étais sur ma terrasse et elle m'a complètement ignoré, a sauté dans la voiture et est partie. Sans prononcer un seul mot. Elle semblait fébrile, très excitée.

Général S : Quand avez-vous récupéré la voiture ?

Chauffeur : Je l'ai trouvée garée sur le bord de la route, pas loin de l'hôtel, ce même jour. La clé était sur le contact, j'en ai déduit qu'elle n'avait plus besoin de la bagnole. Le pare-chocs était tout cabossé, alors j'ai pensé qu'elle était embarrassée. Il y avait une autre liasse de 10 000 dollars sur le siège avant. Je n'en reviens toujours pas, une Benz avec la clé sur le contact et du cash sur le siège. À Phuket, ça n'aurait pas duré plus de quarante secondes. Le coin doit être peuplé de petits saints. Je suis parti sans attendre. J'en avais assez d'elle. Je me suis arrêté à une carrosserie, en route, et ils m'ont redressé le pare-chocs.

S'ensuivait un mitraillage en règle de questions censées établir au plus juste le laps de temps pendant lequel Ming Xi Wu avait gardé la voiture. Il s'agissait aussi de vérifier la fiabilité du témoin. Le général-major Suvit voulait tout savoir, leur itinéraire le premier jour, ce qu'avait dit la cliente, ce qu'elle avait fait et quelle direction elle avait prise après avoir laissé la voiture. Cet officier était décidément très rigoureux, une qualité qui se perd au sein de notre police. Puis il me surprit encore en s'adressant au chauffeur en anglais. Une langue qu'il maîtrisait bien. Il était clair, précis, facile à comprendre, mais le chauffeur le fit répéter. Le général s'exécuta, répéta même à plusieurs reprises, sans succès. Le stratagème permit d'établir une chose. C'était sans doute les talents de communication du chauffeur qui étaient défaillants, et non ceux de la passagère. Enfin tomba la question que j'attendais.

Général S : Vous a-t-elle, à un moment donné, demandé d'appeler le poste de police de Pak Nam ?

Chauffeur : Non, monsieur.

Général S : Rien à propos d'un appareil photo égaré ?

Chauffeur : Non.

Et ce fut à peu près tout. Il y eut encore quelques questions supplémentaires, mais l'essentiel avait été dit. Nous payâmes nos 40 bahts et nous sortîmes pour aller récupérer la moto, tout en repensant à l'enregistrement.

– Ce général m'a l'air très consciencieux, remarqua grand-père.

– Oui, on dirait qu'ils en ont embauché un ou deux d'intelligent, depuis que tu as quitté les rangs de la police, dis-je. Mais toi, grand-père, lui aurais-tu posé d'autres questions ?

– Je l'aurais un peu travaillé pour savoir s'il se pouvait que cette femme soit en réalité thaï, mais veuille se faire passer pour une étrangère.

– Ne me dis pas que tu penses encore à la nonne ?

– Pas nécessairement, non. Mais il manque ce lien, à propos de l'appel téléphonique au poste de Pak Nam, au sujet de l'appareil photo perdu. Si c'était un étranger qui avait téléphoné, cela ne leur aurait pas échappé.

– Peut-être était-ce l'un de ces amis chez lesquels elle logeait, à Pak Nam. Un complice, qu'elle aura fait appeler pour elle.

– Reste qu'on peut se demander comment elle a appris que l'appareil photo avait été retrouvé. Et comment a-t-elle su que le sergent l'emmenait à Lang Suan ?

Je m'arrêtai et réfléchis à la question.

– Qui a reçu le tout premier appel ? demandai-je.

– Le sergent de la réception.

– Donc le sergent Phoom lui-même, bien. Il aurait dû transmettre le message à sa hiérarchie. Mais à quoi bon si personne n'a pris la peine de lui dire que l'appel original était bidon ? Il se passait beaucoup de choses au poste, à ce moment-là. Est-il possible qu'il n'ait pas été informé ?

– C'est plus que probable, quand on connaît le mode de fonctionnement d'un poste de police.

– Il se peut qu'on lui ait donné un numéro pour rappeler, en cas de nouvelles. Il a alors pris l'appareil photo pour l'emmener à Lang Suan, mais auparavant il a rappelé le numéro en question pour dire qu'il partait. C'est un homme prévenant. Il pensait simplement rendre service au département de médecine légale. Rassurer le soi-disant propriétaire de cet appareil photo.

On était plus près de l'hôpital de Pak Nam que de la maison, aussi on fit un détour. Le sergent semblait en meilleure forme que ses parents, toujours assis en tailleur autour de son lit et faisant un boucan de tous les diables. Phoom devait avoir hâte de sortir pour enfin se reposer un peu. Il n'y avait plus de garde à son chevet. On s'assit et j'interrogeai donc le sergent à propos du coup de téléphone. L'appel venait d'un portable et l'interlocuteur était une femme, se souvint-il. *A priori* une Thaïe, qui prétendait appeler de la part du quartier général de la police de Lang Suan. Elle lui laissa un numéro et, comme je le suspectais, le sergent Phoom l'avait rappelée avant de prendre la route, pour lui dire qu'il ramenait l'appareil photo. Bref, il avait lui-même tendu l'embuscade dans laquelle il était tombé. Le commandant lui avait ordonné de livrer l'appareil, mais comme il n'était que simple sergent, personne ne s'était embêté à lui expliquer les dessous de l'histoire. Le sergent pensait simplement rapporter un objet perdu. Il avait encore le numéro de téléphone sur un bout de papier dans son portefeuille. La tentation d'appeler moi-même, là, tout de suite, me prit aux tripes. Mais peut-être avais-je déjà un peu trop abusé avec les preuves dans cette affaire. Pour remonter un peu le moral du sergent, on l'encouragea à téléphoner à son chef et à répéter au commandant Mana ce qu'il venait de nous dire. Et s'il n'avait pas parlé plus tôt, eh bien c'était la faute du traumatisme de l'accident. Ainsi, du moins l'espérai-je, il ne se ferait pas hara-kiri pour s'être laissé berner aussi facilement. Pour finir, je lui promis que si, sur la foi de cette nouvelle preuve, j'avais une promotion, je lui offrirais un gueuleton garanti sans poisson.

Sur la route qui nous ramenait à la maison, je pensai à l'ornithologue qui avait passé une semaine dans notre hôtel et en était partie la veille. Je réfléchis également à l'épouse de notre postier local, la femme aux nouilles, et à la quarantaine d'autres femmes du voisinage qui pourrait correspondre, ou correspondrait après certains ajustements, à la description de la tueuse de Hong Kong, Ming Xi Wu. Puis je pensai à ma nonne, et à la déclaration du chauffeur. La considérer comme suspecte ne tenait pas debout. Mais c'est uniquement en voyant les photos que les gens pourraient le comprendre. Je craignais de devoir être obligée de les restituer. Je fus interrompue dans mes réflexions par l'allègre refrain du tube suédois sur mon portable. C'était Chompu.

– C'est vous qui avez fait ça ? demanda-t-il.

– Fait quoi ?

– L'amnésie du sergent Phoom, en ce qui concerne le numéro de téléphone.

– Les nouvelles vont vite.

– Le commandant m'a chargé d'en retrouver l'origine. La compagnie du téléphone nous devait un service. Bref, la personne qui a appelé avait laissé un numéro, aussi nous ne pensons pas qu'elle soit directement liée au crime. Nous avions raison. C'est le numéro d'un centre d'affaires appelé uRinguist.

– Quel rapport avec un appareil photo disparu ?

– Eh bien, je n'ai pas encore appelé le numéro en question, mais je suis allé voir leur site web. Il se trouve qu'ils sont spécialisés dans les services de traduction et d'interprétariat. Je vous explique. Un homme d'affaires débarque de l'étranger et a besoin d'envoyer un message, disons, au propriétaire d'une usine thaïe. Il appelle uRinguist et laisse son message dans sa langue maternelle qui sera traduit en thaï. Un individu thaï va ensuite appeler le propriétaire de l'usine et transmettre le message comme s'il était l'assistant personnel de l'homme d'affaires étranger. En cas de réponse, le processus s'inverse et l'étranger reçoit sa réponse dans sa propre langue. Cela donne au visiteur un peu plus de poids et démontre tout son savoir-vivre. C'est le genre d'idées toute simple que chacun regrette de ne pas avoir eu plus tôt.

– Alors, vous dites que le sergent Phoom a été appelé par ce service ?

– Absolument. Ils n'ont fait que lire le message. « Bonjour, j'appelle de la part de… *et cætera.* »

– Et c'est ce même service qu'il a donc rappelé…

– Apparemment. Ils ont traduit la réponse et probablement envoyé un texto à la tueuse dans sa langue, en lui disant que son appareil photo était en route pour Lang Suan. C'était le moment qu'elle attendait. Mais je crains de devoir faire les yeux doux au juge, si je veux aller fouiner dans les enregistrements de uRinguist. C'est un service confidentiel. De toute manière, il faut attendre demain, aucun juge qui se respecte ne travaille le dimanche. En plus, je n'ai même pas un nom de client à lui fournir.

– La connexion avec Hong Kong était fausse ?

– Surprise, surprise. Aucun des détails envoyés à la société de location n'a été vérifié. On n'a aucune idée de son vrai nom, mais nous savons néanmoins quelque chose, sur elle.

– Faites-moi peur, shérif.

– uRinguist n'a pas d'interprètes chinois. Ils travaillent uniquement en trois langues, thaï, anglais… et japonais.

« Depuis maintenant un siècle et demi, l'Amérique et le Japon sont soudés par l'une de ces grandes et durables alliances des temps modernes. »

George W. Bush
Tokyo, 18 février 2002

« Mika Mikata. »

– Ça ne sonne pas vraiment californien, dis-je. De quelle origine ça peut être, mexicaine ?...

– C'est japonais.

Quand elle ne saisissait pas ouvertement mon humour, je savais que Sissi était stressée et, ces jours-là, mieux valait filer droit.

– Et que faisait-elle aux États-Unis ?

– C'était une résidence d'échanges artistiques entre Orient et Occident. Elle y a séjourné un an pour s'adonner exclusivement à son art.

– La photo de chiens écrasés...

– Des animaux en général, qu'elle travestissait. Lunettes de soleil. Bermuda. Gilet.

– Et chapeaux ?

– Et chapeaux pointus. En couleurs.

– Ah, les jolies cartes postales... *Même les chiens écrasés font la fête en Californie.*

– Ses œuvres ont fait l'objet d'une exposition.

– Et c'est là qu'intervient ton ivrogne de détective ?

– Pas du tout. Évidemment, aux States, les animaux écrasés n'ont aucun droit. Tu peux les déguiser si ça te chante, et comme ça te chante. Elle n'a transgressé aucune loi. Les gens étaient indignés, mais tu sais comment ça se passe, dans le milieu de l'art. Plus tu suscites la polémique, plus ta cote flambe. Un magazine branché l'a baptisée « La Caligula de la photographie extrême ».

– À quel moment intervient ton policier aviné ?

– Son nom est Gerry Moore. Une foule de gens porta plainte, prétendant que les modèles de l'artiste n'étaient pas tout à fait morts, quand elle commençait à les travestir.

– Oh, beurk !

– Une plaignante notamment l'accusa d'avoir écrasé son chat délibérément, avec sa moto. Quand la maîtresse du minou sortit en courant dans la rue pour voir quelle était la cause de ces miaulements déchirants, elle tomba sur Mika en train d'enfiler un tutu rose à Fluffy agonisant.

– Elle a fait de la prison ?

– On parle de Los Angeles dans les années 1980. La cruauté à l'encontre des animaux n'apparaissait pas encore comme un crime majeur dans la liste des délits. Elle a écopé d'une amende ou deux, mais ça ne l'a pas empêchée de gagner en renommée avec ses diaporamas.

– Et après ? Elle a disparu ?

– Non. C'est tout le contraire. Elle a prospéré. Est devenue une star. Aujourd'hui encore, elle est l'objet d'un culte et compte une foule de fans. Elle a même son site web, bilingue. Tu ne devineras jamais comment elle l'a baptisé.

– S'il y a le mot « orange » ou « chapeau » dedans, c'est mon homme…

– « Déguisé pour tuer. »

– Tu plaisantes…

– C'est comme je te le dis. La page d'accueil est remplie de dédicaces d'artistes célèbres, certains la désignant comme un génie, d'autres comme un gourou.

Andy Warhol disait à son sujet : « Elle a une compréhension de la mort si vivante que c'est à se demander si elle ne revient pas de l'au-delà. » Son site reçoit au bas mot douze mille visites par jour.

– Tu l'as visité ?

– Tout y est. La nostalgie de l'époque chiens écrasés, avec elle faisant le V de la victoire derrière un élan gisant sur le ventre ; elle se met en scène devant un corbeau coiffé d'une tiare, aplati sur un pare-brise, ou un coyote désarticulé, chaussons de bébé bleu layette aux pattes. Il y a aussi des photos d'animaux écrasés moins évidentes. L'opossum avec casque audio, par exemple, on a l'impression qu'il regarde l'objectif. Ou encore le serpent en bas résille, il est flou, comme s'il avait bougé. Je dois admettre que tous ces clichés gore m'ont retourné l'estomac. Mais c'est pire encore quand on passe à la catégorie humains.

– Oh, ne me dis pas…

– Je ne sais pas comment elle s'y est prise. Vraiment, je ne sais pas. Mais elle a eu accès à différentes morgues. Cadavres sur plateau en bonnet à pompon, langue de belle-mère entre les dents.

– Non…

– On a aussi les chaussettes rayées de footballeur, les gants de boxe, mecs en porte-jarretelles…

– Mais ça devrait être interdit, des choses pareilles !

– À moins que quelqu'un ne reconnaisse formellement un proche affublé du soutien-gorge cône de Madonna, elle pouvait toujours prétendre que ses modèles étaient des acteurs.

– Mais tu n'en crois pas un mot…

– J'ai vu des dizaines d'acteurs mourir dans des téléfilms, y compris un qui n'en avait pas l'intention. Je sais reconnaître un acteur quand j'en ai un sous le nez. Crois-moi, ces épouvantails étaient morts et bien morts.

J'avais lu tout ce qu'il y avait à lire sur la criminologie, en thaï comme en English. J'avais étudié toutes les affaires possibles, les meurtres célèbres, le parcours des *serial killers* les plus réputés, et une particularité se retrouvait dans de nombreux cas. Les tueurs débutaient souvent leur carrière en s'exerçant sur des animaux. Mika Mikata avait fait son apprentissage sur la scène publique, et elle avait été encouragée. Elle avait progressé, adulée à tous les stades de son art. Or, un stade suprême manquait à son accomplissement. Une chose était sûre, Mika Mikata était soit une tueuse en puissance, soit une tueuse exercée. Mais où était le lien entre elle et notre abbé occis ? Et pourquoi serait-elle venue jusqu'ici, dans notre petit village, pour exécuter ses funestes desseins ?

– Et le site montre ça ? m'étonnai-je quand même. Des cadavres ?

– En fait, il y a trois galeries. La galerie gratuite, la White Gallery, avec des œuvres bizarroïdes, mais rien de méchant. Puis c'est la Black Gallery, là il faut payer pour voir, mais c'est plutôt facile à pirater. C'est là que j'ai découvert les photos des cadavres d'animaux et des cadavres d'humains. Enfin, exclusivement réservée aux seuls membres, c'est la Orange Gallery.

– Bingo ! Et tu as pu y pénétrer ?

– À vrai dire, c'est pas évident.

– Allons, Sissi, c'est qui, la diva du Net ?...

– Jimm, j'ai joué la pique-assiette dans une vidéoconférence classée top secret réunissant les membres du Conseil américain. J'ai vu la reine d'Angleterre en pyjama sur Skype, en train de siroter sa canette de Horlicks. Quand je dis que quelque chose n'est pas évident, c'est que ça ne l'est pas. Mais j'y travaille.

– Très bien. Une question encore. À quoi ressemble-t-elle ?

– Mika ? Une belle femme, en tout cas sur la photo de sa page web. Mais tout le monde s'invente un visage, sur le Net. D'après d'autres photos plus anciennes, on a l'impression d'une nana plutôt commune, mais pétillante. Elle doit avoir dans les 50 ans aujourd'hui, je l'imagine avec un look style poupée manga, un peu gourde.

– Une idée de ce à quoi elle ressemble maintenant, au naturel ?

– Nong, plus je passe de temps avec les gens de Web Idol, plus je réalise que grand-père Jah lui-même aurait la faculté de se métamorphoser en Brad Pitt en deux temps trois mouvements. Mika a beau être un monstre, je suppose qu'elle n'a pas pris une ride, les Asiatiques ne commencent à se flétrir qu'aux alentours de la quatre-vingt-dixième année, tu sais bien. Écoute, je t'envoie la photo glamour et un de ses tout premiers portraits sur ton portable.

– Merci, Sissi. Rien sur les autres meurtres ?

– Tu m'avais demandé des témoignages, sur le mort de la piscine, à Guam. Le type dont on a peint le casque en orange. Le temps que Toshi arrive sur les lieux, la police locale avait déjà procédé aux interrogatoires. Ils n'avaient toujours pas de suspect, en revanche on cherchait à localiser un possible témoin oculaire. Une reporter-photographe, présente sur la scène du crime, avec sa carte de presse japonaise. Les ingénieurs ont trouvé qu'elle était arrivée très vite sur les lieux.

– Une description d'elle ?

– Pas une mais plusieurs, et contradictoires. Certains se souvenaient d'une jeune femme, d'autres d'une quarantenaire. Cheveux mi-longs. Toshi a cherché dans le registre de l'immigration. Il n'y avait pas de reporters japonais inscrits, à cette époque, et puis, aucun des clichés de la scène du crime n'a paru dans les journaux.

– Et Taiwan ? Tu as dit que ça pourrait être une piste…

– Mon détective a promis de consulter ses archives sur la fille de la volière. Tout compte fait, il est pas si maigre. Il est même plutôt pas mal.

– Fais de ton mieux, Sissi.

– Oui, m'dam.

– O.-K. J'attends les photos…

Elle était là, sous mes yeux, une poupée. Je me rejouai tout le scénario, dans ma tête. Cheveux mi-longs. Jeune, ou moins jeune. Visage asiatique standard. Impossible à décrire au type chargé des portraits robots, le croquis dans la presse renverrait à toutes les mère ou sœur ou voisine du continent. C'était le genre de visage passe-partout, qui s'oubliait aussitôt vu. Un visage qui se prête à toutes les fantaisies, fardé façon japonaise pour le rôle de la reporter-photographe à Guam, ultra mascarisé pour celui de l'ornithologue de Hong Kong. Les témoins se rappelleraient le maquillage outrancier et les lunettes de soleil, mais la personne elle-même, rien. Pourtant, j'étais certaine d'avoir vu ce visage-là sans aucun ornement. Un visage à peine poudré, mais suffisamment pour le vieillir. Une perruque de cheveux gris complétait le tableau. Un détail pourtant ne pouvait tromper. Le regard. Les yeux vous trahissent toujours. Je la revoyais très clairement, maintenant, dans son polo Lacoste, un vrai, vingt fois plus cher qu'une contrefaçon *made in Bangkok*. Elle l'avait rentré dans un pantalon de jogging, une coquetterie qui faisait ressortir son ventre. Elle avait souri, m'avait félicitée pour mon exécrable coréen, qu'elle ne devait sans doute pas mieux maîtriser que moi. Voilà pourquoi elle avait dû se tirer lorsque les ingénieurs coréens avaient débarqué au 69 Resort. Ils auraient compris qu'elle n'était pas l'une des leurs. Sa couverture aurait volé en éclats. Je ne sais pas pourquoi, ni comment, mais mon instinct me cria haut et fort que, ce jour-là, c'est bien Mika Mikata que j'avais croisée.

– Vous êtes sûre ? demanda Chompu.

– Non. Mais si on recolle les pièces du puzzle, ça se tient. Le 69 Resort est à dix minutes de marche du carrefour de l'hôpital, et à dix minutes encore du Tiwa, où logeait le chauffeur. Sa chambre se trouvait juste à côté de la route, ainsi personne ne pouvait la voir aller et venir sous son déguisement. L'âge correspond, la taille aussi, et je parierais mes fesses qu'elle n'est pas coréenne.

– En réalité, j'hésite, je vous l'avoue, à déranger mon officier supérieur déjà si peu coopératif avec une histoire pareille...

Je pouvais le comprendre. On était assis sur un banc, devant le Bouddha blanc de quatre mètres de haut, en face du poste de police. Grand-père Jah faisait les cent pas. Je ne disposais d'aucune preuve concrète pour étayer mes soupçons. Des soupçons fondés sur une rencontre au 69 Resort qui n'avait pas duré plus de deux minutes, et sur mon intuition.

– Vous avez raison, dis-je. Une chose après l'autre. Et si on considérait le scénario autrement ? La police reçoit un coup de fil anonyme disant qu'une femme étrangère au 69 Resort s'est comportée de façon bizarre pendant plusieurs jours. Arrivée à l'hôtel la veille du meurtre, elle en est repartie le lendemain de l'agression du sergent Phoom. Il suffirait de remonter la piste du numéro de passeport présenté à l'hôtel pour savoir si...

– Et si c'est un faux ?

– Restons positifs, voulez-vous ?

– Entendu.

– Nous essayons de trouver des témoins qui l'auraient vue déguisée en Miss Wu, puis nous nous arrangeons pour leur servir Mika Mikata.

– Dit comme ça, ça paraît simple...

Et ça l'était. L'opportunité se présenta plus tôt que ce que nous imaginions. Nous fûmes interrompus par la sonnerie du portable de Chompu, réquisitionné d'urgence pour une réunion devant se tenir à Lang Suan. La récente tournure des événements avait précipité le retour des détectives de Bangkok. Ils furent plus que fâchés de découvrir que la police locale avait pris le contrôle de l'enquête, eux-mêmes n'ayant plus qu'un rôle de gratte-papier dans l'affaire. Bangkok avait déjà son suspect tout prêt empaqueté, aussi n'apprécièrent-ils que modérément de devoir redescendre si vite dans le Sud. Et quand ils apprirent que le chauffeur de la Benz était déjà passé à l'interrogatoire et qu'après examen d'une photo de la nonne, il avait déclaré de manière catégorique que ce n'était pas sa cliente, là, ils en eurent carrément des aigreurs à l'estomac. Ils convoquèrent donc une réunion urgente de toutes les personnes impliquées dans l'affaire, y compris ce pauvre sergent Phoom en fauteuil roulant.

Personne n'apprécia leur ton condescendant, surtout le général Suvit, plutôt fier de la façon dont il avait géré le dossier, depuis que Bangkok avait passé la main. Par la suite, Chompu nous informa que la réunion avait donné lieu à deux reprises à des échanges d'amabilités et autres engueulades. Il semblerait même qu'à un moment, dans le feu de l'action, le général ait porté la main à son arme. La question du mobile avait été soulevée. Qui en avait un meilleur que la nonne ? Pourquoi une étrangère sans lien connu avec la victime serait-elle soudain apparue pour le tuer ? Une question à laquelle personne n'avait de réponse. Bangkok n'en démordait pas, un meurtre ne survenait jamais par hasard. Invariablement, les tueurs connaissent leurs victimes, ou ont un intérêt personnel à vouloir leur mort. On en était là des débats quand mon grain de sel jeta le trouble. Une femme lieutenant fit son apparition dans la salle avec café, sablés à la noix de coco… et un tuyau, balancé par un informateur mystère. Elle tendit le message au général, mais commit l'erreur, la pauvre, de rester dans la pièce. Le chef la houspilla, ils avaient tous leur café maintenant, merci, qu'est-ce que vous faites encore là ? Elle dut probablement se poser la même question en ce qui concernait sa carrière dans la police. Elle sortit. Le général lut le billet à haute voix à son auditoire. Quelqu'un avait téléphoné en expliquant qu'une femme répondant à la description de Miss Wu de Hong Kong avait résidé au 69 Resort. Cette dame avait été vue transportant un appareil photo de dernière technologie et, cerise sur le gâteau, au volant d'une Benz noire. En moins de cinq secondes, la pièce se vida, personne ne prenant la peine de pousser ce malheureux Phoom, les bras plâtrés coudes compris, cloué sur son fauteuil roulant. Le sergent finit donc son café et s'octroya double ration de sablés à la noix de coco.

La réceptionniste du 69 Resort manqua défaillir lorsque sept véhicules de la police toutes sirènes hurlantes s'arrêtèrent sur le parking de l'hôtel, dans un crissement de freins. Elle leur dit ne pas savoir qui avait pu appeler la police, en tout cas ce n'était assurément pas elle. Ils avaient bien eu une cliente, en effet, une Coréenne du nom de Do Ik. Elle réglait sa chambre chaque matin, puis le mercredi, subitement, elle avait décidé de partir. Généreuse en pourboires avec le personnel, elle n'avait causé aucun problème. Oui, en effet, elle avait un appareil photo, mais elle était touriste, non ? Rien de plus normal. Étant donné la conjoncture économique, il ne fallait pas s'étonner si personne n'avait pris la chambre de la Coréenne depuis son départ, d'autant que la fenêtre donnait sur la route.

L'Allemand se mit au garde-à-vous quand ce détachement impressionnant de policiers défila dans le couloir, sa Lolita se faisant encore plus petite qu'elle ne l'était déjà. Précédant ces messieurs, la réceptionniste ouvrit la porte de la chambre de la Coréenne, la B4.

– Quelqu'un a-t-il pénétré dans cette pièce, depuis le départ de la cliente ? claironna un détective de Bangkok.

– Oui, la femme de ménage, répondit la réceptionniste.

– À part elle ?

– Personne d'autre.

La chambre se révéla vite un peu exigüe quand dix-huit policiers au total, pas un de moins, entreprirent de la fouiller. Mais ni Bangkok ni Lang Suan ni Pak Nam ne voulut céder ses prérogatives. Alors, ils déléguèrent pour faire le boulot deux hommes de chaque section, soit six en tout. Tous portaient des gants en latex standards, pourtant ils manipulèrent avec moult précaution draps et serviettes, ouvrirent les tiroirs avec la pointe de leur stylo. Par une chance extraordinaire, ce fut un policier du commissariat de Pak Nam qui mit la main, gantée, sur l'unique indice de cette chambre. Et quel indice ! Un indice si vital, en fait, que l'affaire, d'un coup d'un seul, connut un nouvel éclairage. Ce qui était jusqu'ici une enquête pour meurtre à l'échelon national prit soudain une dimension internationale.

Le lieutenant Chompu, car c'était lui le petit veinard, attrapa le minuscule bout de papier qui, de toute évidence, avait glissé par inadvertance derrière le coussin de l'un des fauteuils tape-cul en vinyle. Dessus, on avait gribouillé l'adresse d'un site web. Quiconque ayant lu les notes d'encouragement de Chompu sur le tableau d'affichage du poste de police de Pak Nam aurait identifié certaines caractéristiques, dans le style, même si le lieutenant avait déguisé du mieux qu'il pouvait son écriture. Les détectives de Bangkok prirent possession du papier, et ça ne fit tilt pour personne. Personne ne pensa à se demander pourquoi la cliente aurait écrit l'adresse de son propre site sur un bout de papier. Du point de vue criminel, il y aurait beaucoup à dire sur le manque de réactivité de nos services de police.

On était assis, grand-père Jah, le lieutenant Chompu et moi, à l'une de nos tables, sur la plage, un assortiment de nourriture locale issue des meilleures gargotes disposé dans des assiettes sous film plastique. On avait débouché une bouteille de whisky 100 Pipers que grand-père dégustait *on the rocks*, Chompu et moi préférant la méthode *mizuwari*, à la japonaise. C'est-à-dire un whisky noyé avec de l'eau minérale. Mais nous étions encore pas mal ivres du récit des événements narrés par le lieutenant.

– Je me suis concentré sur le fauteuil, dit-il. J'avais réussi à fourguer l'adresse du site web, mais je craignais d'abuser de ma chance, si je glissais les impressions photos sous le matelas. Faut pas oublier qu'on était six dans une pièce de deux mètres sur deux.

– Vous pensez que ça suffira ? m'enquis-je.

– Pour lier Mika la folle au meurtre de l'abbé Winai ? Difficile à dire. Ils finiront probablement par trouver les images de Do Ik passant les bureaux de l'immigration. Ils les compareront alors avec la photo du site web, et en déduiront qu'il s'agit d'une tout autre personne...

– Elle utilisait son vrai passeport pour entrer et sortir du pays, dit grand-père.

Nous nous tournâmes vers lui.

– Qu’est-ce qui te fait penser ça ? demandai-je.

– Elle s’est tellement appliquée à éviter de devoir montrer sa carte d’identité à la société de location de voitures. En louant un véhicule avec chauffeur, elle s’épargnait l’obligation de laisser son passeport. Elle n’est pas venue ici par hasard. Les hôtels dans la région ont tellement peur des resquilleurs qu’ils se fichent bien de qui est qui, du moment qu’ils sont payés.

– La théorie du passeport nous faciliterait certainement la vie, si c’était vrai, dit Chompu. Mais cela ne la lie toujours pas pour autant au meurtre de l’abbé. À moins qu’ils ne montrent une photo récente de Mika Mikata au chauffeur de la Benz ou à la réceptionniste du 69, rien ne la relie au meurtre. C’est uniquement le flair de notre reporter préféré qui relie les deux femmes. Il n’y a pas de preuve. Pas de témoins. L’arme du meurtre n’a pas été retrouvée. Enfin, comme se sont empressés de le faire remarquer nos amis de Bangkok, on n’a pas de mobile.

– Nous pourrions être forcés de donner les photos ? demandai-je.

– Elles n’accusent personne. Tout ce qu’on voit, c’est une main dans une manique.

– Bon sang, dis-je. Ça devrait être facile, maintenant.

– Attention, dit grand-père. Maman à sept heures !

– Hello, les conspirateurs, dit Mair en nous rejoignant, prenant place d’office sur le banc en me poussant d’un coup de fesses.

– Et quel complot on tramerait ? demandai-je.

– Je ne connais pas les détails, répondit-elle. Mais je peux voir les secrets flotter autour de vous. Vous avez des auras de coupables. Eh bien, vous ne m’offrez pas à boire ?

– Non, dit grand-père Jah. Tu sais comment tu es, après un demi-verre.

– Vous voyez, lieutenant ? dit Mair souriante, en se tournant vers l’officier de police. Une fille ne grandit jamais vraiment. Son père est toujours là pour la rappeler à l’ordre.

Quelques jours plus tôt, Mair se jetait sous le comptoir pour éviter Chompu, et aujourd'hui elle minaudait devant lui. Ah, les mères ! On lui prépara un drink, un doigt de whisky et dix de soda, les bulles du Coca se bousculant en quête d'un malheureux atome de whisky. Puis ce fut le silence, un silence paisible, chacun regardant les lampions frétiller au large, au rythme du ressac. Après quelques mois de pêche, les locaux devenaient léthargiques. Ils confectionnaient des pièges à l'aide de filets à fines mailles qu'ils suspendaient à des plateformes en polystyrène, éclairées par des lampes à gaz. Puis ils laissaient agir toute une nuit et revenaient le lendemain, pour voir qui s'était laissé prendre par leurs subterfuges. Ils attrapaient des poissons juvéniles autant que des calamars, une catastrophe pour l'écosystème. Une pêche illégale et irresponsable, cependant il faut l'avouer, le spectacle était plutôt joli à regarder. On aurait dit que l'océan était tapissé de vers luisants.

– J'ai parlé à tante Summorn aujourd'hui, dit Mair.

Et voilà. Une gorgée à peine et déjà elle se confessait à la police.

– Comment va-t-elle ? m'empressai-je de lui demander en lui donnant un coup de coude dans les reins.

– Très bien, répondit-elle. Elle m'a parlé de son fils. Je suis sûre que vous connaissez le fils de tante Summorn, général ?...

Chompu dressa l'oreille.

– Mair, je...

– Son nom est Daeng, poursuivit-elle. C'est notre bandit local.

– Nous le connaissons bien, acquiesça Chompu. Très bien.

– Dans ce cas, vous serez sans doute surpris d'entendre qu'il a renoncé à la boisson et souhaite entrer dans les ordres en tant que moine.

– Et je pense que l'on va m'amputer de la jambe gauche, puisque j'ai perdu ma chaussette, fut la réponse sibylline de Chompu.

Mair rit de bon cœur.

– C'est officiel, dit-elle. Il a signé pour une cure de désintoxication au temple de Ny Kow.

– La magie de ce monde m'étonnera toujours, dit le policier. Que lui est-il arrivé ?

– Oh, je pense simplement qu'un homme, à un certain moment de son existence, renonce à fuir sa conscience. Tous ses méfaits finissent par le rattraper et... Je veux dire, tout cela vient de directions différentes, la conscience et les méfaits, sinon ils se heurteraient et cela compliquerait les choses. Mais c'est probablement ce qui explique ses choix... Vous savez, quand tout se bouscule...

Mair avait toujours eu le don de la formule. Chompu promena son regard de moi à grand-père, regard perplexe auquel nous répondîmes par un haussement d'épaules.

– Bien, buvons à ce renégat de Daeng, dit le lieutenant en levant son verre, avant d'en vider le contenu.

À mon tour je choquai mon verre contre celui de Mair et déposai un baiser sur sa joue.

– Bien joué, Mair, en profitai-je pour lui chuchoter à l'oreille.

Elle engloutit la moitié de son verre, se lécha les babines et battit des cils.

– Général Chompu, déclara-t-elle en mangeant ses mots, savez-vous qu'autrefois, j'ai ligoté un officier de police à un radeau en bambou et que je l'ai lancé au gré des courants, sur la rivière Kok ? C'était...

– Très bien, ma fille. Assez maintenant, décréta grand-père en lui subtilisant son verre à moitié vide. Elle s'invente toujours des histoires, quand elle a bu.

– Ce n'est pas vrai. Son nom était le sergent major Grit Maleenon. Et voyez-vous, il était nu parce que...

– Mair !

Elle reprit son verre et rit. On fut sauvé du reste de l'histoire par l'arrivée de notre camionnette. Réflexion faite, il aurait mieux valu entendre la fin de l'histoire de Mair. Car c'était là le genre de moment que je redoutais, au fond de moi, et j'imaginais sans mal l'angoisse de Mair. Arny avait invité sa petite amie (et j'use de la formule avec circonspection) à dîner. Les plats devant nous étaient froids. Arny, il est vrai, avait une demi-heure de retard.

– Bien. Il est temps pour l'irrésistible et discret officier de prendre congé, dit Chompu.

Arny et une femme au physique généreux émergèrent du véhicule et s'avançèrent vers nous, bras-dessus bras-dessous. Il faisait nuit, pourtant il me sembla que la belle était vêtue d'un parachute. Fort heureusement blanc et non façon camouflage, sinon nous aurions pu la perdre de vue...

– C'est hors de question, lieutenant. Soit vous restez ici pour partager notre repas, soit je raconte à votre hiérarchie que vous chantez du Maria Carey pendant le service.

– Traîtresse.

Je sentis Mair se trémousser sur le banc dans l'obscurité. Grand-père se servit une nouvelle rasade de Pipers. Quand ils arrivèrent à notre hauteur, les amoureux se tenaient par la main. Le visage de Arny apparut dans le halo de notre lampe et je vis son sourire radieux ainsi que son regard pas peu fier, quand il me désigna d'un coup de menton sa fiancée. C'était la première fois que je voyais ce regard à mon frère. Mair évidemment le nota, elle aussi. Elle se pencha dans la lumière et sourit.

– Mais qui avons-nous là ? demanda-t-elle.

La compagne de Arny s'avança vers la table et joignit les mains pour un très respectueux *wai*. Tout le monde lui retourna le compliment, excepté grand-père Jah qui grommela et avala une gorgée de whisky. C'était une très belle femme, une peau uniformément hâlée et un nez que j'avais souvent vu sur les sculptures en bois des natifs américains. Ses cheveux, aussi épais que du goudron, retombaient sur ses reins telle une lourde cape noire. Oui, elle avait une sacrée gueule. Je lui aurais facilement donné 8,2, rien que pour le visage, car impossible de juger correctement la beauté de son corps, à cause du parachute. Mais pourquoi un parachute ? On avait l'impression qu'elle avait sauté d'un aéronef pour se poser dans le champ voisin et n'avait pas eu le temps de se dépatouiller de son barda avant le dîner.

– Désolé, nous sommes en retard, dit Arny qui, pour une raison connue de lui seul, nous gratifia à son tour d'un *wai*. On s'est chamaillé un long moment sur le choix de la toilette la plus appropriée pour un dîner aussi chic.

Il pouffa. C'était une plaisanterie typique de Arny et, comme d'habitude, limite drôle, encore moins même ce soir du fait de la tension nerveuse qui lui maintenait la colonne comme un corset. Grand-père Jah ne l'aida pas vraiment à se détendre.

– Eh bien, apparemment, elle a perdu, dit-il.

Je me tournai vers grand-père, le fusillai du regard et, par inadvertance, dans ma hâte, heurtai dans mon courroux le tibia de Chompu. Qui couina. À ce moment, tout faillit basculer. Le visage de Arny vira à l'écarlate, le sourire de Mair se liquéfia, quant à moi je fouillai désespérément dans mon sac à malices journalistiques, en quête d'un bon mot. Puis la petite amie rit. Ce fut comme le rideau d'une soirée de gala s'écartant sur des dents toutes menues d'une blancheur scintillante. Quelque part au fond de sa gorge, résonna le bris de verres et le cliquetis de lustres en cristal. C'était le genre de rire qui ne vous laisse d'autre choix que de se joindre à lui.

– J'ai aussi acheté de vrais vêtements, dit-elle, avec son accent du Sud aussi musical et truculent que celui d'une danseuse de saloon. Ils sont dans la camionnette… Mais vous préférez peut-être voter…

Mair bondit sur ses pieds et s'empara de la main de notre invitée.

– Je vais vous montrer où vous pouvez vous changer, dit-elle tout sourires et on applaudit tous sans exception à l'initiative.

Tous sauf Arny, debout face à nous, les lèvres tremblantes, alors que les deux femmes disparaissaient dans la nuit.

– Je trouvais que ça lui allait bien… dit-il.

Je me levai, le pris entre mes bras et le serrai contre mon cœur, aussi fort que possible.

– Nong, dis-je. C'est toi qui as choisi cette robe ?

– Oui.

– Vous êtes allés faire du shopping ensemble et elle t'a laissé choisir, c'est ça ?

– Oui.

– Bien. J'ai une excellente nouvelle pour toi. Pour qu'elle apparaisse en public dans cette robe, que tu as eu l'extrême gentillesse de lui offrir, c'est qu'elle doit t'aimer énormément.

Son expression de désarroi s'estompa peu à peu, remplacée par une joie dont l'éclat m'alla droit au cœur. Il rit et je le fis asseoir. Grand-père Jah lui servit un verre. À leur retour du vestiaire, Mair et la fiancée semblaient les meilleures amies du monde. Elles avaient sans doute pas mal de tubes pop de la belle époque en commun, qui sait, utilisaient peut-être la même pommade contre l'arthrite... Mais peut-être suis-je cruelle. Arny se leva pour accueillir sa dulcinée. Elle portait un pantalon moulant et un joli top jaune qui laissait voir la courbe ultra féminine de ses épaules bronzées. Visiblement, depuis sa carrière pro, elle se surveillait. Moi-même je la trouvais plutôt séduisante, ce que je me serais bien gardée d'avouer à la sœur de Ed. Son nom était Kanchana Aromdeee, pseudo Gaew, l'une des femmes les plus intéressantes que j'aie jamais connues, et vous savez, des gens, j'en ai rencontré. Même grand-père Jah se prit tout de suite d'amitié pour elle. Elle nous fit rire avec ses anecdotes, écouta avec intérêt les nôtres. Et pendant tout ce temps, elle ne cessa de tenir la main de Arny et de sourire à son profil quant il prenait la parole.

Le whisky coula à flots, on mangea avec appétit et le temps passa comme ça, sans que personne ne semble pressé de rentrer. Mair, manifestement déchaînée, nous raconta certaines de ses histoires les plus paillardes. Elle se répandit en jurons, ce qui lui valut l'air outré de la censure de la part de grand-père, et la consternation du public. Nous discutâmes de notre Gulf Bay Resort, du moyen de redorer son blason. Pari fut pris de s'imposer comme le Club Med du golfe dans les six mois. À un moment donné, Chompu reçut un appel du général Suvit lui apprenant que Mika Mikata avait, en fait, débarqué en Thaïlande avec son vrai passeport pour participer aux Rencontres internationales de la Photographie, à Haad Yai. Pak Nam se trouvait à mi-chemin entre Haad Yai et Bangkok. On porta un toast à la perspicacité de grand-père Jah, aussitôt promu général en chef des forces de police pour la nuit. Chompu lui prêta même sa casquette. Gaew lui dessina au rouge à lèvres un insigne du mérite sur son maillot de corps blanc corail.

Il était presque minuit quand je reçus le coup de fil tant espéré. J'allai me réfugier au bord de l'eau, à l'écart du brouhaha de la fête. Je m'assis sur le sable et écoutai. Je pouvais entendre les autres qui riaient et me criaient de revenir, mais je les ignorai. Les crabes commencèrent à me pincer les fesses, mais je m'en fichais. J'écoutai et je pleurai et je dis mille fois merci, avant de retourner à table, juste au moment où Gaew entamait une partie de bras de fer avec le lieutenant. Mair me demanda pourquoi j'avais pleuré et, aussitôt, tout le monde se tourna vers moi. Au cours du repas, nous avions brièvement évoqué le meurtre de l'abbé et les investigations qui avaient suivi. À présent, j'avais ce que j'espérais être le coup de grâce de l'affaire.

Sissi avait trouvé un moyen, percé les impénétrables pare-feu, fait fi des trous de vers invisibles… et autre jargon auquel je ne comprenais rien, bref, elle avait réussi à s'inviter dans le site web de Mika Mikata. Là, elle avait découvert la plus horrifique galerie de meurtres maquillés en art. Le meurtre de la piscine, étape par étape, du type au casque orange, à Guam, un assassinat sous-marin à la Grande Barrière de Corail, parmi les créatures les plus colorées du monde marin, la mort violente de la volière à Taiwan, et le récent meurtre en ligne d'un abbé, en Thaïlande. Dans le blog dédié on trouvait un verbiage prétentieux et pseudo poétique sur la destinée. Et un endroit marqué sur une carte. L'appel irrésistible de la couleur safran. L'âme de l'artiste alliée à l'absurdité du chapeau orange transcendant l'interdit pour créer le tableau parfait. L'apogée de sa quête. Mika Mikata était fichue. Vaincue par K.-O. par la famille Juree.

Cette nuit-là, comme je complétais les blancs de mon papier, je m'arrêtai soudain et, pour la première fois, pensai à la victime. L'abbé Winai avait sans doute considéré ça comme son karma. Il avait probablement eu la vision de cette rencontre, en méditation, tandis qu'il marchait sur la petite allée, sous les bougainvillées, à ce moment précis où Mika Mikata était passée, juste en bas, dans sa voiture de location. Il savait, sans doute, avant même qu'elle ne surgisse de la haie, avant qu'elle ne le force à coiffer ce chapeau. Il n'y avait pas de peur dans ses yeux et cela avait dû terriblement décevoir la Japonaise déglinguée, ordonnatrice de sa mort.

Sissi avait posté le lien dédié aux membres exclusifs de la Galerie Orange sur le site du Sangha, le conseil du clergé. Impossible pour eux de remonter jusqu'à ma sœur, elle avait fait le nécessaire, ma diva. L'indignation serait telle que la police s'emparerait évidemment de l'affaire, le scandale exploserait dans les médias. Tout le monde cherchait quelque chose d'excitant à mettre en première page, la révolte des yuppies n'amusant plus personne. Mika Mikata serait punie pour sa cruauté.

Notre plage retrouva son calme. Tout le monde était allé se coucher. Sur la table gisaient cadavres de bouteilles et assiettes vides, léchées avec application par Gogo, les babines luisantes de sauce. Le ménage attendrait. J'enfourchai la moto, démarrai d'un coup de kick et direction Pak Nam pour expédier mon papier. On aurait dit une ville fantôme. Les spots de l'enseigne du 7-Eleven baignaient les rues de flaques rouges, vertes et orange. En passant, je vis le caissier bâiller devant un magazine. Il y avait de la lumière à la fenêtre du premier étage du magasin de tuyaux et pompes au carrefour. Un chat efflanqué cavala devant moi, son ombre pareille à celle d'une girafe. Le cybercafé, lui, était plongé dans l'obscurité, aussi noir que la réserve de bananes de Nintendo Kong, aussi calme qu'Atlantis après la destruction du dernier des envahisseurs Gorgon. J'enlevai ma chaussure et tapai au volet. Le bruit se répercuta dans toute la ville, tel un taureau de Pampelune solitaire martelant méchamment le pavé des ruelles. Mais la seule réaction fut un timide « Que voulez-vous ? » chuchoté de la fenêtre, au-dessus du café.

« Je pense que non seulement nous devrions supprimer les taxes permettant l'accès à la classe moyenne, je pense que nous devrions détruire tous les péages. »

George W. Bush
Nashua, NH, cité par Gail Collins
dans le *New York Times*, 1er février 2000

Je reçus un appel matinal de Dtor, mon amie de Chiang Mai. Les anarchistes occupaient toujours le siège de notre gouvernement. Neuf jours déjà qu'ils squattaient les lieux. Ils avaient apporté leurs transats, transféré leur nouvelle adresse temporaire à leurs magazines pour le règlement de l'abonnement. Ils avaient même installé un chapelet de W.-C. mobiles, monté leur futon et commandé des pizzas, pendant que les flics attendaient dehors, perplexes, parce que eux devaient se contenter de bouffer du riz frit froid et de pisser contre le mur d'enceinte. L'anarchie est l'un des hobbies les plus en vogue de la classe moyenne. Dépassée la grande mode des gyms douces, Pilates et autres Thai Chi. J'avais vu des photos des insurgés. Femme d'âge moyen en pantalon stretch et top sexy faisant un doigt d'honneur à l'objectif. Ils feraient moins les fiers, en Birmanie. Partout ailleurs, vous les auriez vus raser les murs sous une pluie de feu, recevoir la bastonnade, se faire tirer comme des sacs de patates par les talons de leurs chaussures orthopédiques. C'est le siège de notre gouvernement, bon sang ! Notre bâtiment suprême. Pour qui se prennent-ils, ces gens-là ? Je n'ai jamais voté pour ces individus. Mais quand vous avez des amis haut placés, vous êtes serein, la police ne va pas venir vous massacrer. Vous emportez votre plus bel iPod, sans crainte de le voir abîmé au cours d'une rixe. Vous savez que les autorités n'oseront pas lever la main sur vous. Le pouvoir est de votre côté, vous jouissez de cette influence dont les réseaux phagocytent notre société. Alors forcément, vous prenez vos aises avec votre sudoku et envoyez des mails sur votre BlackBerry, en racontant à vos anciens camarades de classe que vous faites partie de l'insurrection et que la petite fête pourrait bien durer une semaine ou deux.

Mais bien sûr, de tout ça, Pak Nam s'en fichait. Car ici, quand le calamar va, tout va. Les événements du temple Feuang Fa s'étaient abattus sur moi telle la mousson et, une fois la bourrasque passée, j'étais encore debout, certes un peu ébouriffée et croûtée de sel. Après toutes ces péripéties, j'osais espérer que les emmerdeurs seraient allés harceler d'autres innocents, laissant enfin l'abbé Kem et sœur Bia vaquer à leurs occupations, quelles qu'elles soient. Mais une nouvelle plainte fut déposée et un second abbé mandaté par le bureau central du clergé fut envoyé. Pour ma propre traquillité d'esprit, je devais savoir une fois pour toutes ce qui se cachait derrière ce harcèlement monastique.

À mon arrivée au temple, ma nonne était en train de peindre l'autre côté du mur, ainsi que l'herbe alentour, et portait comme une kippa de peinture blanche sur le crâne.

– Je constate que l'incarcération n'a pas entamé votre talent pour la peinture, dis-je.

Elle se retourna pour me trouver *grosso modo* à la même place que lors de notre première rencontre. Elle me sourit, puis retourna à son ouvrage.

– Certaines personnes n'apprennent jamais, dit-elle.

– Il paraît, oui. L'abbé Kem est rentré ?

– Il n'est jamais parti. Il a une grotte, un peu plus haut sur la crête. Il s'y réfugie parfois pour méditer.

Cela se tenait. Je ne l'imaginais pas se précipitant à Bangkok pour voler au secours de sa nonne. Sœur Bia laissa tomber son pinceau en poils de queue de buffle dans le bidon, mais le facétieux bascula, lui éclaboussant généreusement les chevilles, avant de venir s'échouer à ses pieds, dans une flaque de peinture blanche. Elle rit et le laissa là.

– Il est vivant, dit-elle. Jamais je n'arriverai à le domestiquer.

Puis elle s'avança dans l'allée, s'arrêtant brièvement pour s'assurer que je suivais. J'étais venue sans projet particulier, ni questions préconçues ni stratégie. Elle aurait aussi bien pu refuser de me parler, je m'y étais préparée. Je lui aurais alors dit au revoir et bon vent, la laissant seule avec ses secrets. Mais j'eus le sentiment qu'elle m'attendait. On s'assit sous le porche de sa modeste cellule pour quelques minutes de contemplation. C'était l'une de ces journées où l'on se dit que Mère Nature doit s'inspirer pour décorer le ciel de la couleur des piscines de luxe.

– Si seulement je pouvais peindre comme ça, dit-elle, puis elle se tourna vers moi, me regarda droit dans les yeux, et je sentis le pincement de l'amour dans mon cœur. Le jeune policier m'a expliqué, c'est à vous, essentiellement, que je dois ma liberté.

– C'est un travail d'équipe, je ne veux pas m'attribuer tout le mérite.

Elle hocha doucement la tête, ce que je traduisis par « merci ».

– Il y avait quelque chose, dans son cœur, enchaîna-t-elle comme ça, sans prévenir. Il n'était pas particulièrement beau, ni spécialement musclé, pas même bon élève. Mais voilà, son cœur palpitait d'un je ne sais quoi. À 13 ou 14 ans, j'avançais sur ce chemin hérissé d'obstacles qui se dresse devant chaque adolescent, ne sachant où était ma place sur cette planète. Je me suis mise à l'interroger sur le sens de la vie. Pas de grandes interrogations comme « Pourquoi sommes-nous ici ? », non. Juste de petites questions comme « Crois-tu que les arbres ressentent de la douleur ? », ou « Les fourmis rêvent-elles d'indépendance ? ». Des absurdités comme ça. Mais il avait toujours une réponse qui m'amenait à réfléchir, et cela me paraissait toujours pleinement sensé. Il m'encourageait.

« Puis, en grandissant, j'ai commencé à dépendre de lui et de ses réponses. Nous étions amis, bien sûr, à l'époque, mais il devint bientôt le genre d'ami qui fait partie de vous. Je ne peux pas dire que je ressentais de l'amour pour lui, pas au sens physique du terme. C'était plus comme une merveilleuse sérénité de l'avoir dans ma vie. Mon esprit était peut-être amoureux du sien. Puis il entra dans les ordres et devint moine. Ce n'était pas une surprise. Je savais qu'il avait besoin d'un Guide pour l'aider à donner du sens à tous les sujets dont nous discutions. Quand il partit, je ressentis un vide terrible, pas de la personne, mais de son message. Je savais que j'étais moi-même prête pour cette quête. Prête à accepter une vie de piété et d'humilité.

« J'eus de ses nouvelles, par le biais d'amis. On ne se vit pas durant de nombreuses années, mais chacun était dans le cœur de l'autre. Je l'ai toujours su. Puis, à ma grande surprise, j'appris que j'avais une tumeur cérébrale, un GBM, comme ils disent. Inopérable. Je ne m'écroulai pas à cette nouvelle, car après tout notre destin à tous est de cheminer vers une autre vie, mais je mentionnai ce détail néanmoins dans une lettre adressée à l'abbé Kem. À ma grande surprise, il m'invita au temple afin d'y passer mes derniers jours, en compagnie d'un vieil ami. J'acceptai son invitation. Et depuis, j'attends. Ça a commencé, je le sais. Vous avez eu l'occasion d'admirer la précision de mes mouvements, leur extraordinaire coordination. D'ici peu, mon esprit devrait se retirer. Je ne saurai même plus par quel bout tenir un pinceau, ni même distinguer le blanc du noir.

« Je sais qu'il discuta longuement de moi avec l'abbé Winai. Je suppose que j'aurais dû être flattée que deux hommes d'une telle valeur investissent tant de temps sur ma modeste personne. Leur décision finale, prise le jour du meurtre, fut que je devais rester. Voilà pourquoi je suis là.

Deux, peut-être trois grosses échardes s'étaient fichées dans ma gorge. Impossible de respirer, ou de pleurer. Je dus me débrouiller pour les extirper avant de pouvoir parler. Mais rien de profond ne me vint à ce moment.

– Quelle était sa réponse à la question des fourmis ? demandai-je. Aspirent-elles à l'indépendance ? C'est aussi une chose sur laquelle je m'interroge.

Elle rit.

– Il m'a conseillé d'être patiente. Bientôt, je serais moi-même fourmi et j'aurais alors la réponse à ma question.

Les larmes coulèrent sur mes joues comme de la cire chaude. J'avais pris la sale manie de pleurer à tout bout de champ, depuis mon départ de Chiang Mai. Mal à l'aise, je décidai de prendre congé au plus vite. Mais la nonne ne m'en laissa pas la possibilité. Elle ouvrit la porte de sa cabane et me fit signe d'entrer.

– Je me demandais si vous ne pourriez pas me faire une autre petite faveur, dit-elle.

Dans un carton, au pied de son lit, se trouvait une boule de poils, on aurait dit une moufle en peau d'hermine. Elle avança la main, souleva la chose avec précaution. C'était Riz gluant, tout flasque, désarticulé comme une marionnette.

– Il n'est pas encore tout à fait mort, dit ma nonne. Je pense qu'il a fini par avaler quelque chose qu'il n'a pas supporté. Nous perdons et recueillons des chiens tous les jours, mais ce chenapan a touché mon cœur. Je ne me sens pas capable de le regarder agoniser.

Lorsque j'emportai le carton, direction la camionnette, la digue céda. Un vrai déluge lacrymal. Je détestais pleurer à la lumière du jour, donner ainsi ma vulnérabilité en spectacle. Je déposai Riz gluant sur le siège passager et fonçai à mort jusqu'à Lang Suan pour voir le docteur Somboon, le spécialiste des vaches.

Une heure plus tard, je me garai devant la boutique. Mair était dedans, avec son groupe de copines fantômes. Et tout ce petit monde s'affairait, valse des étagères, ménage de printemps, tri à la verticale de la réserve, où s'entassaient encore des boîtes de conserve de dix ans d'âge. Dans le poste stéréo, sur le comptoir, une cassette hurlait « *Spirit in the Sky* ». L'un de ces méchants vieux tubes connus de Mair seule, sauf que ses copines du village chantaient à tue-tête le refrain avec elle, et visiblement elles le connaissaient sur le bout des doigts. Ces dames étaient hilares. Je fis le tour de la camionnette et m'emparai de mon carton de bières Leo.

– Qu'y a-t-il dans cette boîte ? entendis-je.

Grand-père Jah était assis sous la canopée, au bord de la route, en train de regarder les voitures. Quand il y en avait. Mon patient sous le bras, je le rejoignis et m'assis avec lui.

– Un chien à moitié mort, dis-je.

– Tu as prévu de le travestir ?

C'était la première plaisanterie que grand-père proférait en un an, et à vrai dire, je m'en serais passée.

– En fait, on n'est pas sûr qu'il meure, dis-je en ouvrant le carton pour le lui montrer.

– Vraiment ?

– Je l'ai emmené chez le véto. Il ne m'a rien promis. En fait, il semble penser que 90 % des chiots de la région meurent dans d'atroces souffrances de parasites intestinaux, avant même d'avoir 6 mois. Il a mis au point une sorte de cocktail qui fait des miracles sur les veaux. Il lui en a fait boire quelques gouttes. Il l'aurait bien mis sous perfusion, mais il n'en a pas et, même s'il l'avait fait, il m'a avoué qu'il aurait eu le plus grand mal à trouver une veine. Il m'a donné des antibiotiques, juste au cas où le bout de chou passerait l'après-midi.

– Depuis quand voles-tu au secours des chiens ?

– Grand-père, c'est Riz gluant. Un héros. Il a résolu le mystère du temple Feuang Fa. C'est lui qui a trouvé l'appareil photo. Il mérite un autre sort.

– C'est juste.

Le silence s'installa. Mauvais jour pour l'observation du trafic.

– Grand-père Jah ?

– Hmm ?
– Des nouvelles du capitaine Waew ?
– Qui ?
– Le détective du Surat.
– Oh, lui. Non.
– Pourquoi ne l'invites-tu pas ? Vous passeriez un bon moment ensemble.

Grand-père fronça ses sourcils broussailleux et retroussa le menton.

– Pour quelle raison ferais-je ça ?
– Parce que vous avez fait un sacré boulot, tous les deux.

Il tourna à moitié la tête, regarda le carton sur mes genoux, puis reprit sa contemplation du va-et-vient du néant sur la route.

– Comprends pas où tu veux en venir... marmonna-t-il.
– Vol du van Milo, pas une miette d'empreinte exploitable, gangster menotté nu à un banc dans une gare. « Bien mérité », *sa som* écrit en lettres de sang animal sur son ventre. Tout ça ne te rappelle rien ?
– Tu ne vas tout de même pas insin... ?
– Si, parfaitement, j'insinue. J'imagine que tu prévoyais de lui soutirer des aveux pour le meurtre du couple hippie. Puis tu as découvert...
– Ne sois pas ridicule.
– Puis, craignant pour sa vie, il t'a dit que c'était sa propre fille dans cette VW et qu'elle était bien vivante. Je suppose que tu as été vraiment déçu, parce que ce n'était sûrement pas l'envie qui te manquait de lui flanquer une correction, à ce minable.

Grand-père observa l'horizon, en quête de voitures.

– Heureusement, tu l'as cru, poursuivis-je, parce que je tremble à l'idée de ce que tu lui aurais fait, sinon. Mais vous l'avez bien humilié. Vous deviez être fous de joie, tous les deux.

Un pick-up rouge sang frigorifique avec un bac à poissons en plastique noir à l'arrière fila devant nous à environ 40 km/h, pétaradant et hoquetant, laissant dans son sillage un nuage de pollution. Je me levai et attendis que les gaz se dissipent. Le chauffeur nous salua d'un signe de la main. Je répondis à l'identique. Tout le monde se dit bonjour de cette façon ici. Je ne serais pas surprise que les maris fassent coucou comme ça à leur épouse quand ils se réveillent le matin dans le lit conjugal.

– Chapeau en tout cas, ajoutai-je. Et quel souci du détail, avec ce prospectus. Jusqu'à mal écrire mon nom ! *Jum*... Oui, bravo !

Grand-père ne put réprimer un sourire.

– Dommage que tu sois une fille, Jimm Juree, dit-il. Oh, oui, quel gâchis.

J'emportai mon carton, avec ma boule de poils dedans, sur la plage. Quelle sépulture pour Riz gluant ? m'interrogeai-je. La terre ou l'immensité de l'océan ? Je relevai les rabats pour laisser entrer le soleil dans la boîte, cherchai à voir si le malheureux respirait encore. À peine. Je levai alors les yeux au ciel, couleur piscine Beverly-Hills, de crainte d'y voir des vautours tourner en rond au-dessus de nos têtes. Attirée par l'odeur de la mort, Gogo me rejoignit au bord de l'eau. C'est vrai, elle mange n'importe quoi, mais elle n'irait pas jusqu'à consommer un semblable, quand même ! Il doit bien y avoir des tabous, même pour les chiens. Gogo s'arrêta à trois mètres de moi, pivota sur elle-même une dizaine de fois avant de s'allonger sur le sable chaud, en me tournant ostensiblement la croupe.

– Je t'aime quand même, espèce de sale petite garce, dis-je.

– J'espère que ce n'est pas de moi dont tu parles.

Mair m'avait suivie sur la plage. Avec une mini-bouteille de Yakult dans la main. Je saluai au passage la prouesse d'une entreprise qui avait su convaincre la moitié de la population de ce pays que sans sa ration journalière de lait de vache fermenté la vie ne valait pas la peine d'être vécue.

– Non, Mair. Toi, c'est tellement facile de t'aimer.

– Qu'est-ce que c'est, dans le carton ? demanda-t-elle en s'asseyant près de moi.

– Riz gluant.

– Ah, bien. J'ai acheté des ailes de poulet grillées tout à l'heure.

Je soulevai un coin du carton.

– Il ne le digérerait pas, dis-je.

– Oh, pauvre petit garçon, dit-elle en plongeant les mains dans la boîte.

Elle déposa la masse inerte sur ses genoux. Sur les journaux qui servaient de litière à mon protégé avaient coulé je ne sais quelles sécrétions. Malgré cela, Mair porta Riz gluant contre son cœur et se mit à chantonner, tout en le berçant. Il y eut un léger frémissement, que l'on aurait pu prendre pour un spasme post-mortem, suivi d'un long soupir. Je m'imaginai nourrisson, nichée contre ces mêmes seins, presque morte, toute maculée de sang et de vomi, dans mon petit berceau. Rien de plus repoussant qu'un bébé, non ?

Comme je m'y attendais, Gogo se leva, fit un large détour pour m'éviter et revint s'asseoir près de ma mère afin d'examiner le malade.

– Mes amies et moi avons décidé de fonder une coopérative de produits du terroir, dit-elle. Ce projet, je l'ai en tête depuis pas mal de temps.

– Vraiment ? Pourquoi n'en avoir rien dit ? Pourquoi ne pas l'avoir fait ?

– J'attendais.

– Quoi ?

– Que vous vous décidiez à aimer cet endroit.

– Minute ! Qui a dit que j'aimais cet endroit ?

– Tu l'aimes, ma chérie.

Je fis remarquer à Mair que quelque chose de déplaisant dégoulinait sur le devant de son chemisier. Elle sourit, hocha doucement la tête. Apparemment je ne lui apprenais rien.

– Arny semble se plaire ici, lui aussi, dit-elle. Et Père lui-même, à certains moments. Je regrette de ne pas avoir pu convaincre Sissi de nous accompagner. Notre famille enfin réunie et heureuse, comme nous l'avons toujours été.

Je sais une chose, les gens sont rarement heureux en même temps.

– Je ne suis pas certaine que Sissi aurait trouvé son bonheur ici.

Mair retira le papier journal maculé de sécrétions et remis Riz gluant dans son carton.

– Le pauvre petit peut dormir dans ta chambre cette nuit.

– À l'intérieur ?

– Bien sûr, à l'intérieur. Tu ne vas pas le laisser sur la terrasse avec tous ces serpents et ces chauves-souris qui rôdent. Ils flaireraient sa faiblesse.

On se leva, épousseta le sable sur nos fesses et j'emportai le carton. Bizarrement, il semblait plus lourd soudain, comme si Mair avait fait don à Riz gluant d'un organe. À moins qu'elle ne lui ait simplement insufflé de l'espoir.

– T'ai-je dit que Ed était passé, ce matin ? dit-elle. Il voulait te voir.

– Vraiment ?

– Oui. C'est un gentil garçon.

– Sa sœur n'était pas avec lui, par hasard ?

– Laquelle ?

– Il n'en a qu'une. Et elle est *gay*.

– Ne dis donc pas de bêtises, ma chérie. Ed a trois sœurs, toutes apparemment heureuses en ménage. Mères, je crois, d'une bonne dizaine d'enfants à toutes les trois. Et j'ai pu remarquer qu'aucune ne ressemblait à Ed, ni de près ni de loin. Je ne serais pas surprise qu'il y ait eu dans la famille un peu de boogie-woogie extraconjugal... Mais où vas-tu ? demanda-t-elle quand je lui tendis Riz gluant.

– Tente d'insuffler tout l'espoir que tu peux à cette pauvre petite chose, dis-je. Je viendrai le récupérer plus tard.

Je la plantai là, déconcertée, sur la plage et m'empressai d'enfourcher notre bicyclette. Pour un peu, on aurait vu des flammes jaillir de mes narines. Je connaissais la maison de Ed. C'était juste un peu plus haut, en bordure de route. Un passage obligé pour aller en ville, ou quand on en revenait. Dernièrement, je m'étais arrangée pour tourner la tête en passant devant, manière de ne pas choquer par mon impolitesse. Mais aujourd'hui, j'empruntai direct et sans atermoiements le petit chemin de poussière pour freiner dans un dérapage à peu près contrôlé, juste devant la porte. Qui au demeurant était ouverte. La mère, une femme joviale et toute en rondeurs, la peau brûlée par le soleil, me montra la baie de Siam.

– Il est là-bas avec son bateau, dit-elle.

– Il a un bateau ? Je croyais qu'il tondait les pelouses.

– Mon Ed est très doué de ses mains, fanfaronna-t-elle.

J'imagine qu'il doit exister une formule nautique mieux adaptée, pour ça, mais bref, le bateau de Ed était garé sur un talus, plus loin sur la baie, à environ un kilomètre de notre hôtel. L'embarcation, une barque longue-queue traditionnelle de cinq mètres pour la pêche aux calamars reposait la coque en l'air, sur des cales. Ed était en train de raboter, ou un truc équivalent genre charpentier de marine. Il avait enlevé le haut et, comme je l'imaginai, son torse ressemblait à une tablette de chocolat. Suisse le chocolat, le fin du fin. Bref, que du muscle. Ne vous méprenez pas. Il était mince certes, mais pas malingre. Des perles de sueur lui collaient à la peau, comme la rosée au raisin. Je sautai de ma bicyclette, la jetai dans la poussière et me lançai au pas de charge en direction du bateau. Il m'ignora. Une fois en bas, je tapai du poing sur la coque. Il leva les yeux et eut l'audace de me sourire.

– Je suis venue vous dire que je n'apprécie pas les mensonges, déclamai-je, mains sur les hanches.

– Vraiment ?

– Absolument.

– Bien.

Je compris qu'il allait reprendre son travail de rabotage.

– Or, vous m'avez menti, poursuivis-je. En me disant que vous aviez une sœur qui n'aimait pas la compagnie des hommes.

– Je sais.

– Mais ce n'est pas vrai.

– Effectivement.
– Alors, pourquoi m'avoir dit ça ?
– Parce que vous vous êtes montrée grossière.
J'hésitai, désarçonnée.
– Ah. Et comment ça, grossière, au juste ?
– Lorsqu'une personne vous rend visite, dans le coin, on ne la traite pas comme un domestique. On ne lui parle pas sèchement, et on s'arrange pour ne pas la faire attendre. On fait preuve de bonnes manières.
– C'est tout ?
– Oui.
– Eh bien, je vous demande de m'excuser pour ne pas avoir réalisé que je me trouvais dans la capitale des bonnes manières.
– Merci.
– Merci ?… Pour quoi ?
– Pour vos excuses.
– Je ne m'exc… Je… bafouillai-je, mon aplomb s'effilochant. Et puisque nous parlons de grossièreté, ne pensez-vous pas que vous-même avez fait preuve d'une certaine grossièreté à mon égard, en vous moquant des lesbiennes ?
– Non. Je ne connais aucune lesbienne.
– Je… Vraiment ?
– Hmm.
– Et pour quelle raison une femme qui n'est pas lesbienne prétendrait-elle en… être une ?
– Pour maintenir les hommes à distance.
– Oh ? Hmm…
Je m'étais moi même empêtrée les pattes dans le filet. Soudain, je regrettai qu'il ne soit pas sur sa longue-queue en pleine mer, à sonder les profondeurs du golfe. J'aurais ainsi disposé d'un peu plus de temps pour retrouver mon flegme. J'aurais pu lui en imposer et le remettre à sa place, moi la journaliste chevronnée. Au lieu de cela, je dis :
– Je vous déteste, Ed.
Et il répondit à mon agression par un sourire, irrésistible sourire. Je battis en retraite, arrachai mon vélo à l'étreinte malsaine des mauvaises herbes. Une fois

prête à me mettre en selle, telle une amazone outragée, je lui jetai un dernier regard. Appuyé à la coque de son bateau, il m'observait.

– Une dernière question, dis-je.

– Allez-y.

– Pourquoi êtes-vous venu me voir, ce jour-là ?

– J'étais venu vous dire que vous me plaisiez. Je voulais vous inviter à déjeuner.

– Ah ! dis-je tout en pédalant avec frénésie sur la pente herbeuse, afin de ne pas avoir à mettre pied à terre. Alors ça, il y a peu de chance…

Je l'avais eue, ma victoire. J'avais abattu Narsil, l'épée d'Aragorn, dans une ultime joute, et blessé la bête en plein cœur. Pourtant, lorsque je regardai la lame, le sang qu'il y avait dessus était le mien.

« Rarement la question est posée. Nos enfants apprennent-ils quelque chose ? »

George W. Bush,
Florence, Caroline du Sud,
11 janvier 2000

Trois semaines s'étaient écoulées, les insurgés au transat redécoraient et repeignaient le siège du gouvernement en des tons soleil et mimosa. Ils avaient planté du riz dans les bassins d'ornement. Ils avaient renoncé à l'idée de remplacer le calife par le beau-frère du calife. Désœuvrés, ils donnaient des cours du soir, enseignaient l'art de produire des balles de ping-pong fumigènes. Le pays retenait son souffle, tremblant devant leur toute-puissance.

La mousson n'était plus très loin, mais personne ne savait quand elle serait là exactement. À en croire le capitaine Kow, les gens du coin ne prédisent plus la météo depuis belle lurette. Fini le temps où le moindre pêcheur savait lire certains signes, comme quand les crabes délaissent le sable, ou quand les scarabées vont construire leur nid en haut des arbres, ou encore quand les sternes migrent. Aujourd'hui, on se contente d'écouter la radio, comme en ville. Le monde a perdu la tête. Et si des tempêtes approchent, la mer n'en laisse rien paraître. C'est presque incroyable qu'une telle masse d'eau puisse faire preuve d'une telle discrétion. Je dois tendre l'oreille pour entendre les chuchotements feutrés de la marée gênée qui brasse les fins galets, dans un sens, dans l'autre, « Je suis là, chut », « Je m'en vais, chut ». Puis, un long silence entre chaque chuchotement. J'admirai l'immensité de la scène autour de moi, m'émerveillai de pouvoir distinguer la suture entre ciel et mer. On ne voyait jamais l'horizon, à Chiang Mai. On pensait le voir puis, un jour, l'air chargé de poussière se dissolvait et, devant vous, se dressait une immense chaîne montagneuse culminant jusqu'aux nuages. Mais à Maprao, avec ce golfe qui s'étend à perte de vue, vous savez que cette ligne, au loin, celle qui vous oblige à tendre le cou pour bien la voir, marque le bord du monde. Vous pouvez vous asseoir sur votre petit bout de terrasse et admirer l'ouragan là-bas qui balaie le Cambodge, les mégas paquebots de croisière pas plus gros qu'une noisette qui croisent, le rose crémeux du soleil couchant sur un continent, très loin.

Quelque chose a changé en moi. Je commence à comprendre pourquoi je trouvais tout le monde stupide, dans un rayon de vingt kilomètres, autour de moi. C'est la même chose que vivre dans un appartement pendant des années et ignorer que votre plus proche voisin entasse des cadavres en morceaux dans son réfrigérateur. L'ignorance engendre l'ignorance. Si vous voulez que le monde soit aussi étriqué que votre cerveau, rien ne vous en empêche. Je m'étais crue supérieure à tous, à Maprao, aussi je n'avais pas jugé bon de parler, parler vraiment avec les gens. Le plus bizarre, c'est qu'une fois que vous les connaissez, ces gens, vous réalisez qu'il y a plus de bon sens ici que dans toute une ville remplie de personnes cultivées, mais qui suffoquent. Et avec eux toute cette canaille de politiciens. Pour les habitants de Maprao, vivre ne se fait pas dans la rage du désespoir. C'est un choix, le désir d'un peuple fier.

J'eus mon heure de gloire, oh à peine un peu plus d'une heure. Trois chaînes de télé vinrent ici même m'interviewer sur mon rôle dans la résolution du meurtre de l'abbé. L'événement aurait d'ailleurs pu passer inaperçu, sans le décès bizarre de Mika Mikata. Elle tourna la vidéo de son propre suicide, diffusée automatiquement juste après, sur son site web. Un petit film qui fit le buzz sur YouTube. Mika n'avait pas l'intention d'être prise vivante. Le buste bardé de caméras, son flamboyant chapeau orange sur la tête, elle atterrit avec son deltaplane tout en haut de la tour de Tokyo, l'un des bâtiments les plus hauts du monde, tout en orange et blanc. Une fois là-haut, elle fit un discours aussi déchirant qu'incompréhensible avant d'enjamber le parapet. Certains observateurs crurent entendre « *Killing me Softly* », version japonaise, alors qu'elle exécutait le saut de l'ange. Malheureusement, tout le matériel vidéo ayant été détruit à son atterrissage sur la plateforme de l'observatoire, sa mort elle-même, voire son agonie, ne fut pas enregistrée, ce qui constitua une immense déception pour ses fans. Néanmoins, en direct ou pas, la mort de Mika Mikata fut aussi colorée que ses meurtres.

Mes articles sur l'enquête et la découverte du meurtrier furent salués par la critique. J'eus même droit à un papier dithyrambique sur mon style, écriture alerte et exigeante, dans le magazine *Matichon Weekly*. Je reçus des propositions de job à plein-temps qui ne se refusent pas. Les directeurs de rédaction de grands journaux, à côté desquels le *Mail* passe pour un torchon, m'appelèrent pour me faire des offres alléchantes. Oh, je pris le temps de la réflexion. J'en passai des nuits blanches à tergiverser. À plusieurs reprises, je m'emparai du téléphone, mais au moment de composer le numéro de ces organes de presse prestigieux, je renonçai. C'est-à-dire… Nous avons une affaire à faire tourner. Notre province assoupie, momentanément réveillée en sursaut par le baiser de la mort, décida d'appuyer sur le bouton « arrêt sonnerie » avant de retourner entre les bras de Morphée. Je passe moins de temps à écumer la presse, plus à vider les maquereaux. En l'absence de mort suspecte, je trouve même le temps, je fais même l'effort de m'investir dans la gestion de l'hôtel. La fréquentation de la boutique nouvelle version ne tarda pas à exploser, avec une moyenne de sept clients par jour. Avec l'aide de Gaew, Arny parvint presque à doubler l'occupation de nos chambres, passant du jour au lendemain d'un taux de remplissage de 1,5 à 2,2. Et comment donc ? Tout simplement en accrochant une pancarte, « Dernier hôtel-restaurant avant 100 km ». Ce n'est pas tout à fait vrai... Non, en réalité, c'est même un mensonge éhonté. Mais les voyageurs assez fous pour se retrouver sur nos routes en pleine nuit ne viendront certainement pas nous coller un procès. Arny écrivit également à *Lonely Planet* pour apparaître dans l'édition 2010. J'en conviens, c'est un peu comme si j'écrivais à M. Pulitzer en lui demandant d'inscrire mon nom sur sa liste... Quoi qu'il en soit, j'admirais l'esprit d'initiative de mon frère.

Et moi ? Je cuisinais. Je m'attaquais à ce qui un jour mériterait le nom de « jardin ». Et je nourrissais les chiens. Oui, au pluriel. Car Riz gluant se remit. Il se réveilla un beau jour, comme régénéré, avec la fougue d'un jeune taureau et depuis, c'est à peine s'il a osé refaire une incursion au pays des songes. Je présume que ma cheville fut la première chose qu'il vit lorsqu'il ressuscita, car il n'en décolle plus et je suis obligée d'essuyer sa morve de ma jambe après chaque pas. Pathétique sans doute, mais touchant, aussi j'avoue que je me laisse parfois aller à le bercer... mais c'est uniquement parce qu'il est en convalescence. Gogo de son côté maintient ses distances avec moi et continue à me manifester tout son dédain.

À quoi d'autre ai-je occupé mes journées ? À rien. Oh, si. Je suis finalement parvenue à une solution, à propos du mystère de la VW enterrée. Le monde n'en entendrait jamais parler, l'histoire ne ferait même pas l'objet d'un encart dans le *Thaï Rat*. Il faut comprendre, le lecteur a une capacité de concentration limitée et les rédactions ont des espaces publicitaires à placer. Ma muse intérieure se mit en tête d'écrire cette histoire sous forme de scénario. Pour Clint. Ça serait un succès phénoménal. La police avait classé l'affaire, mais j'étais déterminée à donner suite. Je relus toutes les dépositions, épluchai les comptes rendus de réunions et examinai tous les indices, tout ça pour me retrouver dans une impasse. J'étais sûre d'une chose, le couple du combi n'était pas le couple auquel on avait demandé de témoigner contre Tan Sugit. Un tas de questions continuaient en revanche de me tarauder. J'ignorais où était passé le premier van, après son bref séjour sur le parking du poste de police. Et puis, qui avait loué le deuxième combi, et où étaient-ils allés ? Dans quelle mesure la diabolique tatie Chainawat était-elle impliquée, et pourquoi avait-elle vendu précisément cette bande de terre au vieux Mel ? Comment le combi s'était-il retrouvé sous terre ? Le mystère demeurait, peut-être pas entier, mais presque. Et pour être franche, à ce stade, je ne savais donc pas grand-chose. J'étais littéralement à sec de pistes et de débuts de solutions. Sissi avait cherché sur Internet, étudié à fond les CV de certains flics haut placés, mais cela ne l'avait menée à rien de concret. Je suppose que j'aurais pu jeter l'éponge à ce moment-là. Mais je pensais avec émotion au conducteur et à sa petite amie, assis sagement sur leur siège. Quelque part, des familles continuaient sans doute à se demander ce qu'étaient devenus leurs enfants chéris, épris d'amour et de liberté. Et leur esprit, le malheureux ? D'accord, je sais, ce genre d'interrogation ne me ressemble guère. Mais voyez-vous, après toutes ces allées-et-venues dans les temples… Eh bien, quelque chose a fini par déteindre sur moi.

Une phrase tournait en boucle, dans ma tête, les paroles de cette vieille peau chinoise, le jour où je lui avais demandé ce qui l'avait poussée à vendre son bout de terrain. Une tirade en forme de charade, comme la réplique d'un film de karaté minable : « Les gens qui relient passé et futur connaissent le présent. » Un instant, je pensai retourner à Ranong et lui faire avouer ce qu'elle entendait par là à coups de batte de baseball, mais cela tomba juste le jour où on avait de la viande rouge au menu, aussi je restai chez moi.

Résolue, faute de mieux, à suivre le fil de la Chainawat comme celui d'Ariane, je décidai de fouiller du côté du passé. Avant la construction du pont, en travers du cou de l'estuaire, les terres de la région étaient sous-exploitées. C'était le règne des mangroves, ici, et une bonne partie du paysage croupissait sous une épaisse couche de végétation naturelle, la culture des crevettes n'intervenant que plus tard. Les spéculateurs chinois du coin achetèrent alors des terrains à tour de bras, sachant qu'un jour ils gagneraient le jackpot. Les rues de la province à cette époque consistaient en de simples pistes et les rares villages se concentraient sur la côte. Les plantations de cocotiers et de palmiers tardaient à s'imposer. Quand ce fut le cas, le vieux Mel fit partie des pionniers. J'imagine sans mal à quoi devait ressembler la région, quand il débarqua, avec femme et enfants.

L'administration des domaines siège dans l'un de ces bâtiments officiels, d'un abord austère et tout décrépit, à côté du stade de Lang Suan (capacité d'accueil douze mille fans, essentiellement debout). N'importe qui peut pousser la porte des Domaines et monter au deuxième étage pour jeter un œil sur les plans du cadastre. Je trouvai sans trop de mal les deux lots qui m'intéressaient, clairement délimités, à la main. Une mosaïque complexe, dessinée au gré des trafics des spoliateurs de terres et des types du cadastre, prompts à modifier les plans d'occupation des sols. Si j'en avais eu envie, j'aurais pu demander à refondre le POS de l'hôtel et m'attribuer ainsi un hectare ou deux de bonus, en échange d'un petit dessous de table.

Dans une salle aux dimensions d'un cagibi s'entassaient des tubes en carton renfermant les exemplaires antérieurs à ces plans. En creusant pas mal, je parvins à remonter jusqu'à 1980 et à trouver le terrain en question, avant sa vente par les Chainawat, avec sa frontière originale donc. Je remarquai deux différences intéressantes, dans les lots alentour. La première était que les parcelles étaient bien plus grandes. Les démons du foncier n'avaient pas encore commencé à trancher et à détailler les terres pour les vendre à des prix exorbitants. La deuxième : il y avait une anomalie, presque tous les lots s'alignaient sur une longue frontière continue et sinueuse. On aurait dit que quelqu'un avait dessiné un trait en travers de la carte et dit à chacun de s'établir soit d'un côté, soit de l'autre. Je demandai des explications à l'employée de service, mais elle était jeune, et davantage intéressée par ses ongles. Aussi fut-ce avec un certain agacement qu'elle me suggéra de consulter les cartes géologiques de la région.

Ma quête finit par me mener au professeur Woot Junatasa, département de géologie de l'Université de Mae Jo, à Chiang Mai. Un joli petit campus. Je passai souvent devant, autrefois, et je me souviens qu'on n'y voyait jamais personne. Il en fut de même le jour de ma visite. J'errai de bâtiment en bâtiment, en quête de quelqu'un pour m'indiquer le bureau du professeur. Je croisai enfin un humanoïde, le corpulent professeur lui-même. Je fus surprise par l'éclat de son visage, un masque rouge luisant, conséquence soit d'un excès de travaux des champs sous le soleil de midi, soit d'un méchant eczéma. Je compatis en silence, convaincue que mon hôte serait sans aucun doute en meilleure forme sur un campus scandinave. En dépit du souffle finnois de l'air conditionné, ses aisselles continuaient de produire une intense moiteur, comme en pleine jungle tropicale. Dernier détail structurel, à propos de l'individu, ses sourcils haut plantés, qui donnaient l'impression qu'il était en permanence surpris.

Toujours est-il que le professeur parut se réjouir d'avoir quelque chose à faire de plus substantiel que de donner des cours sur l'érosion des sols à des étudiants de premier cycle, totalement hagards. Quand je lui parlai de la région qui m'intéressait, il sourit avec l'air entendu de l'initié. Il me dit que non seulement il possédait d'une carte complète et à grande échelle du bassin fluvial de Lang Suan, mais qu'il avait également en sa possession des photos aériennes de la zone qui pourraient m'amuser. Il se lança ensuite dans une description de la région depuis le paléolithique, puis on passa dans une petite salle qui comportait une longue table sur laquelle il déroula ses cartes.

– Et si vous me montriez exactement le bout de terrain qui vous préoccupe ? suggéra-t-il.

Ce n'était pas si évident, sans les frontières de terrain étiquetées, mais je parvins à localiser la terre du vieux Mel à partir du méandre du fleuve et grâce aux lignes de relief des falaises du Wat Ny Kow. Le professeur Woot étala pour m'aider une feuille de calque sur la carte et j'utilisai un marqueur spécial pour lui dessiner approximativement l'emplacement des deux lots.

– Aha, dit-il, comme Sherlock Holmes quand il résout l'énigme. Voilà une zone tout à fait fascinante. Longtemps, le site fut un *nong nam*, une sorte de marécage. À la saison des pluies, l'eau de la rivière suintait là-bas de partout et, pendant trois mois, on s'y embourbait. La raison pour laquelle les lots que vous m'indiquez ont une frontière commune bien précise, c'est parce qu'autrefois une sorte de canal les traversait, un défluent, un rejeton du cours principal pour tout vous dire.

Il étala avec fébrilité devant moi les photos aériennes de l'administration.

– Ces clichés, dit-il, datent du début des années 1960. Ici, on voit très nettement le fleuve traversant ce qui n'était alors qu'une vaste étendue déserte. À cette période, quand cet affluent du fleuve Lang Suan était en crue, les terres tout autour étaient submergées.

– Mais comment un fleuve tout entier a-t-il pu se volatiliser ? demandai-je, perplexe.

– Parfois, c'est un effet naturel de l'érosion, dit-il. Mais dans le cas de Lang Suan, il s'agit des conséquences du dragage. Les grandes compagnies de pêche se mirent en tête de transporter leurs prises directement de la côte à Lang Suan ville, d'où elles seraient embarquées plus rapidement pour Bangkok. On dragua donc le sable et la bourbe, et on déposa le tout sur les rives. Il n'y avait aucune transparence alors dans ce genre de chantier. À partir de l'instant où il y a de l'argent en jeu, c'est souvent l'environnement qui trinque.

Et c'est triste à dire, mais les choses ne se sont pas vraiment améliorées.

– La vase a bloqué l'embouchure de l'affluent ?

– Exactement. Il s'est tari.

– Et d'un coup, les terres de cet ex-marais ont pris de la valeur.

– Tout à fait. Et je doute que cela soit le fait du hasard. Un tantinet de prescience et, en plus, à l'époque, ces terres marécageuses s'achetaient pour presque rien…

Cela n'avait pas de sens.

– Mais il n'y a pas de lit de rivière asséché entre les deux lots de terre dont je vous parle, remarquai-je.

– Bien sûr que non. Plus maintenant. Plus depuis l'onde de tempête de 1978.

– Qu'est-ce que c'est, une onde de tempête ?

– C'est une sorte de mini tsunami sous-marin généré par une dépression. Mais au lieu d'une énorme vague à la surface de l'eau, c'est une élévation du niveau de l'eau produit par une pression, au niveau des fonds marins. L'eau s'élève progressivement, mais de façon spectaculaire. En 1978, le niveau de la mer arriva au-dessus de celui du fleuve pendant une longue période. L'eau descendant de la rivière rencontra les eaux océaniques, poussant dans l'autre sens. Il y eut de terribles inondations, un maelstrom de boue et de déchets de toute sorte. Plus haut, dans la province de Lan Suan, les gens perdirent leur maison, d'autres furent emportés par les flots. L'onde ne dura pas plus d'une heure, mais 260 hectares se retrouvèrent sous les eaux.

« Ce fut un tollé national, comme souvent en pareil cas. Une fois le niveau de l'eau redescendu, les propriétaires terriens firent pression sur les autorités pour lancer un nouveau dragage et renforcer les berges. Ils payèrent royalement des ingénieurs afin de s'assurer que les conditions ayant mené à la catastrophe de 1978 ne reviendraient pas plomber leurs investissements. Quand la nouvelle digue fut érigée et que la terre fut asséchée, le vieux fleuve avait entièrement disparu, comblé de boue et de vase.

Ainsi, le bout de terre Chainawat vendu au vieux Mel avait autrefois été le lit d'un affluent du fleuve Lang Suan. Mais quel avantage à le lui vendre ? La réponse ne tarda pas à me venir de mon professeur rubicond.

– Chaque année durant la mousson, le Lang Suan déborde, dit-il. Ils ont beau prendre toutes les précautions, des rives en béton, des réservoirs de trop-plein... Rien ne fonctionne. Pour la simple raison que la rivière est trop longue à trouver son chemin vers la mer. En 2002, la proposition fut lancée de creuser un défluent afin de soulager la pression sur le cours principal et de lui permettre ainsi de s'écouler plus vite. Les recherches géologiques mirent au jour un cours naturel, la solution la meilleure marché et la plus logique. Le cours qui passe derrière la plantation de votre *Koon* Mel. Les propriétaires terriens s'étaient appropriés la terre fluviale illégalement. Bref, des amendes en pagaille et pas de compensation possible. »

Je souris et pivotai sur ma chaise à roulettes. La vieille peau ! Cette sorcière de mémé Chainawat était arrivée à se procurer une copie du rapport des ingénieurs, elle savait qu'elle risquait de voir un canal traverser le fond de son terrain. Avant l'annonce officielle, elle s'était donc dépêchée de le vendre. Trois hectares de terres vite amputés de 14 000. Les gens sont parfois de sacrés trous-du-cul.

Les Combis VW ne couraient pas les rues, dans le sud de la Thaïlande, en 1978. En fait, il est même fort possible qu'il n'y en ait eu que deux, en tout et pour tout. Le premier, conduit par la fille hippie de Sugit, disparue corps et biens dans le Sud. Et le second ? Eh bien, autant que je sache, il fut loué par le couple décédé. Je n'ai jamais pu le prouver, mais j'ai ma théorie sur ce qui a pu arriver à ces jeunes utopistes. Si heureux au volant de leur combi, telles deux petites abeilles dans une boîte de dragées. À rouler gaiment vers le nord pour livrer leur trésor, comme ils l'avaient déjà fait à plusieurs reprises avec d'autres voitures. Mais cette fois, c'était différent. Cette fois, la route à bord de ce van psychédélique était celle de la liberté. Ils étaient jeunes, en quête de nouvelles expériences, de beauté, d'amour. En quête de ce territoire inexploré qu'ils pressentaient dans leur âme. Ils prirent la voie du littoral afin d'éviter les barrages de police, nombreux sur l'autoroute menant au nord. Mais ils ratèrent l'embranchement à La Mae et le bitume, bientôt, céda la place à l'argile glissante. Ils auraient pu faire demi-tour, mais le paysage était si fantastique, en pleine tempête. Leur cœur battait la chamade, l'euphorie était à son comble dans le divin habitacle. C'était l'exaltation de deux enfants de la ville qui avaient jusqu'alors vécu leurs émotions par films interposés. Puis l'argile se fit boue et roches, impossible de franchir le Lang Suan à cette distance de l'estuaire. Ils rebroussèrent alors chemin dans les terres et décidèrent de s'arrêter, d'attendre, d'affronter l'orage.

J'ai mis tout particulièrement l'accent sur cette scène, dans mon scénario, ai inclus quelques moments de forte intensité dramatique, modeste pierre à l'édifice qui, peut-être, grâce à M. Eastwood, décrochera un Oscar. En tout cas, dans mon esprit, la tragédie se joua ainsi :

Ext. Jour. Chemin de terre

PIP et DOOM, assis à l'avant d'un combi VW, avancent dans le déluge. À peine si les essuie-glaces parviennent à faire ce pour quoi on les paye. Le chemin est aussi cahoteux qu'en pleine mer dans la tempête, mais tous deux semblent inconscients des conditions météo. Doom a la main sur la cuisse de son compagnon qui conduit et tous deux sourient tandis que leur véhicule gémit sous les rideaux de pluie. Elle rit, nerveuse. Puis les roues patinent et s'enlisent et le combi fait une embardée, puis une l'autre. Soudain, les voilà arrivés sur la berge d'un fleuve en furie, Pip freine de toutes ses forces, s'arrête à quelques centimètres, mais le combi bascule et cale sur la berge.

Fondu enchaîné en ext. Au beau milieu du fleuve. Plus tard.

Gros plan sur un cheval à bascule en bois, balloté par les courants déchaînés, tel un radeau lancé sur des rapides. Le jouet plonge, ressurgit, disparaît par moments dans le fleuve en furie, sa tête refaisant épisodiquement surface. Puis quelque chose de déconcertant se produit. Le fleuve furieux ralentit soudain et cesse de s'écouler. L'espace de quelques secondes d'une extrême intensité, le cheval de bois flotte dans ce néant terrifiant, devenu aussi paisible qu'une flaque. Au loin, sur la berge, on aperçoit le van VW. La pluie a cessé et le soleil couchant a trouvé une faille dans les nuages, ses rayons baignent la scène d'une aura surnaturelle dans les tons orange. Puis, le cheval à bascule qui faisait des ronds dans l'eau recommence soudain à flotter, mais dans l'autre sens. Le niveau de l'eau s'élève à vu d'œil, grignote les berges, tel un documentaire sur la marée, mais en accéléré. Le couple dans le combi ne remarque pas toute cette agitation autour de lui. La tempête s'est calmée. Pip et Doom fument un joint et regardent émerveillés le coucher de soleil en Technicolor. Ici, on lance notre bande-son *Can't Find My Way Home*, de Blind Faith, la chanson accompagne la scène suivante, l'effondrement progressif de la berge et le début de la bataille des courants conflictuels au milieu du fleuve. Celui-ci prend rapidement des allures de chaudron dans lequel se télescopent des débris de toute sorte. Le désastre est aussi subit que dramatique. La berge est emportée en son point le plus vulnérable, comme un vulgaire château de sable. Le combi bascule un peu plus, puis chute dans le déluge d'eau qui engloutit la berge sur laquelle ils sont arrêtés. La peur sur le visage de nos protagonistes vire à l'excitation quand le van se cabre avant de sombrer dans le fleuve. Tous deux se dépêchent, fébriles, de boucler leur ceinture de sécurité. Plongeant et tournoyant, Pip et Doom sont secoués comme les passagers d'une chenille de foire, hurlant, ivres de terreur. Leur dernier voyage. Soudain, le van s'immobilise, telle une pauvre boîte de conserve. Ils sont sous l'eau maintenant, mais le niveau de l'eau à l'intérieur ne leur arrive qu'à la taille. Ils sont sains et saufs. On lit sur leur visage le soulagement. Doom essaie alors de décrocher sa ceinture, puis c'est un long rugissement, une sorte de craquement métallique qui retentit et, soudain, la porte coulissante est arrachée de son rail par la pression du fleuve, à l'extérieur. En moins d'une seconde, le van est submergé et nous comprenons. Plus jamais notre couple n'assistera à un coucher de soleil.

Fondu enchaîné en ext. Au beau milieu du fleuve. Plus tard.

La caméra plonge dans le fleuve apaisé, approche du van puis, à travers le pare-brise, nous voyons Doom et Pip, encore ceinturés à leur siège, et sur leur visage, une expression de stupeur mêlée de sérénité.

Fin

O.-K., la conclusion mérite d'être retravaillée, mais bon, vous voyez où je veux en venir.

Remerciements

Ils sont nombreux ceux qui ont joué un rôle déterminant dans la cohésion de ce récit, la plupart sans même le soupçonner. Pour les trésors de patience dont ils ont fait preuve en tentant de m'initier au thaï méridional, je voudrais remercier tout particulièrement Gai, Ja Dum, Jimm, Diw, Kow, Su, Gop, ainsi que le docteur Bounleut et Aung. Pour leurs critiques acerbes et leurs conseils avisés, je tiens par ailleurs à exprimer toute ma reconnaissance à mes vieux et fidèles amis, spécialement David, Lizzie, Kye, Kay, Janet, John Cotterill et mon indispensable Jess. Enfin, avant de clore cet ouvrage, je tiens à répondre ici à la demande expresse des officiers du poste de police de Pak Nam qui souhaitent signaler l'absence, dans leurs locaux, de tout homosexuel, latent ou confirmé. Qu'on se le dise !

Dans la même collection

La Trahison de Rembrandt
Alex Connor

Le Lapin blanc
Nino Treusch

La Vierge africaine
Helle Vincentz

Une danse de trop
Donna Malane

Le Sang d'Odin
Ottar Martin Nordfjörd